MONS

KALLENTOFT

PRINTEMPS

Traduit du suédois
par Frédéric Fourreau

LE SERPENT À PLUMES

ROMAN NOIR

Collection « Le Serpent à Plumes »
dirigée par Nathalie Fiszman.

Titre original : ***Vårlik***.

ISBN 978-2-268-07167-1

PROLOGUE

Mai 2010
Dans l'obscurité

T'ES OÙ, papa ?
Pourquoi t'es pas là ?
T'es où ? papa, papa, reviens.

Petit frère pleure.

Il est si petit. Il pleure, allongé par terre. Il a fait pipi, papa. C'est plein d'araignées, ici. Peut-être que les serpents aussi peuvent entrer ? Les lézards, les varans aux dents jaunes, ce sont eux qui grattent à la porte ? Si l'on meurt, ce sera de ta faute, papa.

Il dit des bêtises, plein de bêtises.

Comme à la maison quand on était au bord de la piscine, papa, et qu'il avait peur de sauter dans l'eau, malgré ses brassards. Moi, j'ai pas peur. Je suis courageuse. Je suis plus courageuse que lui parce que j'ai six ans et lui seulement trois.

Je transpire. Des fois, il fait très chaud. J'ai enlevé mon T-shirt, j'ai le droit ? Le bruit revient. J'entends les messieurs approcher, papa. La lumière sous la porte vient de s'éteindre. J'entends un tic-tac et il fait tout noir. Si petit frère ne se tait pas, ils vont peut-être nous taper. J'ai peur, maintenant, alors je crie :

Me tapez pas ! Me tapez pas ! Puis la lumière sous la porte se rallume et les messieurs s'en vont. Je les entends s'éloigner. Mais ils reviennent aussitôt. Est-ce que je vais mourir, maintenant ? Est-ce qu'ils vont nous tuer, papa ?

Ils nous ont enfermés, mais, moi, je voudrais qu'ils nous laissent sortir. Ils nous apportent à manger, on a un pot de chambre et on fait des dessins sur le sol et sur les murs. Bien qu'on ne puisse pas les voir, on les dessine quand même.

J'ai peur et petit frère a encore plus peur que moi.

C'est quoi qui fait tic-tac ? Où sont passés les lézards effrayants ? Ceux qui scintillaient dans le noir ?

On a tellement peur. Je serre petit frère contre moi pour le rassurer. Il est chaud et il pleure. C'est exactement comme dans le cauchemar que je n'ai jamais osé te raconter. C'est pour ça qu'il se réalise, maintenant ? Parce que je ne te l'ai jamais raconté ?

Quand on est gentils, les gens sont gentils avec nous.

Comme toi, papa, tu es gentil, n'est-ce pas ? Bien sûr que tu es gentil.

Je me lève et frappe contre la porte en criant :

N'entrez pas ! Je veux pas mourir ! On veut pas mourir !

Dépêche-toi de venir.

SIX ANS PLUS TÔT

Mon corps crie son désir de connaître un amour sans contraintes et d'oublier, c'est tout ce qu'il souhaite.

Tout ce que je veux, c'est jouir de cette sensibilité extrême.

Mais vous m'en avez privée.

Personne ne doit avoir vent de votre existence. Je vais vous confier à de braves gens.

Alors qu'il n'était même pas prévu que vous veniez au monde, vous voilà deux. En scrutant ma chambre d'hôpital, je vois la lumière morne du ciel printanier de Stockholm rayonner sur le sol en lino marbré.

Je dois vous laisser, maintenant, pour toujours, je vais vous laisser et vous n'aurez plus le moindre souvenir de moi. Qu'importe qui est votre père. Peut-être ai-je tout simplement été violée et abandonnée sans connaissance dans la lumière bleu acier des toilettes de la gare centrale. À moins que cela ne soit arrivé dans l'un des tunnels déserts où je m'étais endormie sous l'effet de substances merveilleuses.

Quoi qu'il en soit, un jour, vous vous êtes retrouvées en moi. Et maintenant, vous allez rester ici jusqu'à ce que vous soyez adoptées par votre nouvelle mère et votre nouveau père. J'ai envie de hurler, je suis désespérée, mais c'est la seule solution. Je voudrais être ailleurs, je n'ai pas ma place, ici. Je suis incapable d'aimer. C'est pourquoi vous serez mon grand secret.

Votre père peut être n'importe qui.

Aussi, ne vous posez jamais la question de son identité.

La porte de ma chambre s'ouvre et je vous vois. Vous êtes ce qu'il y a de plus beau sur cette terre, ne l'oubliez jamais. Vous pleurez. La lumière est peut-être trop intense pour vos petits yeux ? Je vous tiens dans le creux de mes bras et vous vous endormez. « Reposez-vous, dit la sage-femme. Reposez-vous tout le temps qu'il faudra », insiste-t-elle avant de vous reprendre. Je me recroqueville dans mon lit et fonds en larmes, mais c'est mieux ainsi. C'est mieux ainsi. Puis elle vous emmène. Vous ne devez jamais oublier que votre maman vous aime.

L'odeur qui flotte dans l'hôpital universitaire empeste la mort et les bactéries. Je me glisse hors de mon lit, enfile mes vêtements, puis me traîne dans le couloir jusqu'à l'ascenseur, en prenant bien garde qu'aucun employé de l'hôpital ne me remarque car, alors, ils tenteraient de m'arrêter. Mais personne ne me voit. Il faut dire que j'excelle dans l'art de me rendre invisible.

Je n'éprouve ni culpabilité, ni honte.

Vraiment pas ? Non, ces sentiments sont inutiles.

Vous me manquez tellement. Mais je dois être forte.

Je monte dans un taxi qui me dépose place Sergeltorget où, une liasse de billets de mille couronnes en main, je fais signe à un homme de couleur que je connais bien. Ensuite, je descends dans l'un des souterrains les plus sordides de la gare centrale et j'emprunte à l'un de mes compagnons un briquet et une seringue. Soudain, le monde devient ce qu'il devrait toujours être : un lieu de réconfort où les soucis et les maux n'existent pas.

Une heure plus tard, je suis sur la place des Foins, dans la lumière aveuglante de l'après-midi. Il y a des caméras de surveillance partout. Elles me filment, m'observent.

J'aperçois deux fillettes d'environ sept ans. Elles s'amusent à sauter sur les dalles de béton noires et blanches de la place. Je distingue leur reflet dans les vitrines, mais ne vois pas leurs visages. Je me retourne. Des groupes de gens. Certains m'adressent des signes de tête qui signifient « Te voilà de retour ».

Je leur rends leurs saluts.
Je me retourne encore.
Les fillettes ont disparu.
Aspirées par leur propre reflet.

PREMIÈRE PARTIE

L'AMOUR AVIDE

1

Linköping, lundi 7 mai

ON POURRAIT presque voir son reflet dans le ciel tant son bleu est lumineux.

Il est de la couleur des flammes des fers à souder, se dit la maman en déambulant sur les pavés de la Grand-Place, tassés par les pas des milliers de personnes qui les ont foulés.

Le soleil est bas, ses rayons irradient l'atmosphère comme des javelots, avant de brûler le visage des gens assis sous les immenses parasols déployés aux terrasses de l'hôtel Mörner et du Grand Hôtel. Une chaleur perfide abrite un soleil qui reste froid.

En tournant le regard vers l'agence immobilière, la maman distingue les annonces désespérées qui recouvrent la vitrine. Elle remarque qu'il n'y a personne au distributeur automatique et lève les yeux sur l'horloge située sous le toit.

Dix heures et quart.

Tout autour de la place, ce ne sont que vitrines vides, boutiques et cafés fermés à cause de la crise. Des affichettes de soldes et de liquidations totales semblent implorer les passants, tandis que le pollen flotte dans l'air.

Il y a étonnamment peu de gens dehors, aujourd'hui, se dit-elle. Aucun stand sur la place, aucun paysan pour proposer ses légumes bio, aucun immigré pour tenter de vendre des fruits à la sauvette, aucun brocanteur pour exiger des sommes scandaleusement élevées pour des babioles qui auraient dû atterrir à la décharge depuis bien longtemps.

Le marchand de saucisses, en revanche, est bien là, dans un angle. Accroupi sous son parasol orange, jaune et rouge, il attend les estomacs affamés qui, à l'heure du déjeuner, ne manqueront pas de venir profiter de ses tarifs modérés.

Dix couronnes la saucisse. Le fleuriste est là, également, avec des tulipes roses, jaunes, rouges et orange.

Ses enfants, des jumelles, courent devant elle, vers le distributeur automatique de la SEB, là où elle retire de l'argent avant d'aller faire ses courses. Elles portent la même veste rose, le même jean, les mêmes chaussures de sport ornées de quatre bandes rouges.

Bien qu'elles soient deux, elles vivent, se déplacent et parlent comme une seule. Souvent, les gens sont incapables de les différencier, et ils sont enchantés par la joie de vivre et la beauté que dégagent les fillettes, comme si toute leur existence n'était qu'un hommage au monde et à la vie.

Leurs cheveux blonds sont ébouriffés par le vent, leurs mouvements sont souples, mais toujours maladroits, signe qu'elles ont encore énormément de progrès à faire pour maîtriser leur corps, puis le vaste monde qui, à cet instant, sur cette place, dans cette petite ville de province, s'offre à elles.

La maman respire l'air printanier.

Elle perçoit le parfum des tulipes fraîchement écloses, un parfum éphémère. Profitez de l'instant présent, pense la maman en posant son regard sur ses filles, rien n'est acquis, tout a une fin, je le sais.

Un homme vêtu d'un sweat-shirt noir à capuche, la tête couverte, range son vélo sans l'attacher près du distributeur automatique, puis redresse précautionneusement son sac à dos sur son porte-bagages. Il porte des gants.

Abandonnant son sac à dos sur le vélo, l'homme passe devant le distributeur et traverse la place en direction de la rue Bokhållaregatan.

La maman ne se demande pas qui est cet homme. Ni pourquoi il porte une capuche par ce temps ensoleillé, ni pourquoi il abandonne vélo et sac à dos.

Les fillettes sont déjà devant le distributeur. Elles se tournent vers leur mère en souriant et celle-ci a envie de se précipiter vers elles, de les soulever chacune dans un bras et de leur faire des câlins, leur faire comprendre à quel point elle les aime pour qu'elles se sentent en sécurité et libres.

Soudain, les fillettes aperçoivent le stand du marchand de saucisses et, poussées par leurs petites habitudes et par la faim, elles filent en courant vers l'homme sous son parasol, ses cantines fumantes et ses photos de saucisses.

Leur mère fait demi-tour et accélère le pas pour les rejoindre.

Est-ce que j'ai du liquide, au moins ?

Elle doit bien avoir deux pièces de dix couronnes dans son portefeuille. Elle plonge la main dans son sac. Quand elle arrive, l'homme à la barbe noire a déjà servi une saucisse à chacune des fillettes et lui adresse un signe de tête en guise de salut.

Chouette, ce sont bien celles à la poire qu'elles aiment, n'est-ce pas ?

À la poirre. Ou à la pômme.

L'homme s'exprime avec un fort accent. Elle fouille dans son sac en cuir et finit par retrouver ses pièces de dix, elle ne s'était pas trompée. Elles sont froides. Elle les tend au vendeur qui la remercie d'un signe de tête en lui disant qu'il espère les revoir bientôt.

Les fillettes se dirigent en trottinant vers les plots cubiques, semblables à des morceaux de sucre géants, devant les range-vélos du Grand Hôtel, au bord de la terrasse.

Les ombres des fillettes s'allongent, tandis que leur mère court après elles en leur criant de bien prendre garde à ne pas faire couler de ketchup sur leur veste avant de se ressaisir et de retourner au stand de saucisses pour y prendre des serviettes en papier.

Confuse, elle secoue la tête puis va s'asseoir avec ses filles dans la lumière froide du soleil sur l'un des morceaux de sucre, et les observe manger, retrousser les lèvres et mordre avidement dans la chair à saucisse.

Le soleil caresse leurs joues, qui rosissent.

Tous ces gens assis aux terrasses.

Qui êtes-vous ? pense la maman. Un retraité élégant avec un blazer, un pantalon beige en jersey et les cheveux gominés, soigneusement peignés. Était-il ingénieur pour la branche aéronautique de Saab ? Professeur à l'université ? Peut-être a-t-il dirigé le service de neurologie ou de grands brûlés de l'hôpital universitaire ? Ou est-ce tout simplement un vieil homme ordinaire, un ancien ouvrier qui s'efforce d'enjoliver sa vieillesse en soignant ses tenues ? Qui donne de la saveur à sa vie pour se donner du courage avant d'affronter la mort.

Elle se maudit pour ses pensées.

À la terrasse du Mörner, quatre immigrés d'âge moyen jouent aux dés. Elle distingue des cure-dents sur leur table et en déduit qu'ils jouent pour de l'argent. De jeunes lycéens qui sèchent les cours sont installés à une autre table, car ils sèchent, elle en est certaine, sans quoi, à cette heure, ils seraient en classe. Aux autres tables sont assis des gens de tous les âges, probablement en majorité des chômeurs qui ont perdu leur emploi quand les milliers de signes avant-coureurs de catastrophe pour les entreprises de la région ont fini par se confirmer. Regards résignés, inquiets, retrouverai-je un jour du travail ? Suis-je fini ? Serai-je en mesure de faire vivre ma famille et d'offrir à mes enfants un départ convenable dans la vie ?

Une jeune femme en robe blanche, maquillée comme un pot de peinture.

Je la reconnais, pense la maman, elle travaille au salon de beauté près de l'église Saint-Lars.

Trois hommes avec des costumes sombres passent devant le Mörner, peut-être des avocats. Ou des arrivistes de la finance. Eh oui, on en trouve encore, notamment à Linköping. Ils ajustent leurs cravates qui luisent au soleil comme seul le coton industriel bon marché peut le faire. Ce sont peut-être des représentants en photocopieuses ou téléphones mobiles, ou bien des employés de banque ou de compagnie d'assurance.

Des jeunes gens à l'allure typique d'étudiant sont attablés à la terrasse du Grand Hôtel. Des spécialistes des nouvelles technologies, à en juger par leur air maladroit et intello. Jeans, pulls en maille et chaussures de randonnée avec des serviettes contenant des ordinateurs. Du café ordinaire sur la table.

Que sais-je des gens de cette ville ? pense la mère en se penchant vers ses filles qui ont déjà englouti leurs saucisses pour leur essuyer la bouche.

Je ne sais rien, en réalité. Seulement que nous vivons les uns près des autres, bien que nous soyons tous si différents, et que, si nous y parvenons, c'est uniquement parce que nous avons décidé de nous tolérer. Et que nous avons un point commun, quelles que soient l'épaisseur de notre compte en banque, nos origines ou notre profession : nous aspirons tous au bonheur.

Certes, cela ne nous empêche pas, de temps en temps, de nous mettre des coups de crocs. Mais pas en ce moment. Pas ici. Il ne peut rien arriver de mal en une merveilleuse journée de printemps comme celle-ci. Linköping est alors l'un des cocons les plus douillets qui soient.

Un des bus rouge et orange de la société locale de transports urbains s'arrête au pied de la statue de Folke Filbyter, patriarche de la plus ancienne dynastie royale de Suède. Des gens s'empressent d'y monter avant qu'il ne reparte en direction du château. Une SDF, une femme entre deux âges aux cheveux emmêlés, est assise par terre, la main tendue, devant l'entrée de la galerie.

« Vous avez assez mangé ?

– Oui, on a assez mangé, maman.

– Bien, alors on va aller retirer des sous, maintenant.

– Est-ce que j'aurai le droit d'appuyer sur les boutons ?

– Moi aussi, moi aussi je veux.

– On n'aura qu'à le faire ensemble », puis elles retraversent la place en direction du distributeur de billets, près duquel se trouve toujours le vélo avec le sac à dos.

La maman contemple les affiches sur la devanture de la banque. Reconnaît le style des campagnes de publicité, n'ose même pas penser au nom, mais ne peut s'en empêcher.

Kurtzon.

Le Fonds Kurtzon.

La SEB a accordé une partie de sa vitrine à la société du génial et mystérieux financier. Les filles sont déjà devant le distributeur. À quelques mètres d'elles, les portes automatiques de la banque s'ouvrent et un homme en veste de cuir sort de l'agence. Ses bras nus et musclés sont bronzés et il a une serviette noire à la main. Il scrute la place, sourit aux fillettes et s'éloigne en direction de l'ancien tribunal.

La mère accélère le pas mais trébuche contre un pavé qui dépasse légèrement et fait tomber son sac à main.

Son portefeuille rebondit sur les pavés et s'ouvre.

Sa carte Visa verte scintille.

Elle a encore beaucoup sur son compte. La fin du mois est encore loin et elle n'a toujours pas touché à l'argent de l'assurance-vie.

Elle s'accroupit, entend ses genoux craquer.

Les filles l'attendent devant le distributeur. Comme dans un film au ralenti, leur mère les voit jouer à faire semblant d'introduire une carte de crédit dans le lecteur, appuyer sur les boutons, puis recevoir une véritable fortune en billets.

Son sac.

Elle l'attrape par la sangle et, au moment même où elle s'apprête à se relever, elle entend un sifflement strident. Comme un serpent à sonnette.

Elle voit ses filles se figer, se boucher les oreilles et comprend que le bruit provient du sac à dos sur le porte-bagages du vélo. Elle voudrait se précipiter vers elles, mais ne peut pas bouger, son corps est bloqué dans une position inappropriée. Puis elle voit le visage de ses filles se décomposer et le son émis par le sac les frappe toutes les trois comme des dents de varans empoisonnées.

Alors, la maman se met à hurler.

Elle hurle les prénoms de ses filles, mais ceux-ci s'évanouissent dans un éclair glacial bleu et blanc suivi d'une chaleur d'une intensité qu'elle n'aurait jamais crue possible. Elle est projetée dans les airs. Puis, c'est le silence. Un silence qui couvre le fracas infiniment douloureux de la déflagration qui secoue toute la ville puis les bois et les champs de l'Östergötland nouvellement revenus à la vie, les lacs et les habitations.

Pour les fillettes, le monde disparaît, déchiré par des millions de prédateurs aux dents acérées, décomposé dans une lumière aveuglante et régénéré en autre chose ; un ciel blanc et laiteux ; sans début ni fin.

2

Tu es au ciel, maintenant, maman ? Tandis qu'elle s'approche du cercueil où repose sa mère, Malin Fors sent le sol vibrer. Elle perçoit un grondement sourd. Mais ni les secousses, ni le bruit ne parviennent à faire frémir les vitraux de la chapelle de la Résurrection.

Ils font encore sauter de la roche sur les chantiers de Lambohov, pense Malin en fixant l'ourlet de sa longue robe noire H&M.

Il faut dire qu'en ce moment, grâce aux mesures mises en place pour tenter de faire face à la crise, on construit beaucoup à Linköping et on a volontiers recours aux explosifs. À moins qu'il s'agisse d'autre chose, cette fois ? Peut-être est-ce toi, maman, qui essaies de dire quelque chose et broies le monde par la force de ton déni ?

Il était déjà loin ce jour où les dernières neiges avaient fondu, découvrant les terres boueuses dans lesquelles la végétation attendait le moment où elle pourrait reprendre ses droits. Par la fenêtre du séjour, Malin avait vu les branches froides et mortes des arbres remuer dans la brise printanière et elle avait presque vu la vie bouillonner, fermement décidée à reverdir ces spectres noirs et pétrifiés. Malin avait eu le pressentiment que quelque chose se préparait, que ce printemps allait libérer les forces tapies au plus profond des âmes.

Elle avait pris une grande inspiration devant sa fenêtre et accueilli le printemps avec confiance après un hiver passé à lutter contre son envie d'alcool, à souffrir seule. Et elle devait bien admettre que, jusque-là, le printemps avait pleinement tenu ses promesses.

Elle tient une rose rouge dans sa main.

Considère les murs peints à la chaux dans des tons séduisants d'orange et de bleu ciel et l'estrade sur laquelle est exposé le cercueil blanc, là où le plafond est le plus haut, pour optimiser l'impression de sacré.

Les vibrations et le grondement se sont dissipés. Elle tourne le dos à l'assistance et se dit qu'il ne peut s'agir du tonnerre, tant le ciel est bleu et dégagé.

La tige de la rose est lisse, sans épines, on peut la tenir sans risquer de se piquer. Toute la souffrance a disparu, était-ce ce que tu désirais, maman, était-ce ton secret ?

Malin se tient près du cercueil. Elle écoute le silence que seule la respiration des autres vient troubler.

Il y a peu de monde. Maman est regrettée par papa, par moi, par sa petite-fille Tove. Mais est-ce que nous te regrettons vraiment, maman, Tove et moi ? Le simple fait que je me pose cette question debout devant ton cercueil constitue-t-il une sorte de blasphème ?

Je n'entends personne sangloter derrière moi, aucun pleur. Une odeur de renfermé règne dans ce lieu. Le soleil perce à travers les rideaux transparents, réchauffe toute la chapelle, mais pas l'ambiance, et je ferme les yeux, puis je regarde ton visage, maman, les rides sévères qui encadrent ta bouche et tes yeux qui m'évitaient constamment.

Je te regarde, maman. Maintenant, je me tourne vers les autres, assis sur les bancs, et j'aimerais pouvoir leur dire que je souffre, mais je n'éprouve absolument rien.

Elle avait appris la nouvelle un samedi matin pluvieux, trois semaines plus tôt, alors qu'elle était seule chez elle, occupée à préparer de la purée de navets et pommes de terre, une des recettes thérapeutiques à laquelle elle recourait parfois pour résister à son envie de tequila ou de n'importe quel autre fichu alcool.

À l'autre bout du fil, son père, visiblement ému, nerveux, mais malgré tout lucide, réaliste et navré. Malin avait cru percevoir une pointe de soulagement dans sa voix.

Il s'était mis à pleurer dès qu'il avait ouvert la bouche, avant de se reprendre et de lui raconter : sa mère et lui étaient allés jouer au golf sur le terrain d'Abama, sa mère, au troisième ou quatrième trou, avait frappé une balle au-dessus de la falaise qu'il avait vue disparaître dans les vagues de l'Atlantique, il avait remarqué sa contrariété, bien qu'elle se contînt. Et puis, au coup suivant, quelque chose s'était passé au moment où elle avait frappé la balle. « J'ai alors vu son visage devenir tout rouge. Elle a levé ses mains vers sa gorge, comme si elle ne pouvait plus respirer, elle s'est effondrée sur le gazon fraîchement tondu et elle ne bougeait plus, Malin, elle ne bougeait plus, et elle ne respirait plus, tu comprends ce que j'essaie de te dire, tu comprends, Malin ? »

Elle avait compris.

« Papa, où es-tu, en ce moment ?

– À l'hôpital de Ténérife. C'est là que l'ambulance l'a conduite. »

Elle lui avait demandé bien qu'elle sût, ayant perçu ce ton particulier dans la voix de son père, ce ton qu'elle-même avait employé des dizaines de fois dans son travail d'inspecteur de la police criminelle au moment d'annoncer la nouvelle funeste aux proches d'un défunt.

« Comment va-t-elle, maintenant ?

– Elle est morte, Malin. Elle était déjà morte quand ils l'ont embarquée dans l'ambulance. »

Papa.

Sa grande carcasse dégingandée et hésitante, seule sur un banc dans la salle d'attente d'un hôpital espagnol. Sa main qui passe nerveusement dans sa chevelure poivre et sel.

Elle aurait voulu être à ses côtés, le réconforter, et, en remuant les navets qui mijotaient dans la casserole, elle avait été surprise de constater qu'elle n'était ni inquiète, ni effrayée, ni triste. Elle ne songeait alors qu'à la masse de formalités à venir. Le téléphone dans une main, une cuiller dans l'autre, elle n'avait pas cessé de remuer dans sa casserole.

Tove. Jan, mon ex-mari.

Il faut que je les prévienne. Est-ce que Tove sera triste ? Malin avait jeté un œil à l'horloge Ikea de sa cuisine. En voyant son visage désormais plus frais dans le carreau de la fenêtre, ses mèches blondes encadrant ses pommettes saillantes, elle avait repensé au rendez-vous qu'elle avait pris chez le coiffeur pour la fin de la semaine.

« Malin, elle est morte. Tu comprends ?

– Il y a quelqu'un avec toi ?

– Malin.

– Quelqu'un peut rester avec toi ?

– Hasse et Kajsa Ekvall sont déjà en route. Ils vont me ramener à l'appartement.

– Je vais réserver un billet d'avion. Je serai là demain matin.

– Ne viens pas, Malin, ne viens pas. Je me charge de tout. »

Elle l'avait alors perçue une fois de plus, cette pointe de soulagement dans la voix de son père qui lui laissait entrevoir la possibilité, un jour, de se retourner, de se regarder dans le miroir et, peut-être, d'y découvrir la nature du secret qui la ronge.

Les membres de l'assistance sont avachis sur les bancs de la chapelle.

Les parents les plus proches dans la première rangée.

Le corps de sa mère a été rapatrié de Ténérife par avion.

Malin s'est placée derrière le cercueil et regarde son père pleurer en silence. Tove, vêtue d'une magnifique robe noire à fleurs blanches, paraît fatiguée. Ils avaient décidé un peu plus tôt que Malin se dirigerait la première vers le cercueil, suivie de Tove avec son grand-père.

Tove tient une rose blanche dans sa main, elle l'a choisie elle-même. Malin se sent honteuse en observant sa fille de seize ans. Honteuse d'avoir si souvent été une mauvaise mère, d'avoir fait passer son travail, puis l'alcool, avant elle.

Jan, assis à côté de Tove, porte un costume bleu mal taillé qu'il a dû acheter pour l'occasion. Derrière eux, une dizaine de personnes sont assises, elles aussi vêtues de tenues sombres. Des couples de l'âge de son père. Malin reconnaît certains d'entre eux, des gens de Sturefors que ses parents fréquentaient à l'époque où elle était enfant.

Aucun frère et sœur. Elle est fille unique.

Aucune famille à part eux.

Le cercueil est un modèle ordinaire, sans ornements, et tout autour sont disposées des couronnes de fleurs de

Ténérife. Malin ne reconnaît pas les noms sur les cartes. Elle se dit qu'elle ne pourra jamais mettre de visage dessus et que c'est aussi bien comme ça.

Elle ferme les yeux.

Sa mère est toujours là, mais elle n'est plus qu'une image, n'a plus rien d'humain, n'éprouve plus de sentiments. Malin ouvre les yeux et, pour faire plaisir à son père, s'efforce de verser une larme, en vain.

Assise sur une chaise près de la fenêtre, le pasteur, une femme d'une cinquantaine d'années, sourit d'un air bienveillant. Elle vient de leur servir un discours bateau sur la bonté de la défunte, son sens inné de l'organisation et son talent pour le golf.

Idem pour les secrets, aurait voulu ajouter Malin. Elle possédait un talent pour les secrets et pour les apparences. Elle savait se donner de l'importance, se faire passer pour quelqu'un de spécial, comme si jamais rien, surtout moi, n'était assez bien pour elle.

Pendant le discours du pasteur, Malin eut l'impression qu'il était trop tard, que tout était désormais perdu, qu'elle et sa mère n'auraient jamais l'occasion de s'asseoir à une table et d'avoir une discussion entre adultes.

Si cela avait été possible, elle lui aurait posé ces questions:

« Maman, pourquoi est-ce que tu n'as jamais pu m'encadrer ? Ni Tove, d'ailleurs ? »

Ou plutôt:

« M'as-tu jamais aimée, maman ? Nous as-tu jamais aimées ? »

Elle dépose la rose sur le cercueil.

Puis remue les lèvres. Murmure à sa mère étendue pour l'éternité dans son cercueil blanc:

« Est-ce que tu m'aimais, maman ? Dieu sait à quel point je t'aimais, moi. Je t'aimais, tu le sais ? »

Cinq cent quarante-deux.

Cinq cent quarante-deux jours qu'elle est sobre. Cinq cent quarante-deux jours qu'elle et Jan sont solidaires, qu'elle résiste aux hurlements de son corps et de son âme qui lui réclament de l'alcool. Cinq cent quarante-deux jours qu'elle a repris sa vie en main.

Ses collègues de la police de Linköping, Zacharis « Zeke » Martinsson et le commissaire Sven Sjöman en tête, craignaient qu'elle replonge après avoir appris le décès de sa mère, sa crise cardiaque soudaine, que Margaretha Fors allait être rapatriée pour être enterrée et qu'Åke Fors allait vendre leur appartement de Ténérife et rentrer en Suède.

Perdre sa mère est une épreuve terrible pour tout le monde, disaient ses collègues, mais pour un alcoolique repenti, un tel événement peut entraîner une remise en cause des bonnes résolutions : on ouvre une bouteille, on se bourre la gueule, ou pire.

Pourtant, quand ils lui avaient demandé comment elle se sentait, Malin leur avait dit qu'ils n'avaient aucune raison de s'en faire.

Son chagrin, à supposer qu'elle en éprouvât, elle était capable de le gérer.

En pratique, cet événement lui avait même donné l'occasion de canaliser sa maudite bougeotte : discuter avec son père au téléphone, régler tous les détails avec l'entreprise de pompes funèbres, remettre en ordre leur appartement avant le retour de papa, parler avec le pasteur, etc.

Quand Malin avait appelé Tove pour lui annoncer que sa grand-mère était décédée, sa fille avait d'abord réagi avec l'indifférence typique des adolescents. Même si Tove avait posé des questions d'ordre pratique, notamment si elles allaient devoir se rendre à Ténérife. Puis, Malin avait décelé de la crainte dans sa voix.

« Rassure-moi, maman, tu n'as rien à boire à la maison ?

– Seulement de l'eau et du Coca-Cola, Tove.

– Je suis sérieuse.

– Je te promets que je ne boirai pas, Tove.

– Tu promets ? Ça ne suffit pas.

– Je t'en fais la promesse », avait répondu Malin qui avait aussitôt compris que la mort de sa mère était l'occasion rêvée pour reconquérir la confiance perdue de sa fille.

À cette pensée, elle avait éprouvé de la honte.

Dans son travail, les agressions, les meurtres, les malheurs des autres constituaient une source de motivation. Elle en était consciente et l'acceptait. Mais de là à penser instinctivement au profit qu'elle pouvait tirer du décès de sa mère ?

L'envie de tequila resurgit.

Le besoin de la force suscitée par l'alcool. Le besoin de l'insensibilité suscitée par l'ivresse. Ce désir pouvait survenir n'importe quand, sans prévenir. Elle avait bien essayé de découvrir une logique dans ces crises pour éviter autant que possible les rechutes, mais il n'y en avait aucune.

Une maladie. Un parasite. Un virus imprévisible. Tu n'as plus qu'à vivre avec comme s'il s'agissait d'un foutu handicap invisible.

Pourtant, ce jour-là, en se tenant devant sa casserole de purée après avoir parlé au téléphone avec son père et Tove, l'envie d'alcool avait surgi avec plus de force que jamais. Elle avait donc fait comme cela lui arrivait parfois. Avait exposé son corps à la douleur en plongeant ses doigts dans la purée bouillante. Les avait sentis suer et brûler, tout en sachant que la chaleur n'était pas suffisante pour l'ébouillanter.

Malin et sa fille sont assises côte à côte sur le banc de la chapelle. Tove fait rouler la rose entre ses doigts. Les regards de la mère et de la fille se croisent furtivement, sans que ni l'une, ni l'autre ne sachent quoi dire.

Mamie, maman repose face à elles, dans son cercueil. Elles regardent papi, papa, dans son costume noir s'approcher du cercueil. Elles le voient se retourner, hésiter, respirer, pleurer, puis chuchoter quelques paroles avant de déposer une rose rouge sur le cercueil et de regagner sa place.

C'est au tour de Tove de se diriger vers le cercueil. Sans verser la moindre petite larme, elle dépose sa rose dessus.

Tove ne chuchote rien et se contente de retourner s'asseoir. Malin regarde son père, puis à nouveau Tove. Elle voudrait pouvoir lire dans leurs pensées. Elle voit ensuite Jan s'approcher du cercueil d'une démarche solennelle, comme si tout ce qui se passait dans la chapelle de la Résurrection en ce jour printanier était un drame qui devait se jouer jusqu'au bout.

Il faut que cela cesse rapidement, pense Tove. Elle n'a aucune envie de rester assise à regarder toutes ces vieilles personnes qu'elle ne connaît pas se succéder devant le cercueil en murmurant des paroles qu'elle n'entend pas.

« Adieu », dit l'une d'entre elles à voix haute, sur quoi Tove sursaute, ouvre les yeux et voit son grand-père pleurer. Elle a de la peine pour lui, l'a toujours aimé, mais mamie ? Elle ne l'a jamais vraiment connue, or on ne peut pas regretter ce que l'on ne connaît pas. Même sa mère n'a pas semblé particulièrement attristée, malgré ses efforts, perçus par Tove, pour tenter de le paraître.

Feindre des sentiments.

C'est ce que font tous ceux qu'elle connaît.

Elle pense à la lettre qu'elle attend. N'en a parlé à personne, n'ose même pas en informer sa mère. Elle a agi de façon malhonnête en imitant sa signature sur le formulaire. Elle n'aurait pas dû.

Mais ça ira.

Et alors elle sera heureuse, hein ?

Non.

Pas sûr. Loin de là.

Elle sait que sa mère est capable de péter les plombs.

Tove ne peut s'empêcher de sourire en pensant à la lettre qui va peut-être arriver. Pourtant, ce n'est ni le lieu, ni le moment. Même si personne n'est tenu de verser sa larme, sourire n'est absolument pas toléré.

La dernière fois que Malin était ici, c'était pour l'enterrement d'une victime, un pauvre bougre solitaire que le monde semblait avoir abandonné dès sa naissance.

Elle suit son père vers la sortie, le regarde saluer par des hochements de tête les gens venus assister à la cérémonie.

Malin les salue à son tour.

Se dit que c'est probablement la coutume.

Puis les portes de la chapelle s'ouvrent et, dans le contre-jour, son père apparaît comme une étrange silhouette noire, tandis qu'autour de lui, dans l'air, flottent deux fillettes aux ailes d'ange.

Leurs visages sont pâles et terrorisés.

Leur terreur est telle que Malin voudrait se précipiter vers elles, les attraper et les serrer contre elle.

Elle cligne des yeux.

Une fois ses yeux habitués à la lumière, il ne reste que son père. Son père et un parfum diffus d'effroi.

3

Malin et sa mère, au cours des années

Quand t'ai-je perdue, maman ?

Était-ce la fois où tu avais disparu ? Quand tu es partie de la maison, alors que j'étais encore toute petite, c'est ça, et d'abord, où étais-tu ?

Sur la planète Chacun-pour-soi ? Quand je venais vers toi, j'avais bien sûr le droit de m'asseoir sur tes genoux, mais jamais plus de cinq minutes, car tu avais toujours autre chose à faire ou bien j'étais trop lourde, trop chaude, trop encombrante. Comment une mère peut-elle trouver sa propre fille encombrante ?

Je me suis peu à peu détournée de toi.

Je me suis ruée sur papa, à la place. Il m'accompagnait à mes compétitions d'athlétisme, me conduisait aux matchs de foot, veillait à ce que mes cheveux soient coupés. C'était bien comme ça, n'est-ce pas ?

Tu t'es occupé de moi, papa, pas vrai ?

Je me souviens que, le soir, seule dans ma chambre dans notre maison de Sturefors, j'attendais que toi, maman, tu viennes me voir. Que tu me dises quelque chose de gentil, que tu me caresses affectueusement le dos.

Mais tu n'es jamais venue.

Alors, je passais des heures à fixer le plafond blanc sans parvenir à trouver le sommeil.

Une nuit d'orage, je suis allée jusqu'à votre lit et me suis glissée contre toi. J'avais cinq ans.

Tu as allumé ta lampe de chevet.

Papa dormait près de toi.

Tu m'as regardée.

Allonge-toi contre moi, m'as-tu dit. Tu as peur du tonnerre ?

Tu as éteint la lumière et j'ai senti la chaleur de ton corps sous ta chemise de nuit, ce qui m'a aidée à trouver le sommeil.

Quand je me suis réveillée le lendemain matin, tu étais déjà debout. Je t'ai rejointe dans la cuisine.

Tu étais mal réveillée, des valises sous les yeux.

« Je n'ai pas dormi de la nuit, m'as-tu dit. À cause de toi, Malin. »

Je n'ai plus jamais senti ton corps chaud à travers ta chemise de nuit.

Tu étais tellement en colère, maman.

C'était comme si tu n'étais pas là bien que tu fusses omniprésente à la maison. Tu décidais comment je devais m'habiller, ou tu aurais voulu le faire, tu essayais de me rendre plus féminine, car c'était ainsi que devaient être les jeunes filles. Je détestais les robes que tu voulais me faire porter. Les jupes.

Et j'ai dû me brider, quand tu faisais tout ce que tu pouvais pour me rabaisser et me remettre à ma place.

Tu n'es pas très intelligente, Malin.

Marie-toi avec un homme riche.

Avec de la chance, tu pourras peut-être devenir maîtresse dans une maternelle. Ça devrait te convenir. Mais surtout, n'en fais pas trop.

Marie-toi avec un homme qui a un joli nom de famille.

Je veux que tu partages mon propre échec, mon incapacité à accepter ce que j'ai reçu et réalisé moi-même.

Tu détestais la réalité, maman.

Me détestais-tu aussi ? Parce que je te rappelais ta triste réalité ?

Tes paroles acerbes, ta voix envieuse, quand je rentrais à la maison avec mes diplômes.

Est-ce que tu flirtes avec tes professeurs ?

Et quand Tove est venue au monde. Tu m'as reproché ma maladresse, comment avais-je pu tomber enceinte comme ça ? Si jeune ? Tu m'as dit que je n'étais plus la bienvenue, que tu n'allais plus pouvoir regarder vos amis en face parce que je n'avais pas pu m'empêcher d'écarter les jambes.

Tove.

Tu ne l'as jamais regardée. Jamais prise dans tes bras. Tu avais décidé qu'elle était une honte, juste parce qu'elle n'entrait pas dans tes projets, qu'elle jurait avec le tableau de ta vie, ce portrait parfait que tu t'efforçais de peindre.

Personne n'aimait ce tableau, maman.

Moi, je n'aimais que toi.

Je désirais ton amour. Mais tu ne me l'avais pas donné dans mon enfance, il n'y avait pas de raison que tu le fasses maintenant que j'étais adulte. Tu n'en avais certainement pas l'intention.

L'amour existe-t-il ?

De quoi avais-tu peur, maman ? Dieu sait à quel point j'aurais eu besoin que tu me soutiennes quand j'ai intégré l'école de police, alors que j'étais seule avec Tove.

Papa nous rendait parfois visite à Stockholm.

Tu refusais de l'accompagner.

Les femmes ne sont pas faites pour être policier.

Nous nous sommes éloignées au fil des ans. La haine a pris le pas sur l'amour, au point de totalement le supplanter, si bien que je me suis mise à te mépriser, maman.

La mère que je n'ai jamais eue me manque, mais pas la mienne.

Est-ce que ça fait de moi une mauvaise personne ?

4

Une désagréable odeur de brûlé flotte, certainement provoquée par l'explosion qui a eu lieu sur un chantier quelques instants plus tôt, et ternit le soleil printanier.

Malin rejoint son père dans le vestibule de la chapelle, voudrait passer son bras autour de sa taille, voit qu'il préférerait être ailleurs.

Le vent agite la couronne d'un chêne foisonnant de bourgeons pas encore éclos. J'avais raison, pense Malin, même les arbres qui semblaient morts bouillonnent maintenant de vie.

Le pasteur sourit, s'approche de son père, murmure des paroles que Malin n'arrive pas à saisir. Elle prend ensuite la main de son père et sent les doigts doux de Tove se refermer sur son autre main. Jan a déjà filé, il se tient devant sa voiture, une vieille Jaguar métallisée retapée par ses soins, et Malin a l'impression qu'il aimerait s'allumer une clope, même s'il n'a jamais fumé de sa vie.

Son père libère sa main et s'écarte. Après quoi les personnes qui ont assisté à la cérémonie défilent devant eux et lui serrent la main.

« Merci d'être venus.

– Le café sera servi chez nous, dans notre appartement de la rue Barnhemsgatan.

– On va passer. »

Ces gens, pas encore marqués par le poids des années, commencent à se faire vieux et se réjouissent certainement de ne pas être dans ce cercueil.

Malin imagine que ce sont ses collègues de la police criminelle de Linköping. Une femme corpulente aux cheveux teints en roux se mue ainsi en Sven Sjöman, son chef sexagénaire qui, l'année passée, a repris les kilos qu'il s'était donné tant de mal à perdre et qui s'est remis à gémir au moindre effort. Des gémissements qui font redouter à Malin qu'il suive le même chemin que sa mère.

Un vieil homme au front haut devient Johan Jakobsson, ce père de famille accompli à qui sa vie rangée semble si bien profiter. Un gentleman au teint halé devient Börje Svärd, qui a rasé sa moustache après que sa femme Anna est décédée d'une sclérose en plaques, quelques années plus tôt. Depuis, Börje n'a jamais fréquenté aucune femme et se consacre tout entier à ses chiens, au tir au pistolet et à son travail.

Quant à ce taré de Waldemar Ekenberg, policier violent et énergique, il est incarné par une petite bonne femme décharnée, cramée par la cigarette, à la voix rocailleuse et volontaire.

« Mes sincères condoléances. Malheureusement je ne pourrai pas passer prendre le café. C'était quelqu'un de bien. »

Son collègue le plus proche prend ici les traits d'un sympathique oncle paternel au nez pointu qui cligne des yeux, pas tellement différent du Zeke de la réalité, celui au crâne rasé, au regard d'acier, qui couche avec Karin Johannison, la belle technicienne de la police scientifique, quoique tous les deux mariés.

Le défilé est terminé.

Chacun regagne sa voiture sur le parking. Aucun d'entre eux ne ressemblait à Karim Akbar, le Kurde d'à peine quarante ans qui dirige la police de Linköping. Après son divorce, Karim a repris son activité, a fini d'écrire son livre débat sur les questions d'intégration et se montre désormais dans les journaux et à la télé avec ses costumes impeccables et ses cheveux bien coiffés. Il a rencontré une nouvelle femme, une procureur que Malin ne supporte pas. Une lâche, une authentique carriériste qui ne leur permet même pas d'interroger les pédophiles suspects.

Des jeux, pense alors Malin, maman est morte. C'est la crémation de ma propre mère et tout ce que je fais c'est jouer à des petits jeux.

Tove a rejoint Jan près de sa Jaguar.

Ils se revoient, Jan et elle, pour Tove.

Malin ne fait aucun commentaire en arrivant devant Jan. C'est mieux ainsi, mieux de ne pas exprimer sa colère, son amertume et sa solitude.

Ils parlent de Tove. Des affaires qu'ils vont devoir lui acheter, déterminent qui doit payer quoi, comment et où leur fille doit passer son temps libre, ses vacances.

Est-ce qu'il sort avec une autre femme ?

Malin n'a rien remarqué, rien vu, rien entendu. Habituellement, elle a du flair pour ce genre de choses. Tove n'a jamais fait la moindre allusion à une nouvelle femme dans leur pavillon.

Malin prend son père sous le bras, le guide en direction du parking et lui demande :

« Seront-ils nombreux à passer prendre le café ?

– Ils viennent tous sauf Dagny Björkqvist. Elle devait se rendre à un autre enterrement à Skärblacka. »

Skärblacka et son incinérateur de déchets. Le plus grand de la plaine de l'Östergöta. Certains jours, l'odeur se répand jusqu'à Linköping tel un nuage puant.

Pas de nuage en provenance de Skärblacka, aujourd'hui. Dieu soit loué.

Juste cette étrange odeur de brûlé, comme une odeur d'explosion et, Malin préfère ne pas y penser, de chair carbonisée, de terreur.

Pourrait-il s'agir de maman ?

Les corps sont incinérés sur place, dans un crématorium relié à la chapelle par des souterrains. Se peut-il que sa mère soit déjà en train de brûler, que les flammes destructrices caressent son corps, que ce soit l'odeur de la chair carbonisée de sa mère qui se répand de manière invisible dans l'atmosphère ?

Mais non.

La cérémonie vient à peine de se terminer.

D'ailleurs, le cercueil doit certainement encore être dans la chapelle, n'est-ce pas ? Malin a une soudaine envie d'y retourner, de soulever le couvercle du cercueil, de poser sa main chaude sur la joue de sa mère et de lui dire au revoir, adieu maman, maman je te pardonne, quelles que soient les raisons qui t'ont poussée à te comporter comme tu l'as fait.

Mais elle reste sur le parking avec son père.

Elle regarde partir les voitures, l'une après l'autre, évacue l'image du cercueil. Pour se changer les idées, elle rallume son téléphone, elle pianote fébrilement sur le clavier et, dès que le téléphone capte le signal, la sonnerie retentit.

Le numéro de Sven Sjöman apparaît sur l'écran.

Lui ?

Maintenant ?

Il sait pourtant que je suis aux obsèques de ma mère. Il a dû se produire quelque chose de grave pour qu'il m'appelle maintenant. Malin ressent un picotement familier, cette excitation qui s'empare habituellement d'elle quand elle a le pressentiment, l'espoir qu'une nouvelle grande enquête est sur le point de commencer. Vient ensuite la honte, double maintenant, d'envisager l'appel de son boulot avec soulagement, à cet instant et de cette manière.

Qui a fait une mauvaise rencontre, cette fois ?

Des poivrots se sont entre-tués ?

Un vol avec violence ?

Des enfants ?

À nouveau les fillettes, les anges.

Bon sang, pourvu que ce ne soit pas à elles qu'il est arrivé malheur. Pas les enfants.

« Malin.
– Malin ? »

La voix de Sven, troublé, presque embrouillé. Puis il se reprend.

« Je sais bien que je t'appelle au mauvais moment, mais il vient de se produire un truc épouvantable. Quelqu'un a fait sauter une bombe sur la Grand-Place. Une très grosse charge. Il y a de nombreux blessés. Peut-être aussi des morts. C'est un véritable chaos et… »

Elle entend les paroles de Sven. Mais qu'est-ce que c'est que ce bordel ? De quoi est-ce qu'il parle ? Elle comprend sans comprendre et ses lèvres remuent :

« J'arrive. »

Son père l'observe, l'écoute parler et sait qu'elle s'apprête à partir. Il a l'air effrayé, mais hoche la tête en silence, comme s'il voulait lui dire : « Je vais me débrouiller. » Pourtant, Malin sent autre chose dans son regard, une sorte de soulagement dont elle n'arrive pas à saisir la nature.

« Rejoins-nous directement sur place.
– Je suis là dans cinq minutes. Peut-être dix. »

Elle raccroche, rajuste sa robe longue et s'élance en direction de Jan et Tove.

Jan la regarde d'un air inquiet, tandis qu'elle approche en trottinant plus qu'en courant, gênée par la longueur de sa robe.

S'il y a un pompier dont l'expérience peut être précieuse sur la place en ce moment, c'est bien Jan.

À quoi ça peut bien ressembler, là-bas ?

Certainement à une vraie scène de guerre. Avec des membres arrachés, du sang et des cris. Jan connaît parfaitement. Le Rwanda, Kigali, la Bosnie, le Soudan.

« Il faut qu'on y aille. Toi et moi », dit-elle en le prenant par le bras.

Puis elle lui explique ce qui vient d'arriver.

« Allez-y, je m'occupe de papi et du café, intervient Tove. Allez-y, c'est plus important.

– Merci », dit Malin avant de lui tourner le dos comme elle l'a fait si souvent, trop souvent, par le passé.

Son père les a rejoints.

« Papa, c'était mon chef. Il vient de se passer quelque chose d'épouvantable, il faut que je parte.

– Alors va, lui dit-il sans hésiter. On te gardera du café au chaud, je te le promets. »

Il ne lui demande pas ce qui s'est passé, ne semble même pas curieux.

Un instant plus tard, Malin est assise au volant de sa Golf de service flambant neuve, Jan à ses côtés.

Son père et Tove prennent la Jaguar.

Les rayons du soleil printanier ont rendu l'air dans l'habitacle aussi brûlant que celui du Sahara. Dans le rétroviseur, Malin aperçoit son père et Tove sur le parking de la chapelle. Ils s'enlacent, mais elle ne voit pas s'ils pleurent. Elle ne le croit pas et préfère s'imaginer qu'ils se contentent de puiser chez l'autre l'énergie nécessaire pour affronter le reste de la journée, les épreuves futures.

Jan prend une profonde inspiration, puis s'éclaircit la voix avant de dire :

« J'ai vu ce que peuvent causer les explosions sur les corps humains, Malin. Attends-toi au pire. »

5

Deux pigeons gris donnent des coups de bec dans ce que Malin pense être un morceau de chair. C'est bien de la chair humaine, n'est-ce pas ? De la chair arrachée à un corps, comme si des dents de sauriens aussi tranchantes que des lames de rasoir l'avaient mis en pièces.

Les pavés de la Grand-Place sont couverts de cendres et de débris.

Est-ce vraiment de la chair, là-bas ?

Malin se dirige vers la masse qui jonche le sol du côté de la pharmacie. Elle agite les bras pour faire fuir les pigeons, il ne faut pas qu'ils bouffent ça.

On dirait...

Non, ce n'est pas possible.

Non, non, non.

Tandis qu'elle s'approche à pas lents de ce qu'elle n'a pas envie de voir, sa robe noire est soulevée par un coup de vent.

Jan et elle s'étaient garés devant le Hamlet. Depuis la Grand-Rue, ils n'avaient vu aucun dégât, personne. Au contraire, ils avaient été accueillis par un silence absolu en ouvrant les portières de la voiture, et s'étaient précipités en direction de la place, du spectacle d'apocalypse qui les y attendait.

Peut-être que sa conversation avec Sven n'avait été qu'un rêve ? Peut-être n'y avait-il pas eu d'explosion ? Peut-être ne s'agissait-il pas d'une bombe, mais d'une simple conduite de gaz qui s'était rompue ? Mais il y avait belle lurette que le gaz de ville avait disparu de Linköping.

Aux abords de la place, ils avaient soudain ralenti le pas, comme s'ils avaient voulu s'armer, se préparer, revêtir leurs personnalités professionnelles.

Les pavés devant la boutique de chaussures et la maison de la presse étaient jonchés d'éclats de verre provenant des vitrines soufflées. L'odeur écœurante de chair et de cheveux brûlés prenait au nez, mais Malin n'entendait aucun cri.

Ils avaient tourné à l'angle de la galerie et vu la place.

En découvrant ce spectacle de désolation, Malin avait failli tourner de l'œil. Elle avait dû s'arrêter pour reprendre son souffle, pendant que Jan se précipitait vers les ambulances et les véhicules de pompiers rassemblés sur la place, près du Grand Hôtel et du Mörner.

Les pompiers et les ambulanciers s'affairaient parmi les victimes allongées à même les pavés, sous des couvertures de survie scintillantes, leurs têtes ensanglantées bandées à la va-vite. Plusieurs des blessés parlaient au téléphone.

Certainement avec leurs proches. Et Malin elle-même fut prise d'une envie bizarre d'appeler Tove, bien qu'elle l'eût seulement quittée quelques instants plus tôt.

Partout du verre, des objets de toutes sortes et de la poussière. Le petit stand du fleuriste renversé, des tulipes éparpillées sur le sol. Un lévrier blanc égaré, complètement affolé, courait dans tous les sens, les pattes ensanglantées. Des pigeons rasaient la scène et semblaient se refléter dans les morceaux de verre. La totalité des fenêtres de l'hôtel donnant sur la place, peut-être une cinquantaine, avait été soufflée par l'explosion et des millions d'éclats couvraient les pavés en contrebas. Au rez-de-chaussée, le restaurant de l'hôtel était désert et ouvert aux vents, comme une vision chaotique du jugement dernier.

Malin avait plissé les yeux.

Senti de nouveau l'odeur de chair et d'étoffes brûlées.

Elle avait vu des policiers en uniforme dérouler un ruban pour établir un périmètre de sécurité.

Elle avait essayé de s'y faire, de comprendre ce qu'elle voyait, de forcer ses yeux à accepter l'aveuglante lumière printanière qui faisait ressembler les gens encore présents sur la place à des morts, leur teint pâle en contraste avec le rouge du sang sur les pavés.

Le vieux marchand de saucisses.

Le parasol devant sa camionnette n'était plus qu'un tronc métallique effeuillé.

Ses boîtes de saucisses s'étaient renversées sur les pavés. Aux terrasses, les toiles de chanvre des marquises avaient été emportées, comme si une bouche géante était descendue du ciel et avait aspiré tout l'air pour ensuite projeter des débris de verre sur les habitants de Linköping profitant ce jour-là du soleil printanier sur la place principale de la ville.

Deux voitures radio étaient garées plus loin, près de l'ancien tribunal. Il y avait un trou noir puant là où s'était trouvé le distributeur automatique de la SEB. Mais aucune trace de billets sur la place, ils avaient dû tous être désintégrés par l'explosion.

Pouvait-il s'agir d'une attaque de distributeur qui aurait mal tourné ?

Non.

Cela faisait des années qu'aucune attaque de distributeur automatique n'avait été signalée dans le pays. Ceux qui voulaient voler de l'argent dans un distributeur procédaient désormais à l'aide de faux lecteurs ou dérobaient une carte et son code.

De plus, la bombe était d'une puissance démesurée, avait pensé Malin.

Les caméras de surveillance devant le distributeur semblaient miraculeusement intactes. Les vitrines avaient été soufflées et les châssis métalliques qui les maintenaient avaient éclaté dans l'explosion.

Des vélos renversés. Les pneus en lambeaux.

Sven ? Zeke ? Börje ? Johan ? Waldemar ?

Malin s'était frotté les yeux, elle ne distinguait aucun de ses collègues, mais savait qu'ils devaient se trouver quelque part dans cet univers désolé et silencieux.

La banque était déserte. Il y avait un groupe de curieux à l'angle du café et de la galerie d'art Le Passage. Au pied du bâtiment voisin, un autre distributeur automatique, celui de la Handelsbanken, était intact.

Pourquoi ? Cette banque n'avait pas été tenue pour responsable de la crise, contrairement à la SEB ? Elle avait su faire preuve de prudence ? Malin avait pensé à Annika Falkengren, la PDG de la SEB, qui avait été rémunérée vingt millions de couronnes l'année où la crise avait éclaté, et qui, non satisfaite, envisageait encore d'augmenter son salaire, alors que ses décisions avaient conduit des gens à la misère.

Un vampire bien pomponné qui suçait du champagne dans un château de Djursholm.

Malin comprenait très bien que quelqu'un ait eu envie de la faire sauter. Elle et tout ce qu'elle représentait.

Plusieurs fois, au cours de ces dernières années, Malin avait été écœurée par la cupidité des directeurs de banques. Et elle n'était pas la seule. Ces directeurs auraient mérité de devenir mendiants, comme toutes ces pauvres personnes qu'ils avaient ruinées.

Qu'est-ce que ces curieux font là ? Si près de la banque ?

Et s'il s'agissait d'un attentat ? Et si une deuxième bombe explosait ?

Un landau renversé.

Que faut-il pour m'ébranler ? pense Malin en voyant les pigeons picorer dans cette chair dont elle ne veut absolument pas connaître la provenance.

Des pompiers sont en train d'étaler des petites bâches jaunes en plastique sur d'autres morceaux de chair, des restes humains. Un pied. Un petit pied, un œil, un visage, qu'est-ce qui a bien pu se passer ici, bon sang ? Deux visages réduits en bouillie. Non.

Le lévrier aboie.

Agite ses pattes ensanglantées criblées d'éclats de verre, son sang gicle sur les pavés de la place. Malin aperçoit la carcasse impressionnante de Börje Svärd. Elle voit son collègue saisir la laisse du chien, s'agenouiller et le tirer à lui, puis le calmer en le caressant délicatement.

Vertiges.

Soif.

Le Hamlet est ouvert ? Elle aurait bien besoin d'une petite bière ou d'une tequila. Et ces maudits pigeons qui sont de retour. Arrêtez de picorer ce truc !

Devant l'entrée de l'hôtel, on charge un brancard dans une ambulance. Il y a un porte-sérum et un médecin que Malin connaît bien. Sa chemise bleue est couverte de sang.

Les pigeons.

Elle s'approche d'eux à nouveau.

Garde la tête froide, Malin, reste lucide, contrôle-toi. Elle aperçoit Jan, il a enfilé une veste jaune en gore-tex par-dessus son costume neuf et, avec des gestes calmes et méthodiques, prodigue des soins à deux étudiants blessés dont personne n'avait pu s'occuper jusque-là. Il bande leurs plaies aux bras tout en parlant avec eux pour les rassurer. Malin voit remuer ses lèvres et, sans entendre ce qu'il leur dit, elle n'a aucun doute sur la justesse de ses paroles. Elle a de nouveau envie de courir se réfugier au Hamlet.

Mais elle ne le peut pas.

Les pigeons.

Ils donnent des coups de bec dans la chair, la peau, les cheveux. Des cheveux d'enfant. Malin court vers eux en écartant les bras pour imiter un rapace.

Quelle indécence !

Elle chasse les pigeons qui s'envolent vers le ciel rejoindre les hirondelles.

Elle s'arrête près de la chose que les oiseaux étaient en train de picorer.

S'agenouille.

Tire sur sa robe.

Sent son ventre se contracter, mais parvient à contenir sa nausée.

Une joue carbonisée. Une jolie petite joue d'enfant, arrachée à un visage, à une pommette par une force destructrice implacable.

Puis l'œil, toujours à sa place, à l'endroit exact où il est censé être, au-dessus de la joue, comme s'il pouvait toujours voir.

Un petit œil marron qui fixe Malin, qui tente de lui dire, de lui demander quelque chose.

Elle détourne le regard.

Interpelle les pompiers avec leurs bâches jaunes.

« Par ici. Venez couvrir ça. »

Est-ce moi que tu vois, Malin Fors, ou bien est-ce ma sœur jumelle ?

Je ne sais pas, je n'ose pas vérifier, baisser le regard sur les restes de ce que je fus, de ce que nous fûmes, ma sœur et moi.

Nous avions tout juste six ans, Malin.

Six ans.

N'est-ce pas trop court pour une vie ?

Nous en voulons plus.

Peut-être pourrais-tu nous en rendre un peu, Malin ? Et papa, où est-il ? Pourquoi n'est-il pas là ? Il devrait être à nos côtés. Nous voulons qu'il vienne car maman est partie avec l'ambulance. Elle nous a presque rejointes, n'est-ce pas ?

C'est désert et sombre ici, et ce chien blanc, plein de sang, qui court partout, nous fait peur. Emmène le chien, Malin, emmène-le loin d'ici.

Maintenant, tu t'éloignes sur la place, tu n'as pas osé regarder la joue et l'œil. Les éclats de verre craquent sous tes semelles et tu te demandes combien de personnes sont mortes. Deux enfants ? Deux fillettes ? Plus ?

Nous savons tout cela, tout ce que tu penses, maintenant, Malin, bien que nous n'ayons que six ans. Soudain, nous comprenons tout, nous parlons comme des adultes et, grâce à ces connaissances, nous comprenons que nous ne savons rien. C'est ce constat d'ignorance qui nous effraie, qui nous fait tellement peur que tu peux entendre nos cris se propager dans l'air. Nous sommes ici, pourtant ailleurs.

Sven Sjöman et Zeke se tiennent près d'une voiture noire devant le Mörner. Tu t'approches d'eux, Malin.

Tu as peur, toi aussi, n'est-ce pas ? Tu te demandes où cette affaire va te mener. Tu redoutes les envies, le besoin de clarté que notre mort violente suscite en toi.

Qu'elle fasse danser en toi tout ce que tu sais du Mal.

Nous avions six ans, Malin.

Tout juste six ans.

Puis nous avons été anéanties. Et tu sais que nous pouvons t'anéantir à notre tour.

C'est la raison pour laquelle tu nous aimes, n'est-ce pas ? Parce que nous sommes en mesure de te donner la paix. La même paix que tu peux nous apporter.

Sven Sjöman se penche sur la voiture, la peinture noire accentue encore plus son profil et les rides profondes qui parcourent son front, conférant à son visage une expression déterminée, dure et inébranlable.

Leur effervescence à tous contraste avec le calme ambiant.

Zeke salue à nouveau Malin, lui adresse un signe de tête qui, elle le sait, signifie : « Salut, partenaire, on va pouvoir se mettre au boulot. » Elle le regarde alors en pensant : Qu'est-ce que je ferais sans toi, Zeke ? Serais-je capable de continuer à faire ce travail s'il t'arrivait malheur ?

Zeke la regarde d'un air grave.

« Deux morts, au moins, annonce Malin. Deux enfants. »

Zeke secoue la tête, ferme les yeux.

« Une femme est gravement touchée, ajoute Sven.

– Et combien d'autres blessés ? s'enquiert Malin.

– Environ une trentaine, répond Sven. Des blessés légers. Surtout des coupures, la plupart sont moins touchés qu'ils en ont l'air.

– Il me semble que c'est déjà pas mal, intervient Zeke. Deux enfants, tout de même. Quel âge ?

– On ne le sait pas encore, dit Malin. Mais j'en ai vu suffisamment, là-bas, pour pouvoir confirmer qu'il y a au moins deux enfants. Karin et son équipe viennent d'arriver, ils nous le diront. »

Du coin de l'œil, Malin aperçoit la séduisante technicienne de la police scientifique Karin Johannison se diriger vers la bâche en plastique sous laquelle se trouve la joue d'enfant.

« Est-ce qu'on doit craindre une seconde explosion ? demande Malin. C'est très courant dans les attentats terroristes, une première bombe explose, puis une seconde, là où les gens paniqués sont allés trouver refuge.

– C'est ce qui s'est produit lors de l'attentat de Kuta, à Bali, ajoute Zeke.

– Il va falloir virer les curieux, dit Sven. Établir des barrages supplémentaires, faire contrôler la place par des chiens, évacuer les blessés. Interroger tous les témoins potentiels.

– Je doute qu'il y en ait une autre, estime Malin. Elle aurait déjà explosé.

– On est certains, au moins, qu'il s'agissait d'une bombe ? fait remarquer Zeke. Ça pourrait pas être autre chose ?

– Que veux-tu que ce soit d'autre, putain ? » s'emporte Sven. Malin se dit qu'elle ne l'avait pas entendue jurer depuis une bonne dizaine d'années, si elle l'a déjà entendue jurer un jour. Elle sent la colère se répandre insidieusement dans son regard. Bientôt trente-cinq ans dans la police, on se dit qu'on a tout vu, tout entendu, et puis, un beau jour, une bombe explose en pleine matinée, sur la plus grande place de la ville. Par où commencer, par où finir ? Comment protéger les habitants ? Comment se protéger soi-même, et comment protéger ses collègues pendant qu'ils font leur travail ? On se sent dépassé.

« Une fuite de gaz, tente Zeke à voix basse.

– Ça fait maintenant dix ans qu'il n'y a plus de gaz de ville à Linköping.

– Est-ce qu'il ne pourrait pas s'agir d'un casse de distributeur de billets ? suggère Zeke. D'une tentative de vol qui aurait mal tourné ?

– La bombe était beaucoup trop puissante pour un simple distributeur automatique, objecte Sven. Même si j'admets qu'il existe des bourrins qui n'y vont pas avec le dos de la cuiller. Je viens d'aller voir les employés de la banque, ils m'ont assuré que leur agence n'avait pas fait l'objet de la moindre tentative d'attaque jusqu'à aujourd'hui. Mais ils étaient nerveux, on va devoir interroger le personnel dès que possible.

– C'est autre chose, intervient Malin. On le sait tous les trois.

– Des menaces téléphoniques ?

– Pas à notre connaissance », répond Sven.

Une Mercedes noire franchit le périmètre de sécurité, passe devant leurs collègues en uniforme et s'arrête devant le cinéma d'Ågatan.

Karim Akbar, le chef de la police de Linköping, en sort.

Malin scrute à nouveau la place et remarque quelque chose qui lui avait échappé jusque-là : Daniel Högfeldt, reporter à l'*Östgöta Correspondent*, et d'autres journalistes s'affairent au milieu des blessés toujours présents à l'intérieur du périmètre de sécurité.

Quelqu'un pourrait les faire dégager ?

Les questions des journalistes lui parviennent aux oreilles, telle une rumeur diffuse, elle entend crépiter les appareils photo, voit clignoter les témoins d'enregistrement rouges des caméras de télé, puis la voix de Karim retentit :

« Eh bien, ça promet d'être l'une de nos plus grosses affaires. L'invasion médiatique a déjà commencé. »

Malin aimerait pouvoir lui envoyer son poing à la figure, lui crier :

« Des enfants sont morts, aujourd'hui, désintégrés par une explosion et toi tu ne penses qu'aux médias ! »

« Karim, dit Sven d'une voix calme. Il est très vraisemblable qu'une bombe ait explosé sur cette place. Très vraisemblable, également, que deux jeunes enfants aient été tués et une femme grièvement blessée. On a de nombreux blessés. Alors, rassure-moi, c'est bien ça notre problème, n'est-ce pas ? Pas les médias. »

Karim fronce les sourcils.

« C'est pas ce que je voulais dire. Vous pensez qu'il y a d'autres bombes ? On a peut-être affaire à un attentat terroriste d'envergure internationale ?

– On ne peut jamais être certain dans ce genre de situation, intervient Malin.

– Il faut faire évacuer la place, poursuit Karim. Tout de suite. »

Sur ce, il tourne les talons et se dirige vers un groupe de policiers en uniforme un peu plus loin.

« Écoutez-moi », leur crie-t-il.

« À quoi est-ce qu'on peut bien avoir affaire ? s'interroge Sven en rentrant son ventre. Malin, t'en penses quoi ? »

Malin secoue la tête.

« Aucune idée.

– Zeke ?

– Ça n'a rien d'une banale histoire de vol avec violence. Ni d'un mauvais coup de gamins. C'est sûr. Et si des types avaient voulu dévaliser le distributeur automatique, ils auraient agi de nuit, et non pas en plein jour, avec tout ce monde sur la place. Non, c'est autre chose. »

Ils se taisent.

Puis Zeke reprend :

« Je n'ose même pas l'envisager. Mais est-ce que Karim ne pourrait pas avoir raison quand il parle d'un attentat terroriste aux connexions internationales ? L'œuvre de terroristes islamistes ? Mais qu'est-ce qu'ils seraient venus foutre à Linköping ? »

Ils demeurent une fois de plus silencieux.

Tu as raison, pense Malin. Pourquoi des terroristes auraient-ils fait exploser une bombe à Linköping plutôt qu'ailleurs ? Mais, d'un autre côté, pourquoi pas ? Les appartements de Skäggetorp, de Ryd, ou de Berga sont tout autant susceptibles d'abriter une cellule terroriste qu'un appartement de Rosengård, Madrid ou des banlieues sud de Paris.

Les policiers en uniforme que Karim vient de réprimander commencent à chasser les journalistes, les photographes et les curieux de la place dévastée. Malin assiste alors à la prise en main par le jeune chef de la police d'une situation décrite dans aucun manuel.

Est-il possible, pour un Kurde chrétien comme lui, d'imaginer un lien avec les islamistes ? De toute évidence. Quelle est la religion majoritaire, au Kurdistan ? Le chiisme ? Ou bien le sunnisme ?

Les ambulanciers et les pompiers évacuent les derniers blessés encore présents. Börje Svärd marche vers la place de l'Hôpital avec le lévrier en laisse.

Bientôt, tous les accès à la Grand-Place sont barrés par de la rubalise.

« Putain, qu'est-ce que ça peut bien être ? » répète Sven.

Les trois policiers sentent la passivité envahir leurs corps à la manière d'un venin paralysant, sans qu'aucun d'entre eux n'ait le courage de s'y arracher, comme si tous les trois s'étaient attendus à n'importe quoi ce jour-là, sauf à cela. Comme si les forces qui avaient été libérées dans la ville leur paraissaient quasi surnaturelles, comme si la responsabilité qui reposait désormais sur leurs épaules était déjà trop lourde à porter.

Puis ils se dévisagent entre eux. Comme s'ils se demandaient : Par où diable allons-nous commencer ?

« Comment s'est passé la cérémonie ? finit par demander Sven.

– Oui, au fait, comment ça s'est passé, Malin ? » s'enquiert Zeke à son tour.

Malin les fixe tous les deux, laisse glisser son regard de l'un à l'autre, refuse de répondre à cette question stupide. Merde, comme si elle avait la tête à cela en ce moment.

« On va devoir mobiliser toutes nos forces dès maintenant, dit Sven en changeant de sujet. Tous ceux qui sont disponibles : Johan, Waldemar. Tout le monde, sans exception. On s'y met immédiatement. Compris ? »

Sven a l'air fatigué, pense Malin. On dirait qu'il a pris un coup de vieux.

« On reste encore un peu. On interroge le maximum de témoins, poursuit-il. Ensuite, je demanderai à Aronsson de s'assurer que tous ceux qui étaient présents sur la place ou à proximité ont bien été entendus. Comme je l'ai déjà dit, la banque n'avait fait l'objet d'aucune tentative de braquage jusqu'à aujourd'hui. Quand je suis passé tout à l'heure, les employés étaient rassemblés dans une salle de conférence. Ils n'ont pas été très bavards, sans doute encore sous le choc, mais aucun d'eux n'est blessé. Le souffle de l'explosion devait être dirigé vers l'extérieur. J'ai eu une brève discussion avec le directeur. Il n'a rien remarqué de particulier. »

Une sonnerie retentit dans les oreilles de Malin.

Un timbre faible mais aigu. Elle se demande d'où cela peut venir.

« Vous entendez ce bruit ? demande-t-elle. Ça pourrait pas être une autre bombe ? »

Ces paroles ont fusé hors de sa bouche.

Les autres la dévisagent d'un air inquiet.

Ils tendent l'oreille.

« Je n'entends rien », dit Zeke.

Sven secoue la tête.

Tout à coup, le bruit s'évanouit, comme aspiré dans les chambres vides du Grand Hôtel.

Les pigeons sont de retour.

Ils tirent sur les bâches en plastique jaunes qui recouvrent les corps des fillettes. Le soleil, entre deux bâtiments, fait briller les éclats de verre. Malin pense: Quelle est cette chose qui a été libérée, qui a éclos sous la forme d'une fleur noire ?

Quel est ce Mal ?

Elle perçoit alors un nouveau son.

Aigu. Une sorte de sifflement monotone s'échappe d'un sac noir que l'explosion semble avoir projeté contre la véranda de l'hôtel, devant laquelle plusieurs curieux continuent de jouer les voyeurs.

Une expression de terreur dans les yeux de Zeke et de Sven.

« Putain ! Putain ! » s'écrie Zeke en se précipitant vers le sac.

À l'autre bout de la place, Malin voit Jan s'élancer à son tour.

6

Zeke saisit le sac noir.

Malin crie : « NON ! NON ! »

Sur le coup, il avait envisagé de se jeter dessus, d'étouffer le souffle de l'explosion à venir avec son corps.

C'était absolument contre toutes les règles, mais qui se soucie des règles quand une bombe est sur le point d'exploser ?

Dans des circonstances comme celles-là, tout sac abandonné doit être détruit par les équipes de déminage.

Pourtant, Zeke l'empoigne.

Il doit le jeter loin des curieux.

Mais, soudain, le bruit cesse.

Il tend alors le sac à Jan qui ouvre la fermeture Éclair et commence à fouiller.

Zeke voit des gouttes de sueur perler sur le front de Jan, sent Malin dans son dos.

Des vêtements.

Des livres.

Un iPod.

Et, enfin, un téléphone. Jan jette un œil à l'écran, le brandit devant leurs yeux : *Appel manqué.*

« Drôle de sonnerie », lance-t-il avec un sourire en coin. Puis il lâche le sac et, quelques secondes plus tard, un homme d'âge moyen surgit de l'hôtel en criant : « C'est mon sac. J'étais assis plus loin, à la terrasse du Mörner. Il a dû être projeté jusque-là par l'explosion. »

Malin, Zeke, Börje Svärd et Sven Sjöman, qui viennent d'être rejoints par Johan Jakobsson et Waldemar Ekenberg, interrogent méthodiquement tous les blessés légers restés sur la place, ceux qui ont été jugés aptes à rentrer chez eux après avoir été entendus sans risquer de tomber en état de choc. Ils passent ensuite aux témoins qui se sont précipités sur la place, attirés par le bruit de l'explosion, par la rumeur répandue en vagues à travers la ville, l'onde de choc de la déflagration.

Tous doivent être interrogés sans exception.

Comment savoir qui détient des informations ? Comment savoir quelle direction prendra cette enquête ?

Quand ils avaient fait le point, Johan avait paru choqué dès le début. Le fait que les fillettes aient eu le même âge que ses propres enfants n'y était probablement pas étranger. Curieusement, Börje n'avait pas dit un mot. Quant à Waldemar, il était resté aussi impassible que de coutume. Une cigarette au coin de la bouche, son regard habituellement inébranlable, celui qu'il ressort systématiquement en cas de besoin. Malin sait que sa femme a perdu son travail quelques mois plus tôt, quand le couperet a fini par s'abattre sur les usines Rex Components. Mais son chômage ne semble pas tracasser Waldemar outre mesure.

Comme à son habitude, Zeke positive, même s'il semble quelque peu ému. Comme s'il refusait toujours de croire à ce qui venait de se produire, une attitude qui le grandit et le dévalorise en même temps.

Ils posent des questions par milliers.

Mais obtiennent presque toujours les mêmes réponses.

« Avez-vous remarqué quelque chose de suspect ?

– Non. »

« Que faisiez-vous quand l'explosion a eu lieu ?

– Je prenais un café, tout était comme d'habitude. »

« Je ne sais rien. »

« Je n'ai rien vu. »

« Je suis venu ici par curiosité. »

La même terreur dans leurs yeux, dans leurs corps. Que s'est-il passé ? Le déni et l'envie de savoir s'entremêlent et s'expriment par une frayeur toutefois trop faible pour tenir les voyeurs à l'écart du lieu de la catastrophe. Comme après le onze septembre, quand des hordes de curieux avaient déferlé là où les gratte-ciel s'élevaient encore quelques heures plus tôt et où des milliers de gens étaient morts. Dans leurs regards, à la télé, on pouvait lire que la curiosité était plus forte que la peur.

Malin enchaîne les témoins.

Elle interroge en ce moment une étudiante au front bandé qui ne doit guère avoir que quatre ans de plus que Tove :

« J'étais en train de boire un Coca à la terrasse du Mörner, je voulais profiter un peu du soleil avant d'aller réviser à la bibliothèque. Je crois que l'explosion provenait de la banque. C'est en tout cas l'impression que j'ai eue. Qu'est-ce qui s'est passé, d'après vous ? Qui a pu faire un truc aussi débile ?

– C'est ce que nous nous efforçons de découvrir », répond Malin. Mais elle devine aussitôt à la moue de la gamine que celle-ci est très sceptique quant aux compétences de la police.

Quelques heures plus tard, toutes les personnes présentes ont enfin été entendues. De même que le personnel de la banque, y compris le directeur. Cependant, plusieurs employés avaient déjà quitté l'agence pour retrouver leurs familles.

Un grand nombre de policiers en uniforme les ont aidés à interroger tout ce monde. Hésitants et impressionnés, ils ont parcouru la place, un bloc-notes à la main, parmi les habitants de Linköping qui s'étaient rassemblés là, et obtenu les mêmes réponses que Malin et ses collègues.

Personne n'a rien vu.

Aronsson a déjà organisé les futures auditions des blessés conduits à l'hôpital et de ceux dont on avait relevé les noms qui s'étaient volatilisés avant d'avoir été entendus.

Malin se promène au milieu des objets qui jonchent le sol, entend éclater les bouts de verre sous ses semelles, voit Karin Johannison passer au peigne fin les alentours de la banque en quête d'indices.

De nombreux policiers sont présents.

Quand un événement pareil survient, les baisses d'effectifs subies ces dernières années à cause de la crise passent inaperçues. Les problèmes budgétaires sont alors relégués au second plan. Pourtant, ils auraient besoin de beaucoup plus de policiers dans la ville. En particulier à la brigade des mineurs. Le pourcentage de poursuites engagées est en effet ridiculement bas par rapport au nombre d'actes de pédophilie qui leur sont rapportés: seulement un signalement sur dix donne lieu à une enquête.

Insignifiant. La protection des enfants devrait être une priorité absolue, pense Malin. Que vaut une société qui ne protège pas ses enfants ?

La joue, la joue d'enfant.

Qui étais-tu ? se demande Malin, rejoignant Sven.

La panique et l'effroi ont déserté ses yeux, cette fois.

On ne distingue plus dans son regard que la détermination sereine des policiers expérimentés.

« Maintenant, on rentre au poste, annonce-t-il. On se réunit et on fait le point sur la situation. »

Malin était d'abord passée sans s'arrêter devant l'appartement de ses parents dans Barnhemsgatan, censée se rendre directement au commissariat situé dans les vieux quartiers près de la Garnison. Mais elle avait finalement fait demi-tour.

Il faut que je rentre, que je voie Tove et mon père, que je participe à la réception qu'ils donnent pour la crémation de ma mère.

Elle avait laissé sa voiture sur l'ancienne gare routière.

Même ici, l'air empestait. Une légère pointe de brûlé. Mais aussi une odeur de crottes de chien en provenance du parc municipal. L'odeur de ces centaines de merdes que les maîtres avaient eu la flemme de ramasser et qui se mêlait désormais à l'air printanier.

Dans la rue, il restait encore du sable répandu par le service de la voirie lors des dernières gelées. Comme pour leur rappeler que l'hiver n'était pas encore très loin. Malin se trouve maintenant dans le séjour de ses parents, près de la fenêtre. Elle scrute la pièce, écoute son père et Tove dans la cuisine.

Tous les invités sont partis.

Elle a raté le café, mais l'odeur graisseuse et écœurante des biscuits et des toasts flotte toujours dans la pièce, lui donne faim.

Dans la cuisine, son père fait la vaisselle. Il passe des coups de brosse rapide sur leur vieille porcelaine, tandis que Tove essuie.

« Si tu as faim, il y a à manger dans le frigo. »

Il adresse un sourire à Malin, semble presque soulagé. Tu te sens libre, maintenant, papa, c'est ça ?

« Je n'ai pas faim, répond-elle.

– Pourtant, tu devrais, insiste Tove. Mange au moins quelque chose. »

Malin ouvre le frigo, pioche quelques crevettes sur les toasts.

Une bouteille de liqueur de mandarine juste devant elle, dans la porte.

L'envie d'alcool la saisit au ventre, au cœur, à l'âme, et elle dit, pour penser à autre chose :

« Tove, tu te souviens que tu raffolais de ces crevettes en bocal quand tu étais petite ?

– Ça m'étonne, ironise Tove. Je n'avais quand même pas si mauvais goût. »

Alors, son grand-père éclate de rire, mais s'arrête aussitôt.

« Jeudi, on a rendez-vous chez un avocat pour la succession, annonce-t-il. Chez Maître Strandkvist. À deux heures dans son cabinet, au numéro douze de la rue Saint-Lars. Il faut que ce soit fait. »

Bien sûr qu'il faut que ce soit fait, pense Malin. Et, malgré elle, elle se met à penser à l'héritage. Elle sait que, dans la situation actuelle, son père va tout récupérer, ce qui éveille en elle un sentiment de convoitise. Elle se dit qu'elle prendrait bien sa part des millions de couronnes que doit valoir l'appartement de ses parents à Ténérife.

Je veux ma part.

Donne-la-moi.

Elle est à moi.

La cupidité de l'être humain est le principal allié du Mal. J'en ai rien à foutre de ce putain d'héritage.

« Ne t'en fais pas, ça se passera bien, le rassure Malin après avoir chassé ces pensées. C'est une simple formalité. »

Son père opine mais poursuit :

« Je ne m'en fais pas pour ça, c'est juste que…

– Je comprends que ce ne soit pas agréable. Mais on sera ensemble, hein ? Tout se passera bien, je t'assure.

– Est-ce que je dois venir aussi ? demande Tove.

– Non, toi tu en es dispensée », répond son grand-père.

Tove acquiesce en reposant son torchon sur le plan de travail.

« Il faut que je retourne au boulot. On va avoir du pain sur la planche. »

Jusque-là, aucun d'eux n'a fait la moindre allusion à l'explosion.

Comme si l'horreur qui était survenue à seulement cinq cents mètres appartenait à un autre monde.

« On comprend, dit Tove. On a vu le flash spécial sur Östnytt. C'est vrai ce qu'ils ont dit ? Il y avait des enfants ? »

Tove ne semble pas effrayée.

Ni émue.

Juste curieuse. Elle est déjà trop consciente de la violence de notre monde pour être choquée.

« Je n'ai pas le droit d'en parler pour l'instant.

– Qu'est-ce que vous savez ? Il doit bien y avoir des trucs que tu as le droit de dire, non ? »

C'est alors que Malin comprend qu'ils ne savent rien, en dehors du fait qu'ils ne doivent pas eux-mêmes se laisser gagner par la panique, qu'ils doivent veiller à ce que le choc qui a frappé la ville et ses habitants ne s'étende pas à la police. Il faut qu'on garde la tête froide, se dit-elle. Il le faut, même si ce sera probablement difficile.

Malin les laisse dans la cuisine.

On dirait que vous vous entendez bien, tous les deux, pense-t-elle en dévalant les marches.

Åke Fors observe sa fille par la fenêtre du séjour.

Voit comme le printemps semble l'envelopper, la protéger d'un avenir incertain.

Il tambourine sur l'un des pots de fleurs, se dit qu'il n'aura jamais le courage de lui avouer, que tout se jouera dans le cabinet de l'avocat. Que cette affaire doit être réglée et que le plus tôt sera le mieux.

Il voit Malin passer devant la Jaguar de Jan. La lumière transforme sa chevelure blonde en une auréole.

Il la voit rayonner et pense :

Tu ignores quelle bombe est sur le point d'exploser dans ta vie. Tu n'en as pas la moindre idée. Et j'espère que tu parviendras à me pardonner.

Quand Malin entre dans la salle de réunion, à trois heures et demie, toute l'équipe est déjà sur place et le tableau blanc couvert d'écritures.

Elle porte toujours sa robe noire.

Se rend compte que celle-ci n'est pas appropriée, et qu'elle est couverte de poussière.

Ses collègues sont de retour.

Chacun est à son poste.

Leurs vêtements sont tachés par endroits, exactement comme la robe de Malin, en souvenir du chaos qui dominait la place.

Il règne cependant dans la pièce un silence rare.

Qui dissimule certainement un état de confusion extrême, un émoi immense. Que s'est-il passé ? Quel Mal, jusque-là tapi sous la neige, vient de s'échapper ? Ce que nous prenons pour la beauté du printemps ne pourrait-il pas être, en réalité, une nouvelle forme mutante du Mal dissimulée derrière des couches et des couches de couleurs et de senteurs étranges ?

Malin s'assied à côté de Zeke.

Voudrait pouvoir regarder par la fenêtre. Contempler l'aire de jeu de la maternelle, où des enfants jouent dans le bac à sable, conduisent des voitures en plastique, sautent à la corde, grimpent sur la cage à poule flambant neuve dont les couleurs pétantes, les tons pastel, rappellent à Malin ce qu'elle ressentait quand elle avait la gueule de bois.

Les policiers attendent en silence que Sven Sjöman, à qui a été confiée la direction de l'enquête préliminaire, soit prêt. C'est lui qui va avoir la tâche d'animer la première réunion d'enquête sur l'explosion, vraisemblablement d'origine criminelle, qui a eu lieu devant l'agence de la SEB, sur la Grand-Place, à Linköping, le 7 mai. Explosion qui a coûté la vie à deux fillettes, encore non identifiées, et grièvement blessé cinq autres personnes.

Le commissaire principal termine d'écrire sur le tableau et se retourne vers ses collègues qui, l'espace de quelques secondes, espèrent qu'un miracle se produise, que Sven leur apprenne qu'il vient de résoudre l'affaire, directement, pour qu'ils puissent écarter la menace d'un nouvel attentat et ainsi rassurer les habitants.

Malheureusement, ce printemps n'est pas une époque de miracles à Linköping.

« Je préfère vous prévenir tout de suite, commence Sven Sjöman. La Säpo est en route. Il se peut en effet qu'il s'agisse d'un acte terroriste. Officiellement, cette affaire est la nôtre, bien évidemment, mais on est tout de même supposés aider les types de la Säpo dans leur enquête parallèle. En revanche, comme vous vous en doutez, nous n'avons rien à attendre de leur part en retour.

– Ben voyons, lance Waldemar Ekenberg.

– Ta gueule, Waldemar, lui intime Karim Akbar. Je viens d'avoir Karin Johannison au téléphone. Elle a procédé à une analyse rapide des alentours du distributeur, histoire d'être sûre : il s'agit bien d'un attentat à la bombe. Toute aide sera donc la bienvenue. La bombe semble avoir été placée à quelques mètres du distributeur, et non dessus, et le souffle de l'explosion a été principalement dirigé vers la place. Apparemment, il s'agissait d'une charge particulièrement puissante, équivalant à environ une kilotonne. Or, dans les cas précédents d'attaque de distributeur à l'explosif, les charges employées étaient vingt fois moins fortes. J'estime donc qu'on peut d'ores et déjà exclure la théorie d'une tentative de casse qui aurait mal tourné. »

Tous les policiers semblent d'accord avec lui : ce n'est pas une investigation banale.

« J'ai fait la liste des principales pistes envisageables dans cette affaire », enchaîne Sven en leur indiquant le tableau.

Cette affaire, pense Malin.

La joue. L'œil qui la fixe.

Deux gamines sont mortes.

Et Sven parle d'une « affaire », mais c'est seulement sa manière à lui de prendre le recul nécessaire vis-à-vis de la violence pour mener l'enquête le plus efficacement possible.

« Que sait-on des victimes ? » s'enquiert Malin.

Ses collègues se retournent tous vers elle. Leurs regards indiquent qu'ils viennent seulement de se rappeler où elle était dans la matinée, ce qui vient de se produire dans sa vie.

De l'embarras.

De la compassion.

Elle déteste la compassion. Mais elle ressent aussi du doute dans leurs yeux : la pression va-t-elle la faire replonger ? Va-t-elle se remettre à boire ?

« Ne vous en faites pas pour moi, dit Malin pour les devancer. En plus, j'ai l'impression qu'on va avoir besoin de moi, ici, n'est-ce pas ? »

Johan Jakobsson opine. Karim également :

« Nous te sommes tous reconnaissants de penser aux victimes avant tout.

– Donc, qu'est-ce qu'on sait d'elles ?

– Pas grand-chose pour l'instant, reconnaît Sven. On pense qu'il s'agissait des filles de la femme qui est actuellement à l'hôpital universitaire, dans un état critique. Apparemment, les fillettes et elle étaient les plus proches de la bombe quand celle-ci a explosé. Les victimes sont deux gamines, c'est tout ce que Karin a pu établir avec certitude pour le moment. Mais elles n'ont pas encore été identifiées. »

Malin acquiesce.

« Est-ce qu'elles auraient pu être visées ? demande-t-elle.

– Il est plus que probable qu'elles n'aient été que des victimes innocentes, répond Sven. Qui ont eu la malchance de se trouver au mauvais endroit au mauvais moment. »

La malchance ?

Malin sent qu'elle a pris le parti des fillettes.

Si cela leur importe, là où elles sont maintenant.

Nous sommes là, Malin.

Près de toi.

Mais aussi partout.

Nous n'avons pas le courage de prêter l'oreille à tout ce que vous dites dans la salle de réunion, quand vous parlez de différents groupes au sein de la société.

Vous rabâchez tout le temps la même chose, à la manière typique des adultes, vous voulez tout comprendre.

Vous vous demandez si les extrémistes de droite, si puissants en ville, peuvent être à l'origine de l'explosion. Mais ils sont favorables aux banques, non ? Au capitalisme ? Et derrière leurs déclarations bruyantes et nauséabondes, ce sont en réalité des gens inoffensifs qui n'ont jamais vraiment fait de tapage dans Linköping, sinon à l'occasion de quelques manifestations qui ont dégénéré.

C'est celui qui s'appelle Karim qui parle.

Devons-nous l'écouter ? Tout ce que nous désirons, c'est voler jusqu'à maman et lui caresser la joue.

Mais nous restons et écoutons.

Il évoque la piste terroriste.

Vous autres ne voulez pas envisager cette idée, mais il en parle quand même. Peut-être est-il au courant de quelque chose que vous ignorez ?

Il pose la question sans détour : Est-il possible que cet attentat ait été perpétré par les islamistes ? Une cellule terroriste a-t-elle pu se cacher à Linköping ? Existe-t-il, au sein de la communauté musulmane de la ville, un courant radical minoritaire susceptible d'avoir manipulé de jeunes chômeurs en colère ?

Sven proteste, affirme qu'aucun extrémiste d'aucune sorte n'a été signalé parmi les musulmans de la ville. Qu'il n'existe pas plus de problèmes sociaux chez eux qu'au sein d'autres groupes frappés par le chômage.

Karim persiste : Il faudra tout de même interroger l'imam, tôt ou tard. Et la Säpo est peut-être mieux informée que nous. Même si ça peut paraître tiré par les cheveux et être interprété par certains comme un acte de racisme, on va devoir l'interroger. Regardez ce qui s'est passé à Örebro. Ce prisonnier de Guantánamo fréquentait quand même la mosquée avant de se rendre au Pakistan pour y mener des actions terroristes. Mais que savait vraiment l'imam d'Örebro ? Et qu'est-ce qui nous dit qu'il n'existe pas une cellule terroriste chez nous, à Linköping ?

Puis nous entendons les pensées de Karim : Bien que la Suède ait envoyé des troupes en Afghanistan, les gens ne semblent pas comprendre que nous sommes en guerre. Les islamistes veulent nous faire la peau. Ils veulent massacrer nos familles, nos femmes et nos enfants. C'est soit eux, soit nous. C'est aussi simple que ça.

Vous réfléchissez trop. Vous vous efforcez de rationaliser le Mal.

Nous ne nous posons pas autant de questions. Nous savons. Est-ce mieux ?

Vous parlez tellement.

Non, nous n'avons pas envie de vous entendre décrire la manière dont nos corps ont été réduits en morceaux, Malin, la manière dont nous avons explosé, dont notre sang a teinté de rouge la jolie place, la rendant terrifiante. Non, nous préférons regarder jouer les enfants sur l'aire de jeu de la maternelle, imaginer que nous pouvons encore faire de la balançoire, du toboggan, sauter et courir ou tout simplement manger des fruits pour le goûter.

Ça, c'est cool.

Super cool.

Et puis il a raison, Sven, c'est notre maman qui est dans un lit d'hôpital avec des tuyaux qui entrent et qui sortent de son corps et sa respiration effrayante.

Voilà que vous recommencez vos bavardages, même si Börje et Johan ne disent pas un mot. Mais toi, Malin, tu interviens, soutenue par Zeke, tandis que Waldemar est plutôt sceptique, renfrogné et fâché, et nous nous disons qu'il ferait bien de sortir fumer une cigarette pour se détendre. C'est ce que faisait notre papa, de temps en temps. Il était gentil. Mais il n'est pas là.

Vous discutez des activistes de Linköping. De ceux qui sont proches de l'extrême gauche, des étudiants qui ont réussi à faire fermer toutes les boutiques de fourrure de la ville et qui ont peut-être décidé de s'en prendre aux banques, désormais. Vous évoquez la possibilité d'un attentat dirigé directement contre la SEB et ces salauds de vautours capitalistes.

Ça vaudrait la peine de contrôler les activités et les relations des activistes connus, dit Sven.

Tu fais la moue, Malin, tu n'y crois pas ? Mais qui aurait cru qu'une bombe exploserait un jour en plein centre de Linköping ?

Les enfants, là, dehors. Ils grimpent tout en haut de la cage à poule, mais nous planons encore plus haut.

Nous ne pourrions pas planer plus haut.

Maintenant, vous parlez des caméras de surveillance, vous envisagez de vous procurer des enregistrements et de les analyser, de vérifier s'il est possible d'y distinguer le coupable ou la bombe avant son explosion.

La police scientifique est déjà à l'œuvre, dit Sven.

Elle relève les indices, essaie d'en savoir plus sur la bombe, tente d'identifier les victimes.

Vous devez vous renseigner pour savoir si cette banque a fait l'objet de menaces, ces derniers temps.

Vous n'avez pas trouvé d'autre bombe sur la place, mais peut-on envisager de nouveaux attentats contre d'autres banques ? Ici ? Ailleurs ? Vous vous posez tous la question, mais c'est Sven qui la formule en premier. Impossible de le savoir, dit Karim, mais on ne peut pas sécuriser tout Linköping en attendant que quelqu'un revendique l'attentat ou brandisse la menace de nouvelles attaques.

Ne cessez-vous jamais de discuter ? Ce n'est vraiment pas drôle.

Karim raconte comment s'est passée sa conférence de presse et vous avertit que des centaines de journalistes sont certainement massés devant les portes du commissariat, dans l'espoir que quelqu'un leur livre des informations.

Ils s'ennuient, les journalistes, mais sont capables, en une seconde, de se rassembler comme une meute de varans assoiffés de sang.

Tu te dis qu'il existe tellement de théories, Malin, tellement de pistes, par où commencer ?

Soudain, le téléphone de Sven sonne.

La femme avec des tuyaux dans le ventre, dans la gorge et dans les jambes, notre maman, a repris connaissance pendant quelques secondes, et a dit comment elle s'appelait. Elle s'appelle Hanna, Hanna Vigerö, et nous, nous nous appelons Tuva et Mira et il n'y a que toi qui puisses nous aider, Malin, que toi, et nous te faisons confiance.

Sven Sjöman raccroche.

« On sait maintenant qui est entre la vie et la mort à l'hôpital universitaire. Une certaine Hanna Vigerö, trente-huit ans. Elle avait des jumelles qui, selon toute vraisemblance, sont les deux victimes, Tuva et Mira Vigerö, six ans. Domiciliées à Ekholmen.

– Elle a repris connaissance ? s'enquiert Waldemar Ekenberg. Si elle s'en sort, le ou les salauds qui ont fait ça auront une vie en moins sur la conscience.

– À condition qu'ils en aient une, de conscience, commente Börje Svärd.

– Ça, j'en doute, confirme Waldemar.

– Elle a repris connaissance un court instant, appuie Sven. Il va falloir qu'on prévienne ses proches.

– Je m'en charge, intervient Johan Jakobsson d'une voix calme. Je me charge aussi des activistes des droits des animaux et des extrémistes de droite.

– Est-ce qu'on peut l'interroger ? demande Malin.

– Pas d'après les médecins. Elle est toujours entre la vie et la mort, répond Sven. Elle doit subir une opération lourde dans l'après-midi. On va devoir patienter avant de pouvoir l'interroger. Aronsson et d'autres vont tâcher de recueillir les témoignages des autres blessés hospitalisés. Apparemment, ils sont tous en état d'être entendus. Ensuite, ils passeront à ceux qui ont quitté la place avant d'avoir été interrogés et dont on a noté les noms. Malin : Zeke et toi allez rendre une petite visite à l'imam, même si vous estimez qu'il est prématuré de s'intéresser à la piste islamiste.

Waldemar : Börje et toi, vous interrogerez les employés de la banque qui étaient absents tout à l'heure. OK ? Dites-leur qu'on va avoir besoin des enregistrements de leurs caméras de surveillance. Et vérifiez aussi les autres caméras de la ville. Ils doivent bien en avoir la liste au conseil du comté, non ? »

Börje acquiesce et dit :

« C'est comme si c'était fait.

– Je flaire déjà l'odeur du sang, ricane Waldemar.

– Quant aux hyènes, j'en fais mon affaire, déclare Karim. Les journalistes vont être déchaînés. Et pour ce qui est de la Säpo, on attend qu'ils rappliquent. »

Sur le tableau derrière Sven, les mots « islamistes » et « activistes » sont soulignés.

« Est-ce que ça ne pourrait pas être la famille qui était visée ? Plutôt que les banques ou la population en général ? » suggère Malin.

Ses collègues la dévisagent. Apparemment, aucun d'entre eux n'avait envisagé l'enquête sous cet angle.

« C'est peu vraisemblable, Malin, dit Sven. Ça dépasse l'affaire personnelle. Elles passaient là par hasard et, si vraiment on avait voulu s'en prendre à elles, il y aurait eu des tas de moyens plus simples que de poser une bombe devant une banque, pas vrai ? »

Malin acquiesce.

« Je voulais simplement évoquer cette éventualité.

– Étant donné ce que vous venez de vivre, il va vous être proposé à tous un suivi psychologique, leur annonce Karim. Des spécialistes se tiendront à votre disposition. Si vous voulez en rencontrer un, vous n'aurez qu'à le dire. »

Sous-entendu : Ne le dites pas maintenant. Si possible, ne le dites jamais. Ne vous rabaissez pas au niveau de ces conneries. Soyez forts, faites ce que l'on attend de vous, évitez de flancher, ne cédez pas à vos faiblesses. C'est le moment de passer à l'action, pas de participer à des thérapies débiles.

« Commencez par l'imam, leur ordonne Sven. Mais allez-y mollo. Je ne tiens pas à ce que les journaux nous décrivent comme des racistes islamophobes. Et puis, comme on l'a dit, il est peu probable que l'attentat soit l'œuvre des islamistes.

– Peut-être qu'on ferait mieux d'attendre un peu, dans ce cas ? suggère Malin.

– Vous allez interroger l'imam, intervient Karim. C'est un ordre. Il faut absolument qu'on mette la main sur les salauds qui ont fait ça au plus vite. Ces gamines avaient encore toute la vie devant elles. Exactement comme ces mômes, là, dehors. Si ça implique de casser quelques œufs, on le fera. Compris ?

– Tu m'étonnes, qu'il faut interroger l'imam », commente Waldemar.

Malin perçoit cependant une pointe de scepticisme dans les regards de Zeke, Johan et Börje : Qu'est-ce que ça va bien pouvoir nous apporter, si tôt dans l'enquête, alors qu'absolument aucun élément ne pointe dans cette direction ?

Mais les préjugés ont la vie dure.

Et ils nous influencent. Surtout quand on est confronté à des menaces extérieures mal définies.

Malin jette un œil par la fenêtre. Dans la cour de la maternelle, elle voit deux enfants ramper vers l'entrée d'une maisonnette et a l'impression qu'ils disparaissent, qu'ils sont aspirés dans une autre dimension.

7

Nous arrivons dans un endroit si obscur et étroit que nous ne parviendrons peut-être jamais à en ressortir.

Mais est-ce nous qui sommes tristes et qui pleurons ?

Ou bien ce sont d'autres enfants ?

Qui vivent encore.

Nous les voyons, maintenant, Malin. Il y a une petite fille et un garçon encore plus jeune, enfermés dans le noir, ils ont peur et ils crient.

Ils sont liés à nous, mais de quelle manière, Malin ? Comment ? Il faut que nous le sachions.

Ils ont été enfermés là par des gens malfaisants. Ils pleurent, ont envie de dormir. Sont tellement tristes.

Nous, en revanche, nous sommes heureuses, maintenant.

Nous jouons au chat dans cet univers blanc qui n'appartient qu'à nous, où de nouvelles fleurs éclosent inlassablement sur les cerisiers, exhibent leur beauté, leur amour de la vie.

J'essaie de l'attraper, puis elle essaie à son tour, nous nous pourchassons.

Nous nous envolons, laissant derrière nous l'aire de jeu de la maternelle, la maisonnette, tous ces jeux dont nous ne pouvons profiter.

Les ampoules sont toutes allumées en même temps, elles nous éblouissent, mais les paupières de maman sont closes et nous ignorons si elle nous reverra un jour, si elle nous caressera à nouveau le dos avec ses mains chaudes, le soir, quand nous irons nous coucher.

Maman.

Le docteur est en train de couper dans ta chair, nous ne voulons pas voir cela. Un drap vert recouvre ta peau, là où il enfonce son scalpel. Nous fermons les yeux.

Mets ta main devant nos yeux, maman.

Et papa. Il devrait être là, hein, maman ?

Mais il n'est pas là, pas avec nous, en tout cas.

Maman.

Ne peux-tu pas nous rejoindre ?

Je voudrais tellement être avec vous, mes enfants.

Je vous vois et vous entends, mais il m'est impossible de vous rejoindre pour le moment. Je dois d'abord laisser ces gens tenter de me sauver. Je n'ai pas envie qu'ils y parviennent, je ne veux pas de cet amour, ni de cette joie que pourrait peut-être encore m'offrir ce magnifique mois de mai.

Je me languis de vous retrouver, vous et papa. Je veux que notre famille soit de nouveau réunie. Pourtant, je dois rester là où je suis.

Ne pleurez pas. Ne soyez pas tristes. Je sens vos larmes sur ma joue. Rassurez-vous, je suis endormie et ne sens rien quand le monsieur coupe dans mon corps. Et puis il fait cela par gentillesse.

Je vous rejoindrai sans doute bientôt.

Mais je ne peux pas vous le promettre.

On ne fait pas toujours ce qu'on veut. Et, ça, vous le savez déjà, n'est-ce pas ?

Les flashs m'adorent, se dit Karim Akbar, ils m'adorent et font monter en moi l'adrénaline, l'injectent directement dans mes veines et, alors, je me sens exploser de vie.

Il y a au bas mot une centaine de journalistes dans la salle du tribunal mise à leur disposition pour la conférence de presse.

Karim se tient derrière un large bureau en bois clair. Il lève les bras pour tenter de faire taire la foule qui l'assaille de questions. Car il faut la dompter et la discipliner, cette foule.

Il tend les bras, s'efforce de la contenir, de la faire asseoir, et elle finit par lui obéir.

Il se dit que s'il manquait d'assurance quand sa femme l'a quitté, son nouvel amour, en revanche, l'a rendu plus fort que jamais, il peut désormais tout affronter.

Que signifie être seul ? Il y a toujours un nouvel amour qui attend quelque part pour quelqu'un comme moi. Je suis prétentieux, certes, mais je peux me le permettre.

La foule s'assied bientôt, tout ouïe, les flashs des appareils photo cessent et il leur révèle ce qu'il sait à propos de la bombe, leur précise que les victimes devront rester anonymes tant que leur famille n'aura pas été informée. C'est tout. Rien en ce qui concerne les pistes ou d'éventuels suspects. À peine a-t-il fermé la bouche que les questions fusent à nouveau.

« Est-ce que vous soupçonnez un groupe de terroristes ? »

« La Säpo va-t-elle intervenir ? »

« Croyez-vous qu'il s'agisse d'un attentat dirigé contre les banques ? »

« Doit-on craindre d'autres attentats ? »

« L'attentat a-t-il été revendiqué ? »

Il répond de manière évasive à toutes les questions, les informe que, pour le moment, ils ne peuvent exclure aucune possibilité, que personne n'a revendiqué l'attentat.

« Et les victimes, qui sont-elles ? La femme va-t-elle s'en sortir ?

– Par respect pour les proches... »

Encore dix, vingt questions avant qu'il se lève, dise : « C'est tout pour le moment » et quitte triomphalement la salle.

Daniel Högfeldt coupe son dictaphone, contemple la porte de secours par laquelle Karim Akbar vient de disparaître. Ses collègues ont l'air décontenancé, semblent se demander ce qu'ils vont bien pouvoir tirer de ces déclarations. Il lit le doute dans leurs yeux : Ça s'est réellement passé ? Une bombe a-t-elle vraiment explosé dans cette petite ville de province ? De l'inquiétude, également : Si ça peut arriver, alors tout peut arriver. Personne n'est en sécurité, jamais, nulle part.

La police ferme les vannes de l'information. Comme toujours quand une enquête est au point mort.

Karim Akbar se comporte comme un enfoiré d'homme politique, se dit Daniel. D'un aplomb qu'on ne lui avait encore jamais vu.

Malin.

Certainement en pleine enquête.

Cela fait très, très longtemps qu'ils ne se sont pas vus. Seulement une fois depuis sa sortie de désintox. C'était chez lui. Ils avaient alors couché ensemble, mais elle semblait préoccupée et absente.

En fait, il avait cru qu'il l'aimait, à une époque.

C'était avant qu'il fasse la connaissance de la femme avec qui il sort maintenant. Malin serait certainement furieuse si elle l'apprenait.

Mais je me fous pas mal de ce que tu penses, Malin Fors. Tu as eu ta chance.

Pourtant, il se demande comment elle va. Elle ne l'a jamais rappelé. Mais il en va probablement ainsi avec les amours qui ne débouchent sur rien.

Karim Akbar.

Ce type est devenu un tel connard prétentieux. Et dire qu'à un moment je croyais qu'il avait changé. Mais personne ne change jamais.

« Est-ce que les femmes ont le droit d'entrer ? »

Il est bientôt cinq heures.

Malin et Zeke se tiennent devant l'entrée de l'usine d'Ekholmen qui abrite la mosquée de Linköping. Le bâtiment s'élève au pied d'un talus boisé, des murs de brique recouverts d'une peinture blanche écaillée, un toit en tôle ondulée maintenu par des appliques métalliques rouillées et une porte en fer encore plus oxydée. Plutôt déprimant, comme lieu, se dit Malin en levant les yeux vers le talus tapissé d'anémones des bois et de primevères. En ce moment, la nature semble avoir un appétit sexuel débordant. Elle dégage une forte odeur, celle de deux personnes qui viennent de faire l'amour. Légèrement faisandée, comme si le meilleur était déjà passé.

Depuis le début du printemps, elle avait souvent pâti du manque de sexe.

Éprouvé le désir d'une bonne baise, sauvage et intense, avec un partenaire qui ne lui poserait pas de questions.

Elle aurait bien besoin de se détendre. Mais avec qui ?

N'aurais-je pas plutôt besoin d'amour ? Comme si ça allait m'arriver maintenant. Elle sent alors son ventre se nouer. Ce qui lui manque, c'est une poitrine chaude contre laquelle se blottir, une paire d'oreilles pour l'écouter, un cerveau et un cœur pour l'aimer telle qu'elle est. J'ai tellement besoin d'une personne à aimer, se dit Malin, même si j'ai du mal à me l'avouer.

Il faut que je me concentre. Sur mon travail, sur notre visite à la mosquée.

« Aujourd'hui, les flics sont autorisés à aller partout où ils le souhaitent, dit Zeke. Même les femmes.

– Tu crois qu'il est là ? »

Mohamed Al Kabari.

Elle connaissait l'homme pour l'avoir vu dans le *Corren* et sur la chaîne de télé locale. Les médias le décrivaient généralement comme un démagogue barbu refusant de condamner les attentats du onze septembre et de Madrid.

Pourtant, il est opposé à toute forme de violence, se souvient Malin. Soudain, elle éprouve un malaise. Que font-ils ici, à ce stade de l'enquête, sans disposer du moindre début de preuve ?

Zeke tente d'ouvrir la porte, mais elle est verrouillée. Sous un judas, une sonnette noire et blanche, un vieux modèle remontant à Mathusalem.

Malin enfonce le bouton et, quelques instants plus tard, la porte s'ouvre sur un Mohamed Al Kabari tout sourire.

Il porte une barbe.

La bonne cinquantaine. Son nez pointu souligne l'intelligence de ses yeux marron.

« Je vous attendais, leur dit-il sur un ton amical et dans un suédois parfait. Entrez. »

Malin lui adresse un regard interrogateur et l'imam comprend aussitôt à quoi elle fait allusion.

« Les femmes sont les bienvenues en ce lieu. Au même titre que les hommes. Avec ou sans voile. »

Mohamed Al Kabari se meut avec aisance et souplesse dans sa djellaba blanche.

La mosquée est une immense pièce aux murs immaculés, précédée d'un petit vestibule avec des portemanteaux et d'une porte donnant probablement sur les toilettes. Le sol est recouvert de tapis d'Orient, épais et agréables sous la plante des pieds.

« Retirez vos chaussures. »

Al Kabari donne cet ordre d'une voix paternelle, qui ne souffre aucune protestation.

Le local est plus vaste qu'il y paraissait de l'extérieur, et haut sous plafond, mais Malin s'y sent à l'étroit. Al Kabari s'assied sur un tapis, dans un coin où filtrent les rayons du soleil, et replie ses jambes en tailleur sous l'étoffe blanche de sa djellaba.

« Asseyez-vous. »

Malin et Zeke s'asseyent. Al Kabari les observe, attend que l'un d'eux prenne la parole.

« Nous sommes ici dans le cadre de l'enquête sur l'explosion qui a eu lieu sur la Grand-Place aujourd'hui, commence Malin. Je suppose que vous êtes au courant. »

Al Kabari opine en agitant les bras.

« C'est épouvantable, commente-t-il.

– Deux fillettes sont mortes, ajoute Zeke.

– Je comprends pourquoi vous êtes là », soupire Al Kabari.

Malin s'entend alors le prier de les excuser, bien qu'elle ne l'ait jamais fait lors d'aucune autre enquête, ni en aucune autre occasion, d'ailleurs.

« Notre chef voulait que nous ayons une discussion avec vous. Vous savez, les attentats à la bombe et les musulmans. Pour la plupart des gens, ici, les deux vont de pair. Je vous demande de nous pardonner si vous vous sentez mis en cause. »

Al Kabari pose sur eux un regard compatissant. Tire sur le bas de sa djellaba pour couvrir un bout de jambe qui dépasse.

« Votre chef est un Kurde chrétien, il me semble ? fait-il remarquer.

– En effet, confirme Zeke.

– Il y a tellement de conflits en ce monde, reprend Al Kabari. C'est pourquoi j'œuvre en faveur de la compréhension et de la tolérance. De l'intégration des membres de notre communauté dans la société suédoise. Mais ce n'est pas une tâche aisée. Lorsque j'ai condamné l'attentat de Madrid, le *Correspondent* n'en a pas écrit une ligne. »

Malin scrute le local, se sent observée, épiée.

Pas de lumières rouges clignotant au plafond. Pas de caméras.

Bien sûr qu'il n'y en a pas, ici.

Moi et ma maudite paranoïa.

« Je ne vais pas y aller par quatre chemins, dit Zeke. Avez-vous remarqué ou entendu quelque chose parmi vos fidèles qui pourrait avoir un lien avec ce qui s'est passé ? »

Al Kabari secoue la tête.

« Pourquoi éprouvez-vous le besoin de poser cette question ? »

Puis il marque une pause avant de poursuivre :

« Notre communauté est paisible. Je vous assure que nous n'avons pas de fanatiques parmi nous. Il n'y a pas de cinglés, ici, pas de jeunesse désespérée, ni de talibans illuminés. Je peux vous le garantir. Il n'y a qu'un groupe de gens qui s'efforcent d'offrir à leurs familles des conditions de vie décentes. »

Malin perçoit de la sincérité dans la voix de l'imam. De l'inquiétude, également.

« Une réunion est prévue ce soir. De nombreux membres de notre communauté ont peur à cause de ce qui vient de se passer. Je sais que vous cherchez à mettre la main sur celui qui a tué ces malheureuses fillettes, dit-il. Je ne suis au courant de rien qui puisse vous aider. Mais j'espère que le coupable sera puni comme il le mérite. »

Alors qu'ils retournent à leur voiture, le téléphone de Malin se met à sonner. Elle se dit que c'est probablement son père ou Tove, que font-ils en ce moment ? Je devrais être avec eux.

Elle tire le mobile de sa poche. Le nom de Sven sur l'écran.

Elle s'arrête et décroche. À ses côtés, l'ombre squelettique de Zeke se dessine sur le sol à la lueur du soleil couchant.

« Ici Sven. Comment ça s'est passé à la mosquée ? Vous avez pu lui parler ?

– On en sort tout juste. Pour être sincère, je pense que les musulmans de Linköping n'ont rien à voir là-dedans.

– Il n'était au courant de rien ?

– Non. Et je pense qu'il disait la vérité.

– J'espère que vous êtes restés modérés dans vos propos. Il n'était pas furax de vous voir débarquer ?

– Non, il ne l'a pas mal pris. Il s'est montré compréhensif. Du nouveau ?

– Les agents en uniforme ont fini d'interroger tous les témoins présents sur la place, les blessés transportés à l'hôpital et ceux qui étaient rentrés chez eux. Mais ils n'ont rien remarqué de suspect. Que dalle. Et puis le vendeur de saucisses. On l'avait apparemment perdu dans la confusion. Il a déclaré se souvenir de Hanna Vigerö. Il a dit qu'elle et ses filles passaient régulièrement, en fin de matinée.

– Tu crois que ça peut signifier quelque chose ?

– Elle travaille dans un foyer pour adultes handicapés mentaux. D'après leur emploi du temps, ils ont parfois des matinées de libres, ça n'a donc rien d'étonnant. En plus, elle s'était fait porter pâle, depuis quelque temps.

– Et Waldemar et Börje, ils sont passés à la banque ?

– Oui, ils leur ont demandé de nous remettre les enregistrements des caméras de surveillance de l'agence. Ça arrive de Stockholm demain. Tout est centralisé là-bas. Ils ont également interrogé les derniers employés. Personne n'a rien vu d'inhabituel ni remarqué d'individus au comportement suspect. J'ai aussi parlé au responsable de la sécurité de la SEB, à Stockholm. D'après lui, la banque n'a fait l'objet d'aucune menace. Naturellement, il a mis en doute le fait que la bombe ait été dirigée contre eux et a estimé que c'était plutôt un hasard si elle avait explosé à cet endroit. Ce qui ne les a pas empêchés de prendre la décision de fermer toutes leurs agences pour une durée indéterminée.

– Ils ont pu s'entretenir avec le directeur de l'établissement ?

– Oui. Lui non plus n'a rien remarqué d'anormal. Il a bien insisté sur ce point.

– Et Johan ?

– Il est en train de recenser tous les extrémistes de gauche et même de droite de la ville. Il essaie de rassembler toutes les informations dont on dispose sur leur compte et d'identifier ceux qui mériteraient d'être interrogés, mais c'est un travail difficile, ça fait déjà quelques années qu'ils n'ont pas fait parler d'eux.

– Des cinglés venus d'ailleurs ont très bien pu élire domicile chez nous récemment, suggère Malin. D'Umeå, de Lund ou d'Uppsala. »

Elle entend Sven grogner à l'autre bout de la ligne.

« Et puis on en sait un peu plus sur Hanna Vigerö, ajoute-t-il ensuite. Il y avait une bonne raison à ce qu'elle se soit déclarée malade. Son mari, un certain

Pontus Vigerö, le père des fillettes, s'est tué dans un accident de voiture voilà quinze jours. Un accident dû au verglas, il a fait une sortie de route en se rendant au travail et s'est encastré dans un vieux chêne. C'était pendant la vague de froid qu'on a eue à la fin du mois d'avril, tu te rappelles ? Les routes étaient verglacées et la neige avait fait son retour. Il travaillait pour le fabricant d'ascenseurs Tidlund, à Kisa.

– Rien de louche dans cet accident ?

– Non, l'enquête a conclu à un banal accident de la route.

– La pauvre femme, commente Malin. D'abord, elle perd son mari. Maintenant ses enfants. C'est tellement atroce.

– C'est le moins qu'on puisse dire, approuve Sven.

– Des proches ?

– On n'a trouvé personne. Pas de grands-parents, que ce soit maternels ou paternels. Ils sont tous morts depuis longtemps.

– Pas d'amis non plus ?

– Non. Il semble qu'ils menaient une vie plutôt solitaire. »

Près de Malin, Zeke piétine sur place sur la pelouse.

« Et les fillettes ? Est-ce qu'on les a formellement identifiées ?

– Non. Karin et ses collègues sont en train d'effectuer des analyses ADN, ils comparent les échantillons prélevés sur elles avec ceux prélevés sur Hanna Vigerö. À part ça, rien de neuf du côté de la scientifique. »

L'espace d'un instant, c'est le silence à l'autre bout du fil et Malin en profite pour respirer les parfums du quartier. Il flotte dans l'air une odeur de viande et de cumin rôtis, avec une pointe de cannelle qui réveille la faim de Malin. Si seulement les gens cuisinaient fenêtres et portes de balcon fermées. Puis elle distingue une odeur généreuse, grasse et amère d'herbe printanière qui lui rappelle sa jeunesse, quand elle courait sur la pelouse de leur pavillon de Sturefors. La promesse d'une saison vivante et active. Elle avait aimé cette sensation de liberté infinie.

« Vous êtes toujours à Ekholmen ? demande Sven.

– Oui.

– Alors vous pourriez peut-être passer voir l'appartement de la famille Vigerö, comme vous êtes sur place ?

– Parce que c'est là qu'ils habitaient ?

– Je l'ai mentionné pendant la réunion. Tu ne t'en souviens pas ?

– Je n'y ai pas prêté attention, Zeke non plus.

– On a évoqué tellement de choses qu'il est difficile de tout enregistrer », la rassure Sven.

Mon cerveau ne fonctionne pas parfaitement, pense Malin. Trop d'événements qui s'enchaînent trop rapidement, comme si toute ma putain de vie n'était qu'une énorme explosion.

« Qu'est-ce qu'on va faire là-bas ? On a le droit de pénétrer comme ça chez eux ? C'est quand même les victimes.

– Entrez quand même. C'est important. Essayez de vous faire une idée du genre de personnes qu'ils sont, ou qu'ils étaient. Enfin, tu sais, Malin. Écoutez les voix de l'enquête. »

Les voix, pense Malin. Il faut que je les écoute.

Mais vont-elles se manifester dans leur appartement ?

« Ekholmsvägen 32 A. Allez là-bas et voyez ce que vous pouvez trouver dans leur appartement. »

Malin perçoit un timbre de sonnerie à l'autre bout du fil.

« Je raccroche, conclut Sven. J'ai quelqu'un à la porte du bureau. »

8

Sven Sjöman se renverse contre le dossier de son fauteuil, tandis que les deux hommes qui lui font face boivent leur café.

Ils se sont présentés par leurs noms de famille.

Brantevik, la cinquantaine, un costume en jersey marron élimé, le visage fatigué et cramoisi.

Stigman, un type dans les âges de Malin, blond, le menton volontaire assorti à son regard. Un look élégant et décontracté à la fois : chemise bleu ciel et jean noir.

La Säpo.

Il n'était même pas encore dix-huit heures et ils étaient déjà là.

« Vous avez progressé ? » s'enquiert Brantevik d'une voix enrouée.

Sven leur expose en détail les pistes qu'ils suivent actuellement.

Les deux agents de la Säpo se contentent d'acquiescer.

« Et vous ? leur demande Sven, tout en jetant un regard par la fenêtre. Qu'est-ce que vous avez pour nous ? Y aurait-il des connexions internationales dont nous devrions connaître l'existence ? »

Stigman prend une profonde inspiration avant de répondre, du ton de celui qui aime s'écouter parler :

« Les éventuelles informations de ce genre sont confidentielles. Mais, entre nous, je peux vous avouer que nous ne détenons pas la moindre indication. Nous n'avons reçu aucune mise en garde. »

Sven opine.

« Nous sommes descendus au Grand Hôtel.

– Il est ouvert ?

– Bien sûr, les chambres qui donnent sur l'arrière sont intactes.

– Putain !

– Apparemment, ils ont l'intention de servir le petit-déjeuner dans une salle de conférence. Quant à la réception, elle n'a pas trop souffert de l'explosion.

– Vous n'êtes que tous les deux ?

– Pour l'instant, répond Brantevik. Mais d'autres doivent arriver demain. C'est moi qui dirige notre enquête. Tenez-nous informés de vos progrès.

– Et vous nous tiendrez informés des vôtres ? »

Les deux hommes éclatent de rire et Stigman semble vouloir dire : « *Compte là-dessus, mon pote.* »

Une fois que les agents de la Säpo ont quitté la pièce, Sven se penche à nouveau en avant pour contempler l'hôpital.

Hanna Vigerö.

Là, quelque part, elle lutte contre la mort.

Dix autres personnes sont toujours hospitalisées, certaines pour plusieurs semaines. Les blessés légers rentreront bientôt chez eux, mais le traumatisme subi par la ville n'est pas prêt de s'effacer, peut-être même ne disparaîtra-t-il jamais tout à fait.

Par quoi ont-ils été frappés ?

Il pense à son équipe d'enquêteurs.

Se dit qu'ils vont avoir besoin de la détermination brutale de Waldemar Ekenberg, cette fois. Que les talents de Johan Jakobsson pour déterrer d'anciennes affaires sur son ordinateur, Dieu seul sait comment il s'y prend, vont leur être bien utiles. Tout comme la maturité de Börje Svärd et le sang-froid de Zeke. Mais ce dont ils vont probablement avoir besoin par-dessus tout, c'est de l'intuition de Malin. Peut-être celle-ci leur montrera-t-elle la voie ?

Et Karim Akbar.

Il semble qu'il soit arrivé à un carrefour dans sa vie et que, plutôt que de suivre la voie de la tolérance, il ait opté pour celle du sectarisme, pour celle du soit noir soit blanc, du nous contre eux. Mais qui pourrait l'en blâmer dans les circonstances actuelles ?

Malin.

Il sait qu'il devrait avoir une conversation avec elle, mais il n'a pas le temps. Elle va probablement se jeter à corps perdu dans son travail, alors qu'il serait sans doute plus raisonnable qu'elle lève le pied quelque temps, qu'elle se consacre aux siens, à Tove, surtout. Mais les gens, les contribuables de Linköping, ont besoin d'elle. Et tout de suite.

J'ai besoin d'elle maintenant, se dit Sven.

Et je pense que je vais la laisser suivre son instinct.

La cage d'escalier, dans la rue Ekholmsvägen, empeste la sueur, la fumée et le chien mouillé. Il y règne une humidité incroyable. Malin et Zeke ont l'impression de baigner dans la vapeur, comme au beau milieu de la jungle. Au plafond, un néon fendu diffuse sa lumière par intermittence.

Malin sonne à la porte des Vigerö.

« Ça m'étonnerait qu'on nous ouvre », fait-elle remarquer.

Ils attendent quelques instants.

Malin sonne à nouveau.

« Cette fois, on entre, finit-elle par dire.

– Je ne suis pas sûr qu'on ait le droit de faire ça.

– Si. Dans un cas comme celui-là, tout est permis. »

Sur ce, elle sort son trousseau de clés, saisit son crochet et, une minute plus tard, la porte de l'appartement s'ouvre devant eux.

Des murs fleuris dans l'entrée. Une étagère à chapeaux Ikea au-dessus d'un porte chaussures avec des souliers d'enfants et d'adultes de différentes tailles.

Une cuisine parfaitement rangée, aux meubles apparemment neufs. Un séjour avec un canapé d'angle à losanges verts, un écran plat. Aux murs, des photos de plages en noir et blanc. Certainement achetées chez Ikea, elles aussi.

Ils se rendent dans la chambre. Les stores sont baissés et une faible lumière filtre à travers les interstices. Deux lits couverts de couettes blanches.

Malin tend le bras vers l'interrupteur et allume.

La pièce baigne dans une lumière douce et Malin découvre des photos encadrées pendues au-dessus des lits. Des scènes de la vie des fillettes : assises dans un bac à sable, sur des poneys, sur une plage, à la kermesse de leur maternelle, sur une aire de jeu équipée d'un toboggan, au parc d'attractions de Gröna Lund, à Stockholm.

Un coffre en bois rempli de jouets en plastique aux couleurs pétantes. Des jeux soigneusement empilés. Deux poupées identiques.

Les portraits de deux fillettes.

Les plus mignonnes dont on puisse rêver.

De grands yeux magnifiques.

Une photo où leur maman leur caresse la joue.

Malin sent la respiration lourde de Zeke dans son dos. Son petit-fils a maintenant deux ans et demi. Elle sait qu'il ne l'a vu que deux fois. Difficile de maintenir des liens étroits quand son fils est une star de hockey américain.

« Putain ! s'exclame Zeke. Putain ! »

Malin s'assied sur l'un des lits. Pose ses mains sur la couette blanche.

Des sœurs jumelles. Elles devaient être inséparables. Les meilleures amies du monde. Unies contre tout le reste. Comme les sœurs le sont parfois. Comme les frères le sont souvent.

Tout à coup, la lumière au plafond se met à vaciller, un claquement se fait entendre et la pièce se retrouve plongée dans le noir. Malin a l'impression d'entendre à nouveau le sifflement, le même que sur la place.

Elle revoit l'œil dans l'obscurité, et la joue, le morceau de visage humain arraché, le débris de visage enfantin. Elle le distingue clairement. Maintenant, elle sait que l'œil et la joue appartenaient à l'une des fillettes. Mais à laquelle ? Cela n'a pas d'importance. C'est la joue des petites jumelles.

Mon Dieu, faites qu'elles ne souffrent plus là où elles sont, prie Malin. Enfin, le bruit disparaît et elle sort de la pièce en tâtonnant.

Malin, Malin.

Nous vous voyons, Zeke et toi, fouiller notre chambre, nous vous entendons pester en voyant nos beaux lits.

Ils sont beaux, n'est-ce pas ?

Vous ne remarquez rien de suspect, rien d'étrange. Il n'y a là que des affaires ordinaires, des photos ordinaires tirées d'une vie ordinaire. Mais était-ce bien le cas ?

Une vie de jumelles. Avec deux fois plus d'amour, deux fois plus belle.

Maman dort, maintenant.

Croyez-vous qu'elle reviendra vivre ici ?

Cela ne nous arrivera jamais.

Ici, il fait noir et froid. Comme dans une longue nuit de printemps. Et les câlins de maman et de papa nous manquent.

Mais où est papa, Malin ?

Où est-il ?

Où sont-ils ?

Maintenant, vous refermez la porte de ce qui était chez nous.

Tu scrutes la cage d'escalier, Malin, tu te demandes quels sont ces contours que tu distingues dans le noir.

Tu entends encore le sifflement. Ce sont des chants d'oiseaux ?

C'est seulement nous, Malin, nos corps qui planent dans l'espoir de trouver le repos en prenant possession de l'espace.

Mais cela ne marche pas, Malin, nous ne trouvons pas le repos.

9

Karim Akbar est assis à son bureau, avec l'impression d'être enchaîné à son fauteuil. Le dossier en cuir lui chauffe le dos et il rêve du corps de sa nouvelle compagne, il le désire, désire tout ce qu'elle est.

Il a envie d'entendre sa voix, de sentir son souffle quand elle lui murmure des paroles coquines à l'oreille.

Sa première femme, qui l'a quitté pour aller vivre à Malmö avec un enfoiré de camarade d'université en emmenant leur fils Bayran, pouvait bien aller au diable.

Mon nouvel amour me rend arrogant, pense Karim, mais c'est naturel.

Viviane est procureur. Elle était arrivée de Nyköping un an plus tôt. Cinq ans de moins que lui. Un fort caractère, intelligente. C'est comme si son ambition avait réveillé le fauve qui sommeillait en lui. Elle a réussi à lui redonner envie de faire carrière. Quant à elle, elle finira probablement procureur général.

La ministre de la Justice vient de l'appeler.

Elle voulait savoir où ils en étaient, où en était leur enquête. Karim n'avait pas été surpris de son coup de fil. Il n'était question que de cette bombe, aux actualités.

Sa télé est allumée.

Flash d'informations. Il voit défiler sous ses yeux des images de Linköping et de lui-même.

Puis le visage de la ministre de la Justice apparaît à l'écran. Ridé et affable.

« À l'heure actuelle, aucun élément ne permet d'établir de lien entre l'attentat de Linköping et le terrorisme international ... Je fais entièrement confiance à la police locale pour démêler cette affaire... »

Karim éteint la télé.

Tourne le regard vers le tribunal.

Au dernier étage, une pièce est éclairée. C'est son bureau. Il aperçoit sa silhouette, assise devant son ordinateur.

Puis son téléphone bipe.

Il lit le message.

« Je te vois. Je me caresse en te regardant. Rejoins-moi. »

Malin rentre chez elle à pied depuis la gare, respire le parfum délicat des fleurs du jardin botanique, ressent les signaux codés que les pistils semblent envoyer à son corps : Lâche-toi, fais une connerie, laisse-toi aller à tes faiblesses.

Mais elle doit résister.

Elle le sait.

Il est vingt-deux heures passées et elle a la sensation que cette journée a été l'une des plus longues de sa vie. Il fait maintenant nuit.

Les barrages autour de la Grand-Place sont désormais levés.

Les gens ont allumé des bougies et les ont déposées au pied du mur où se trouvait le distributeur. Il y a des centaines de fleurs et de petits mots adressés aux fillettes dont les médias ont annoncé la mort sans toutefois révéler leur identité.

Des jeunes filles de l'âge de Tove se tiennent au centre de la place, blotties les unes contre les autres, en pleurs.

Partout des bougies.

Peut-être cinq cents réparties sur toute la place. Leurs flammes tremblantes illuminent les lieux, dansent en silence. Les photophores renferment l'espoir que tout cela ne soit finalement qu'une méprise, qu'un malentendu, que l'explosion n'ait jamais eu lieu.

Sur le site du *Correspondent*, Malin avait lu que toutes les églises de la ville allaient ouvrir leurs portes. Que les gens pourraient s'y rendre afin de parler, de se rencontrer, de soulager leurs âmes inquiètes. En ce moment même, dans la cathédrale, une messe est donnée à la mémoire des victimes et des centaines d'habitants de Linköping se sont certainement rassemblés dans l'édifice monumental. Sans doute ce spectacle est-il réconfortant et grandiose. Pourtant, Malin ne tient pas à se joindre à eux, elle n'a qu'une envie : rentrer chez elle. N'éprouve nul besoin de partager leur peur, leur chagrin et leur déni de la réalité.

Son corps entier est fourbu et troublé, et l'odeur de poussière, d'étoffe et de chair brûlées continue de flotter dans l'air. Au Grand Hôtel, les vitriers s'activent pour remplacer les carreaux des fenêtres, tandis que des serveurs arpentent la terrasse en bois du Mörner.

Le Mörner est ouvert. C'est insensé. Personne à l'intérieur.

Une bière ?

Juste une, se dit Malin en passant devant le pub.

Mais non.

Non, non.

Son corps en a autant envie que les fleurs sont parfumées.

Son père et Tove sont à l'appartement. Elle vient de leur parler au téléphone, ils l'attendent en regardant la télé et Malin espère qu'ils seront trop fatigués pour discuter. Elle a l'impression que tout ce qu'il y a à dire a déjà été dit au cours de cette maudite journée.

Elle imagine Tove à deux, trois, quatre ans. Elle la voit faire toutes ces choses que faisaient les fillettes sur les photos exposées dans leur chambre. La voit faire tout ce qu'elle a fait depuis cet âge.

Elle ressent alors une pointe de mauvaise conscience en songeant qu'elle a bien trop souvent négligé sa fille.

Ça va beaucoup mieux depuis que j'ai arrêté de boire, mais je passe toujours trop de temps au boulot, pense Malin, je n'ose pas réellement entrer dans son monde.

Mais c'est comme ça.

Je ne renie rien.

Elle maudit sa faiblesse. Voudrait tellement appartenir à l'univers de Tove, à ses rêves et à sa vie.

Mais Tove en a-t-elle seulement envie ?

Elle a seize ans, maintenant. Devient chaque jour plus indépendante. Plus forte et déterminée que je ne l'ai jamais été moi-même.

Cette soirée printanière a un parfum d'été.

Un parfum d'été vicié par le Mal. Par l'odeur des corps carbonisés de deux fillettes pulvérisées par une bombe.

10

Une fois en bas de chez elle, Malin hésite. Son attention est attirée par le murmure en provenance du pub Pull & Bear au rez-de-chaussée du bâtiment. Elle a l'impression d'entendre mousser la bière pression servie dans les verres embués.

Ce son n'est qu'une illusion, elle en est consciente. Cela ne l'effraie pas car elle se sait capable de contrôler toutes ses pulsions.

Elle enfonce ses ongles profondément dans son bras. La douleur l'aide. Elle a souvent eu recours à cette méthode depuis qu'elle a cessé de boire. Les endorphines et les souffrances qu'elle inflige à son organisme annihilent son envie d'alcool. Quand elle court le long de la rivière Stångå, quand elle nage dix kilomètres à la piscine de Tinnerbäck, par longueurs de cinquante mètres sans reprendre sa respiration, alors elle sent son corps exploser de l'intérieur et l'envie d'alcool disparaître.

Les heures passées à la salle de sport du commissariat en hiver. Les développés couchés avec une barre chargée d'une bonne centaine de kilos qui caresse dangereusement sa gorge. Elle sait qu'à la moindre erreur, c'est la mort assurée, qu'il n'y aura personne pour lui venir en aide, personne pour entendre ses appels au secours.

Son envie d'alcool, elle la combat par le danger et la souffrance, par l'épuisement physique.

Mais le Mal peut resurgir à tout moment. Montrer son visage sarcastique et lui murmurer d'une voix suave : « Quoi que tu fasses, Malin, je serai toujours là. Je reviendrai à chaque fois que j'en aurai envie. »

Elle s'efforce d'ignorer le bruit du pub.

C'est le printemps en ville.

Le soleil resplendit et ses rayons mettent au jour les immondices que la neige recouvrait.

Les jeunes filles court-vêtues font fantasmer les hommes après un hiver passé à refouler leurs désirs. La nature est ramenée à la vie uniquement pour mourir quelques mois plus tard. Les prédateurs affamés se réveillent au fond de leur tanière et partent chasser. Traquent et tuent les petits d'autres espèces pour nourrir les leurs, pour leur permettre de survivre.

Des hommes en tenues estivales. Leurs désirs innocents réduits à une danse d'hormones.

Des corps flasques.

Des corps durs.

Elle se tient immobile devant son bâtiment.

Enfonce ses ongles encore plus profondément dans son bras, juste assez pour accentuer la douleur sans toutefois percer sa peau.

Je tourne en rond, se dit Malin. La déception se lit-elle sur mon visage ? L'amertume ? Je vais sur mes trente-sept ans. Le temps file à une vitesse folle. Ma vie ne peut tout de même pas se résumer à une quête éperdue.

Il faut que ça change.

Les secrets.

Cette quête est ma raison de vivre.

Je dois absolument trouver le moyen de me débarrasser une fois pour toutes de mes putains d'envies. Mais ce n'est pas un banal printemps qui pourra m'en délivrer.

Une bombe en serait-elle capable ? Deux petites victimes innocentes ?

Maria Murvall ? La jeune femme violée dans une affaire irrésolue qui ne cesse de me tourmenter. Peux-tu me faire avancer, Maria, toi qui passes ton temps recluse dans ta chambre d'hôpital et qui refuses de sortir de ta coquille, de redevenir celle que tu étais autrefois ?

Éprouves-tu quelque désir, Maria ? Désires-tu mourir, de la même manière que les deux filles Vigerö auraient certainement voulu vivre ?

Elle relâche la pression sur son bras.

Sa robe noire est sale et froissée.

La cérémonie de ce matin.

Elle a l'impression que mille ans se sont écoulés. N'ose pas y penser. Mieux vaut se tourner vers l'avenir, non ?

Malin ouvre la porte et, une minute plus tard, elle se trouve dans le hall de son appartement et voit Tove en train d'enfiler son trench-coat beige, une copie H&M d'un Burberry. Son manteau lui donne l'air plus âgé, plus sûr d'elle, plus classe que Malin l'a jamais été.

« Tu rentres chez papa ? Tu peux rester, si tu veux.

– Je sais. Mais la journée a été longue et mes affaires de collège sont chez lui. »

Bien sûr, Tove.

Tu t'enfuis, n'est-ce pas ? Comme ton père l'a toujours fait.

« Tu es sûre que tu ne peux pas rester ?

– Maman, s'il te plaît, sois gentille. »

OK, pense Malin. OK. Mais ça va bientôt faire un an et demi que je n'ai pas bu, alors est-ce que tu ne pourrais pas passer un peu plus de temps avec moi ?

« Pour ton grand-père ?

– J'ai déjà passé toute la soirée à discuter avec lui. Il m'a dit que ça ne le dérangeait pas. »

La télé est allumée. Son père regarde un quiz. Il respire bruyamment mais ne dort pas, il l'attend, elle, sa fille, pour qu'ils terminent ensemble cette journée où il a fait incinérer sa femme. Et elle sa mère.

Malin regarde Tove, puis secoue la tête inconsciemment.

« Qu'est-ce qu'il y a ?

– Rien. Je suis seulement fatiguée. Allez, dépêche-toi, sinon tu vas rater ton bus. Sois prudente. On ne sait jamais. Tu ne préfères pas prendre un taxi ?

– Non.

– OK. Alors, rentre en bus. »

Malin laisse ses paroles planer dans l'air, comme une malédiction.

« Tu n'es pas triste, au moins, maman ?

– Tove. J'ai assisté à la crémation de ma mère, aujourd'hui. Bien sûr que je suis triste. »

Tove la regarde.

D'un air qui indique qu'elle n'est pas dupe. Puis, elle éclate de rire, s'avance et prend sa mère dans ses bras. Malin sent le parfum bon marché de sa fille, sucré et velouté, qu'elle connaît si bien.

Elle resserre son étreinte.

Tove l'imite.

Malin se retient de pleurer, ravale ses maudites larmes.

La porte se referme derrière Tove, un claquement sourd au moment même où Malin se laisse tomber dans le canapé près de son père.

Il éteint la télé puis ils restent assis en silence, le regard rivé sur le toit en cuivre vert-de-gris de l'église Saint-Lars, sur les nuages qui tapissent le ciel en ce début de nuit.

Le profil de son père est harmonieux et elle se dit qu'il devait avoir du succès quand il était jeune. D'ailleurs, il demeure un homme attirant et elle espère qu'il rencontrera quelqu'un, une femme gentille, car elle doute qu'il survive longtemps à la solitude.

« Tu te sens comment ? s'enquiert-elle.

– Ça va, répond-il.

– Tu es sûr ? »

Son père opine et Malin a l'impression qu'il a quelque chose à lui dire, qu'il s'apprête enfin à lui révéler leur secret.

Elle se lève. Marche jusqu'à la fenêtre et jette un œil dehors avant de se retourner.

Le regard de son père est clair mais las.

« Tu ne crois pas que le moment est venu de tout me dire ? lance Malin.

– De te dire quoi ? »

Son père a l'air seul et triste, triste de sa propre solitude, et Malin sait qu'il serait mal inspiré de tenter de lui arracher des aveux. S'il a quelque chose d'important à lui dire, ce n'est certainement pas maintenant qu'il le fera, pas ce soir.

« Je suis fatiguée, dit Malin. Cette journée a été interminable.

– Tu vas te coucher ? »

Elle hoche la tête.

« Alors, il est temps que je rentre chez moi.

– Pourquoi est-ce que vous êtes venus ici ? Vous auriez pu rester chez toi. »

Son père la considère d'un air songeur.

« C'est Tove qui a voulu venir ?

– Non, elle n'en a rien dit.

– Alors, c'est toi. Pourquoi ? »

Je suis en train de le soumettre à un interrogatoire en règle, se dit Malin, de lui tirer les vers du nez.

« Pourquoi est-ce que tu es venu ici ? Tu voulais qu'on parle de maman ? Il n'y a pourtant rien de spécial à dire sur elle, n'est-ce pas ? Tu sais parfaitement quelles étaient nos relations. »

Son père se lève.

Se tient devant la table du salon, les mains dans les poches.

« Je t'en prie, Malin. On vient à peine de la perdre.

– Ce n'était pas trop tôt, si tu veux mon avis. »

Ses paroles jaillissent hors de sa bouche sous la pression d'une colère subite qu'elle a autant de mal à réfréner que ce besoin d'alcool qui, il y a encore peu, la poussait à picoler jusqu'à en perdre connaissance.

Pourquoi est-ce que je dis ça ? pense Malin. Maman était un être dénué de sentiments, certes, mais elle ne m'a jamais maltraitée physiquement. En tout cas, je ne m'en souviens pas. Ou bien est-ce que j'aurais pu refouler ces souvenirs ?

« J'y vais, lance son père. Je ne sais pas si on aura l'occasion de se revoir d'ici là, en tout cas on a rendez-vous jeudi chez l'avocat pour régler la succession. »

Pourtant, il ne part pas encore.

« Malin. Tu sais, ce n'est pas ma faute si elle était comme ça. J'ai même essayé de parler avec elle. De la convaincre de vous accorder un peu plus d'attention, à toi et à Tove.

– Et maintenant, il est trop tard.

– Ne la juge pas trop sévèrement, Malin. Car, dans ce cas, c'est nous tous que tu juges.

– Qu'est-ce que tu veux dire ?

– Que celui qui n'a rien à se reprocher jette la première pierre, voilà ce que je veux dire.

– Donc, tu penses que c'est ma faute si maman était une salope sans-cœur ? »

Son père ferme les yeux, s'efforce de contenir sa colère et semble sur le point de dire quelque chose, mais se contente de soupirer un grand coup.

« Il faut que tu te reposes. Ça ne devait pas être beau à voir. Ces fillettes… »

Les fillettes.

L'œil.

Le visage.

Malin sent sa colère retomber. Elle hoche la tête, plusieurs fois.

« Pardon, finit-elle par lâcher. Je suis lamentable de dire du mal de maman aujourd'hui.

– Ce n'est pas grave, la rassure son père. On reprendra cette conversation un autre jour. Il faut aussi que tu me pardonnes si j'ai un comportement étrange. »

Étrange ?

Tu ne parais pas spécialement triste, ni désespéré, ni abattu. Alors comment qualifier ton attitude, papa ? Mystérieuse, vide, mal réveillée ?

« J'y vais. C'est l'heure de dormir », conclut son père.

Sur ce, il va dans l'entrée où Malin l'entend enfiler son pardessus et ouvrir la porte avant de crier :

« Bonne nuit, bisous. »

Depuis le salon, Malin lui répond :

« Bonne nuit, papa, bonne nuit. »

Tove remarque tout de suite la lettre posée sur le secrétaire, dans le hall de leur pavillon de Malmslätt. Son père a dû la laisser là en rentrant du travail.

Tandis qu'elle observe le logo dans le coin, elle entend du bruit dans le salon. Elle a l'impression que quelqu'un vient de quitter la maison, qu'une personne inconnue était là il y a encore quelques instants.

Papa.

Elle le rejoint et le prend dans ses bras. Il est plus sévère que sa mère, plus fiable et plus simple, mais tellement plus ennuyeux. Elle ne peut s'empêcher de le penser, de le reconnaître.

« Tu as reçu une lettre, dit-il en relâchant son étreinte. Je n'ai pas bien compris d'où elle venait.

– C'est juste une école qui fait sa promo, répond-elle en espérant qu'il gobe son mensonge. Est-ce que quelqu'un est passé ? »

Son père lui adresse un regard surpris.

« Ici ? Qui pourrait bien passer un soir de semaine à part toi ?

– En effet », convient Tove sans grande certitude. Elle saisit la lettre et se dirige vers l'escalier.

« Je suis fatiguée, dit-elle. Je monte me coucher. »

Son père la regarde. Hoche la tête et, sur un ton peu naturel qui a le don d'agacer Tove, lui demande :

« Comment va ta mère ?

– Bien, répond-elle sèchement.

– Et ton grand-père ?

– Bien, lui aussi. »

La lettre.

Elle s'efforce d'ouvrir l'enveloppe avec les doigts sans déchirer la lettre qu'elle contient. Ses mains tremblent.

Le logo de l'école.

Son rêve.

Autre chose que son bahut pourri. Loin de tous ses problèmes.

Loin de maman.

Dieu qu'elle a honte chaque fois qu'elle éprouve ce sentiment.

Elle fait tomber l'enveloppe. La relève et l'écarte délicatement.

Une simple feuille de papier blanc.

Un texte abondant. Cela ne peut signifier qu'une seule chose, n'est-ce pas ? Elle prend la lettre avec elle dans son lit, allume sa lampe et la déplie. Elle commence à lire, éclate de rire et est prise d'une furieuse envie de sauter, de faire des roulades, de pousser des cris de joie. Puis, tout à coup, son estomac se noue. Maman, maman, comment est-ce que je vais annoncer la nouvelle à maman ?

Malin se déshabille et se glisse sous sa couette bon marché.

Elle tente de faire remonter l'image de sa mère à la surface, en vain. Le visage maternel refuse de prendre forme.

Pourquoi est-ce que je n'arrive pas à te voir, maman ? Pourquoi est-ce que je n'éprouve aucun chagrin ? Aurais-je refoulé ma douleur ?

Non, je ne crois pas. Tu t'es détournée de moi, quand j'étais petite, et le chagrin que je devrais ressentir maintenant, c'est à cette époque-là que je l'ai éprouvé. Car c'était bien du chagrin, n'est-ce pas ? Peut-être est-ce cette souffrance qui n'a cessé de me tourmenter depuis cette époque ?

Quelle raison une mère peut-elle avoir pour délaisser son enfant ? Pour l'abandonner ? Trahir sa confiance, son amour ? Se montrer aussi cruelle ?

Aucune.

Quand on trahit la confiance d'un enfant, on ne mérite qu'une chose : la mort.

Ce secret est désormais celui de papa. Mais je sens qu'un cataclysme est sur le point de se produire.

Malin se tourne sur le côté.

Essaie de trouver le sommeil, se dit qu'il va certainement tarder à venir, comme souvent. Pourtant, il surgit aussitôt.

Dans son rêve, Malin voit Maria Murvall.

Puis un garçonnet étendu sur un lit d'hôpital, il n'a pas de visage et sa bouche n'est qu'un trou noir béant d'où jaillissent des mots qu'elle ne comprend pas, elle n'est même pas sûre qu'il s'agisse d'un langage humain.

Les fillettes apparaissent à leur tour.

Elles planent, immaculées et magnifiques, au-dessus du lit d'hôpital de leur maman.

Malin entend le bip de son appareil de réanimation.

Tant qu'il y a un « bip », il y a de la vie, et tant qu'il y a de la vie, il y a de l'espoir. Les fillettes s'élèvent dans les airs, survolent la forêt puis la côte sombre et silencieuse.

Soudain, elles poussent des cris. Elles se tournent vers Malin en hurlant de terreur. Plusieurs voix d'enfant se mettent à crier en même temps, si bien que le rêve de Malin n'est plus qu'un immense cri :

« Délivre-nous ! »

« Délivre-nous, délivre-nous ! »

11

Sven Sjöman n'arrive pas à trouver le sommeil. Il fait trop chaud dans sa chambre. Il se lève, avance à tâtons dans le noir, le parquet grince sous ses pas. Une fois dans la cuisine, il se prépare un sandwich au fromage avec le pain maison de sa femme.

Il fait alors ce qu'il a déjà fait des milliers de fois.

Il descend les escaliers du pavillon, se rend dans son atelier de menuiserie aux murs insonorisés par des boîtes à œufs. Il mange son sandwich, debout près du tour à bois, et ne peut résister à la tentation de mettre l'appareil en route et de manipuler certaines des pièces de bois sur lesquelles il travaille en ce moment.

Puis il s'assied sur son tabouret, contemple ses machines, ses outils et s'imprègne de la solitude de la pièce.

Une bombe a explosé en plein cœur de sa ville.

Qui aurait pu imaginer une chose pareille ? Pourtant c'est bien arrivé. Deux fillettes sont mortes. Alors que tous ses collègues s'activent, que la population de Linköping est en proie à la panique, lui est planté là, comme un chêne centenaire.

Malin.

Il se demande comment elle va. Elle a réussi à se débarrasser de son penchant pour la bouteille et semble désormais entretenir de bons rapports avec Tove. Mais qu'en est-il avec Jan ?

Je ne regrette pas de l'avoir forcée à partir suivre cette cure de désintoxication, même si j'ai l'impression qu'elle ne me fera plus jamais autant confiance qu'avant. L'époque où je me pliais systématiquement à sa volonté est définitivement révolue.

Elle n'en faisait qu'à sa tête.

Elle était ivre pendant le service.

Ça aurait pu très mal finir, quelqu'un aurait pu être blessé. C'était devenu trop risqué.

Et maintenant, sa mère. Je me rappelle quand la mienne est morte. Je me suis senti comme un alpiniste dont la corde de sécurité venait de rompre. C'était comme si, libéré de l'angoisse de la perdre, j'étais tout à coup devenu adulte.

J'ai pleuré sa perte, mais j'ai surtout mûri. Elle était arrivée au terme de son existence, elle était âgée, et je sens encore son amour en ce moment. Mais si elle ne m'avait pas tant aimé, j'aurais sûrement réagi autrement. J'aurais probablement ressenti un vide si profond que jamais rien n'aurait pu le combler.

Malin marche sur un fil. Au moindre faux pas, au moindre coup de vent, elle risque de sombrer dans les ténèbres.

De petits êtres sans défense.

Que tous ceux qui leur font du mal crèvent.

Qu'ils crèvent, ces fumiers.

Johan Jakobsson regarde ses enfants dormir dans leurs lits et donne libre cours à ses sentiments, sans la moindre pudeur.

Ses enfants ont pratiquement le même âge que les fillettes mortes sur la place. Tout cela est irréel. Mais néanmoins réel.

Et Malin.

Qui a fait incinérer sa mère dans la matinée. Paradoxalement, l'explosion semblait l'avoir aidée à surmonter cette épreuve. C'était comme si cela avait renforcé sa carapace, comme si cela l'avait poussée à ouvrir les yeux et à accepter sa condition.

Il referme la porte de leur chambre.

Reste immobile dans le couloir.

Qui que soient les responsables de cet attentat, on aura leur peau.

Cette fois, la limite a été franchie, se dit-il. Celui qui s'attaque aux enfants rompt le contrat universel qui lie les humains entre eux et il est ensuite impossible de le rétablir. Ces hommes ont définitivement renoncé à faire partie de notre société.

Pourquoi devient-on policier ? Pourquoi ai-je choisi ce métier ?

Pourtant, Dieu sait que je suis loin d'être un macho. Contrairement à Waldemar. Ou même à Börje, finalement.

Ce que j'aime, dans ce boulot, c'est le côté cérébral. Cartographier les personnes et les événements. Fouiner dans la vie des gens. Déceler les éléments et les raisons qui les ont poussés à agir comme ils l'ont fait.

La perspicacité, la rigueur. En particulier dans des affaires comme celle-ci. Car, au bout du compte, on s'aperçoit toujours que les crimes prennent racine dans des conflits d'une banalité affligeante. Je me bats contre ceux qui font du mal aux enfants. Sur ce point, c'est ou tout noir ou tout blanc. C'est aussi simple que ça.

Börje Svärd dort.

Waldemar Ekenberg dort.

Paisiblement, avec insouciance.

Les bergers allemands de Börje sont allongés sur son lit. Ils ont le droit de dormir là, désormais. Comme ça, la nuit, il se sent moins seul, et leur présence vigilante et protectrice le rassure.

Exactement comme s'ils avaient la faculté de tenir le Mal à distance.

Börje s'était rendu à la cathédrale pour assister au culte en compagnie de deux mille cinq cents autres habitants de la ville. Il était resté près de l'entrée. De là, il avait vue sur les rangées de dos alignés sur les bancs de bois. L'évêque leur avait adressé le message suivant :

« Dans les moments de deuil comme celui-ci, il nous faut être solidaires. Nous ne devons pointer personne du doigt, mais, au contraire, nous montrer tolérants, refuser de laisser la peur contrôler nos vies, nous dicter nos choix. Si nous avons la foi, alors, ensemble, nous pourrons vaincre le Mal. »

Börje avait alors lâché un soupir. En quoi la foi avait-elle aidé sa femme Anna ? Est-ce qu'elle l'avait préservée du Mal, de la maladie ?

Balivernes.

Il reconnaissait cependant que, sur la fin, elle avait bien vécu. Elle avait certes lutté et souffert, mais elle avait fait preuve d'une énergie et d'une volonté de vivre exceptionnelles.

Il avait pensé à Malin dans la cathédrale.

Elle semblait souffrir du même mal qu'Anna. Elle s'efforçait de donner le meilleur d'elle-même face à la menace permanente qu'une force puissante et obscure l'emporte.

Dans les moments de détresse, les hommes recherchent le réconfort de la foi, mais s'en moquent éperdument le reste du temps.

Il avait quitté la cathédrale avant la fin de la cérémonie.

Une fois dehors, il avait eu l'impression que l'air était dépourvu d'oxygène, que les flammes des bougies s'allongeaient dans sa direction. Il s'était alors hâté de rentrer chez lui, impatient de retrouver l'amour sincère et simple de ses chiens.

Waldemar Ekenberg dort, un bras étendu sur sa femme nue. Celle-ci l'observe. Elle admire sa rudesse, sa ténacité. Qu'importent ses penchants racistes et ses raisonnements simplistes. Il a bon fond, elle le sait, et c'est ça l'essentiel. Il a toujours pris soin d'elle. S'il le faut, ils se débrouilleront avec son seul salaire. Son travail chez Rex Components ne lui avait jamais plu. Passer ses journées assise devant un écran d'ordinateur à saisir des données n'avait rien d'enrichissant. D'un autre côté, c'était bon de se sentir utile. Waldemar semblait s'accommoder de la situation. En effet, depuis qu'elle ne travaillait plus, la maison était impeccable et il avait droit à un vrai dîner tous les soirs.

Waldemar apprécie ses collègues.

Börje, Johan, Sven. Et Malin. Ce soir, à table, il lui a confié qu'il se faisait du souci pour elle. Il craignait qu'elle se remette à picoler à cause du décès de sa mère. Mais elle avait l'air de gérer. Comme si j'en savais quelque chose, moi. Tout ce que je sais, c'est qu'on pourra l'aider tant qu'on voudra, au final, ce sera à elle de vaincre ses propres démons.

Et qui sait quels cauchemars hantent réellement Malin ?

Zeke est assis devant son ordinateur, dans sa cuisine. Il vient de se réveiller et n'a pas réussi à retrouver le sommeil. Il observe une photo de son petit-fils qui vit au Canada. Il s'appelle Per, mais on le surnomme Pelle. Zeke le connaît à peine.

Dans la chambre, sa femme ronfle, et le bruit sourd et discordant de sa respiration le rassure tout en l'empêchant de se rendormir.

C'est dégueulasse, ce qui est arrivé à ces fillettes, sur la place.

Comment réagirait-il si ça arrivait à Pelle ?

Il enfumerait les salauds qui ont fait ça pour les faire sortir de leur cachette.

Mais il sait par expérience qu'un comportement agressif et irréfléchi ne donne jamais rien de bon dans ce genre de cas. Il va leur falloir agir avec méthode, ne pas se laisser aveugler par la haine.

Il regarde la photo de son petit-fils.

Le voit faire ses premiers pas dans le jardin verdoyant de son fils Martin.

Dégueulasse.

Il sait qu'il lui suffirait de décrocher son téléphone.

Go to hell, se dit Zeke.

Il s'imagine n'être qu'un monstre à l'apparence humaine.

12

Mardi 8 mai

Que désire un journaliste ?

Capturer la vérité. Puis la relâcher.

La parasiter, en donner sa propre version, la partager. À supposer que les journalistes éprouvent des désirs.

Il est seulement sept heures moins le quart quand Malin gare sa voiture devant le commissariat. Malgré l'heure matinale, une horde de journalistes attend déjà devant l'entrée.

Même les voitures des chaînes de télé SVT et de TV4 sont là. Dans une affaire comme celle-ci, il est essentiel de tenir les médias à distance, de ne pas laisser ces vautours alarmer la population, semer la panique en ville.

Mais les habitants de Linköping devraient peut-être avoir peur ? Qui sait où explosera la prochaine bombe ?

Malin respire l'air matinal. Distingue le parfum de la chlorophylle, de la vie sur le point d'éclore, de toute cette nature qui semble vouloir se faire l'amour à elle-même avec fougue et sans aucune pudeur.

Est-ce que Daniel Högfeldt est là ? Au sein de la horde ?

Elle ne le voit pas.

Alors qu'elle s'approche de l'entrée, les journalistes l'interpellent :

« Malin ? Avez-vous des révélations à nous faire ? Quelle est votre piste principale ? Des activistes, des islamistes... est-ce que l'attentat a été revendiqué ? »

Elle secoue la tête, cache son visage derrière sa main et regrette de ne pas avoir pris ses lunettes de soleil. En revanche, elle se félicite d'avoir mis sa jolie robe bleue. On ne sait jamais, au cas où sa photo se retrouverait dans un journal. Elle s'était trouvée particulièrement élégante en se regardant dans le miroir de sa chambre, avant de partir. Elle avait été ravie de constater qu'elle était redevenue séduisante depuis qu'elle avait arrêté de boire.

Sa peau saine et fraîche mettait en valeur ses pommettes hautes et ses cheveux soyeux, ainsi que ses grands yeux bleus.

Pas mal du tout.

Mais alors pourquoi suis-je célibataire ? s'était-elle demandé.

« Aucun commentaire », lance-t-elle à la horde qui s'écarte devant elle, peut-être par respect, plusieurs d'entre eux ayant en effet déjà eu l'occasion de constater ses qualités au cours d'affaires passées.

Les portes automatiques s'ouvrent, puis se referment derrière elle en sifflant. Son téléphone se met à sonner. Elle farfouille dans son sac, saisit son mobile, voit le numéro de Daniel s'afficher sur l'écran et décroche à contrecœur.

« C'est moi, Malin. »

Au ton de sa voix, elle comprend qu'il s'agit d'un appel strictement professionnel.

Cette fois, il ne sera pas question de sexe.

« Écoute-moi, commence-t-il. Je tenais à t'appeler en premier pour te prévenir. J'ai reçu un mail, à la rédaction. Adressé par des gens qui se font appeler le Front de Libération de l'Économie. Ils écrivent qu'ils mènent une guerre contre toutes les banques, qu'ils qualifient d'avant-postes de l'avarice. Surtout, ils revendiquent l'attentat d'hier et menacent de recommencer. »

Malin s'arrête devant le guichet de l'accueil où Eva, la réceptionniste, apparemment tout juste arrivée, la salue d'un signe de tête.

« Qu'est-ce que tu dis ?

– Tu m'as très bien entendu. Le Front de Libération de l'Économie. Ça te dit quelque chose ?

– Non. Rien. »

Malin se dirige vers son bureau. De toute l'équipe, elle est la première arrivée, mais une multitude de policiers en uniforme et en civil vont et viennent, des tasses de café et des papiers dans les mains.

« Je n'ai jamais entendu parler de ce Front de Libération de l'Économie, répète Malin.

– Ils semblent pourtant bien réels, rétorque Daniel. Ils m'ont envoyé un lien vers un site web et, putain, je peux t'assurer que ça fait froid dans le dos. »

Elle s'installe devant son ordinateur.

« Leur adresse, Daniel. Leur adresse.

– Comme ça se prononce. Avec un .se à la fin.

– Ne quitte pas. Je suis en train de me connecter. Et leur adresse mail ?

– Le message a été envoyé par un expéditeur inconnu. »

Ses doigts fusent sur les touches du clavier.

Rien. Faute de frappe.

Merde. Elle entre cette fois l'adresse exacte dans le navigateur.

Elle découvre alors des caractères gras colorés sur fond vert clair. Un logo représentant ceux de la SEB, de Nordea, de Handelsbanken et de Swedbank en flammes.

Elle lit :

Les banques du pays, avec l'infinie avidité dont elles et leurs propriétaires, directions et employés font preuve, mettent en péril notre société. Avec leurs procédés, elles sont en train de bâtir les cages dans lesquelles vivront nos enfants.

Voilà pourquoi le Front de Libération de l'Économie déclare la guerre aux banques suédoises. Elles doivent être anéanties.

Des photos de la Grand-Place après l'explosion.

Malin fait défiler la page.

D'autres photos : des agences bancaires situées dans différentes villes du pays. Le même texte sous chacune d'elles.

Prochaine cible ?
Prochaine cible ?
Puis, tout en bas de la page, un autre texte :

Des vies seront inévitablement sacrifiées. Tel est le prix à payer pour sauver l'honnêteté et la fraternité.

« Tu as vérifié ? »

La voix de Daniel est empreinte de peur, de dégoût mais également d'espoir, comme s'il s'attendait à recevoir une tape de remerciement sur l'épaule.

« Oui. »

Aucun lien, rien de plus sur l'organisation que ce qui se trouve sur la page d'accueil.

« Pas très gai, finit par dire Malin. Tu as déjà publié l'info sur votre site ?

– Non. J'ai préféré t'appeler avant.

– Je vais te demander de bien vouloir attendre un peu avant de le faire. Le temps qu'on démêle cette histoire. Putain, quelle merde !

– Je ne peux pas attendre, Malin, tu le sais.

– Tu risques de provoquer un vent de panique, Daniel.

– Les gens ont le droit de savoir, Malin. Et puis qu'est-ce qui nous dit qu'ils n'ont pas envoyé le même mail aux autres médias ? Si tu fais une recherche sur Internet, là, tout de suite, je suis certain que tu vas trouver cette info sur plein d'autres sites. Personne d'autre ne s'est manifesté ? Vous n'avez pas reçu ce mail ? »

Si nous avons reçu ce mail ? À vrai dire, je n'en sais rien. Quelqu'un d'autre l'a reçu ? Ou seulement Daniel ? Et dans ce cas, pourquoi justement lui ?

Elle ferme les yeux. Revoit intérieurement les photos des fillettes dans leur appartement et sait que Daniel a raison.

Les gens ont le droit de savoir.

« OK, concède-t-elle. Fais ce que tu as à faire. Mais tu n'as aucune idée de la raison pour laquelle c'est à toi qu'ils se sont adressés ?

– Non. Mais il faut reconnaître que je suis le reporter vedette du principal journal de la ville, donc ça n'a rien d'étonnant, tu ne crois pas ? En tout cas, s'ils sont du coin.

– Est-ce qu'ils ne feraient pas mieux de s'adresser à la presse nationale ?

– Ils l'ont peut-être déjà fait, qui sait ? Et si c'est le cas, l'info sera relayée à travers tout le pays en quelques secondes seulement. À moins qu'ils souhaitent juste se manifester au niveau local ? Qu'est-ce que j'en sais, moi ? Ils savent certainement que la nouvelle se répandra quoi qu'ils fassent.

– Évidemment.

– Bien. »

Silence à l'autre bout de la ligne.

« À part ça, comment ça va ? demande Daniel au bout d'une dizaine de secondes. J'ai appris pour ta mère…

– Excuse-moi. Je n'ai pas le temps de parler de ça maintenant. Je dois m'occuper de cette affaire. »

Sur ce, elle raccroche.

Des vies seront inévitablement sacrifiées…

Les photos publiées sur le site web semblent avoir été prises depuis différents endroits. Aussi nettes et parlantes que celles des photographes de presse professionnels.

On distingue clairement les petites bâches en plastique jaune sur les photos prises sur la place, la veille.

Malin n'ose même pas penser à ce qu'il y a en dessous.

... la guerre aux banques suédoises. Elles doivent être anéanties.

Est-ce que c'est vrai ? pense Malin. C'est vraiment le démon de l'argent qui se cache derrière tout ça ? L'avidité immorale des banques et des financiers qui se mordent la queue ?

Une demi-heure plus tard, tout le groupe d'enquête est réuni dans le bureau de Sven Sjöman.

Waldemar Ekenberg, Börje Svärd, Johan Jakobsson, Zeke, Malin et Karim Akbar. Tous ont les yeux rivés sur l'ordinateur pour essayer de distinguer un détail qui leur aurait échappé.

« C'était donc ça, s'exclame Waldemar. On n'a plus qu'à mettre la main sur les tarés qui se cachent derrière ce Front de Libération de l'Économie et l'affaire sera résolue.

– Vous ne trouvez pas ça un peu trop facile, tout de même ? suggère Johan. En plus, jusqu'à maintenant, je n'ai pas trouvé la moindre trace d'un quelconque Front de Libération de l'Économie au cours de mon recensement des groupes extrémistes de la ville. Nulle part. J'ai l'impression que ces gens-là sont plus préoccupés par les droits des animaux que par les questions d'économie.

– De nouveaux groupes peuvent toujours apparaître, objecte Börje. Qui sait ce qu'une crise économique et des putains d'injustices peuvent pousser certains à faire, s'ils sont au comble du désespoir ?

– On va charger la Technique de retrouver l'origine du mail et le serveur qui héberge leur site, intervient Sven. Les autres rédactions n'ont rien reçu et le *Correspondent* a communiqué l'information il y a quelques minutes seulement, ce qui signifie que le mail a probablement été envoyé uniquement à Daniel Högfeldt.

– Ce qui accréditerait la piste locale, ajoute Börje.

– C'est bien possible, confirme Malin. Mais il peut également s'agir d'une manœuvre destinée à nous égarer.

– S'ils maîtrisent les nouvelles technologies, dit Johan, alors il est probable qu'ils aient un temps d'avance sur nous et qu'on ne soit pas en mesure de les piéger par ce biais.

– Combien peuvent-ils être ? demande Zeke.

– Impossible à dire, répond Sven avant de rafraîchir la page web sur son ordinateur.

– Leur page d'accueil a été modifiée. »

Tout en haut apparaît désormais un clip vidéo posté sur YouTube.

Sven clique pour lancer le film.

Ils découvrent un homme vêtu d'un sweat-shirt à capuche gris et d'un jean noir, le visage dissimulé derrière un masque noir, au milieu d'un bâtiment qui ressemble à un entrepôt, une feuille de papier dans la main. D'après la couleur de cette main, il apparaît que l'individu est de race blanche.

« On dirait une vidéo d'Al-Qaïda, fait remarquer Karim. L'une de celles où ils mettent en scène la décapitation d'un Occidental.

– *Shit !* commente Zeke.

– On va te choper, sale fumier », s'exclame Waldemar.

L'homme tarde à lire son texte et Malin trouve l'attente interminable.

« Suédois, commence-t-il enfin, d'une voix aiguë, étouffée, monotone, vraisemblablement pour éviter d'être reconnu. Évitez les banques. Vous ne pouvez pas savoir où le Front de Libération de l'Économie frappera la prochaine fois. Les banques, les sociétés d'investissement et les spéculateurs doivent être châtiés et éliminés. Le grand capital peut trembler car ses heures sont comptées. Un monde nouveau va bientôt voir le jour, basé sur la morale et la fraternité universelle, un monde qui ne connaîtra pas l'avidité. »

Puis la vidéo se termine brusquement.

Les policiers, massés autour de l'ordinateur de Sven, fixent l'écran sans un mot, comme pétrifiés.

Malin se dit que ça devait bien finir par arriver, vu la situation.

Elle tourne son regard vers la fenêtre.

Vers l'hôpital. Là où des infirmières et des aides-soignantes triment pendant de longues heures pour un salaire de misère, tandis que les traders de Stockholm n'ont qu'à appuyer sur les touches de leur clavier pour s'en mettre plein les poches en faisant les paris stupides qui ont plongé le pays entier dans la crise économique. L'hôpital où l'on sert aux patients une nourriture infâme. Où les chômeurs, les personnes seules, inutiles, torturées par leurs angoisses, viennent régulièrement remplir le service de psychiatrie.

Des vampires assoiffés d'argent.

Pas étonnant que certains aient fini par réagir.

Un nuage passe devant le soleil, assombrit le ciel et la pièce.

« Putain de merde, lâche Waldemar. Je me ferais un plaisir de lui coller une balle dans la nuque à ce salopard. Ça a l'air d'être un Suédois.

– Ferme-la, lui ordonne Sven. Je ne veux pas entendre ce genre de conneries. Maîtrise-toi un peu, Ekenberg. Mais tu as raison sur un point : on dirait bien qu'il est suédois. À partir de maintenant, on garde la tête froide et on s'attaque à cette affaire calmement et méthodiquement. Bien sûr, il est possible que ce soit ce Front de Libération de l'Économie qui a perpétré l'attentat, mais il peut également s'agir d'une fausse piste, de petits plaisantins qui profitent de la situation pour faire parler d'eux.

– Tu crois ? s'étonne Waldemar. Tu trouves que ce type a l'air d'un petit plaisantin ? Moi je dis qu'il faut qu'on chope ces tarés.

– On va faire analyser la vidéo par un expert de la police scientifique. On verra bien ce qu'il en ressortira », tranche Sven.

Au même moment, quelqu'un frappe à la porte du bureau et une policière au visage couvert de taches de rousseur passe la tête dans l'embrasure.

« On vient de recevoir la bande d'une des caméras de la banque, celle située à l'extérieur de l'agence. Ils nous enverront les autres dès qu'ils les auront récupérées, annonce-t-elle en brandissant ce qui semble être une antique cassette vidéo. Le responsable de la sécurité de la SEB y a joint un mot. Il nous conseille de visionner cette vidéo au plus vite. »

13

Va-t-on enfin voir le visage du tueur ?

Malin sent l'adrénaline l'envahir et son cœur s'emballer légèrement.

Toute l'équipe a quitté le bureau de Sven pour la salle de réunion où quelqu'un a amené une télévision et un magnétoscope.

L'aire de jeu de la maternelle est déserte et, dans la belle lumière printanière, les balançoires et les toboggans semblent appeler les enfants.

La police scientifique n'a toujours rien découvert, même si, Malin le sait, Karin Johannison et son équipe ont travaillé toute la nuit. Dans quoi était dissimulée la bombe ? Quel type d'explosifs ont-ils utilisé ? Comment ont-ils déclenché l'explosion ? À distance ? Avec une minuterie ? Quelle était la puissance de la charge ?

Aucun de nous n'a encore posé ces questions, s'étonne Malin.

Pourtant, la bombe a explosé hier.

Mais nous avons d'abord paré au plus pressé, avant de nous ruer sur le Front de Libération de l'Économie et sur cette vidéo que nous sommes sur le point de visionner.

Les événements se sont enchaînés à une telle vitesse, sans leur laisser un instant de répit, qu'elle a l'impression qu'ils ont été projetés dans une dimension parallèle. C'est comme si aucun des policiers du groupe d'enquête n'avait encore véritablement compris qu'une bombe avait explosé dans leur ville.

On court dans tous les sens sans jamais s'arrêter, se dit Malin. Pas le temps de s'organiser, ni de réfléchir. En proie à une panique croissante et inexprimée, contenue dans cette question que nous entendons certainement tous dans notre for intérieur : Cette affaire dépasse-t-elle ce qu'on peut supporter ?

Est-ce que Linköping va s'en remettre ? Quinze mille personnes se sont rassemblées dans les différentes églises de la ville, hier, dans l'espoir d'y trouver du réconfort, et, sur la Grand-Place, des bougies continuent de se consumer au milieu des bouquets de fleurs qui affluent de Stockholm, Göteborg, Malmö et Dieu sait combien d'autres villes.

C'est irréel. Ça n'a pas pu arriver.

Pourtant, c'est bien réel. Alors, que faire ? Maintenant que chacun se retrouve seul avec sa peur. On envoie des fleurs, on cherche du réconfort auprès des autres.

Et moi ? pense Malin.

La cérémonie pour ma mère était hier.

De quoi ai-je besoin, maintenant ? Qu'est-ce que je désire ?

Je ne saurais répondre à cette question.

Je me contente de regarder la vidéo.

Karim Akbar appuie sur la touche lecture et les policiers se renversent contre le dossier de leurs chaises inconfortables pour distinguer, à la périphérie de l'image déformée par la courbure de la lentille, un homme vêtu d'une veste à capuche ranger son vélo près du distributeur automatique, puis s'éloigner tranquillement en direction de la place de l'Hôpital.

Des images muettes en noir et blanc.

Des policiers silencieux.

On distingue clairement les affiches sur la vitrine de la banque. Le Fonds Kurtzon.

Malin connaît ce nom mais ne parvient pas à le resituer. Ce ne serait pas l'un de ces nouveaux fonds d'investissement ? Peu importe, mieux vaut se concentrer sur la vidéo.

Il y a un sac à dos noir sur le porte-bagages du vélo.

Salopard, pense Malin. Mais qui est-ce ? Est-ce le même homme que sur YouTube ?

Tout à coup, au centre de l'image, ils voient deux fillettes en veste et jean roses passer en courant devant le distributeur, au moment même où un homme aux bras nus quitte la banque.

Impossible de voir qui est cet homme.

Un simple client, probablement.

Pourtant, Malin a l'impression de l'avoir déjà vu.

Non. Je me fais des idées, d'ailleurs aucun des autres n'a réagi.

Bon Dieu. Par contre, je reconnais parfaitement les fillettes.

Après peut-être cinq minutes et deux nouveaux clients, les fillettes réapparaissent. Derrière elles, on distingue également leur mère.

Sur la vidéo en noir et blanc, leurs cheveux châtain sont gris foncé et, en dépit de la mauvaise qualité de la bande, on peut voir que leurs yeux pétillent, qu'elles sont heureuses d'être là, sur la place, en cette belle matinée de printemps, heureuses de vivre, tout simplement.

Malin ferme les yeux.

Zeke aussi les a reconnues. Ça ne fait aucun doute. Les victimes, les enfants pulvérisés, sont bien les jumelles Vigerö.

La puissance de la bombe devait être dirigée contre le distributeur automatique et la place. Facilement réalisable pour un expert.

Le vélo a été désintégré. Ils n'en ont pas retrouvé le moindre débris aux abords de la banque. Ce détail avait surpris Malin. Il a été réduit en poussière ? Atomisé ? L'explosion a-t-elle été si destructrice ?

Soudain, les fillettes tournent la tête en direction du vélo, du sac à dos, comme s'il venait d'émettre un son, puis tout devient noir.

Malin.

Nous assistons aux dernières secondes de nos vies sans que cela nous fasse ni chaud, ni froid.

Nous n'avons pas eu le temps de souffrir.

Nous nous en réjouissons.

Malin, que vas-tu faire ?

As-tu un doute ? Tu as vu l'homme qui a abandonné son vélo devant la banque. C'est lui. C'est lui qui a fait sauter cette bombe, lui qui nous a tuées, car c'est bien ce qui nous est arrivé, nous avons été tuées.

Tout à coup, tout est devenu noir, Malin.

Puis clair et froid. Comme si nous ne pouvions nous libérer tant que tous n'auraient pas trouvé la paix.

Tu ne comprends pas ce que je veux dire, n'est-ce pas ? Je parle de toutes ces personnes qui souffrent d'être seules.

Malin.

Que vois-tu au moment où la bombe explose ? Nous vois-tu mourir ?

Les autres enfants sont en vie, eux, ils sont séquestrés et nous les envions pour cela.

Mais nous ne voudrions pas nous retrouver là où ils sont. Cet endroit est répugnant et effrayant. Le petit garçon pleure, tandis que sa grande sœur essaie de le réconforter, Malin, mais elle n'y arrive pas car ils sont seuls et terrorisés par cette chose tapie dans le noir, par le Mal.

Regarde-nous, Malin, regarde les fillettes que nous étions.

Des images muettes. Pourtant, Malin a l'impression d'entendre chuchoter les deux petites filles. Sans toutefois parvenir à distinguer leurs paroles.

Alors, plutôt que de prêter l'oreille à ce murmure, elle préfère écouter Sven Sjöman :

« Considérez ça comme une réunion d'enquête officielle, leur annonce-t-il. Il va falloir qu'on s'organise. On s'est trop éparpillés jusqu'à maintenant. La question qu'on doit se poser avant tout est : Qu'est-ce qu'on voit là ?

– Peut-être le même type que sur la vidéo du Front de Libération de l'Économie, suggère Johan Jakobsson. Ou un autre. En tout cas, ils ont le même look. Et la même stature. »

Johan se tait, mais les autres remarquent qu'il souhaite ajouter quelque chose.

« Quel fils de pute, finit-il par lâcher. J'espère que cet enfoiré brûlera en enfer. »

Tous les policiers le regardent, honteux de penser comme lui, surpris d'un tel accès de rage de sa part, ça ne lui ressemble pas.

Waldemar Ekenberg conclut :

« Il n'y échappera pas, crois-moi. »

Malin voit Börje Svärd prendre une profonde inspiration.

« Putain, les gars, vous allez vous calmer, oui ou merde ? On est tous en état de choc après ce qui s'est passé, mais votre comportement est inacceptable. »

Sven reprend alors la parole :

« On sait désormais que le poseur de bombe est arrivé à vélo par le nord et qu'il est reparti vers l'est. Ce qui va nous permettre de délimiter avec exactitude un périmètre de recherches pour les caméras de surveillance.

D'ailleurs, on a déjà commencé à récupérer des films, ajoute-t-il.

Il va aussi falloir visionner les enregistrements des caméras situées à l'intérieur de la banque. Et interroger tous ceux qu'on voit sur ce film, si ce n'est pas déjà fait. On va également lancer un appel à témoin pour tenter de savoir si quelqu'un a repéré un type avec un sweatshirt à capuche noir dans le secteur. Peut-être que quelqu'un aura vu son visage ou reconnu sa silhouette. Naturellement, la police scientifique devra aussi analyser cette vidéo. »

Sven se tait.

« D'autres suggestions ? finit-il par demander.

– Il semble qu'il ait agi seul, fait remarquer Zeke. Mais il est possible qu'il ait eu des complices dans les parages ou ailleurs. Ce qui est sûr, c'est que la bombe était dissimulée dans son sac à dos.

– En effet, approuve Sven. Karin nous le confirmera certainement. Commençons par le Front de Libération de l'Économie. Des banques de plusieurs villes apparaissent sur leur site. Je vais veiller à ce que les polices locales soient informées de manière à ce qu'elles renforcent les mesures de sécurité autour des agences concernées. Je suis persuadé que la Säpo en fera autant. Je vais également solliciter l'aide des experts en informatique de la Scientifique et leur demander de retrouver l'origine de la vidéo et du mail qu'a reçu Daniel Högfeldt, en plus de localiser leur site web.

– Est-ce qu'on ne devrait pas contacter YouTube pour savoir qui a mis cette vidéo en ligne ? Connaître l'adresse IP de l'ordinateur à partir duquel elle a été envoyée ? suggère Johan.

– C'est comme si c'était fait. Comme vous l'avez tous compris, ce nouveau groupuscule constitue notre principale piste. Il faut qu'on les retrouve à tout prix. Celui qui a posé la bombe devant la banque est vraisemblablement l'un d'entre eux. Johan, parmi les activistes que tu as recensés, est-ce que, selon toi, certains auraient pu monter un coup pareil ? »

Ses collègues dévisagent Johan avec espoir et Malin ressent sa gêne.

« On peut déjà exclure les extrémistes de droite. Ce genre de combat est contraire à leur idéologie. En revanche, au cours de mes recherches d'hier, je suis tombé sur une certaine Sofia Karlsson, une extrémiste de gauche pure et dure, explique-t-il. Une végane radicale qui a fait de la prison pour avoir incendié un élevage de visons à Kisa. Elle a dans les vingt-cinq ans. Quant à ses complices… ils se faisaient appeler les Anges Gardiens des Animaux. J'ai vu quelques photos d'elle. Elle a un air mauvais et sournois, mais intelligent. Il semblerait qu'elle habite à Linköping, en ce moment. Ça vaudrait peut-être le coup d'avoir une conversation avec elle. Ce serait déjà un début.

– Parfait, Johan, le congratule Sven. Malin, Zeke, vous passerez chez elle dès que cette réunion sera terminée.

– Autre chose, Johan ? » s'enquiert Sven, tandis que Malin se réjouit qu'il ait pris la direction des opérations. Son expérience et son charisme leur seront bien utiles.

« Pour être franc, c'est tout ce que j'ai trouvé d'intéressant. Mais je veux bien continuer à chercher.

– Fais-le, tranche Sven.

– Et la Säpo ? demande Zeke. Ils doivent bien savoir quelque chose. On peut compter sur eux ?

– Oublie-les, répond Karim Akbar. On n'a aucune aide à attendre d'eux.

– Ils ont appelé tout à l'heure, annonce Sven. Je leur ai donné tout ce qu'on avait, mais eux n'avaient rien pour nous. C'est en tout cas ce qu'ils ont prétendu. »

Malin imagine une dizaine d'hommes en costume. L'image cauchemardesque des hommes de la Säpo, qui passent en coup de vent et détruisent tout sur leur passage, leurs soupçons et leurs descentes maladroites généralement dirigées contre les mauvais suspects.

« Moins on les verra, mieux ce sera », estime Malin.

Ces idiots de la Säpo se croient certainement supérieurs à des petits enquêteurs de province, se surprend-elle à penser. Arrête un peu avec ton complexe d'infériorité, Fors. Tu vaux aussi bien que ces types.

« Et la police nationale ? s'enquiert Börje.

– Putain, pas ces connards, lance Waldemar.

– Il n'est pas question qu'ils interviennent pour l'instant, les rassure Karim. De toute façon, on se marcherait sur les pieds.

– On va faire analyser la bande de la caméra de surveillance et le film », répète Sven.

Puis il se tait. Scrute la pièce comme s'il attendait de nouvelles suggestions, mais ses collègues restent muets.

« D'autres idées pour résoudre l'énigme du Front de Libération de l'Économie ?

– On pourrait se renseigner à l'université, auprès des chercheurs spécialisés dans les questions de sécurité nationale, suggère Zeke. Ils ont peut-être déjà entendu parler du Front de Libération de l'Économie.

– On va le faire, dit Karim. Je m'en charge.

– C'est tout ? demande Zeke. Espérons que des gens se manifesteront après avoir vu les images. »

Malin retient son souffle.

Se concentre sur la respiration de ses collègues.

Sait qu'ils ont du pain sur la planche, que les soixante-douze premières heures d'une enquête sont toujours déterminantes.

« Dans ce cas, reprend Sven, concentrons-nous sur le Front de Libération de l'Économie. Derrière ce nom peut se cacher un groupe ou un seul individu. Jusque-là, on est tous d'accord, n'est-ce pas ? Maintenant, on va faire le point sur les infos dont on dispose. »

Sven leur résume alors la situation comme s'il donnait une conférence.

Aucune des dépositions recueillies auprès des blessés ou des témoins n'a donné quelque chose d'intéressant. Mais le périmètre des interrogatoires devrait être étendu à la totalité du centre-ville, de manière à prendre en compte toutes les personnes susceptibles d'avoir remarqué quelque chose ce jour-là. Les employés de la banque et leur directeur n'avaient rien vu de suspect.

La piste islamiste.

Aucun élément ne permettait d'accréditer cette thèse. Et l'entretien qu'ils avaient eu avec l'imam n'avait rien donné non plus. Cette décision d'interroger Al Kabari avait peut-être été prématurée et maladroite. Désormais, ils allaient devoir se montrer plus prudents.

« Je ne tiens pas à ce que les médias nous accusent de racisme, lance Karim une fois que Sven a terminé.

– Il avait l'air tout à fait raisonnable, explique Malin. Et la mosquée était pleine de fidèles, hier soir. Ces gens-là sont aussi inquiets que nous.

– Dans ce cas, tant mieux, réagit Karim. Mais je maintiens quand même qu'on a eu raison d'interroger Al Kabari. Il est le mieux placé pour juger de l'état d'esprit des musulmans de Linköping.

– Cette piste reste ouverte, dit Sven. On ne peut pas se permettre d'écarter la moindre éventualité pour l'instant.

– Je suis d'accord. On ne peut pas écarter la piste islamiste. Mais on sait désormais qui est à l'origine de cet attentat, proteste Waldemar. Certainement ces pourritures du Front de Libération de l'Économie. Pourquoi des gens innocents iraient endosser la responsabilité d'un attentat qui a coûté la vie à deux gamines ?

– Pour s'amuser, répond Malin en croisant les jambes sous la table.

– Ce serait cynique et déplacé, s'exclame Johan. Pour s'amuser ?

– Ou pour tenter d'attirer l'attention sur une cause qui est importante à leurs yeux.

– Tout ça, c'est des conneries, lance Waldemar. On ne va pas tarder à leur mettre le grappin dessus, à ces ordures.

– Est-ce qu'on ne pourrait pas envisager d'autres pistes ? s'étonne Zeke. Les gangs de motards ? Les braqueurs de distributeurs ?

– On laisse de côté la piste des distributeurs de billets, objecte Sven. Ça ne colle pas avec leurs méthodes. Quant aux gangs de motards, aucun élément ne pointe dans leur direction.

– OK, convient Zeke.

– Et les explosifs ? Où est-ce qu'ils se les sont procurés ? De quel type s'agissait-il et quel mode de mise à feu ont-ils utilisé ? demande Börje.

– Ça, c'est Karin qui nous le dira. Et certainement bientôt. Waldemar et toi, vous essayerez de découvrir d'où proviennent les explosifs, ordonne Sven. Est-ce que des dépôts de munitions de l'armée ont été dévalisés récemment ? Ou bien des chantiers ? Est-ce qu'en Suède on peut en acheter sur Internet ? Il me semble que tu en connais un rayon sur le sujet, Börje.

– Je ne suis qu'un amateur, tempère Börje en levant les mains. Le livre de cuisine des anarchistes est bizarre, mais d'une lecture divertissante. On y verra sans doute plus clair une fois que Karin aura déterminé le type d'explosifs qu'ils ont utilisé. »

Par la fenêtre, Malin voit s'ouvrir les portes de la maternelle.

Des enfants vêtus de couleurs vives se précipitent dehors.

Ils se jettent sur les jeux, transportés par la capacité de leurs corps à se mouvoir.

Malin pense à Tove qui doit être au lycée à l'heure qu'il est, à ses mouvements qui contrastent avec ceux des enfants, mous, presque apathiques, mais calculés et efficaces, probablement guère sexy pour un garçon de son âge. Puis elle pense à son père qui doit être occupé à remettre de l'ordre dans ce qui sera sans doute sa dernière demeure.

Enfin, elle pense à sa mère, qui, selon toute vraisemblance, n'est plus que cendres, désormais. Elle réalise alors qu'ils n'ont pas parlé de ce qu'ils allaient faire de l'urne. Vont-ils éparpiller ses cendres quelque part ? L'urne se trouve certainement chez son père, pour l'instant. Doivent-ils les répandre sur le terrain de golf de Ténérife ? Ou bien va-t-elle finir dans le mémorial où Malin a l'habitude de se promener, quand le poids de ses échecs personnels devient trop lourd à porter ?

Elle est arrachée de ses pensées par la voix de Sven qui résume maintenant ce qu'ils savent sur le compte des fillettes et de leur mère, opérée avec succès la veille, mais pas encore tirée d'affaire.

« On ne peut toujours pas l'interroger, d'après le médecin à qui j'ai parlé, leur apprend-il. Demain au mieux. Ou plus tard.

– Vous avez vu la vidéo, intervient Malin. Il est possible que la bombe leur ait été destinée. L'explosion a eu lieu, comme si on l'avait déclenchée à distance, au moment même où les fillettes revenaient près du distributeur de billets.

– Je n'y crois pas, conteste Waldemar. Ça me paraît alambiqué.

– Malin, Waldemar a raison, dit Sven. On va partir du principe que les fillettes et leur mère sont des victimes innocentes.

– Est-ce qu'on ne devrait pas protéger Hanna Vigerö à l'hôpital ?

– Tu as entendu ce que je viens de dire ? »

Malin opine.

Elle pense qu'il est fort probable que les fillettes ne soient que ça, en fin de compte : des victimes innocentes. Ce dont elle est sûre, en tout cas, c'est qu'elles étaient innocentes.

Sur ce, Waldemar lance :

« Ces salauds auraient pu épargner les mômes, s'ils avaient voulu. Ça ne fait aucun doute. Mais ils voulaient certainement qu'on les prenne au sérieux. »

14

Le temps n'épargne rien, ni personne.

Dans la voiture, l'horloge du tableau de bord indique onze heures et le bulletin d'informations commence au moment où Zeke et Malin s'engagent sur Rydsvägen. En longeant le vieux cimetière, Malin a l'impression que les arbres essayent d'attirer son attention. Leurs fleurs blanches se balancent dans le vent et, malgré tous leurs efforts pour s'accrocher, finiront par s'envoler.

Nul n'échappe à son destin.

Elle est bien placée pour le savoir.

Depuis qu'elle avait arrêté de boire, elle avait remarqué que son intuition, ce que d'autres qualifieraient peut-être de visions, s'était renforcée. Elle se manifestait surtout sous forme de rêves. Comme si le manque d'alcool la rendait plus réceptive.

Cela ne l'effrayait nullement.

Mais elle savait que cela en aurait effrayé plus d'un.

Au contraire, elle s'efforçait de s'ouvrir aux signaux qu'elle recevait, d'être attentive à ce don qui lui permettait de voir ce que la plupart des gens ne voyaient pas.

En ce moment, elle voit le vent souffler sur la couronne des arbres. Tu portes une voix, un murmure, pense-t-elle. Non, pas cette fois, elle n'entend aucune voix.

Sur le mur du cimetière couvert de mousse, Malin distingue des ombres menaçantes.

Le mémorial.

Elle ne le voit pas à cause des arbres en fleur. Est-ce là que sa mère reposera ?

« Comment va ton père ? demande Zeke.

– Il a l'air de bien le prendre.

– Et toi ?

– Moi ?

– Comment tu le prends ?

– Ne t'inquiète pas pour moi.

– Tu sais bien que c'est plus fort que moi.

– Et pourquoi ? »

Zeke éclate de rire.

« Parce qu'il faut tout le temps qu'il t'arrive des merdes. Voilà pourquoi. »

Malin s'esclaffe à son tour. Puis ils se taisent.

Elle se concentre sur les infos à la radio.

Il est question de la bombe.

Le journaliste ne leur apprend rien qu'ils ne savent déjà. Puis il parle des agences banciares désertes. Les gens n'osent même plus passer devant.

Le responsable de la communication de Nordea déclare qu'ils vont prendre des mesures afin de renforcer la sécurité dans tous leurs établissements qui, comme celles des autres banques, resteront fermées provisoirement, en précisant que tout devrait rentrer dans l'ordre d'ici quelques jours.

« Il va de soi que nous prenons cette affaire très au sérieux. »

« Vous avez plutôt intérêt », commente Zeke.

C'est une magnifique journée de printemps, l'une de celles où le mercure s'élève de manière inattendue et où seuls quelques nuages égarés tachent par endroits le ciel bleu d'azur.

« Tant mieux si ces putains de banques ferment leurs portes pendant quelques jours, poursuit Zeke. C'est un minimum quand on voit le mal qu'elles ont fait ces dernières années.

– En ce qui me concerne, j'aurais préféré qu'elles restent ouvertes et que l'attentat n'ait jamais eu lieu.

– Évidemment, Malin, ce n'est pas ce que je voulais dire.

– Je sais bien. »

Ils passent devant le musée en plein air de Gamla Linköping.

Les gens se découvrent chaque jour un peu plus. Pour profiter du printemps et de la chaleur malgré l'événement horrible de la veille.

Certains des immeubles du quartier auraient bien besoin d'un coup de peinture, mais la municipalité avait été contrainte de remettre ses projets de rénovation à plus tard, son budget ayant fortement baissé depuis que le chômage avait explosé. À tel point qu'il avait été question de fermer la piscine de Tinnerbäck pendant quelques semaines et de cesser d'entretenir les aires de jeu de la ville.

Tout ça à cause de ces enfoirés de banquiers.

Les PDG des banques et les traders ont-ils seulement conscience que leur soif de pognon a causé la dégradation des conditions de vie des gamins du pays ? Qu'un bambin risque un jour de se blesser en jouant sur un toboggan mal entretenu ?

La responsabilité collective, songe Malin, a tendance à s'effacer, de nos jours, devant la responsabilité individuelle, en particulier celle des comptes en banque.

La radio annonce la naissance de jeunes varans de Komodo au zoo de Kolmårde, une première en captivité.

De quoi ces animaux se nourrissent-ils ? se demande Malin. Elle imagine une dizaine de varans taillant en pièces une souris.

Et Linköping, qu'est-ce qui est en train de la tailler en pièces ?

Sofia Karlsson ?

L'activiste.

Elle avait écopé de deux mois à la prison de Skänninge pour l'attaque de la ferme de visons de Kindstrand à Kisa, abandonnée depuis. Elle n'avait pris que deux mois car il n'avait jamais pu être prouvé que c'était elle, ou le groupe dont elle faisait partie, qui avait incendié la ferme. Mais elle avait quand même été condamnée pour avoir menacé le propriétaire.

Une activiste des droits des animaux.

Fière de ruiner des entreprises florissantes, fière d'affirmer que les animaux ont les mêmes droits que les hommes.

Malin ferme les yeux.

Écoute le moteur de la voiture faire son travail. Pense : à moi de faire le mien, maintenant.

Sofia Karlsson habite dans un immeuble de logements étudiants jaune de deux étages. La cage d'escalier est imprégnée d'une odeur de pizza et d'urine.

L'université se trouve à environ cinq cents mètres et les étudiants qui vivent ici font figure de privilégiés à Ryd.

Les autres habitants du quartier appartiennent à ce que l'on considère généralement comme le rebut de la ville : ouvriers au chômage, immigrés, mères célibataires d'enfants en bas âge, poivrots, malades mentaux.

Vivre à Ryd n'est pas un choix, sauf pour les étudiants qui ont eu la chance d'obtenir un logement universitaire.

C'est justement le cas de Sofia Karlsson.

D'après Johan Jakobsson, elle est étudiante en biologie.

Malin sonne à la porte couverte de graffitis.

Zeke se tient à ses côtés.

Légèrement voûté.

Sur le qui-vive.

Prêt à sortir son pistolet, à recourir à la violence et à la force si nécessaire.

La porte s'ouvre. Une jeune femme, petite et menue, passe la tête au-dehors et les dévisage.

Des anneaux dans le nez, plusieurs dans chaque narine. Ses dreadlocks grasses brillent à la lueur du jour.

Les keufs, semble-t-elle se dire. Elle tente aussitôt de refermer la porte, mais Zeke la devance et glisse son pied en travers.

« N'y pense même pas. »

Sofia Karlsson renonce, ouvre la porte et les fait entrer. Le studio est mieux tenu que ce que Malin avait imaginé. Propre et bien rangé. Des petits animaux en porcelaine et une poupée en laine trônent sur une bibliothèque. Un ordinateur sur une table et un canapé-lit déplié recouvert d'une couette aux couleurs rasta. Une légère odeur de hasch flotte dans l'air.

Seul témoignage de l'activisme de Sofia Karlsson : une affiche des Anges Gardiens des Animaux accrochée au mur.

On y voit un putois dévorant une femme dans un manteau de fourrure.

Du sang s'écoule de ses plaies le long de ses jambes.

Sofia Karlsson s'assied sur son lit sans un mot et les observe.

Zeke et Malin viennent se placer devant elle et lui présentent leurs cartes de police.

« On suppose que tu es au courant de ce qui est arrivé, commence Malin.

– Non, quoi ?

– L'attentat à la bombe sur la Grand-Place. Le Front de Libération de l'Économie. Tu sais quelque chose sur eux ?

– Non, rien du tout. Pourquoi est-ce que je devrais savoir quelque chose ? En dehors de ce que j'ai entendu à la radio ce matin ou de ce que j'ai vu sur Internet.

– Tu es allée voir leur site ? » demande Zeke.

Sofia Karlsson acquiesce.

« Tu sais quelque chose sur eux ? répète Malin. Leur manière de frapper puis de recourir aux médias pour faire passer leur message rappelle étrangement le mode opératoire employé par votre groupe contre la ferme d'élevage de visons.

– Donc, vous croyez que j'ai quelque chose à voir avec cette putain d'explosion ? »

Zeke fait un pas en avant et se penche vers Sofia Karlsson :

« Deux fillettes sont mortes, lui dit-il d'un ton menaçant. Si tu sais quelque chose, tu ferais mieux de cracher le morceau maintenant. »

Il recule et passe une main sur le sommet de la bibliothèque, faisant basculer les petits animaux en porcelaine qui se brisent sur le sol en linoléum jaune.

Sur le coup, Malin veut l'arrêter mais se ravise aussitôt. Seules les méthodes d'un fou furieux comme Waldemar Ekenberg pourraient la forcer à parler.

Sofia se lève et leur crie :

« Putain mais vous êtes tarés, sales bâtards de flics. Complètement tarés.

– Assieds-toi », ordonne Malin.

Sofia Karlsson se laisse retomber sur son lit et secoue la tête.

« J'étais en cours, hier, quand la bombe a explosé. Vous pouvez vérifier.

– Qu'est-ce qui vous fait croire qu'on vous soupçonne ? demande Zeke, cette fois sur un ton amical savamment calculé.

– Vous foutez quoi là si c'est pas le cas ? »

– On mène une enquête, répond Malin. On est à la recherche d'un poseur de bombe, d'un tueur d'enfants. Tu ne connaîtrais pas quelqu'un qui correspond à ce signalement ?

– Si vous êtes venus pour me harceler, vous pouvez vous tirer tout de suite.

– Qu'est-ce que tu penses de ce qu'ils ont fait ? reprend Zeke. De ce que ce Front de Libération de l'Économie se vante d'avoir fait ? »

Le regard de Malin tombe sur l'ordinateur.

Est-ce qu'on a le droit de le saisir ?

Non. On n'a rien du tout contre elle.

Sofia Karlsson lève les yeux vers eux.

Pose les mains à plat sur sa couette.

Son expression traquée et angoissée laisse place à un regard froid, fanatique, un regard de psychopathe.

« Je pense qu'ils ont assuré, lâche-t-elle. Il faut que quelqu'un donne une leçon aux banques. Il faut mettre un terme à leurs pratiques. Même si ça doit coûter la vie à des victimes innocentes. »

Malin a du mal à se retenir de lui envoyer son poing dans la figure.

« Mais je ne suis au courant de rien, ajoute Sofia Karlsson. Que dalle.

– Tu fumes ? demande Zeke. Ça pue le shit chez toi. »

Sofia Karlsson ignore sa question. Elle se contente de regarder droit devant elle.

En sortant de chez elle, une Volvo noire se gare devant la porte du bâtiment et deux hommes vêtus de jeans et de vestes bleues quasi identiques en descendent.

Sans doute Stigman et Brantevik, les deux types de la Säpo dont Sven leur avait parlé.

Malin et Zeke les saluent d'un hochement de tête.

« *All yours* », leur dit Zeke au moment où ils se croisent sur le trottoir. Les deux enquêteurs de la Säpo éclatent de rire, comme si toute cette affaire n'était qu'un jeu à leurs yeux.

Connards, pense Malin. Vous vous prenez pour des superflics. Mais, dites-moi, qu'avez-vous réussi au cours de ces vingt dernières années ?

Elle ouvre brutalement sa portière.

Un peu plus loin, sur la voie principale, quatre motos passent en faisant un vacarme de tous les diables.

Attends.

Attends un peu.

L'homme qui a été filmé par la caméra du distributeur, celui qu'on voit sortir de la banque.

« On retourne au commissariat. Il faut que je revoie l'enregistrement de la caméra de surveillance du distributeur. »

« Là ! Là ! » s'exclame Malin en appuyant sur le bouton pause du magnétoscope.

L'air est étouffant dans la salle de réunion chauffée par les rayons du soleil printanier. Le sandwich au pain suédois qu'elle a mangé en rentrant au poste lui pèse sur l'estomac.

Zeke, assis à côté d'elle, se penche à son tour sur l'écran pour tenter de distinguer l'homme aux bras nus qui quitte la banque juste avant l'explosion.

« Tu le reconnais ? Tu ne trouves pas qu'il ressemble à quelqu'un ?

– Non, tout ce que je vois, c'est une silhouette floue.

– On peut zoomer avec cet appareil ?

– Malin, ce magnétoscope doit avoir au moins vingt ans, faut pas rêver. »

Malin manipule l'un des boutons de réglage de l'appareil et l'enregistrement se met à défiler au ralenti, image par image.

« Voilà ! »

Soudain, elle s'arrête sur une image. Le visage de l'homme apparaît distinctement.

« Je te parie ce que tu veux que ce type est Dick Stensson », lance Malin.

Zeke plisse les yeux.

« Bon sang, mais tu as raison. »

Dick Stensson.

Le chef d'un gang de motards local, les *Dickheads*, liés aux *Hells Angels*. Ils n'étaient jamais parvenus à le faire tomber sous quelque motif d'inculpation que ce soit, même si la liste des crimes dont il était soupçonné était particulièrement longue: racket, trafic de stupéfiants, fraude, attaque à main armée, coups et blessures, homicide…

« Si c'est vraiment lui qui est derrière tout ça, reprend Malin, alors pourquoi est-ce qu'il se trouvait dans la banque quelques minutes seulement avant l'explosion ?

– Tu veux dire que c'est peut-être lui qui était visé ?

– *Los Rebels* de Rimforsa ont pris de l'influence, on le sait. Or, ils sont affiliés aux *Bandidos*.

– Aucun des employés de l'agence n'a mentionné Stensson.

– Peut-être qu'il s'agit pour eux d'un client comme les autres, suggère Malin. Il n'est pas vraiment connu du grand public, tu es d'accord ?

– En effet, admet Zeke. Il se peut également que les employés de la banque aient été plus choqués qu'ils en avaient l'air.

– Il n'en demeure pas moins que sa présence dans l'agence juste avant l'explosion est louche. »

Un pressentiment.

Une étincelle.

Voilà que l'enquête glisse vers une nouvelle piste. Les secondes de lucidité qu'elle a connues à l'issue de leur première réunion de travail ont une fois de plus laissé la place au chaos dans sa tête.

« Tu as raison, c'est louche, finit par reconnaître Malin.

– Stensson a le droit d'avoir un compte en banque comme tout le monde. Mais ça vaut quand même le coup d'aller faire un tour du côté de Jägarvallen, au quartier général des têtes de bite, pour demander à Stensson ce qu'il faisait là-bas hier matin.

– Je suis d'avis qu'on interroge d'abord le directeur de l'agence.

– J'ai une meilleure idée, propose Zeke. On envoie Waldemar et Börje parler avec le directeur de la banque. On verra bien s'il leur dit que Stensson est passé hier. »

Malin acquiesce.

Waldemar Ekenberg n'a aucun scrupule à enfoncer son pistolet au fond de la gorge d'un témoin pour lui faire cracher le morceau.

Le responsable de la filiale de la SEB n'a peut-être pas la moindre idée de qui est réellement Dick Stensson.

Mais on peut quand même lui envoyer ce pitbull de Waldemar. Pourquoi devrait-on ménager un banquier ? Il n'explosera pas d'autre bombe chez eux. En plus, ces pourris ne méritent aucun égard.

« Et nous ? Qu'est-ce qu'on fait ? demande Zeke.

– On passe au labo, histoire de savoir où ils en sont. Comme ça, tu pourras voir Karin.

– Fais gaffe, Malin, plaisante-t-il. *Watch out.* »

Malin voit scintiller ses yeux verts dans la lumière glacée de l'écran de télé.

Vous baisez toujours ensemble, se dit-elle.

Bon Dieu, qu'est-ce que j'aimerais, moi aussi, pouvoir me taper quelqu'un.

15

À quoi peut bien ressembler une partie de jambes en l'air entre Zeke et Karin Johannison ?

Cela va bientôt faire deux ans qu'ils entretiennent secrètement une relation.

Malin est la seule au courant.

Karin Johannison est assise derrière son bureau. Elle remue lentement son thé bouillant. Ses cheveux blonds retombent en boucles sur ses pommettes aristocratiques.

Elle porte un chemisier blanc qui met parfaitement en valeur sa poitrine. Les murs de son bureau sans fenêtre sont couverts d'étagères où papiers, dossiers et livres sont entassés pêle-mêle. Sur le sol, un tapis d'Orient rose et rouge. Et puis ce fauteuil de bureau en cuir, à dossier haut et distingué qu'elle a dû acheter elle-même. Malin en reconnaît le design mais n'arrive pas à mettre un nom dessus, ce qui a le don de l'énerver. Elle est énervée de s'énerver pour de telles futilités.

Tous les deux prennent place sur des tabourets en cuir, face à Karin.

Voyons comment elle regarde Zeke.

Je te veux. Tout de suite.

Malin les observe.

Les imagine enlacés sur un lit, dans un hôtel bon marché de Linköping, peut-être le Stångå, près de la gare ferroviaire.

« On en sait un peu plus sur la bombe, les informe Karin.

– Alors balance ! s'écrie Malin, ce qui fait rire Karin.

– L'explosion a été déclenchée à distance. On a retrouvé les restes d'une amorce généralement employée dans les systèmes de mise à feu à distance et même des fragments d'émetteur. En principe, avec un tel dispositif, il est possible de déclencher l'explosion de n'importe quelle distance. C'est ce qu'on appelle un IED, ce qui correspond aux initiales de l'anglais *Improvised Explosive Device.* Autrement dit, une bombe artisanale. Celle-ci était constituée de peroxyde d'acétone, également appelé TATP. L'armée en possède des stocks et il est couramment employé sur les chantiers. C'est un explosif très répandu.

– Où peut-on se procurer de ce TATP, exactement ? » s'enquiert Malin en se penchant en avant pour marquer son intérêt. Elle se dit que le poseur de bombe aurait pu épargner les fillettes. Est-ce que ça signifie quelque chose ? Au-delà d'une volonté de démontrer sa détermination ?

« On peut en acheter chez les grossistes, mais ça nécessite une autorisation, dont disposent la plupart des entreprises de bâtiment. Les militaires ou les officiers peuvent également s'en procurer. Il y en a aussi une bonne quantité qui circule de manière illégale, volée dans les dépôts de l'armée ou d'entreprises du bâtiment. Il suffit alors d'entrer en contact avec les trafiquants. Il est bien sûr possible d'en acheter sur Internet, sur des sites étrangers. Mais le TATP a une durée de vie limitée, si bien que le marché doit être réapprovisionné en permanence. Les stocks sont renouvelés régulièrement, donc ceux qui sont à l'origine de cet attentat se sont procuré leurs explosifs récemment. »

Zeke opine, Malin se mord les lèvres en se disant que Börje Svärd et Waldemar Ekenberg pourront recentrer leurs recherches, maintenant qu'ils savent quel type d'explosif a été employé. Pas sûr, cela dit, que ça leur facilite la tâche. Un explosif banal. Dont il est vraisemblablement impossible d'établir la provenance.

« Le TATP est répandu à l'étranger ? demande Zeke.

– On en trouve dans toute l'Europe. Plusieurs pays en produisent, mais pas la Suède. Si tu veux vraiment t'en procurer, rien de plus facile. Tu peux même le fabriquer toi-même. Pour votre information, la plupart des bombes qui sautent en Irak et en Afghanistan contiennent du TATP. Il a été employé dans un grand nombre d'attentats terroristes. La dernière fois, c'était dans les bus de Londres. Mais on ne peut pas en tirer de conclusions puisqu'il s'agit de la matière la plus courante pour fabriquer une bombe.

En Irak et en Afghanistan, les insurgés ont également recours au nitrate d'ammonium, qui possède une structure chimique proche du TATP, mais qui est trop volumineux dans notre cas. Il en faudrait environ une tonne pour causer autant de dégâts que sur la place. »

Karin remarque la déception de Malin et prend conscience du peu de valeur de ces informations pour leur enquête.

« Désolée, Malin. J'aurais bien voulu pouvoir vous fournir des renseignements plus précis. Tout ce que je peux vous dire, c'est que la personne qui a fabriqué cette bombe savait ce qu'elle faisait. C'était du travail de pro. Le boîtier était en métal, du sur-mesure. Le TATP est très instable et de nombreux amateurs se sont fait exploser en le manipulant, ce qui signifie que cette personne s'y connaissait. Quant au système de mise à feu à distance, lui aussi était très perfectionné.

– On a donc affaire à des professionnels », conclut Zeke.

Karin opine.

« Et, sans pouvoir l'affirmer, je pense que ce n'est pas un hasard si le souffle de l'explosion était dirigé vers la place. La charge devait peser entre trois et cinq kilos.

– Et le détonateur ? s'enquiert Malin.

– On en a seulement retrouvé quelques fragments. Pas assez pour en tirer quoi que ce soit de concret, malheureusement. »

Le type au sweat-shirt noir à capuche.

Celui qui a placé la bombe devant la banque, sur le porte-bagages du vélo.

Il avait vue sur la place ? Il a vu les fillettes ? Peut-être qu'il était trop loin ? Et s'il a déclenché la bombe alors qu'il avait vu les fillettes s'approcher, à quel genre de criminel est-ce qu'on a affaire ? Au diable lui-même, à un monstre assoiffé de sang qui, après s'être réveillé au fond de sa tanière, part chasser des humains au printemps ? À une bête qui tue pour le plaisir ?

Un doigt qui presse un bouton.

Peut-être un tueur solitaire. Le chef du Front de Libération de l'Économie ? Ou quelqu'un d'autre ? Un motard qui voulait éliminer Stensson ? Dans ce cas, on peut dire qu'il a complètement manqué son coup. D'ailleurs, il n'aurait même pas déclenché l'explosion puisqu'elle était commandée à distance. Mais les accidents ne sont-ils pas fréquents avec les bombes ? Non, ce n'était pas Stensson, la cible.

Pourquoi pas un groupe de fanatiques religieux désireux de montrer qu'ils peuvent frapper où ils veulent, quand ils veulent. Mais aucun élément ne pointe dans cette direction.

Al Kabari connaît certainement bien ses fidèles, se dit Malin. Et puis j'ai eu l'impression qu'il nous disait la vérité, qu'il souhaitait sincèrement contribuer à l'intégration de sa communauté dans la société suédoise.

« Et les amorces ? Est-ce qu'il est possible de déterminer leur origine ? demande soudain Malin.

– Même chose. Tout ce que je peux affirmer, c'est que c'est un modèle extrêmement courant. D'ailleurs, il est probable qu'ils aient choisi ces amorces justement parce qu'ils savaient qu'elles étaient quasiment impossibles à tracer. »

Un instant de silence.

Karin prend une profonde inspiration.

« En résumé, je suis en mesure de vous confirmer l'identité des victimes : il s'agit, comme on s'y attendait, de Tuva et de Mira Vigerö, les petites jumelles. Elles ont été soignées par un dentiste à l'âge de cinq ans, qui leur avait fait passer des radios des mâchoires car certaines de leurs dents se chevauchaient. On a comparé ces radios avec les restes des corps retrouvés sur la Grand-Place et ça ne fait aucun doute.

– On a donc la confirmation de ce qu'on savait déjà », conclut Malin.

Le trou béant dans la façade de la SEB, sur la Grand-Place, a été bouché par des panneaux de contreplaqué, comme si quelqu'un les avait cloués là pour protéger la vitrine à l'annonce d'un violent ouragan.

Waldemar Ekenberg et Börje Svärd frappent à la porte qui a déjà été remplacée. Derrière eux, les bougies sont éteintes et les fleurs ont commencé à faner. Mais des gens défilent continuellement, avec de nouvelles bougies, de nouvelles tulipes dans les mêmes tons flamboyants que le cœur de l'explosion, porteuses d'une nouvelle peur, d'un nouveau chagrin. La population de la ville vit désormais dans la crainte.

Ce n'est qu'au bout de quelques minutes qu'une jeune femme en tailleur gris vient leur ouvrir.

Ils entrent. L'occultation de la vitrine a rendu l'agence particulièrement sombre.

Derrière un comptoir en chêne, des conseillers bancaires à la mine effrayée s'efforcent de paraître occupés. Leur travail continue malgré la crise. En dépit des pertes colossales dues à leurs mauvais placements, les banques et leurs employés semblent gagner plus d'argent que jamais, constate Waldemar.

Il faut vraiment être con pour avoir peur, se dit-il en s'approchant du comptoir. S'il y a un endroit sûr, c'est bien ici. Il sent déjà monter sa colère.

Enculés de banquiers. Tout son corps bout de rage.

Une fine pellicule de poussière beige recouvre le plafond, des mouches y ont déjà tracé des sillons, formant une image énigmatique et confuse.

On dirait notre enquête, pense Waldemar en brandissant sa carte de police devant une conseillère.

« On voudrait parler à votre directeur, annonce Waldemar qui s'efforce d'employer un ton aussi respectueux que possible. Il s'appelle Jeremy Lundin, c'est bien ça ? »

Seulement vingt-quatre heures se sont écoulées depuis l'explosion, pourtant il a l'impression que cela fait une éternité. L'agence bancaire a été presque totalement épargnée. L'attentat était probablement l'œuvre d'un expert. Toute la puissance du souffle était orientée vers l'extérieur, vers la place, vers les gens. Elle n'aurait pas dû au contraire être dirigée vers le bâtiment, si c'était la banque qui était visée ? D'un autre côté, celui qui avait déposé la bombe pouvait très bien avoir commis une erreur sous l'effet de l'adrénaline.

Pour la première fois, la piste du Front de Libération de l'Économie lui paraît douteuse. Sur le coup, il n'avait pas voulu entendre parler de cette histoire de règlement de comptes entre motards. Mais maintenant, il se dit que ce Stensson a peut-être quelque chose à voir là-dedans.

D'ailleurs, comment expliquer que personne n'ait jamais entendu parler de ce Front de Libération de l'Économie ? Serait-il soudain sorti de nulle part ? Bien sûr, la bande à Baader avait fait son apparition dans les mêmes circonstances, dans les années soixante-dix.

Ou presque.

« Il est dans son bureau, on ne peut pas le déranger, l'informe la jeune femme rousse.

– Dites-lui qu'on voudrait lui parler. »

Sur ce, la femme décroche un téléphone. Une brève conversation, un hochement de tête, puis elle raccroche.

Waldemar lui demande :

« Vous savez si Dick Stensson est passé ici hier ? Il fait partie de vos clients, n'est-ce pas ?

– Je ne travaillais pas hier, Dieu merci, répond la femme. De toute façon, je ne suis pas autorisée à communiquer la moindre information à propos des clients de notre banque. Voyez ça avec Jeremy.

– Vous savez qui est Dick Stensson ? »

La femme secoue la tête.

Aucun de ces maudits employés n'a mentionné son nom, hier, au cours des auditions. Ils n'ont d'ailleurs nommé aucun client, respectant à la lettre les consignes de leur direction : respecter l'anonymat des clients. Par contre, plus vous pourrez leur soutirer de pognon, mieux ce sera.

Avaient-ils la tête ailleurs à cause de l'explosion ?

Waldemar pose ses deux mains sur le comptoir, sous le nez de la femme.

« Il faut que vous compreniez que les circonstances sont exceptionnelles », intervient Börje.

Waldemar plisse les yeux et, presque sans remuer les lèvres, dit :

« Deux fillettes ont été réduites en charpie. Elles avaient six ans. Et une petite salope arrogante comme vous refuse de s'exprimer ? De toute façon, on ne va pas tarder à recevoir les bandes de vos caméras de surveillance. Vous savez qui c'est. »

La femme lève le regard sur eux.

Elle ne semble pas effrayée.

On dirait qu'elle vient de se réveiller et de prendre conscience de la gravité des événements de la veille.

Puis elle hoche la tête et leur dit :

« C'est un de nos clients, en effet, mais j'ignore s'il est passé hier. Vous allez devoir voir ça avec Jeremy.

– Merci, conclut Waldemar.

– Il vous attend dans son bureau. Au bout du couloir. »

« Dick Stensson est-il un client de votre banque et est-il passé, hier, avant l'explosion ? », demande Waldemar en se penchant au-dessus du bureau.

Jeremy Lundin, responsable d'agence, la bonne cinquantaine, grassouillet, porte un costume bleu satiné, blond, les cheveux mi-longs, plaqués en arrière, les regarde d'un air terrorisé du fond de son fauteuil et semble vouloir disparaître sous terre pour échapper à la fureur de Waldemar et à son haleine chargée de nicotine et de caféine.

Jeremy Lundin halète, gonfle ses joues d'air, tandis que ses yeux gris clair tentent de comprendre ce qui se passe.

« Calme-toi », tempère Börje en endossant le rôle du gentil flic.

Pourtant, loin de se calmer, Waldemar ajoute :

« Écoute-moi bien, petite tapette de banquier : Dick Stensson était dans ton agence juste avant l'explosion, hier, n'est-ce pas ? »

Jeremy Lundin tambourine avec ses doigts sur le plateau de son bureau, détourne le regard et fixe le mur.

« Stensson était là, en effet. Il est client chez nous.

– Et vous savez qui c'est ? » demande Börje.

Jeremy Lundin acquiesce.

« Et toi, pauvre con, gronde Waldemar, tu n'as pas jugé bon de nous en informer quand on t'a interrogé, alors que tu connais ce type et que tu sais pertinemment que les gangs de motards ont déjà essayé de se faire sauter les uns les autres à plusieurs reprises.

– Pourquoi ne nous avez-vous rien dit ? » reprend Börje en s'asseyant dans l'un des fauteuils visiteur de Jeremy Lundin.

Waldemar, lui, reste debout.

« Je ne pensais pas que c'était important. Mais, ensuite, j'ai compris que j'avais fait une erreur. J'ai même envisagé de vous appeler. Mais nos règles de confidentialité sont très strictes. En plus, c'est un de nos meilleurs clients. Il possède plusieurs sociétés florissantes qui ont toutes leurs comptes chez nous.

– Pourquoi Stensson est-il passé, hier ? poursuit Börje sur un ton calme.

– Et cette fois, tu nous dis la vérité, lance Waldemar en s'asseyant sur le bureau de Jeremy Lundin, près de son ordinateur.

– Il est venu effectuer un dépôt.

– En liquide, je suppose. Il le fait souvent ? s'enquiert Waldemar.

– Chaque lundi matin, toujours à la même heure. C'est moi-même qui l'ai reçu hier. Et n'allez surtout pas vous faire des idées. Il nous présente toujours ses justificatifs. Je peux vous assurer qu'ils sont en règle.

– Chaque semaine à la même heure ? répète Börje.

– Exactement, confirme Jeremy Lundin. Ça n'a rien d'étonnant. Je connais sa réputation, mais je sais également qu'il n'a jamais été condamné pour quelque motif que ce soit et ses activités sont tout ce qu'il y a de plus légal. Pour nous, c'est un client comme les autres. »

Est-ce qu'il dit la vérité ? pense Waldemar. J'en doute. Pour lui, Stensson est un client ordinaire. Dont l'anonymat doit être respecté à n'importe quel prix, en toutes circonstances. Car, en protégeant ce type, c'est la banque et ses revenus qu'il protège.

« Vous allez bientôt devoir nous remettre tous les justificatifs des dépôts que Stensson a effectués dans cette banque. Faites-moi confiance », lance Waldemar.

Jeremy Lundin éclate de rire.

« Allez-y, ne vous gênez pas.

– Une dernière chose : avez-vous déjà entendu parler du Front de Libération de l'Économie ?

– Non, jamais », répond Jeremy Lundin, tandis qu'une mèche graisseuse retombe sur son front.

16

Il est presque quatre heures quand Malin et Zeke se garent devant le quartier général du club des *Dickheads.*

Des nuages bas ont fait leur apparition et le bleu azur du ciel printanier s'est dégradé dans des tons de gris qui semblent écraser le repaire des motards.

Jägarvallen.

Une petite zone industrielle désaffectée à quelques kilomètres de Ryd. Des usines abandonnées, un chenil à l'orée d'un bois, puis les bâtiments du club, entourés d'une enceinte percée de deux portes en fer équipées de caméras de surveillance.

Un interphone.

Ils sonnent. C'est la première fois que Malin vient ici, mais elle imagine une cour gravillonnée avec des motos garées, quelques ateliers et un bâtiment administratif délabré.

Trafic de stupéfiants.

Racket.

Recouvrement de dettes, fraudes, faux papiers… les activités criminelles supposées des *Dickheads* étaient nombreuses et variées.

Meurtres commandités.

Leurs collègues de Göteborg avaient fait tomber le dirigeant local des *Hells Angels* pour meurtre, l'année précédente. Mais la police de Linköping n'était jamais parvenue à coincer les *Dickheads,* pas plus que leurs rivaux, *Los Rebels.*

Une voix enrouée et traînante de lendemain de cuite :

« Vous êtes qui et qu'est-ce que vous venez faire ici ? »

Malin a l'impression de se trouver au pied d'une forteresse imprenable qui abrite le Mal absolu.

Zeke brandit sa carte de police devant la caméra.

« Police. On voudrait parler à Dick Stensson. Il est là ? »

Un long silence. Puis un crépitement dans l'interphone. Les portes grincent, s'ouvrent et Malin constate à quel point l'idée qu'elle s'était faite des lieux était proche de la réalité. Des grosses motos à fourche longue sont alignées devant deux ateliers aux murs peints en gris.

Qui se cache ici ? Qui est enfermé ici ?

Un singe barbu avec une veste en cuir et une chemise à carreaux vient à leur rencontre d'un pas décidé et menaçant. Il leur tend la main et dit d'une voix douce et amicale :

« Bienvenue chez les *Dickheads.* »

Sa poignée de main est ferme, mais agréable.

Zeke secoue la tête, tandis que l'homme les conduit vers le bâtiment administratif.

« Dick va vous recevoir dans un instant. »

Une minute plus tard, il les laisse dans une salle d'attente au fond de laquelle se trouve une lourde porte en chêne massif. Autant le bâtiment paraît délabré de l'extérieur, autant l'intérieur est en excellent état. Murs peints en blanc et spots halogènes encastrés dans le plafond. Quant aux fauteuils, ils sont confortables et neufs. Le cuir noir a l'air moelleux et doux au toucher, Malin se dit qu'ils ont dû coûter une fortune. Elle a l'impression d'être au domicile d'un riche entrepreneur aux goûts raffinés.

Soudain, la porte en chêne s'ouvre et une voix profonde, au ton las et impatient caractéristique des d'hommes d'affaires, leur lance depuis la pièce :

« Vous pouvez entrer ! »

Quelques secondes plus tard, Malin découvre Dick Stensson, vêtu d'une veste grise à capuche, assis à son bureau, devant un écran d'ordinateur monumental. Puis, à la manière d'un employé de banque ou de compagnie d'assurance, il leur demande :

« En quoi puis-je vous être utile ? »

Son visage étroit et musclé arbore un sourire amusé. Malin s'assied dans un fauteuil et sent son corps s'enfoncer comme s'il avait doublé de poids.

« Vous êtes passé à la banque, hier, juste avant l'explosion. C'est exact ? » commence Zeke.

Dick Stensson acquiesce.

« C'est exact. J'avoue que j'ai eu de la chance d'échapper à ces tarés. J'étais déjà de retour au QG quand la bombe a sauté. On a entendu l'explosion jusqu'ici.

– Qu'êtes-vous allé faire à la banque ? enchaîne Malin.

– J'avais de l'argent à déposer. Les caisses de mes sociétés plus un peu de fric que j'avais sur moi. Rien d'exceptionnel. J'ai vérifié l'état de mes placements. J'ai quelques actions en Bourse. Je vous les recommande vivement, d'ailleurs.

– Le directeur de la banque, Jeremy Lundin, nous a déclaré que vous aviez l'habitude de passer une fois par semaine, toujours à la même heure.

– Il est responsable d'agence, pas directeur. J'attache beaucoup d'importance à la régularité dans le travail », répond Dick Stensson en se renversant contre le dossier de son fauteuil. Ses yeux lancent des éclairs.

Il est pas mal, pense Malin. Son assurance le rend presque attirant.

Il est attirant.

Il faut que je me concentre, maintenant.

« Vous n'avez pas peur de la régularité ? » demande Malin.

Dick Stensson pouffe de rire avant d'adopter un air surpris.

« Pourquoi je devrais avoir peur ?

– Vous ne craignez pas que la régularité vous rende plus prévisible, plus vulnérable ? »

Dick Stensson hoche la tête.

« D'un autre côté, ça prouve que je m'en tape, hein ? Que c'est moi seul qui décide. »

Malin acquiesce, pense que l'homme qui lui fait face a décidément bien confiance en lui, qu'il se croit invincible. Et elle doit bien admettre que ce n'est pas pour lui déplaire.

« Donc, vous ne croyez pas qu'on a cherché à vous éliminer en plaçant cette bombe devant la banque ? résume Zeke.

– Ça me paraît peu probable, rétorque Dick Stensson en pianotant sur le clavier de son ordinateur, comme s'il répondait à un mail urgent.

– Pourquoi est-ce que ça vous paraît peu probable ? insiste Malin. Vous n'avez pas d'ennemis ?

– Non, aucun, répond Dick Stensson en secouant la tête.

– Vous avez reçu des menaces, ces derniers temps ?

– Pour quelle raison est-ce qu'on me menacerait ? s'étonne Dick Stensson. Je ne suis qu'un paisible entrepreneur.

– On nous a informés d'une recrudescence des tensions entre vous et…

– Comme je vous l'ai dit. Je ne suis qu'un honnête entrepreneur.

– Arrête de te foutre de notre gueule, s'emporte Malin. On sait pertinemment tous les trois qui tu es et ce que tu trafiques. Deux gamines innocentes sont mortes. On essaie de comprendre ce qui a bien pu se passer. Alors, si tu sais quelque chose, je te conseille de balancer maintenant, sinon je te jure que je serai comme un chalumeau enfoncé dans ton cul pour le restant de tes jours. »

Dick Stensson éclate de rire.

« Eh bien, on dirait que la petite dame a du tempérament », lance-t-il sur un ton amusé.

Malin a envie de sauter sur le bureau et de tordre le nez de ce crétin de motard, mais elle se contient.

« *Easy now*, intervient Zeke. *Easy*. Donc, vous n'avez rien à nous dire ? lance-t-il de sa voix d'acier, comme pour imposer le respect à Stensson et calmer Malin.

– Non.

– À partir de maintenant, on va s'intéresser de très près à vos affaires, l'avertit Zeke. Je vous le garantis. On va éplucher soigneusement tous vos soi-disant justificatifs.

– Les flics ont rien d'autre à foutre ? »

Dick Stensson s'esclaffe à nouveau.

« D'ailleurs, je ne sais rien non plus sur ce Front de Libération de l'Économie, si vous voulez savoir.

– Vous le connaissez ? demande Zeke.

– Ça fait les gros titres de tous les journaux sur Internet.

– Est-ce que vous auriez remarqué quelque chose de suspect, hier, sur la place ? demande Malin.

– J'ai vu les gamines. Je me souviens qu'elles mangeaient des saucisses et que je les ai trouvées mignonnes, j'aime beaucoup les enfants, et je me rappelle même m'être dit qu'elles étaient trop belles pour ce monde de merde. Voilà, c'est tout, ma belle. »

Dick Stensson enfonce son regard bleu dans le sien. Un regard dur et froid au fond duquel elle essaie de distinguer un semblant d'humanité, en vain.

« Vous feriez mieux de vous concentrer sur ces activistes. Sur le Front de Libération de l'Économie. Ils ont quand même revendiqué l'attentat, non ?

– C'est ce qu'on fait », réplique Zeke. Et Malin constate aussitôt qu'il regrette d'avoir répondu à Stensson, de s'être justifié, d'une certaine manière, lui, un flic, devant ce salaud.

« Merci. C'était tout », conclut Malin en se levant.

Nous entendons des bruits de moteur, Malin.

Dans l'atelier.

Nous les entendons ronronner, pousser leurs grognements comme d'affreuses bêtes affamées.

Il y a plusieurs portes fermées. C'est normal ?

On voit nos noms sur Internet, maintenant. Sur les sites des journaux. Tout le monde sait qui nous étions.

Les filles Vigerö.

Maman.

Elle respire. Elle lutte. Nous essayons de la convaincre de nous rejoindre, nous l'appelons, mais elle résiste, elle veut rester là où elle est. Elle nous rejoindra sans doute bientôt.

Elle a de la fièvre. Elle fait des cauchemars hantés par nos visages.

Nous appelons papa.

Nous voyons l'homme à la capuche, l'homme au sac à dos sur son vélo.

Qui est-ce, Malin ? L'incarnation de notre peur ? De notre désir de vie ?

Nous n'étions pas prêtes, Malin. Nous ne le sommes toujours pas. Nous voulons vivre. Peux-tu nous aider à y parvenir ?

Nous avons besoin de ton aide, Malin, que tu nous aides à redevenir les fillettes que nous étions, à devenir les femmes que nous étions censées devenir.

Les autres enfants poussent encore des cris, Malin. C'est toi qu'ils appellent.

« Viens, viens », crient-ils, ils appellent aussi leur père, mais il ignore où ils sont, quant à leur maman, elle ne peut pas venir car elle est morte comme nous.

En fait, Malin, nous ne souhaitons pas leur venir en aide. Pourquoi devraient-ils vivre alors que nous n'en avons pas le droit ? Pourtant, nous devons nous entraider et nous comporter en bons camarades, alors viens-leur en aide, Malin, sauve-les.

Ils attendent que tu viennes les secourir. Fais-le, alors peut-être pourras-tu te sauver toi-même.

Si tu écoutes attentivement, alors tu les entendras, toi aussi.

Mais tu ne les entends pas.

Tu ne les entends pas.

Zeke dépose Malin devant en bas de son immeuble, dans la rue Ågatan.

Il y a de la lumière dans son appartement.

Peut-être que Tove est là ? Elle l'espère.

Malin a hâte d'être avec sa fille. De lui faire sentir qu'elle a une mère qui pense à elle. Qui ne fait plus passer son travail et l'alcool d'abord. Qui n'a pas besoin de l'appeler d'un foutu centre de désintox pour lui annoncer qu'elle va mieux.

J'aurais également besoin d'une amie, pense Malin. D'une vraie amie à qui parler. Avec qui je n'aurais pas peur de me lâcher, de faire l'idiote. Helen Aneman, l'animatrice radio, pourrait être cette amie. Pourquoi pas ? Helen est intelligente, douce et généreuse. Mais elles ne se sont jamais réellement fréquentées. Et Malin n'est pas du genre à s'imposer comme ça. D'ailleurs, depuis l'année dernière, elle a surtout entendu Helen à la radio.

Dans la voiture, sur le chemin du retour, elle et Zeke ont discuté de Stensson.

Ont échangé leurs impressions.

Est-il possible que quelqu'un ait voulu l'éliminer, avant de créer le site du Front de Libération de l'Économie afin de lancer la police sur une fausse piste ?

C'est envisageable.

L'ingéniosité des criminels n'a pas de limites. Ces maudits malfaiteurs peuvent vivre tranquillement et confortablement de leurs forfaits, mieux que n'importe quel honnête travailleur pourra jamais le faire. Ils mènent une vie de luxe à faire tomber en syncope un travailleur au chômage.

L'honnêteté ne paie pas.

À moins qu'il s'agisse d'activistes prêts à tout pour faire passer leur message ?

Sur le chemin du retour, Malin avait appelé Sven Sjöman. La police scientifique n'avait fait aucune découverte dans le courant de la journée. L'analyse des empreintes digitales n'avait rien donné. L'adresse IP du site du Front de Libération de l'Économie était dissimulée derrière des artifices techniques particulièrement perfectionnés. La question était de savoir s'ils allaient parvenir à les percer ou seulement à trouver le serveur qui hébergeait le site. Ils avaient également essayé d'identifier l'expéditeur du mail adressé au *Correspondent* et envoyé à YouTube une demande de renseignements concernant la vidéo. Ils ignoraient dans combien de temps ils auraient une réponse.

Bientôt, il serait impossible de déterminer la provenance des explosifs.

Dans l'après-midi, Johan Jakobsson, Börje Svärd et Waldemar Ekenberg avaient interrogé des activistes connus, mais cela n'avait rien donné. Personne n'avait entendu parler du Front de Libération de l'Économie. Il avait surgi comme un nuage de fumée après l'attentat et disparaîtrait peut-être aussi vite, sans laisser de traces. Aucun autre média que le *Correspondent* n'avait reçu le mail. Ils avaient même eu une discussion avec un professeur de Stockholm qui n'avait jamais entendu parler d'activisme de gauche à tendance économique en Suède. Encore moins d'un Front de Libération de l'Économie. Les communistes avaient bien manifesté devant la Banque Privée, mais cela remontait aux années soixante-dix. Quant aux extrémistes de droite, le professeur avait totalement exclu qu'ils puissent être à l'origine du Front de Libération de l'Économie. En revanche, en ces temps difficiles où les fossés se creusaient au sein de la société, il n'était pas impensable qu'une nouvelle catégorie de mouvement subversif ait vu le jour. La question qui se posait n'était pas de savoir si la partie de la population qui se sentait exclue allait réagir, mais plutôt quand ?

La police scientifique n'avait pas encore terminé d'analyser la vidéo de surveillance du distributeur de billets. Les images enregistrées à l'intérieur de la banque n'avaient rien donné d'important, si ce n'est qu'on y voyait Stensson se diriger vers le bureau de Jeremy Lundin, une serviette à la main.

Les agences bancaires désignées sur le site n'avaient fait l'objet d'aucune menace. Les banques du pays n'avaient toujours pas rouvert leurs portes. Du côté de la Säpo, silence radio. Aucune trace d'islamistes. Quant à Karim Akbar, il avait passé le plus clair de son temps à maintenir les journalistes à distance. Certains d'entre eux entendraient certainement parler de la piste menant aux gangs de motards et à Stensson, ce qui ne manquerait pas de faire exploser les ventes de journaux. Il y aurait sans doute des employés de la banque, dont peut-être Jeremy Lundin lui-même, pour céder aux offres alléchantes d'*Aftonbladet*. Ils s'étaient mis d'accord pour ne pas mettre leur nez dans les affaires de Dick Stensson pour l'instant. Cela débordait largement du cadre de leur enquête et ils devaient rester concentrés, même si ce n'était pas évident dans une affaire aussi tortueuse.

« On reprendra demain, Malin », lance Zeke au moment où elle s'apprêtait à refermer la portière de la voiture.

Le ciel s'est encore assombri.

Il y a de la pluie dans l'air, peut-être l'hiver va-t-il faire son retour. Comme dans le nord du pays, se dit Malin. Là où la nature saute généralement le printemps pour passer directement à l'été, de la naissance à l'âge adulte. Sans doute pour s'épargner les souffrances et la vulnérabilité de la jeunesse ?

« J'espère qu'il ne va pas se mettre à pleuvoir, dit Malin.

– Tu as fait du bon boulot, aujourd'hui, partenaire.

– À demain. »

Sur ce, elle referme la portière.

Lève les yeux vers son appartement.

Ma fille.

Est-ce que tu es là ?

Elle pense à Tove.

À la petite fille de six ans qu'elle fut jadis.

17

L'horloge Ikea de la cuisine tourne.

Il est vingt heures quinze. Tove coupe des carottes en silence et avec application. Elle avait tenu à faire à manger malgré la proposition de Malin, trop fatiguée pour cuisiner, de passer prendre des plats à emporter au Ming Palace.

Tove porte une robe en laine courte. Un chemisier rose bien trop fin et un legging noir. En la voyant habillée si légèrement, Malin avait eu envie de lui faire une remarque, mais s'était abstenue. Elle s'était dit que c'était probablement le look que devait avoir une adolescente ce printemps.

« T'as rien à manger à la maison ?

– J'ai de quoi faire des spaghettis bolognaise, si tu veux.

– OK, on fait ça. »

Les oignons et l'ail dorent dans le fond de la poêle, l'eau bout dans la casserole.

« Tu veux pas qu'on appelle papi ? propose Tove. Il a peut-être faim.

– Il doit être fatigué, tu ne crois pas ?

– Avec les habitudes qu'il a prises en Espagne ? Il m'a raconté que, là-bas ils dînaient généralement à dix heures.

– Il a peut-être envie d'être tranquille.

– Ça m'étonnerait. J'ai plutôt l'impression que c'est toi qui veux être tranquille. »

Je suis découverte, pense Malin.

Un vrai détecteur de mensonges.

Quelle fille précoce.

Quel brillant avenir t'attend, Tove ?

« Je l'appelle », finit par dire Malin.

Une heure plus tard, tous trois assis à la table de la cuisine, ils avalent goulûment les spaghettis bolognaise saupoudrés de parmesan en poudre bon marché, heureux de se retrouver ensemble, de pouvoir parler de tout et de rien. Quand son père lui demande si leur enquête avance, elle lui explique qu'ils suivent plusieurs pistes et qu'ils ne peuvent exclure aucune possibilité pour l'instant, bien qu'une organisation se soit manifestée dans les médias pour revendiquer l'attentat.

« Les gens ne parlent que de ça », dit son père. Tove confirme :

« Tout le monde a peur. Peur qu'il y ait encore un attentat. Comme ils l'ont dit sur YouTube. Tout le monde a vu la vidéo. Tu penses qu'ils vont recommencer ? »

Malin pose ses couverts.

Se dit qu'un verre de vin rouge, même ordinaire, accompagnerait parfaitement ces pâtes. Au lieu de ça, ils boivent de l'eau gazeuse, dont les bulles lui rappellent une bière fraîche.

« J'ignore s'ils vont encore frapper, avoue Malin. En tout cas, pour le moment, je vous conseille d'éviter les banques autant que possible.

– Ce qui n'est pas si simple à Linköping, lance son père. Il y en a une à chaque coin de rue.

– Et cette crise économique qui n'en finit pas, reprend Malin. C'est maintenant DT Trucks qui licencie ! Moi qui croyais que c'était l'une des sociétés les plus solides du monde. »

La nouvelle était tombée la veille, alors que tout le monde pensait la crise enfin passée, qu'après la Bourse c'était maintenant à l'économie réelle de repartir. Trois cent vingt personnes licenciées chez DT Trucks, à Mjölby, une commune déjà durement touchée par la crise.

« Rien ni personne n'est éternel, commente son père, un brin laconique.

– Il y a encore une messe de prévue à la cathédrale, ce soir, dit Malin. Ils espèrent pouvoir rassembler autant de monde qu'hier. Apparemment, un hommage sera rendu aux victimes, sur la place, demain midi, et il y aura une minute de silence à quatre heures.

– J'ai entendu que toutes les églises allaient rester ouvertes », ajoute son père.

Tove qui, jusque-là, s'était tue, prend alors la parole :

« Ça m'étonne pas. Dès que les gens ont peur, ils se précipitent dans les églises. Quelle bande d'hypocrites !

– Il y a tout de même de quoi être choqué par ce qui s'est passé, tu ne crois pas, Tove ? réagit Malin.

– Si, évidemment. Mais vous ne croyez pas que Dieu lui-même a besoin de réconfort, parfois ? Peut-être qu'il souhaite juste attirer un peu l'attention sur lui ? »

Après le repas, ils s'installent tous les trois dans le canapé et regardent un épisode d'une série policière américaine où il est question d'une cellule terroriste. Des hommes d'apparence bien rangée, qui s'avèrent en réalité être de dangereux fanatiques musulmans, projettent de se venger des injustices qu'eux-mêmes et leurs familles ont subies.

« Ce n'est sans doute pas si loin de la réalité qu'on pourrait le croire », commente son père.

Malin ne sait pas trop quoi répondre, mais dit :

« La réalité est sûrement beaucoup plus complexe. C'est en tout cas mon avis. Et toi, Tove, qu'est-ce que tu en penses ? »

Malin se tourne vers sa fille et s'aperçoit qu'elle s'est endormie. La bouche à moitié ouverte et les yeux fermés, elle est en route vers un profond sommeil d'adolescent.

« Je peux la porter », propose son père.

Malin veut protester, elle aimerait porter elle-même sa fille jusqu'à son lit d'enfant, mais elle se ravise et laisse son père s'en charger.

« Oui, merci. Elle est trop lourde pour moi. Ça ne va pas te faire mal au dos ?

– Mon dos est encore solide, ne t'en fais pas.

– Je t'accompagne, je vais écarter sa couette pour que tu puisses l'allonger dans son lit. »

Son père dépose Tove sur son lit, délicatement. Puis, côte à côte dans le noir, ils la regardent tirer sur sa couverture et se tourner sur le dos en allongeant ses bras au-dessus de sa tête.

« Quand les enfants dorment dans cette position, c'est qu'ils se sentent en sécurité, commente son père.

– Ce n'est plus une enfant.

– Tu n'as jamais dormi comme ça, toi, lui confie-t-il alors. Tu te recroquevillais toujours dans ton lit. On aurait dit que tu croyais que le monde entier t'en voulait.

– Tu essayais de me rassurer, parfois ? »

Son père acquiesce.

« Tous les soirs. Je passais te voir dans ta chambre tous les soirs, je te caressais la joue, je faisais ce que je pouvais pour t'aider à faire de beaux rêves. Mais ça ne servait à rien. Tu te repliais sur toi-même, comme pour te protéger.

– Me protéger de quoi, papa ? Dis-le-moi, maintenant. »

Son père sort de la chambre.

« Les enfants comprennent et ressentent beaucoup plus de choses qu'on le croit », lâche-t-il en se dirigeant vers la cuisine.

Ils croient que je dors, pense Tove.

C'est agréable d'être couchée là et de les entendre discuter, d'entendre papi parler de maman, de son enfance. C'est la première fois que je les entends discuter comme ça et maman ne semble ni fâchée, ni contrariée. Je me demande quelle est cette chose qu'elle voudrait qu'il lui avoue.

Maintenant, maman aussi sort de ma chambre.

Me laisse seule ici.

Tove s'étire, pense qu'elle a oublié de parler de la lettre, qu'elle le fera un autre jour, même si rien ne presse et que sa mère ne lui dira jamais non.

Et si au contraire elle refusait ?

Elle se mettra en colère, ça c'est certain.

Tove sent son ventre se nouer, se dit qu'elle ferait mieux de lui en parler au plus vite.

Car sa mère voudra savoir quand elle a reçu la lettre et, si elle a trop attendu, ça la rendra suspicieuse, elle aura l'impression que Tove ne lui a pas fait confiance, elle se mettra en colère et qui sait alors comment elle réagira ?

Il ne faut pas qu'elle se remette à boire. Surtout pas.

Mais comment lui annoncer la nouvelle ?

C'est déjà comme un secret, maintenant. Qu'elle va devoir révéler. En plus, elle a imité leurs signatures sur le formulaire de candidature.

Ses pensées s'entrechoquent dans sa tête et elle se laisse emporter par son sommeil, jusqu'aux salles de classe hautes sous plafond, aux élèves autrement plus intéressants que tous les crétins de son collège.

Des gens raffinés.

Comme les personnages des romans de Jane Austen, se dit Tove. Puis son rêve s'évanouit de lui-même et elle s'endort bientôt.

Ils sont assis à la table de la cuisine.

Boivent du thé. Malin sent la quiétude se répandre dans son corps.

Son père est en face d'elle.

Son visage familier lui paraît soudain étranger, il a le regard sombre, préoccupé.

Il a envie de parler, je le sens, se dit Malin. Puis il lui dit :

« Malin, je peux te confier un secret ? Tu me permets de te faire une révélation épouvantable ? »

Malin sent un poing glacial s'enfoncer dans son ventre et tordre ses intestins. Soudain, la peur l'envahit, elle appréhende ce qui va se passer. Son père s'apprêterait-il à dévoiler LE secret ? Existe-t-il vraiment un secret ? Elle hoche la tête, incapable de dire quoi que ce soit, tellement sa gorge est sèche. Tout ce qu'elle entend, c'est le tic-tac de l'horloge.

« Ta mère ne me manque pas, commence-t-il. Pour être franc, je me sens même soulagé et j'en ai honte. »

Le poing dans le ventre de Malin relâche son étreinte.

Voilà donc ce qu'il voulait m'avouer.

« Elle ne me manque pas non plus, reconnaît-elle à son tour. Et je n'en éprouve aucune mauvaise conscience.

– C'est vrai, Malin ? J'ai du mal à le croire. Moi, je suis rongé par la culpabilité, mais, d'un autre côté, je n'y peux rien. C'est comme ça.

– Ne sois pas trop dur avec toi-même, papa. De toute manière, ça ne changera rien.

– Je n'ai pas l'intention de retourner vivre à Ténérife. Je veux rester ici.

– Je croyais que tu aimais la chaleur.

– C'est le cas. Mais c'est ta mère qui avait pris la décision d'aller vivre là-bas. Pas moi.

– Ce qui veut dire que tu vas vendre l'appartement ?

– Elle était pénible, parfois, insupportable même, on le sait tous les deux. »

Malin éclate de rire.

Quel doux euphémisme !

« Il m'arrive de me sentir seul. C'est tout.

– Vous avez vécu longtemps ensemble. Peut-être que tu refoules ton chagrin ? C'est arrivé à d'autres avant toi, tu sais ?

– Je crois plutôt que j'ai trop longtemps souffert », lui confie son père.

Puis ils boivent leur thé en silence.

« Les sentiments sont toujours bénéfiques », dit Malin.

Son père la regarde :

« Peut-être, en effet. Mais les mensonges ? Sont-ils toujours bénéfiques ?

– À quels mensonges fais-tu allusion, papa ? Ça dépend de la taille du mensonge, n'est-ce pas ? »

Son père plisse les yeux.

Malin a envie de lui demander ce qu'il compte faire des cendres de sa mère. Il a dû récupérer l'urne, maintenant. Où vont-ils les répandre ? Elle n'ose pas lui poser la question.

« J'aimerais apprendre à mieux connaître Tove, avoue-t-il. Je suppose qu'il n'est pas trop tard.

– Bien sûr qu'il n'est pas trop tard, le rassure Malin. En plus, elle ne demande que ça. Mais ces mensonges auxquels tu as fait allusion, papa, qu'est-ce que c'est ?

– Il faut que j'y aille, maintenant », élude son père en se levant de table.

Malin voudrait le secouer comme ils le font parfois avec les suspects pour les forcer à passer aux aveux.

Mais elle reste assise.

L'entend s'éloigner dans la nuit.

Que font mes amants, en ce moment ?

Malin est allongée nue sur son lit, la main entre les jambes. Elle se sent fatiguée et vide.

Ai-je seulement des amants ?

Il y a quelques mois, j'avais Daniel Högfeldt. Avec Jan, tout est fini pour de bon, cette fois, depuis plus d'un an et demi, et je n'ai eu personne depuis.

Elle remonte sa main, pose ses bras à plat sur sa couette et tend l'oreille dans le noir.

Vous êtes là, les filles, pense-t-elle. Êtes-vous comme la fillette que j'ai été jadis ? Est-ce que nous ne faisons qu'un ?

Elle se lève.

Marche jusqu'à la fenêtre, relève le store et constate que les nuages ont disparu, que la nuit est étoilée.

Elle ferme les yeux un instant.

Au moment où elle les rouvre, elle voit deux fillettes flotter dans l'air devant sa fenêtre, comme deux anges blancs dépourvus d'ailes.

Elle les voit parler, chuchoter, se chamailler dans leur espace sans prêter attention à elle.

Elle éclate de rire, sait qui elles sont, mais ne veut pas les déranger.

Êtes-vous tous là ? Es-tu là, maman ? Es-tu venue me demander pardon ?

Les fillettes se figent, se retournent vers Malin et, soudain, la peau de leurs visages se met à fondre, leur chair n'est plus qu'une surface sanguinolente et leurs yeux se couvrent de cendres.

Elles ont des moignons à la place des bras.

Leurs jambes amputées gigotent.

Les fillettes hurlent, mais aucun son ne s'échappe de leurs bouches.

Je n'ai pas envie d'entendre vos cris, pense Malin en refermant les yeux dans l'espoir que les fillettes auront disparu quand elle les ouvrira à nouveau.

Elle ouvre les yeux.
Ne voit qu'un ciel étoilé.
Entend son propre souffle.
Le simple souffle d'une personne seule.

18

Mercredi 9 mai

Malin ramasse le journal sur le sol de l'entrée. La première page est presque exclusivement consacrée à leur affaire, à l'explosion qui a ébranlé toute la ville.

Les varans nés à Kolmården sont en photo dans le coin supérieur.

Malin pose le journal sur la table de la cuisine et le lit en préparant son café. Son cerveau se réveille peu à peu.

Tous ces idiots ont quelque chose à dire.

Le chef du comté, la ministre de l'Agriculture, tous affirment que la population n'a absolument rien à craindre et réclament plus de présence policière dans les rues. Karim Akbar déclare: « Aucun commentaire. » Mohamed Al Kabari s'exprime sur le climat de racisme, juge déplorable que la communauté musulmane de la ville soit pointée du doigt sous prétexte qu'une bombe a explosé. Mais il admet également que cette réaction est compréhensible au vu du grand nombre d'attentats perpétrés au nom de sa religion. Compréhensible, mais triste. Les gens doivent apprendre à vivre ensemble. Un certain commissaire Frick, qui représente la Säpo, annonce qu'ils mènent une enquête parallèle à celle de la police de Linköping avec laquelle ils collaborent de manière exemplaire. Le seul à ne pas s'exprimer est Dick Stensson, mais Daniel Högfeldt a découvert qu'il était passé à la banque et en conclut : L'attentat visait-il Dick Stensson ?

Aucune déclaration non plus de la part du Front de Libération de l'Économie, sinon leur revendication, ou leur manifeste, si l'on préfère. Des captures d'écran. On apprend également que personne n'a jamais entendu parler de cette organisation, qui constitue par ailleurs la piste principale de la police. Il est toutefois trop tôt pour affirmer que l'attentat est l'œuvre du Front de Libération de l'Économie. Karim Akbar déclare à ce propos : « L'expérience internationale nous montre qu'il n'est pas rare que des personnes ou des organisations se manifestent pour revendiquer des attentats comme celui-ci, sans en être responsables. »

Des photos des fillettes.

Tuva et Mira Vigerö, six ans.

Leur identité est confirmée, c'est maintenant officiel.

Aucune autre famille connue que leur mère, toujours dans le coma à l'hôpital.

Puis, les images filmées par la caméra de vidéosurveillance. La silhouette de l'homme à la capuche, impossible à identifier.

Ils ont diffusé la vidéo sur Rapport et TV4, hier soir. Peut-être cela a-t-il permis de recueillir quelques tuyaux sur l'identité du poseur de bombe ?

Le *Correspondent* publie des captures d'écran version papier où l'on distingue le suspect. Ils ont interviewé des habitants de Linköping, leur ont demandé ce qu'ils pensaient de cet individu et leurs témoignages retranscrits par écrit rendent palpable la haine qu'ils éprouvent.

« Aucune peine n'est assez lourde pour un tel monstre. »

« Il faut l'abattre. »

« C'est peut-être le Mal incarné ? »

C'est comme si les habitants avaient besoin d'une cible commune contre laquelle diriger leur colère, leur haine, leur rage, et qu'on venait de la leur fournir en la personne de cet homme. Il est devenu le démon qu'il faut débusquer à tout prix.

Mais il reste un homme, pense Malin. L'acte qu'il a commis est épouvantable et nous devons absolument lui mettre la main dessus.

Le *Correspondent* en sait aussi peu que nous, se dit-elle. Nous ne savons rien, en vérité. Nous avons seulement des intuitions, nous émettons des suppositions. De nombreuses enquêtes de police couronnées de succès ont débuté de cette manière, avec des voix muettes qui chuchotent à l'oreille des policiers.

Malin est tirée de ses pensées par Tove qui surgit dans l'entrée de la cuisine, en robe de chambre. Elle se frotte les yeux et dit : « Bonjour. » Malin constate que sa fille s'est relevée pour se déshabiller pendant la nuit.

« Tu es matinale, aujourd'hui, fait remarquer Malin.

– Il y a du café ?

– Du café ? Depuis quand tu bois du café ?

– Il y a beaucoup de choses que tu ignores sur moi, maman.

– Depuis quand ? »

Tove secoue la tête, se dirige vers la cafetière et se sert une tasse.

Malin regarde par la fenêtre.

Le ciel est bleu et, sur les arbres, les bourgeons semblent prêts à éclore, à exploser de vie.

Puis elle observe Tove dont la poitrine pointe d'un air prétentieux sous le tissu éponge de sa robe de chambre.

La pluie glaciale qui menaçait la veille au soir n'est finalement pas tombée. Plus rien ne peut désormais résister aux forces printanières.

À neuf heures précises, le groupe d'enquête se réunit.

Les policiers assis autour de la table ont des têtes de déterrés.

La diffusion des images de vidéosurveillance par les chaînes de télé n'avait rien donné et, apparemment, personne n'avait reconnu l'homme de la vidéo sur YouTube.

Ils passent en revue les autres pistes.

Puis c'est le silence.

Ils ont déjà l'impression de s'enliser, alors que l'attentat a eu lieu seulement deux jours plus tôt.

Malin regarde Zeke. Il a des poches sous les yeux. Elle se demande s'il est passé voir Karin Johannison, la veille, après l'avoir déposée devant chez elle. S'il l'a allongée sur l'un des bancs en acier inoxydable de son laboratoire.

Gunilla, la femme de Zeke, ignore tout de cette relation. Je suis la seule à savoir. Je ne me permettrai jamais de te juger, Zeke. Tu fais ce que tu dois faire. Comme nous tous. N'est-ce pas ?

Waldemar Ekenberg finit par rompre le silence :

« On est vraiment obligés de les prendre vivants ?

– Putain, Waldemar, tu fais chier ! répliquent en chœur Johan Jakobsson et Börge Svärd.

– On en sait un peu plus sur la famille Vigerö, annonce Sven Sjöman sans prêter attention au commentaire de Waldemar. Il apparaît que leurs revenus étaient ordinaires. Le père était monteur à l'usine d'ascenseurs de Kisa et Hanna Vigerö bossait dans un centre pour handicapés mentaux, à mi-temps depuis la naissance de leurs enfants.

Quant à l'accident de voiture dont a été victime son mari, les constatations effectuées à ce moment n'ont rien révélé de suspect.

– Comment va Hanna Vigerö ? s'enquiert Börje.

– Apparemment, son état s'est stabilisé, répond Sven. Mais on ne peut toujours pas l'interroger pour l'instant. »

Peut-être que tu t'en remettras, pense Malin. Mais comment pourras-tu continuer à vivre ?

Ton mari est mort.

Et maintenant tes deux enfants.

Aurais-je la force de vivre s'il arrivait malheur à Tove ?

Je me suis mise à boire à en crever après avoir failli la perdre.

Que n'ai-je pas fait subir à Tove, en réalité ?

Malin a envie de descendre s'entraîner dans la salle de sport du commissariat pour écraser son corps sous des haltères surchargées, chasser à jamais son besoin d'alcool.

Elle enfonce ses ongles dans la paume de sa main et appuie jusqu'à ce que la douleur devienne agréable.

Son envie d'alcool s'évanouit peu à peu.

Comme d'habitude.

« Et on n'a rien remarqué de particulier dans leur appartement. Rien indiquant qu'ils aient été menacés, ajoute Malin. Peut-être qu'on pourrait interroger leurs collègues de travail ?

– Malheureusement, on ne dispose pas des effectifs suffisants, intervient Karim Akbar. De toute façon, ce ne sont que des gens ordinaires. Qui ont eu le malheur de se trouver au mauvais endroit au mauvais moment. Non, il faut qu'on se concentre sur le Front de Libération de l'Économie. Qu'on identifie ses membres. Je veux que vous retourniez chaque pierre, que vous interrogiez toutes les personnes qui fréquentent de près ou de loin les milieux extrémistes, que ce soit de droite ou de gauche. Quant à la Scientifique, elle va devoir mettre les bouchées doubles. Je ne peux pas croire que ceux qui ont fait ça n'ont pas semé d'indices.

– Il faut absolument qu'on reste concentrés sur les objectifs qu'on s'est fixés, insiste Sven. Johan, Waldemar et Börje, vous poursuivez vos recherches. Il va également falloir que la brigade financière se procure le dossier bancaire de Stensson et procède à des vérifications. »

Malin acquiesce sans comprendre pourquoi. Elle ferme les yeux, voudrait que son cerveau remette de l'ordre dans cette affaire, mais trop de choses lui échappent encore. Peut-être cherchent-ils au bon endroit, après tout ? Même si elle est loin d'en être convaincue.

Soudain, le téléphone de Sven sonne, ils entendent leur collègue dire oui, non, oui, oui avant de raccrocher.

« C'était Andersson, de la Scientifique. Ils ont trouvé l'origine du mail adressé au *Correspondent.* Il a été envoyé depuis le Sidewalk café, près de la gare centrale de Stockholm.

– Je vois où c'est, dit Malin. Je suis quasiment certaine qu'il y a des caméras de surveillance. On pourrait peut-être passer les voir ?

– On va plutôt leur demander de nous envoyer directement leurs enregistrements, s'ils en ont, tranche Sven. Les propriétaires du café et la société de sécurité ne devraient pas être difficiles à retrouver.

– Rien de concret sur l'expéditeur du mail ? s'enquiert Johan.

– Rien, répond Sven. Ils n'ont pas réussi à l'identifier.

– *All right*. Est-ce que chacun sait ce qu'il a à faire ? » demande Karim pour conclure.

Les policiers autour de la table hochent tous la tête.

Malin pense que les éléments dont ils disposent gravitent autour de l'affaire comme des électrons autour de leur noyau. Comme des satellites en orbite.

Les islamistes, les gangs de motards et leur piste la plus chaude, celle qui constitue probablement la clé de l'énigme : le Front de Libération de l'Économie. La vidéo d'inspiration islamiste postée sur YouTube, l'homme filmé par la caméra de surveillance du distributeur de billets.

Le même homme ? Non. Ça saute aux yeux. Mais qui sait combien de membres compte ce Front de Libération de l'Économie ?

« Donnez-moi une végane, que je me fasse les crocs dessus », lâche soudain Waldemar. Les autres se tournent vers lui sans un mot.

« Désolé, les gars, mais j'ai l'impression qu'il faut qu'on avance, maintenant. Nos pistes pointent dans toutes les directions comme des épines de hérisson.

– Malin, Zeke, poursuit Sven. Suivez-moi dans mon bureau. On va essayer d'identifier celui qui a envoyé le mail au *Correspondent*. OK ?

– OK, répond Malin. Une chose à la fois. »

19

Sven Sjöman se tient derrière son bureau, son téléphone ivoire plaqué contre l'oreille. Malin et Zeke sont courbés en avant sur leurs chaises.

Trois brefs coups de fil auront suffi à Sven pour arriver jusqu'à celui qu'il cherchait à joindre : le responsable de la vidéosurveillance de la gare centrale de Stockholm.

Une fois de plus, Malin a été impressionnée par l'autorité et l'expérience de Sven. Lorsqu'il se concentre sur une tâche qui lui tient à cœur, il est totalement transformé.

« Oui, bonjour, Sven Sjöman, police de Linköping, je dirige l'enquête sur l'attentat à la bombe qui a été perpétré sur la Grand-Place. Enfin, je suppose que vous en avez entendu parler... »

Sven se tait.

Malin le voit serrer les mâchoires.

« Donc, vous me dites que la Säpo vous a déjà contacté hier pour vous demander l'enregistrement ? Et vous le leur avez remis ? »

Nouveau silence, puis la voix de Sven, directive et implorante à la fois.

« Et des copies ? Je suppose que vous conservez tous vos films sous format numérique, alors vous pourriez peut-être nous en faire parvenir une copie ? Par mail ? »

Puis Sven fait la grimace.

« Vous n'aviez qu'une seule copie ? Une vieille VHS que vous avez remise à la Säpo ? »

Sven les regarde en haussant les sourcils d'un air stupéfait et Malin comprend qu'il y a un os. Connaissant la Säpo, jamais ils n'obtiendront de copie de la cassette. Maintenant, ces connards ont deux pas d'avance sur eux.

« Oui, on va voir ça directement avec la Säpo. Merci, merci quand même pour votre aide. »

Sven raccroche.

Se laisse tomber dans son fauteuil.

« La Säpo nous a devancés, annonce-t-il. Vous comprenez ce que ça veut dire.

– On a besoin de cette foutue vidéo, proteste Zeke. Qu'est-ce qu'on va faire ?

– Vous allez rendre une petite visite à nos chers amis, au Grand Hôtel. Voyez s'ils acceptent de nous fournir une copie de l'enregistrement. N'hésitez pas à insister, si nécessaire. »

Sur la Grand-Place, des ouvriers s'activent fébrilement sous le soleil printanier. Des millions de particules de pollen scintillent dans l'air, projettent des ombres microscopiques sur les pavés fraîchement nettoyés.

Des menuisiers montent de nouvelles marquises et étendent des toiles neuves sur les terrasses du Mörner et du Grand Hôtel. Des vitriers remplacent les carreaux de la véranda de l'hôtel. Des techniciens installent un nouveau distributeur de billets à l'extérieur de l'agence fermée, tandis que d'autres vitriers encore plus nombreux posent une vitrine neuve. Du côté de la maison de la presse, on s'efforce d'effacer les dernières traces de l'explosion.

Mais les bougies éteintes sont toujours là. Tout comme les fleurs. La plupart sont fanées, il n'y a que peu de chances qu'elles soient remplacées par des bouquets frais.

Les gens étaient beaucoup moins nombreux dans les églises, la veille.

Et les bougies et les fleurs elles-mêmes ne tarderont pas à être emportées.

Une bombe, pense Malin.

Des emplois.

Du travail pour les intérimaires. Pour ces chômeurs incapables de retrouver un emploi stable, soit parce qu'ils n'ont pas de formation, soit parce qu'ils sont trop vieux. Des gens que la société a exclus, rejetés, dont elle n'a plus l'utilité.

Des hirondelles rasent les toits.

Elles ne chantent pas, se dit Malin. Elle et Zeke s'approchent de l'entrée du Grand Hôtel. Est-ce que les hirondelles chantent ?

Les pigeons roucoulent, autant que je sache.

Elle prend alors conscience qu'elle songe aux oiseaux pour éviter de repenser aux fillettes, à la joue arrachée, à cet œil terrifié qui la fixe encore en ce moment même. Des gamines magnifiques, leur avait dit Stensson.

« Ne pense pas à elles, Malin, pas de cette façon », lui conseille Zeke. Elle acquiesce. Puis ils pénètrent dans l'hôtel et se dirigent vers la jolie jeune femme blonde de la réception. Malin brandit sa carte de police et demande :

« La Säpo. Où peut-on les trouver ? »

La jeune femme considère Malin avec étonnement. Peut-être a-t-elle déjà vu sa photo dans le *Correspondent* ?

« Dans la salle Folke Filbyter, au troisième étage. Ils ont établi leur bureau là-haut. »

Sans attendre, Malin et Zeke vont vers l'ascenseur. Ils viennent à peine d'appuyer sur le bouton quand la réceptionniste leur crie :

« Un instant. Je dois d'abord les appeler pour leur demander s'ils peuvent vous recevoir.

– Ce ne sera pas nécessaire, rétorque Malin. Ils sont déjà au courant. »

Au même moment, la porte de l'ascenseur se referme lentement et ils entament leur ascension.

Pling ! Les voilà arrivés. Juste en face d'eux, une porte est entrouverte. C'est la salle Folke Filbyter, d'où leur parviennent des voix surexcitées de flics de la capitale convaincus de leur supériorité.

Malin se faufile par la porte.

Elle reconnaît les deux hommes qu'ils ont croisés en bas de chez Sofia Karlsson : Stigman et Brantevik, assis à une table de conférence sur laquelle trônent deux iPhones et une pile de papiers.

Malin et Zeke se tiennent face à eux, les fixent d'un air de défi. Ils sont furieux et frustrés comme on peut l'être quand on prend conscience de son impuissance.

Cet imbécile de Stigman vient de leur expliquer que la Säpo dispose désormais de six agents à Linköping et que leur enquête est entrée dans une phase délicate. C'est la raison pour laquelle ils ne peuvent se permettre de divulguer la moindre information actuellement. Il regrette qu'ils n'aient pas pu se procurer l'enregistrement de la caméra de surveillance du Sidewalk café, mais il ne peut rien faire pour eux.

« Je dois quand même vous féliciter pour votre travail. Je ne m'attendais pas à ce que vous remontiez aussi rapidement jusqu'à l'auteur du mail. »

Malin enrage et voudrait pouvoir envoyer promener ce crétin, lui crier que ce n'est pas un jeu et qu'une nouvelle bombe peut exploser à tout moment.

Zeke soupire un grand coup, passe la paume de sa main sur son crâne rasé, puis tourne les talons et quitte la salle.

Malin reste seule face aux hommes de la Säpo. Ils la détaillent comme une prostituée en vitrine dans le quartier rouge d'Amsterdam.

« Est-ce que je pourrais au moins voir cette vidéo ? Là, maintenant ? »

Stigman secoue la tête.

« Désolé, la cassette est à Stockholm, je n'ai pas de copie ici et, même si c'était le cas, je ne serais pas autorisé à vous laisser la voir.

– Espèce de sale porc, lâche Malin, incapable de contenir sa rage plus longtemps. Vous entravez notre enquête. Vous avez envie qu'on en parle dans les journaux, demain matin ? Ou au journal télévisé ? Que les gens apprennent que la Säpo fait de la rétention d'informations et nous empêche d'enquêter ?

– Libre à vous, réplique Stigman. Mais je pense que vous êtes plus intelligente que ça. Les fuites dans les médias sont généralement mal perçues dans notre métier, et je doute que vous ayez intérêt à en parler. À moins que vous ne soyez prête à sacrifier votre carrière ? »

Des menaces et des contre-menaces.

Un cercle vicieux qui ne les mènera nulle part.

« Je sais qui vous êtes, dit Malin. Je vous promets qu'on se retrouvera. »

Stigman éclate de rire.

« On ne tue pas le messager », rétorque-t-il.

Malin comprend qu'il a raison. Stigman ne fait qu'appliquer les consignes de son supérieur. D'un idiot qui se croit tout permis.

Au moment où Malin sort de la pièce, Brantevik lui lance :

« Hep, fillette ! Laissez les grands garçons régler cette affaire. Faites une pause, profitez du beau temps. »

Et c'est ce qu'ils font.

Ils se rendent jusqu'à la place Gyllentorget à pied, s'installent à la terrasse d'un café et commandent chacun un double *espresso*. Le café est excellent. Les passants sont rares et la terrasse est déserte.

En l'absence de badauds, les vitrines vides des boutiques se remarquent encore plus. Tristes témoignages de désastres privés, d'espoirs ruinés et de rêves brisés par la crise économique.

Les quelques passants leur lancent des regards suspicieux et s'empressent de quitter cet espace ouvert.

Assis par terre, un homme fait la manche à l'entrée de la nouvelle galerie. La mine abattue. Un bout de carton portant l'inscription « Faim ». Certainement lié d'une manière ou d'une autre à l'un de ces réseaux de mendiants originaires des Balkans. Ou peut-être est-il réellement dans le besoin ? Il n'a pas le droit d'être assis là, mais on a d'autres chats à fouetter en ce moment, pense Malin.

« Quelle journée ! s'exclame Zeke. Dommage que les gens n'osent pas sortir.

– C'est pas étonnant.

– Pas aussi étonnant que toi.

– Ta gueule, l'étalon.

– Étalon ? Qu'est-ce que tu veux dire ?

– Tu sais parfaitement ce que je veux dire. »

Zeke pousse un grognement. Boit son café.

Au bout d'un instant, une serveuse vient débarrasser leurs tasses.

« C'est pas la foule, dites donc, lui lance Zeke.

– Plus personne n'ose sortir en centre-ville, dit la jeune femme. Les gens ont la trouille. Ils se demandent tous quand va avoir lieu le prochain attentat.

– Et vous ? demande Malin. Vous n'avez pas peur ?

– Non. Honnêtement, non. Je crois qu'il n'y a aucun risque. Mais j'étranglerais volontiers le type qui a placé cette bombe devant la banque. »

Malin sursaute en entendant ces paroles. L'étrangler...

Elle n'a que quelques années de plus que Tove. Très mignonne, malgré sa vilaine cicatrice au menton. Apparemment, c'est une dure à cuire. Elle sait ce qu'elle veut.

« Et même si j'avais peur, jamais je ne laisserais des idiots de terroristes me pourrir la vie. Car c'est justement ce qu'ils cherchent. Vous ne pensez pas ? »

Revigorés par leur café, ils retournent à leur voiture, garée devant le Hamlet.

À quelle heure a lieu l'hommage aux victimes, sur la Grand-Place ? se demande Malin. Cela ne devrait plus tarder, en tout cas. Peut-être devrions-nous nous y rendre, voir combien de personnes se sont déplacées, constater l'ampleur de la mobilisation ?

« Cet *espresso* m'a redonné la patate », lâche Zeke.

Alors que Malin acquiesce, son téléphone se met à sonner dans la poche de sa veste.

« Sven, ça n'a rien donné, dit-elle après avoir décroché. Ils refusent catégoriquement de nous fournir une copie de la vidéo.

– De mon côté, j'ai également fait une tentative par voie officielle, l'informe Sven. J'ai envoyé une demande directement au directeur de la Säpo. Peut-être qu'il acceptera de collaborer ?

– Autre chose ?

– Non, c'est tout. On vient de recevoir un appel de l'hôpital universitaire. C'était le médecin de Hanna Vigerö. Il voulait nous prévenir qu'elle s'était réveillée et qu'on pourrait lui parler quelques instants.

– On est là-bas dans cinq minutes, dix maximum », dit Malin en s'élançant.

Zeke lui emboîte le pas.

« Demandez le docteur Peter Hamse », conclut Sven.

Un imbécile de médecin. Décidément, c'est la parade des imbéciles, aujourd'hui.

L'adrénaline se mêle à la caféine dans son sang et elle a l'impression de planer, comme le jour où elle avait essayé la cocaïne, à la petite fête qu'elle avait donnée avant son départ pour l'école de police de Stockholm.

20

Elle arrive, maman. Elle veut parler avec toi.

Et sur la Grand-Place, là où la bombe a explosé, la foule se rassemble.

Les gens se tiennent par la main, sentent la chaleur du soleil printanier sur leurs joues, gonflent leurs poumons d'air pur. Il y en a beaucoup qui pleurent. Maman, c'est nous qu'ils pleurent, n'est-ce pas ? Oui, certainement, à moins qu'ils ne pleurent leur propre sort ?

Tu as des révélations à faire à Malin, maman, mais sais-tu au moins lesquelles ?

Nous l'espérons, mais ce que nous espérons avant tout, c'est t'avoir près de nous. Peut-être nos vœux seront-ils bientôt exaucés ?

Le Mal se meut comme un reptile rampant.

Sa langue noire fend l'air.

Le Mal absolu est en marche et s'approche de toi, maman, mais tu ne peux pas fuir.

Nous n'avons pas l'intention de t'aider, car nous te voulons à nos côtés, et peut-être papa nous rejoindra-t-il, lui aussi.

Mais quand même, maman.

Dis-lui ce que tu sais, dis-lui ce que tu peux. Essaie de faire en sorte que des images, des souvenirs et des pensées te reviennent, puis remue ta langue, remue-la, fais qu'elle prononce les paroles qui nous permettront de former une famille à nouveau.

Tu respires toute seule, maintenant. Les tuyaux dans ton nez ont été retirés et la lumière frémit dans ta chambre d'hôpital, mais elle n'a rien à voir avec la belle lumière printanière qui brille dehors. Non, cette lumière est corrompue.

Garde-les à distance, maman, loin de toi.

Rejoins-nous plutôt.

Rejoins-nous, nous qui t'aimons, et, ensemble, nous pourrons sauver les autres enfants.

Je respire.

Je le sais.

L'air emplit mes poumons et j'aperçois un objet métallique au plafond. Je ne sens pas mon corps, où est-il ?

C'est vous que je vois, mes enfants, est-ce que c'est vous, mes filles ? Et que s'est-il passé, quelle est cette intense lueur blanche qui a tout d'un coup chassé la lumière du soleil ?

Je dois avoir des yeux.

Mais ai-je des bras, des jambes ? Cela a-t-il encore de l'importance ? En effet, à quoi me serviraient mes bras et mes mains si je ne peux plus vous toucher, vous cajoler, vous courir après, vous prendre dans mes bras, mes petites chéries ? Car je sais que vous êtes mortes, bien que vous soyez là. Or, je ne souhaite pas vivre sans vous.

J'entends vos appels dans ce rêve qui, je le sais, n'en est pas un. Je voudrais être près de vous, mais cela m'est impossible.

Je suis à l'hôpital, n'est-ce pas ? Et je suis blessée. Mais à quel point ? Je ne ressens aucune souffrance physique. C'est déjà ça.

Vous dites qu'il faut que je lui parle ? Que je dois l'aider ? Mais que dois-je lui raconter, au juste ?

J'essaie de dire quelque chose, mais ma langue refuse de bouger.

Si, elle bouge. Mais elle ne prononce pas les paroles qu'elle devrait.

Le médecin

Il se tient face à Malin.

Un beau mec.

Zeke est là aussi, dans le couloir de l'hôpital, devant la chambre de Hanna Vigerö.

Son médecin, Peter Hamse, porte une blouse blanche et leur parle à voix basse, mais Malin n'arrive pas à se concentrer sur ses paroles.

Il le faut, Fors. Concentre-toi.

Est-ce lui l'homme que je désire ?

Il doit avoir à peu près le même âge qu'elle, ne porte pas d'alliance au doigt. Depuis que leurs regards se sont croisés, dans la salle de garde, Malin a du mal à se concentrer sur ce qu'il dit. Elle observe sa fossette au menton, son nez effilé et ses pommettes parfaites.

Ce printemps est en train de me tourner la tête.

Elle voudrait entraîner le docteur dans les toilettes, dans la salle des infirmières, dans les douches les plus proches et faire ce qu'elle meurt d'envie de faire.

Puis elle détourne le regard de Peter Hamse et fixe le mur du fond, a l'impression de voir le sol en linoléum fondre comme un manteau neigeux et les visages de deux fillettes prendre forme près de la fenêtre la plus éloignée.

Elle ferme les yeux.

Ignore les picotements dans son corps.

Lutte contre son désir.

Les fillettes.

Que voulez-vous ? Que votre maman vous rejoigne, c'est ça ?

Elle regarde Zeke, puis Peter Hamse qui la fixe maintenant avec intérêt.

Zeke, qui vient de repérer leur manège, secoue la tête en ricanant.

« Vous avez cinq minutes. Surtout, ne la brusquez pas. Sonnez si jamais elle se sent mal », leur recommande le docteur Hamse, avant de tourner les talons et de s'éloigner dans le couloir.

Un voyant vert qui clignote, un appareil qui bipe.

Une étrange lumière, pâle et intense à la fois, le souffle lourd d'une femme et un parfum agressif de produits chimiques.

Malin entre dans la chambre de Hanna Vigerö.

Des tuyaux sont reliés à son corps et des couvertures portant la marque du comté recouvrent ses jambes.

Est-ce que vous êtes là, les filles ?

Vous êtes là, n'est-ce pas ?

Malin sent leur présence, n'a pas besoin de les voir, n'a pas peur d'elles, souhaite qu'elles l'aident.

Zeke fait le tour du lit et vient se placer de manière à faire de l'ombre sur le visage de Hanna Vigerö. Ses traits meurtris leur apparaissent alors distinctement. Elle a l'air sympathique, douce, gentille. Une brave femme dont la vie a volé en éclats et qui est maintenant allongée seule sur un lit d'hôpital, la tête bandée et le corps hors-service.

Malin lui caresse la joue, prononce son nom, explique qui ils sont, ce qu'il s'est passé, sans mentionner ses filles. Hanna Vigerö ouvre les yeux, son regard angoissé fixe le vide devant elle.

N'aie pas peur, maman.
Elle ne te veut que du bien.
N'aie pas peur.
Nous serons bientôt réunies.
Imagine que ce sont nos petites mains qui caressent ta joue.
Imagine que c'est la chaleur de notre peau que tu sens.
Essaie de lui dire.
Tu sais quoi, tu le sais.

Que dites-vous ?

Il y a quelqu'un ? Qui êtes-vous ? Qu'est-ce que vous dites ? Je sais ce qui est arrivé à mes filles, je sais pourquoi vous êtes ici et j'essaie de vous dire quelque chose, c'est comme si je savais ce que je devais dire, mais ma bouche refuse de m'obéir.

Cette main, cette chaleur sur ma joue est agréable.

N'arrêtez pas, soyez gentille. Qui que vous soyez. Est-ce que je sens plusieurs mains ? Oui, ce sont vos mains, les filles, alors vous ne vivez peut-être pas que dans mon rêve ?

Ce que j'ai vu ?

J'ai vu mes filles et un flash.

Pourtant, ce n'est pas ce que je dis.

Si je sais quelque chose d'important ? Si quelqu'un aurait pu avoir des raisons de s'en prendre à nous ?

Mes filles couraient vers le distributeur et, tout à coup, j'ai été frappée par une lumière aveuglante. Maintenant, je vois un visage inconnu. Celui d'une jeune femme, pas celui d'une de mes filles. Elle me regarde, me sourit d'un air amical. Ses cheveux sont coupés au carré et ses lèvres remuent, j'aimerais pouvoir entendre ce qu'elle dit, mais je n'entends rien. Je sens remuer mes lèvres, mais j'ignore ce que je dis ou quelles pensées inconscientes commandent mes paroles.

Ça ne va pas.

Je ne vais pas bien.

J'aimerais tellement vous rejoindre, les filles, vous et votre père.

Je ne sais pas comment faire.

Dites-moi, c'est comment quand on meurt ?

Hanna Vigerö a le regard fixe. Malin lit de la peur, de la panique, presque, dans ses yeux et, quoi qu'elle lui demande, la réponse est invariablement la même.

« Argent, l'argent, l'argent des filles.

– Vous vouliez retirer de l'argent au distributeur ? »

La banque les avait renseignés sur l'état de leurs comptes.

Les économies de la famille étaient plutôt maigres, mais les filles possédaient chacune leur propre compte épargne garni de plusieurs milliers de couronnes.

« Vous apprêtiez-vous à retirer l'argent des filles ?

– L'argent, l'argent des filles », murmure-t-elle à nouveau.

Zeke regarde Malin.

Secoue la tête d'un air qui signifie : On ferait mieux de la laisser tranquille, elle délire, elle revit le moment le plus terrifiant de sa vie en ce moment même. Malin se tait, lui caresse la joue. Hanna Vigerö ferme les yeux et sa respiration se fait plus profonde.

Les fillettes, pense Malin. Elle caresse la joue de Hanna Vigerö une dernière fois et se lève.

Ils quittent sa chambre d'hôpital. Une fois dans le couloir, Malin reprend son souffle. L'air est plus pur ici.

Ça sentait la mort dans sa chambre, se dit-elle.

« Tu as senti ? » demande-t-elle à Zeke.

Il acquiesce.

Zeke part aux toilettes, laissant Malin seule avec Peter Hamse devant l'ascenseur.

Putain, quel beau gosse, pense Malin. Elle lui raconte que Hanna Vigerö avait l'air apeurée et perdue, qu'elle avait dit n'avoir rien vu de particulier, mais semblait submergée par le souvenir accablant d'un moment épouvantable.

Peter Hamse lui sourit et dit : « Il ne faut surtout pas qu'elle s'agite. Je vais veiller à ce qu'on lui administre une bonne dose de calmants. Il ne faudrait pas non plus qu'elle souffre.

– Elle va survivre ? s'enquiert Malin.

– Je pense que oui.

– Je suppose qu'elle en gardera des séquelles ? »

Peter Hamse hoche la tête :

« C'est fort probable, en effet. »

Ils se regardent sans dire un mot. Malin s'approche de lui inconsciemment et il fait à son tour un pas en avant. Elle se sent planer. Ils se sourient. Puis, Peter Hamse agite les bras et balbutie quelque chose sur l'inconvenance de la situation.

« C'est sûrement le printemps », commente Malin, confuse.

La voix de Zeke se fait alors entendre dans son dos :

« Ouais, c'est ça. Et c'est moi l'étalon. »

Une minute plus tard, ils sont dans l'ascenseur. Zeke ricane bêtement, tandis que Malin est morte de honte.

Elle se sent honteuse vis-à-vis des fillettes, de Hanna Vigerö, de son père et de sa mère, de Tove et de Jan, et même de Daniel Högfeldt.

« C'est pas grave, dit Zeke. Moi, je suis un étalon et toi une jument en chaleur. »

Elle essaie de rire, mais n'y parvient pas. Elle préférerait courir jusqu'au Hamlet, s'asseoir au bar et boire jusqu'à ce que ses foutus sentiments disparaissent.

21

La nuit est tombée sur Linköping. Malin est assise dans son canapé avec Tove et attend que la sitcom de sa fille se termine pour pouvoir regarder le journal télévisé en buvant du jus de canneberge.

Malin se trouvait dans son bureau, à quatre heures, quand la minute de silence en hommage aux petites Vigerö avait eu lieu. Elle avait alors assisté à un phénomène étrange. Tout à coup, toute activité avait cessé, les corps s'étaient figés, le brouhaha avait pour ainsi dire disparu et avec lui le monde tel qu'elle le connaissait.

Le commissariat baignait dans le silence et le plus profond respect.

Mais les filles n'étaient pas là pour assister au spectacle.

Malin avait senti qu'elles étaient ailleurs.

Une fois la minute écoulée, le bruit avait repris ses droits dans le commissariat.

Malin étire ses jambes.

Le journal télévisé va peut-être nous révéler quelque chose que nous ignorons, pense-t-elle.

Tove était restée silencieuse et discrète toute la soirée mais tenait à passer la nuit à l'appartement. Elle avait un important contrôle de maths le lendemain et souhaitait pouvoir dormir aussi longtemps que possible avant de se rendre au collège.

À moins qu'elle veuille simplement garder un œil sur moi ?

Je crois qu'elle m'aime de plus en plus, mais il est possible que je prenne simplement mes rêves pour la réalité.

Elle repense au médecin qu'elle a rencontré aujourd'hui.

Peter Hamse.

Jamais elle ne s'était sentie attirée par un homme à ce point. Et cette attirance était réciproque, elle en était persuadée. Elle a le souffle coupé rien qu'en imaginant son visage, son corps sous sa blouse blanche et n'a qu'une envie : foncer aux toilettes afin de libérer ce désir ardent qui vient d'envahir son corps.

Maman est morte.

Ma mère est morte il y a trois semaines et, dans les jours qui viennent, nous devrons régler sa succession. Papa s'est chargé de tout, il a sans doute compris que je devais travailler, même s'il ne m'a rien dit.

Je devrais être triste, ressentir quelque chose de beaucoup, beaucoup plus fort, mais je ne pense qu'à papa, seul dans son appartement de Barnhemsgatan, qui semble savourer son célibat et sa liberté retrouvés.

Maman.

Tu as bâti toute ta vie sur des mensonges. Tout ça pour finir foudroyée par une crise cardiaque sur un terrain de golf, une belle journée de printemps.

C'est étrange, mais je ne ressens aucune peine, je ne ressens absolument rien, si ce n'est du soulagement.

Et cette enquête qui n'avance pas. Cette explosion de visages, d'hypothèses et de pistes sans aucun lien avec notre affaire. C'est en tout cas mon avis.

Mohamed Al Kabari.

Le racisme. Qu'y a-t-il d'étonnant à ce que nous cherchions dans cette direction ?

Est-il possible que ce soit les filles qui aient été visées ? Rien ne semble l'indiquer.

Dick Stensson. Son charme bestial. Son sourire arrogant, son fric. Son fric sale.

Et puis l'homme à la capuche. Celui qui a posé la bombe devant la banque. Celui que toute la ville hait.

Fait-il partie du Front de Libération de l'Économie ? Sofia Karlsson est-elle impliquée ? Sont-ils plusieurs ? Et qui voit-on sur la bande de vidéosurveillance de la gare centrale, à Stockholm ? Celle que la Säpo refuse de nous communiquer.

Malin ferme les yeux et laisse libre cours à ses réflexions.

Quand Tove lui demande à quoi elle pense, elle lui répond : « Je ne pense à rien, j'essaie juste de me vider la tête. Il s'est passé tant de choses, ces derniers jours, Tove, que je commence à saturer. »

Peter Hamse.

Pas d'alliance au doigt. Il faut que je l'appelle.

Puis elle revoit les fillettes. Le morceau de visage avec l'œil arraché.

Les yeux écarquillés de leur maman, à l'hôpital.

Aucun enfant ne devrait mourir.

Aucun enfant ne devrait être assassiné, pulvérisé par une explosion. La mort de maman est acceptable. En tout cas, elle allait sur ses soixante-dix ans. Elle avait vécu.

Que fait papa, en ce moment ? Que fait Jan ? Et Daniel Högfeldt ? Je devrais parler à Tove, essayer de savoir comment se passe sa vie d'adolescente, quels sont ses rêves, mais j'ai trop peur d'apprendre encore quelque chose que je n'ai pas envie d'entendre.

Il y a deux jours, je me tenais devant le cercueil de maman.

Que lui ai-je dit ?
Que lui ai-je murmuré ?
Qu'aurais-je souhaité lui dire ?
Peter Hamse.
Son visage, son corps, son regard.
Serre-moi dans tes bras. Arrache-moi à mes démons.
« Je vais aux toilettes », dit Malin en se levant.

Peter Hamse a fini son service. Il a trouvé le numéro de Malin sur Internet et est maintenant assis devant son ordinateur, dans son appartement de la rue Konsistoriegatan. Il hésite à l'appeler, craint de passer pour un mort de faim. D'un autre côté, il sait qu'il risque de ne jamais l'appeler s'il attend trop.

Merde, qu'est-ce qu'elle était belle !

Sexy, mince, athlétique, avec des yeux intelligents et une coupe au carré, juste comme j'aime.

Mais elle dégageait autre chose.

Quelque chose d'inhabituel.

Un mélange de fragilité et de force qui la rendait terriblement attirante.

Il tape son nom sur Google.

Malin Fors.

Plus de cinq mille réponses. Principalement des articles à propos d'affaires criminelles sur lesquelles elle a enquêté. Il se dit qu'elle a vu le pire et en conclut qu'elle doit posséder une force de caractère hors du commun pour y avoir survécu.

Tout à coup, elle l'impressionne.

Peut-être ferait-il mieux de renoncer ?

En tout cas, il est évident qu'elle n'est pas lesbienne. L'attirance qu'ils avaient ressentie l'un pour l'autre était énorme. Il n'avait pas vécu cela depuis l'adolescence, cet âge où l'on peut aimer passionnément, où les sentiments sont exacerbés.

Il se lève.

Pense :

J'appelle.

Demain. Peut-être. Sinon, on risque encore de se sauter dessus la prochaine fois qu'on se rencontrera au sujet de Hanna Vigerö.

« Tu as l'air plus détendue que tout à l'heure, maman », lui fait remarquer Tove quand elle sort des toilettes.

Ça se voit tant que ça ? Que dois-je répondre ? Elle sent ses joues rougir et espère que sa fille n'y prêtera pas attention.

« Je suis crevée, tu sais, c'est sans doute la fatigue.

– Non, c'est autre chose », insiste Tove. Et Malin se dit : elle lit en moi comme dans un livre ouvert, mais elle n'a certainement pas la moindre idée de ce que je viens de faire dans les toilettes. Ce n'est pas dans la nature des enfants de voir leurs parents comme des êtres animés de désirs sexuels.

Que sais-je, moi, de la vie sexuelle de Tove ? Rien. Elle ne parle jamais de ce qu'elle fait avec ses copains. Mais elle n'est certainement plus innocente. Elle n'est tout de même pas encore vierge ?

La sitcom est enfin terminée.

Le journal télévisé commence et Tove se lève en disant :

« J'ai pas envie de regarder ça. Je vais dans ma chambre réviser mes maths. »

Malin acquiesce, se concentre sur la télé.

L'une des présentatrices habituelles du journal, une jeune femme, apparaît alors à l'écran et annonce :

« Il y a de cela une demi-heure à peine, la police de la Sûreté nous a fait parvenir une vidéo. Sur celle-ci, on peut voir un homme, soupçonné d'être l'auteur de l'attentat à la bombe qui a frappé Linköping avant-hier et coûté la vie à deux fillettes. Nous allons maintenant vous diffuser cette vidéo sur laquelle on voit cet homme envoyer un mail depuis le Sidewalk café, dans la gare centrale de Stockholm, à cinq heures et demie, mardi matin. Si vous pensez avoir reconnu cet individu, vous êtes priés de contacter au plus vite la police de la Sûreté au 010-568-70000. »

La vidéo commence.

Un homme assis devant un ordinateur dans un hall de gare. Il porte une veste à capuche noire. Cette fois, sa tête est découverte et on peut distinguer son visage.

Des images en noir et blanc.

Bien plus nettes, cependant, que tous les éléments dont ils disposaient jusqu'à présent dans cette enquête.

Ces connards de la Säpo.

Ils envoient la vidéo à la télé.

Pas à nous.

Comment l'expliquer ?

Leurs actes sont rarement explicables.

Les images passent une seconde fois.

Est-ce le même homme qui a été filmé en train de poser la bombe devant la banque ?

Possible, mais celui-ci paraît plus petit, plus mince. Quel âge ? Vingt-six, vingt-sept ans.

Les images sont floues.

Les détails de son visage semblent se dérober. Former comme un masque. Est-ce lui, le meurtrier, le poseur de bombe, le tueur d'enfants ? Dans ce cas, que fait-il à Stockholm ? Ses traits sont typiquement suédois, réguliers et ordinaires, innocents. Elle pousse un soupir. Si jamais quelqu'un dans le pays reconnaît le jeune homme à l'écran, alors ils auront son nom au plus tard demain. Ou plutôt, la Säpo aura son nom.

Est-ce que je le connais ?

Non, je ne l'ai jamais vu.

Soudain, l'homme se lève, sort du cadre de l'image, et il ne reste plus qu'une rangée d'ordinateurs vide dans le hall de gare désert.

Puis, la présentatrice revient à l'écran et répète les instructions données avant la diffusion de l'enregistrement pendant que le numéro de la Säpo défile en bas de l'écran, en précisant que la vidéo est consultable sur leur site Internet et qu'elle sera rediffusée à la fin du journal.

Malin se lève.

Repasse les images dans sa tête.

La sonnerie de son téléphone retentit.

Sven Sjöman.

La voix pâteuse, fatiguée, excitée, pleine d'espoir, tout cela à la fois.

« Qu'est-ce que tu en penses ?

– J'en pense que la Säpo veut jouer selon ses propres règles, répond Malin.

– Au moins, ça devrait bouger, maintenant, relativise Sven. Putain de merde, pourquoi ils ne pouvaient pas nous fournir la vidéo ?

– Question de prestige. Tu sais comment ils sont.

– Deux fillettes de six ans ont été tuées. En théorie, chaque banque du pays est menacée. C'est la psychose. Les gens n'osent plus sortir de chez eux. Et qu'est-ce qui compte pour ces connards ? Leur prestige.

– C'est comme ça, on ne les changera pas.

– Un instant, Malin, j'ai un autre appel, ne quitte pas. »

Une minute plus tard, la voix de Sven se fait à nouveau entendre dans le combiné :

« Notre homme a été identifié. Il s'appelle Jonathan Ludvigsson et habite à Linköping. Rejoins-moi au commissariat dès que tu peux. Je préviens Zeke. »

22

Pas de journalistes devant le commissariat.

Sur le parking désert, les cônes de lumière des lampadaires tentent de percer l'obscurité.

Il est vingt et une heures trente-cinq.

Il fait désormais presque nuit noire.

Malin était entrée dans la chambre de Tove, s'était assise au bord de son lit et adressée au dos de sa fille qui potassait à son bureau.

« Il y a du nouveau. Il faut que je reparte au commissariat. »

Sans se retourner, ni lever les yeux de ses livres de mathématiques, Tove lui avait alors répondu :

« Vas-y. De toute façon, je suis occupée. Tu sais que je suis assez grande pour me débrouiller.

– Ça ne t'embête pas, tu es sûre ?

– Allez, vas-y. »

Malin avait presque eu l'impression que Tove était contente de se débarrasser d'elle. Puis elle avait compris qu'elle cherchait juste des excuses pour ne pas culpabiliser de laisser sa fille seule une fois de plus. Bien sûr, elle avait eu mauvaise conscience au moment de quitter son appartement, mais cela ne l'avait pas empêchée de retrouver Zeke et Sven Sjöman dans le hall d'entrée du commissariat.

« C'est sa mère qui nous a appelés. Elle habite à Gränna. Elle était certaine que c'était son fils qu'elle avait vu à la télé, leur explique Sven.

– Pourquoi est-ce qu'elle a appelé ici ? » demande Zeke. Il a l'air complètement dans le cirage, comme si l'appel de Sven l'avait tiré d'un sommeil profond.

« Apparemment, elle n'a pas réfléchi, à moins qu'elle n'ait pas eu le temps de noter le numéro de la Säpo.

– Et alors, qui est-ce ? »

Malin s'impatiente.

« Il s'appelle, si c'est bien notre homme, Jonathan Ludvigsson. D'après sa mère, ils ont rompu toute relation depuis cinq ou six ans. Son fils avait des opinions trop radicales à son goût. Dans tous les domaines, de la nourriture à l'économie, en passant par l'écologie. Apparemment, son père s'est fait virer comme un malpropre d'une usine qui a débauché après avoir été reprise par un groupe d'investisseurs.

– Un végane, s'exclame Zeke sans pouvoir réprimer une grimace de dégoût. En rébellion contre le système économique. »

Sven acquiesce.

« Et où vit-il, maintenant ? Elle le sait ?

– D'après elle, il se serait installé à Umeå. »

Les ridules autour des yeux de Sven se creusent. Il pousse un soupir, gonfle son gros ventre et Malin comprend qu'il ne leur a pas tout dit.

Ce Ludvigsson est censé être domicilié à Linköping.

« Va droit au but, reprend-elle.

– On a procédé à des vérifications rapides, explique Sven. Il a bien habité à Umeå. Mais il est revenu à Linköping il y a six mois.

– Et ?

– Autre chose ? intervient Zeke.

– Il est domicilié chez une certaine Sofia Karlsson. Vous la connaissez, n'est-ce pas ?

– Putain ! peste Malin.

– Sans blague ! s'écrie Zeke.

– On a intérêt à foncer chez elle avant que la Säpo rapplique.

– S'ils ne sont pas déjà sur place, tempère Sven.

– Est-ce qu'on déploie l'artillerie lourde ? s'enquiert Zeke.

– On y va accompagnés, répond Sven. Mais on ferait mieux de rentrer chez elle en douceur, vous ne croyez pas ?

– Si, tu as raison, approuve Zeke. Si on essaie de prendre son appart d'assaut, ça risque de mal tourner.

– Boum, boum », chuchote Malin.

La cage d'escalier empeste la pisse.

C'est pire que la dernière fois.

Il y a également une odeur de vin renversé.

Tous les trois ont revêtu leurs vestes pare-balles. Le holster de Malin est moulé sous sa veste blanche. Elle l'a dégrafé et se tient prête à dégainer en une seconde si nécessaire.

Deux piquets de policiers juste hors de vue de l'appartement, dix agents en uniforme prêts à faire feu répartis tout autour du bâtiment et dans les environs, dans la nuit printanière tiède.

Malin souffle. Derrière elle, dans les escaliers, elle sent le pas léger de Zeke et la respiration haletante de Sven. Elle espère que son cœur ne va pas le lâcher maintenant.

Pas de Säpo en vue.

Peut-être que personne ne les a appelés et qu'ils font dodo bien tranquillement dans leur chambre confortable du Grand Hôtel ?

Connards.

Est-ce que Jonathan Ludvigsson est là, dans l'appartement ? Sofia Karlsson était parvenue à se contenir lors de leur première visite, mais Malin se souvient à peu près de ses paroles : « Il faut mettre le feu aux banques. Et il y aura des victimes. »

Ces gamins, car c'est ainsi qu'elle les considère, sont-ils des terroristes impitoyables, une nouvelle version suédoise de la bande à Baader ? Et dans ce cas, comment Jonathan Ludvigsson a-t-il pu être assez maladroit pour se laisser filmer par les caméras de surveillance de la gare centrale de Stockholm ? Croyait-il que son mail ne pouvait pas être tracé ?

Le Front de Libération de l'Économie.

L'appartement est-il truffé de bombes ? Ont-ils été assez prudents ? Il y a de la lumière aux fenêtres, une lueur d'écran de télé, et il est possible que la panique règne à l'intérieur, si Jonathan Ludvigsson a vu le journal.

Sur le palier, ils s'arrêtent un instant pour reprendre leur souffle. Il n'y a pas de judas sur la porte. Sven et Zeke sortent leurs pistolets, se placent derrière Malin. Elle sonne et, quelques secondes plus tard, entend quelqu'un s'approcher, à pas lents, traînants. Apparemment, la personne est seule.

La porte s'ouvre.

L'anneau dans le nez.

Les dreadlocks.

Les yeux défoncés, nébuleux. Une forte odeur de shit.

« Vous ? s'exclame Sofia Karlsson, qu'est-ce que vous foutez là ?

– Tu le sais parfaitement.

– Quoi ? »

Elle a vraiment l'air surprise, pense Malin avant d'écarter Sofia Karlsson du bras et de pénétrer dans l'appartement qui empeste le hasch.

Notre visite ne semble pas la perturber outre mesure, bien qu'elle vienne de se fumer une saloperie de pétard.

Sven et Zeke passent devant Malin avec leurs pistolets brandis. Elle ne semble même pas faire attention à eux. Bientôt, ils crient :

« Rien !

– Rien !

– Il n'y a personne dans l'appartement.

– Cool. Arrêtez de flipper », lance Sofia Karlsson.

La jeune femme est assise sur son lit, sur sa couette aux couleurs rasta. Elle lutte pour garder les yeux ouverts et semble avoir du mal à enregistrer ce qu'ils lui révèlent à propos de Jonathan Ludvigsson, son colocataire.

Elle n'a manifestement pas regardé le journal télévisé de la soirée.

Tandis qu'ils lui déballent tout, elle plisse le front, trop défoncée pour pouvoir mentir, pense Malin.

« Alors, comme ça, Jonathan serait impliqué dans l'attentat ? Ça m'étonne pas, mais moi je suis au courant de rien, je vous jure. En tout cas, bien joué Jonathan. Cool. »

Bien joué ?

Aurais-tu perdu l'esprit ?

Deux fillettes sont mortes.

Malin serre les poings et voit Zeke en faire autant, mais Sven leur fait signe de garder leur calme en pointant un doigt sur sa propre poitrine, comme pour dire : C'est bon, je m'en charge.

« On ne pense pas que vous soyez mêlée à cette histoire, commence Sven. Mais vous allez devoir nous suivre au commissariat pour vous dégriser. Et on va saisir votre ordinateur.

– Il a pas touché à mon ordinateur.

– Habite-t-il toujours ici ?

– Hein ?

– Est-ce qu'il habite ici ?

– Il a jamais habité chez moi. Il avait juste besoin d'une adresse postale.

– Vous êtes sûre ?

– Vous voulez savoir quoi ? Si je baisais avec lui ? »

Sofia Karlsson lève les yeux au ciel.

« J'aurais jamais pu faire ça avec lui. Moi, mon truc, c'est les Blacks. »

Active, Sven, active, pense Malin.

« Donc, il n'a jamais habité ici ?

– Non. Il doit crécher dans une caravane, quelque part dans la plaine, du côté de Vadstena. J'y suis jamais allée, mais je sais qu'il habite là-bas avec d'autres types.

– À Vadstena ?

– Non, à Klockrike, je crois. Près de la vieille église pentecôtiste. J'y suis déjà allée.

– Vous venez de dire que vous n'y étiez jamais allée. »

Sofia Karlsson pince son pouce et son index devant sa bouche et fait semblant de fumer un joint.

« Je comprends, dit Sven. Vous savez s'ils sont armés ? »

À cette question, Sofia Karlsson sursaute, écarquille les yeux et, l'espace d'une seconde, son regard retrouve un semblant de lucidité. Malin s'attend alors à ce qu'elle proteste, qu'elle redevienne cette activiste maladroite, mais la fumeuse de pétards reprend finalement le dessus et leur raconte ce qu'ils veulent savoir.

« Tu m'étonnes qu'ils ont des armes. Des pistolets. Des grenades. Et puis ces putains de AK47 que Jonathan s'est achetés.

– Tant que ça ? » demande Sven sans laisser transparaître la moindre surprise, ni la moindre inquiétude.

Sofia Karlsson hoche la tête, puis son regard plonge et elle leur dit :

« Laissez-moi, maintenant. Il faut que je dorme. »

Alors, Malin jaillit et gifle Sofia Karlsson.

« Pour ça, tu peux te brosser ! Tu vas plutôt nous conduire à Klockrike. »

23

« Là-bas. Derrière le grand bâtiment », leur indique Sofia Karlsson, coincée entre Malin et Zeke à l'arrière de la voiture radio.

Elle avait commencé à reprendre ses esprits, son cerveau était moins brumeux. Désormais, elle ne ressentait plus que les effets de la fatigue et de la soif, mais elle n'avait pas osé les contrarier et les avait guidés sans broncher. Malin aurait aimé lui demander pourquoi elle avait trahi les siens. Elle avait l'impression qu'il s'était passé quelque chose entre Sofia Karlsson et Jonathan Ludvigsson. Le jeune homme était probablement le genre de poisson qui ne se laisse pas prendre facilement.

« Ils ont des explosifs ? »

C'était la dernière question que Sven lui avait posée avant qu'ils quittent son appartement. Sofia Karlsson avait répondu qu'elle n'en savait rien, avant de demander à Malin la permission de se rouler un nouveau joint, comme pour lui signifier que sa paire de gifles ne l'avait pas impressionnée.

Malin distingue un grand bâtiment noir, à la lumière de la Lune, et suppose qu'il doit s'agir de l'église pentecôtiste de Klockrike, ce petit village exposé aux vents de l'hiver et à la chaleur de l'été, au beau milieu de la plaine de l'Östgöta.

Un coin paumé comme tant d'autres. Environ trois cents habitants en quête d'une vie simple et paisible. Mais l'église paraît abandonnée. Maintenant, ce sont les émissions de télé débiles, les jeux en ligne et les sites pornos qui ont pris possession des âmes.

Dans ces maisons, on occupe sans doute ses soirées avec des parties de loto ou de cartes, comme autrefois.

L'église derrière laquelle sont installées les caravanes se trouve au sommet d'une petite colline, à l'orée de la forêt. Elle semble veiller sur la petite communauté et dire aux habitants : Je vous ai à l'œil.

« Ils sont combien ? avait demandé Malin, tandis qu'ils roulaient sur l'autoroute en direction de Ljungsbro.

– Il est peut-être tout seul. Sinon, ils seront quatre au maximum », avait répondu Sofia Karlsson.

Karim Akbar, qui les avait rejoints entre-temps, s'était contenté de grogner depuis sa place, sur le siège passager, près de Sven, avant de dire :

« On va laisser les agents en uniforme s'en charger. »

Malin avait voulu protester, puis avait pensé à Tove, seule chez elle dans son lit, et s'était finalement abstenue. Zeke avait alors pris la parole à sa place.

« Malin et moi, on y va. On a des vestes pare-balles.

– Ce n'est pas la question », avait rétorqué Karim sur un ton ne souffrant aucune contestation.

Sven avait renoncé à utiliser la radio, de peur que leurs communications ne soient interceptées. Il avait préféré s'en remettre à son mobile pour diriger les policiers en uniforme. Le groupe d'assaut, composé de dix hommes, était commandé par un certain Sundbom, un type récemment débarqué chez eux qui s'exprimait avec l'accent caractéristique des suédophones de Finlande. Il les tenait informés de leur progression grâce au micro incorporé dans son casque.

« Toujours pas de caravanes en vue pour le moment. »

Malin distingue les silhouettes des policiers qui avancent de front, à cinq mètres d'intervalle. Elle les voit s'approcher discrètement du bâtiment, puis le contourner avant de se séparer par groupes de deux et d'être avalés par l'obscurité.

« On a maintenant un contact visuel avec la caravane. Il y a de la lumière à l'intérieur.

– OK, allez-y », ordonne Sven.

L'instant d'après, ils entendent un bruit sourd. Ils ont enfoncé la porte, pense Malin. Et des cris, mais pas de coups de feu, puis des voix qui hurlent :

« Pas un geste, allongez-vous, putain, on vous tient, maintenant, bande d'enfoirés ! »

Au même moment, Malin voit une silhouette noire contourner le bâtiment. Le temps de réaliser que ce n'est pas l'un de ses collègues, l'individu a déjà disparu dans un champ sombre qui ondule comme une mer calme sous le clair de lune.

« Merde ! » s'écrie-t-elle en se précipitant hors de la voiture.

Elle s'élance dans la rue, puis dans le champ, à la poursuite de la silhouette qui se meut telle une ombre, au loin.

Quelle que soit cette personne, elle est clairement en train de fuir.

Son cœur bat la chamade.

Ne pas dégainer. S'approcher par-derrière, puis le jeter à terre. Son cœur bat maintenant à plein régime, mais son corps tient le choc, elle le sent. La silhouette ralentit peu à peu. Le fuyard doit être à bout de forces. Est-ce Jonathan Ludvigsson ?

Impossible de le reconnaître à cette distance dans le noir.

De plus, l'unique photo d'identité dont ils disposaient datait d'une dizaine d'années.

Est-ce qu'il m'entend ?

Plus qu'une centaine de mètres.

Elle fond sur sa proie et sur la Lune, encouragée par les deux fillettes au visage livide et à la chevelure blanche qui planent au-dessus d'elle.

Fonce, Malin. Fonce.

Qui que ce soit, devant toi, dans ce champ, tu dois l'attraper.

Oui, attrape-le.

Comme c'est palpitant, Malin, de te voir le traquer, même si ce n'est sûrement pas l'événement le plus marquant de la nuit.

Les enfants séquestrés dorment, en ce moment. Les lézards répugnants rongent leur grillage. Ils rêvent des lézards et des vilains messieurs.

Sens-tu le vent, Malin ?

Le vent froid qui balaie la plaine ?

C'est la mort qui murmure, Malin. Et peut-être, peut-être est-ce à toi qu'elle s'adresse.

Nous l'ignorons.

Que dites-vous ?

Que me voulez-vous ? Je n'ai pas le temps de vous écouter maintenant. Malin sent l'acide lactique envahir les muscles de ses jambes, se répandre dans son ventre et remonter jusqu'à ses poumons avant de comprimer son cœur.

Je ne peux pas abandonner maintenant.

Devant elle, la silhouette noire s'immobilise.

Se retourne.

Semble fouiller dans une poche. Il s'apprête à sortir une arme ?

Si c'est une arme, il est possible qu'il tire le premier. Et alors, je mourrai là ? Ma vie est censée se finir comme ça ?

Elle mobilise toutes ses forces, parcourt en zigzaguant la vingtaine de mètres qui la sépare encore de la silhouette.

Une lueur.

La flamme qui précède la détonation mortelle.

Pas de bruit ? Il a un silencieux ?

Elle se jette en avant. Sent quelque chose de chaud heurter sa joue.

Zeke s'approche de la caravane, une KABE, probablement un modèle de douze mètres.

Il y a de la lumière à l'intérieur.

Devant, dans un champ transformé en décharge, six flics surveillent trois jeunes hommes à l'allure de marginaux.

« Lequel d'entre eux est Ludvigsson ? s'enquiert-il.

– Aucun, répond Sundblom depuis l'entrée de la caravane. Apparemment, il était sorti pisser.

– Alors, c'est lui le type que Malin a pris en chasse. Il s'est enfui à travers champs.

– Et elle l'a rattrapé ?

– Aucune idée. J'ai accouru ici. Karim et Sven sont partis lui prêter main-forte après avoir passé les menottes à Sofia Karlsson, dans la voiture. »

Sundblom opine du chef.

« Je te présente Konrad Ekdahl, Jan Thörnkvist et Stefan Törnvall. C'est tout ce que j'ai pu tirer d'eux.

– T'as trouvé quoi à l'intérieur ?

– Des ordinateurs, c'est tout. Mais y a plein de cachettes possibles dans une caravane de cette taille. En tout cas, ils ont l'air d'avoir Internet. »

Dans les arbres, Zeke voit pendre des câbles reliés à une antenne sur le toit de la caravane.

« Quelque chose sur le Front de Libération de l'Économie ?

– L'un des ordinateurs était ouvert sur leur page d'accueil. Mais j'ai rien trouvé d'autre.

– Bien, commente Zeke. Johannison est déjà en chemin. »

Karin.

Ne rien laisser paraître devant les collègues, l'appeler Johannison, ne jamais l'appeler par son prénom.

Ridicule.

On couche ensemble. Rien de plus. Il n'est pas question d'amour.

Il pense au beau visage de Karin, à ses traits aristocratiques qui peuvent, en l'espace d'une seconde, se transformer, devenir bestiaux, quand elle se donne à lui.

« La Scientifique va passer la caravane au peigne fin », l'informe Zeke.

Les trois prisonniers assis dans l'herbe ne cessent de protester, mais leurs plaintes sont accueillies par des « Vos gueules, fumiers ! », et tous ces cris semblent s'évanouir dans la nuit.

« Où est Malin ? »

Pourquoi ne reviennent-ils pas ? s'étonne Zeke.

Ce n'était pas un pistolet.

Il s'était juste arrêté pour allumer une cigarette, attendre tranquillement son destin. Il l'avait entendue derrière lui et avait compris qu'il ne lui échapperait pas, que la partie était terminée.

Elle l'avait envoyé au sol.

S'était brûlé la joue au passage avec le bout incandescent de la cigarette.

Lui avait écrasé le visage contre le sol et l'avait enfoncé dans la terre argileuse sans se soucier qu'il puisse ou non respirer.

« C'est toi, Jonathan Ludvigsson ? C'est toi qui as tué les deux gamines, hein ? C'est toi ? T'en fais pas, sale enfoiré, je vais veiller à ce que tu respires ta dernière bouffée d'air ici, dans ce putain de champ. »

Elle avait relâché légèrement sa pression le temps de reprendre son souffle, avant d'appuyer à nouveau en le maintenant par ses longues dreadlocks emmêlées.

« Tu respires ? Hein ? Tu respires ? Les fillettes ne respirent plus, elles, tu comprends ? »

Soudain, elle avait ressenti une vive douleur au flanc, avait lâché prise et était tombée en emportant un bout de dreadlock avec elle. L'homme à terre avait aussitôt repris son souffle sans émettre un son.

« Putain, Malin ! Tu veux le tuer ou quoi ? »

Le ton de Sven n'était pas indigné, il s'agissait juste d'une constatation.

Malin était à genoux près de l'homme.

Hors d'haleine, elle avait levé les yeux sur le visage horrifié de Karim et vu Sven passer les menottes à l'homme avant de le relever.

« Je l'ai simplement maintenu au sol en vous attendant.

– Ça, pour l'avoir maintenu, tu l'as maintenu. »

L'homme.

Il n'avait pas plus de vingt-cinq ans.

Barbu.

Des traits typiquement suédois, des yeux bleus malicieux et des dreadlocks dégueulasses.

C'était bien l'individu de la vidéo.

« C'est Jonathan Ludvigsson », avait-elle lâché en se relevant, avant de s'éloigner en direction des voitures et de la caravane.

24

Jeudi 10 mai

Jonathan Ludvigsson est assis à la table de la salle d'interrogatoire, une lampe halogène braquée sur le visage.

Malin le regarde à travers la vitre de la salle d'observation, derrière le miroir sans tain. Karim Akbar et Sven Sjöman sont là aussi. Sven lui avait annoncé quelques instants plus tôt : « Ce n'est pas toi qui vas l'interroger. Quand vous étiez dans le champ, tu as cru qu'il voulait te tuer, ce qui n'est pas un bon point de départ. Zeke va s'en charger avec Johan Jakobsson. Il vient tout juste d'arriver et est frais comme un gardon. » Elle avait bien sûr protesté, mais en vain.

Jonathan Ludvigsson jette à ses interrogateurs un regard de défi :

« J'vous dirai rien, bande de connards. »

Un peu plus tôt, il avait refusé d'appeler son avocat en ces termes :

« C'est qu'un ramassis d'escrocs au service de notre système économique corrompu. Tous, sans exception. J'veux rien avoir à faire avec ces enculés. »

L'horloge sur le mur indique minuit trente-cinq.

Ludvigsson baisse le regard sur la table, et Malin ne voit plus que ses dreadlocks. Ils n'avaient pas trouvé de pistolets, ni de grenades, rien. Pas d'explosifs non plus. Mais Karin Johannison était maintenant sur place en train d'inspecter la caravane et les alentours en quête d'indices. Leur opération avait vraisemblablement été menée avec discrétion puisqu'aucun journaliste n'avait encore pointé le bout de son nez à Klockrike.

Le corps de Malin crie de fatigue, ses yeux la démangent et ses muscles la font souffrir. Elle suppose que Zeke est dans le même état qu'elle. Tout comme Jonathan Ludvigsson, d'ailleurs. Elle regarde ses cheveux, ses dreadlocks grasses qui brillent comme des vers de terre dans la lumière.

Johan a l'air en forme. Peut-être que ses enfants et lui s'étaient couchés tôt, ce qui lui avait déjà permis de profiter de plusieurs heures de sommeil ?

Sur la table de la salle d'interrogatoire, le magnétophone tourne.

Quant aux trois autres types qu'ils avaient arrêtés à Klockrike, ils avaient été placés en cellule. Börje Svärd et Waldemar Ekenberg avaient été appelés au commissariat pour les interroger à tour de rôle avant qu'ils reprennent leurs esprits.

« Alors, commence Zeke. Qu'est-ce que tu foutais exactement à Stockholm avant-hier matin ?

– J'étais pas à Stockholm, répond Jonathan Ludvigsson sans prendre la peine de lever les yeux. Et j'vais pas le répéter.

– Regarde-nous quand tu nous parles, ordonne Johan. Tu m'entends ? On sait que tu étais à Stockholm, on sait que c'est toi qui as envoyé le mail signé du Front de Libération de l'Économie à la rédaction du *Corren*. On sait que c'est toi qui te caches derrière leur site web et ce n'est qu'une question de temps avant qu'on ait la preuve que c'est toi qui as placé la bombe qui a tué deux fillettes, lundi matin, sur la Grand-Place. »

Jonathan continue de fixer la table.

La pièce est silencieuse.

« T'es dans la merde. Tu comprends ça ? » dit Zeke en tournant son regard vers le miroir, comme pour dire à Malin : On va le faire cracher, maintenant, ce salaud. « Parle-nous un peu du Front de Libération de l'Économie. C'est quoi, au juste ? »

Malin tambourine avec ses doigts sur le banc situé sous la vitre d'observation. Elle sent la présence de Karim et de Sven à ses côtés, entend leur respiration lourde et pleine d'attentes.

Un pistolet. Qui n'était qu'une cigarette. La rage folle qui s'était emparée d'elle, dans le champ, était retombée, mais elle sait qu'elle peut resurgir à tout moment. Sur la joue de Ludvigsson, un hématome témoigne de leur altercation.

« Tu ferais mieux de cracher le morceau, lui conseille Johan sur un ton las. C'est dans ton intérêt.

– Sinon, fais-le pour les gamines, ajoute Zeke. Celles que tu as tuées, alors qu'elles n'avaient que six ans. Qu'est-ce que ça fait d'assassiner des enfants ? »

Jonathan Ludvigsson fixe toujours la table.

Ne secoue même pas la tête.

Il finit par soupirer et prendre une profonde inspiration avant de lever ses yeux vides sur Johan et Zeke.

Jette un regard dans le vague, en direction du miroir. Sourit à ceux qui, il le sait, se trouvent de l'autre côté.

« Un tueur d'enfants. Voilà ce que tu es, dit Johan. La pire espèce d'assassins. Dans deux siècles, on se souviendra encore de toi comme d'un tueur de petites filles. »

Jonathan Ludvigsson cligne des yeux.

Passe son index et son pouce devant ses lèvres.

Bouche cousue.

« On va bientôt cuisiner tes petits copains, l'avertit Zeke. Ça m'étonnerait qu'ils la ferment bien longtemps. Ils n'en menaient pas large, tout à l'heure.

– Ils chiaient dans leurs frocs, ouais », ajoute Johan en se tournant vers Ludvigsson.

Un poseur de bombe ? pense Malin.

C'est possible. Les attentats qui avaient frappé Stockholm au moment de la candidature de la ville aux J.O. de 2004 étaient l'œuvre d'un allumé dans le genre de Ludvigsson qui avait simplement perdu les pédales. Il avait obtenu ce qu'il voulait puisque, finalement, les jeux Olympiques n'avaient pas eu lieu à Stockholm, ce qui était sans doute une bonne chose.

Malin constate que Ludvigsson balance maintenant entre la peur et l'arrogance.

« Parle-nous du Front de Libération de l'Économie, reprend Johan. Plein de gens vont vous donner raison. Tout le monde déteste les banques, c'est un fait. Et il y en a certainement beaucoup aussi qui pensent qu'elles l'ont bien mérité, que leur cupidité se retourne contre elles. »

Ludvigsson sourit, d'un sourire confiant.

« Donc, si tu parles, si tu avoues, les médias pourront relayer tes idées. Tu deviendras un martyr. Mais, pour ça, il faut que tu nous parles.

– Et ton père ? intervient Zeke. Il s'est fait virer ?

– Oui. Et maintenant, il ne retrouvera plus jamais de travail. Tout ça parce que les banques ont prêté les yeux fermés à ces salopards d'investisseurs. C'est des gens comme ce Falkengren qui ont foutu en l'air la vie de mon père et il y a des milliers d'autres types dans le même cas, dans ce pays. Mais les banques et leurs laquais continuent de se goinfrer, Falkengren a empoché vingt millions de couronnes l'année dernière, alors que mon père s'est fait virer parce que la banque avait prêté de l'argent à la société qui l'employait. C'est inadmissible. Ça peut plus durer. »

Sur ce, Ludvigsson hausse les sourcils, referme ses paupières et semble s'endormir.

« Maintenant, tu vas passer à table, espèce d'enfoiré de tueur d'enfants ! Tu m'entends ? »

Zeke se lève.

Se rue sur Jonathan Ludvigsson et l'empoigne par les dreadlocks pour le forcer à se lever de sa chaise. Malin observe la scène et sent la rage monter en elle. La même rage incontrôlable qui s'était emparée d'elle, un peu plus tôt, dans le champ. Karim et Sven serrent les dents.

« Tu vas parler, salopard ! Tu vas nous dire tout ce que tu sais sur le Front de Libération de l'Économie, ce que tu foutais à Stockholm et comment vous vous êtes démerdés pour confectionner cette bombe !

– C'est toi qui as envoyé le mail et un de tes complices qui a posé la bombe ! hurle Johan, complètement hors de lui, comme s'il n'arrivait plus à se maîtriser. C'était qui, le cycliste ?

– On est où, là, putain ? s'écrie Jonathan Ludvigsson en se levant sous l'action de Zeke, le visage déformé par la douleur. À Guantánamo ? »

Mais Johan ne lui répond pas. Fini, maintenant, la flatterie, semble-t-il penser. Il insiste :

« C'était qui le cycliste qui a posé la bombe devant la banque ? »

Zeke lève encore le bras, obligeant ainsi Jonathan Ludvigsson à se tenir sur la pointe des pieds.

« La CIA, c'est ça, vous êtes des putains d'agents de la CIA ! J'sais pas qui est ce connard de cycliste ! »

Zeke lâche sa prise et Jonathan Ludvigsson retombe sur sa chaise.

« Tu sais pas ? » demande Johan sur un ton rageur, comme si c'étaient ses propres enfants, tués par la bombe.

C'est en tout cas ce qu'il ressent.

Face à un tueur d'enfants, notre véritable nature se révèle.

Aucun crime n'est pardonnable, pense Malin, mais ceux-là encore moins.

« Et t'espères vraiment qu'on va te croire ? » rugit-il.

Jonathan Ludvigsson se met à ricaner.

« Si je l'savais, j'vous l'dirais pas, d'toute façon, hein ? »

Puis il passe à nouveau son pouce et son index devant sa bouche. N'en pouvant plus, Zeke lui envoie un coup de poing qu'il esquive. Karim se précipite alors dans la salle d'interrogatoire. Dans la lumière tamisée, son profil paraît encore plus sombre que d'habitude.

« Ça suffit, maintenant. Rentrez chez vous tous les deux et tâchez de vous reposer. Toi aussi, Malin », ordonne-t-il.

Karin Johannison avait passé son pinceau dans toute la caravane pour relever les empreintes digitales, fouillé dans tous les cartons en quête de preuves, vérifié chaque recoin à la recherche d'indices, de traces d'explosifs, de TATP ou d'autres constituants indispensables à la fabrication d'une bombe.

Les heures avaient défilé.

Et elle est désormais seule dans cet espace confiné.

Elle écarte les cheveux blonds de son visage, se sent fatiguée, mais voudrait quand même être avec Zeke.

Ce qui avait débuté comme une innocente aventure extraconjugale basée exclusivement sur le sexe était devenu peu à peu une affaire de sentiments pour elle, mais pas pour lui, contrairement à ce qu'elle avait prévu. Elle s'était imaginé pouvoir jouer au jeu de la dépendance avec lui, mener par le bout du nez ce policier bourru et mal dégrossi.

Il peut se passer de moi.

Quand il veut.

Mais pas moi. Quant à Kalle, il y a bien longtemps que j'ai perdu tout désir pour lui et il semble s'en accommoder parfaitement.

Suis-je amoureuse de Zeke ? Je n'ose même pas y penser. Alors, elle se met à jurer à voix haute pour couvrir ses propres pensées et songe aux trois ordinateurs qu'ils ont saisis, dont un portable. Se dit qu'ils avaient transformé cette caravane en une véritable salle d'informatique. Elle respire l'air confiné, cette odeur de vacances bon marché en camping, de pauvreté, de mégots, de bouteilles vides et de casseroles sales, puis jure à nouveau :

« Merde ! »

Elle pense : J'ai dû passer à côté de quelque chose. Sur ce, elle s'agenouille, commence à inspecter les plinthes jusqu'au coin canapé, tente de les arracher, mais constate qu'elles sont solidement fixées. Elles n'ont vraisemblablement jamais été retirées. Elle continue ensuite en direction du cabinet de toilette et du coin cuisine, en rampant sur le sol en liège, jusqu'à son point de départ.

Elle se relève.

Il n'y a pas d'espace entre les placards du haut et le plafond.

Le plafond ne semble-t-il pas plus bas qu'il devrait l'être ?

Karin grimpe sur le canapé, ouvre le placard du haut, le vide de tous les objets qu'elle vient de remettre en place, puis glisse ses doigts sous les baguettes et pousse.

Soudain, le plafond du placard cède et elle sent du métal froid sous ses doigts.

Elle passe son bras dans la cavité.

Attrape tout ce qui lui tombe sous la main.

Un Uzi. Un Sig Sauer. Trois grenades. Elle enfonce son bras encore plus loin et sent ses doigts s'enfoncer dans quelque chose de mou.

Je devrais peut-être être plus prudente ?

Et s'il avait piégé sa planque ?

Pourtant, elle ne peut résister à la tentation de sortir le paquet de sa cachette et découvre trois gros paquets qui ressemblent à des pains de plastic. Il y en a suffisamment pour faire sauter tout un quartier de Linköping.

Doucement, Karin.

« J'ai besoin d'aide, ici ! » crie-t-elle à l'attention des policiers en uniforme qui, elle l'espère, attendent toujours devant la caravane.

« TOUT DE SUITE ! »

Au même moment, elle entend retentir une sonnerie dont le timbre strident lui transperce le corps et lui glace le sang.

« On sait rien. »

Les interrogatoires des trois autres activistes n'avaient rien donné de plus.

« C'est vrai qu'il était en train de visiter leur site quand on est arrivés, mais c'est pas ce que fait toute la Suède en ce moment ? »

Comme d'habitude, Waldemar Ekenberg avait eu recours à la violence.

Il avait éclaté la lèvre de Konrad Ekdahl. Cependant, aucun des trois suspects ne leur avait rien révélé.

Sven Sjöman est affalé dans le fauteuil en cuir de son bureau.

Il est deux heures et demie du matin et il se demande si Karin a trouvé quelque chose, dans la caravane.

Les policiers du groupe d'enquête sont tous rentrés chez eux, lui envisageait de dormir quelques heures au commissariat, dans le canapé de la salle de repos.

Les trois jeunes paumés avaient paru dire la vérité. Ils avaient affirmé qu'ils s'étaient réunis dans la caravane pour faire la fête et qu'ils ignoraient tout des relations de Jonathan Ludvigsson, de ses liens éventuels avec ce foutu Front de Libération de l'Économie. Sofia Karlsson, qui, entre-temps, avait recouvré tous ses esprits, semblait également dire la vérité. Elle non plus n'était au courant de rien.

Comme c'est frustrant !

Mais Jonathan Ludvigsson peut parfaitement avoir d'autres complices.

Il pense à sa femme qui dort seule dans leur lit. Que ne donnerait-il pas, en ce moment même, pour sentir son corps chaud contre sa peau ?

Sven ferme les yeux.

Je pourrais peut-être dormir ici, dans mon fauteuil ?

Non. Je vais m'esquinter le dos.

Il se lève.

Au même moment, son téléphone sonne. Il pense : C'est certainement Karin qui appelle pour m'informer qu'elle a terminé de fouiller la caravane.

25

Que se passe-t-il dans la nuit noire ?

Nous te voyons dormir, Malin.

Tu es rentrée chez toi, tu as contemplé quelques instants Tove dans son lit, puis tu t'es couchée, sans prendre la peine de te déshabiller.

Nous comprenons que tu sois fatiguée. Car ce qui nous est arrivé pèse sur ton esprit, ton cœur et ton âme.

Qui a bien pu nous faire du mal ?

Jonathan ? Les frères de foi d'Al Kabari ? Ces motards ? Quelqu'un d'autre ? Et que s'est-il passé dans la caravane ?

Qui a fait exploser une bombe dans Linköping en plein jour ?

Qui cherche à instaurer le règne du Mal ?

Est-ce que le petit garçon et la petite fille séquestrés seront les prochaines victimes ? Dépêche-toi de les secourir.

Encore autre chose, Malin.

Ton corps exige de l'alcool.

Ta maman. Tove. Ton père et son secret. Nous aimons les secrets, mais pas celui-là. Il est trop affreux.

Des dents de varans, Malin.

Les bêtes affamées sortent de leur tanière, la nuit.

Qui est-ce qui s'approche de l'hôpital ? De maman qui lutte sans savoir contre quoi, seule dans sa chambre.

Une silhouette noire.

Non, ne te réveille pas.

Rejoins-nous plutôt. Ne te réveille pas, ne te réveille jamais plus.

Malin dort, les bras étendus de part et d'autre de sa tête. Pourtant, elle ne dort pas du sommeil confiant de l'enfant.

Son rêve est une galerie de portraits.

Sa mère se tient dans un coin sombre de sa chambre et vocifère d'indignation. Ses paroles incompréhensibles ne sont qu'un charabia embrouillé qui transperce le corps de Malin. Les petites Vigerö jouent dans un autre angle de la pièce en compagnie de deux enfants. Ils s'amusent avec des voitures Lego sur un tapis de jeu.

Son père lui présente une poupée, une petite poupée qui lui tend ses bras en plastique, comme pour l'implorer : Aide-moi, Malin. Tove la fixe depuis le centre de la pièce, les yeux remplis d'un paysage inconnu où des nuages roses se désagrègent sur un horizon en flammes.

Les visages apparaissent, puis disparaissent. Sven Sjöman, Zeke, Karin Johannison, Mohamed Al Kabari, Jonathan Ludvigsson, Dick Stensson. Tous se moquent d'elle, hurlent : « Comment peux-tu être aussi bête ! »

Puis, le champ visuel de son rêve se resserre en un point noir qui semble concentrer tous les crimes et les mensonges de l'histoire de l'humanité. Alors, ses tympans explosent, la peau de ses jambes fond et ses bras, ses jambes, ses doigts ensanglantés, ses yeux et son cœur se volatilisent dans l'air pour retomber sur terre sous forme d'une pluie ardente. Au fond d'une grotte, sur une île lointaine, oubliée et disparue, un ours dévore l'un de ses petits.

Allah Akbar ! Allah Akbar ! Allah Akbar !

Ces cris résonnent en chœur au milieu des tourbillons de poussière qui constituent l'ultime avatar de son rêve.

Allah Akbar !

Les mots se muent en un sifflement et les fillettes se glissent à travers les paupières de Malin. Elles sont à la fois apeurées et détendues.

Soudain, tout devient silencieux.

Comme après une explosion.

Elle respire avec peine, halète, ses poumons ne se remplissent pas, elle est à court d'oxygène. Finalement, elle parvient à se retourner. Son visage était enfoncé dans son oreiller.

Elle prend alors une profonde inspiration et sombre dans un sommeil noir, mortel et vide.

Jonathan Ludvigsson est allongé sur un lit de camp, dans sa cellule.

Il n'arrive pas à trouver le sommeil.

Un gardien jette un œil par le judas de la porte. Il veut sans doute s'assurer que je ne me suicide pas, pense-t-il.

Les flics ont certainement fini de fouiller la caravane, à l'heure qu'il est.

Que va-t-il se passer ?

Je m'en fous.

Mieux vaut garder le silence. Comme je l'ai fait jusqu'ici. Les autres ne parleront pas puisqu'ils ne savent rien.

Il existe des causes supérieures à ma petite personne. Celle que je défends a été trop longtemps négligée, c'est comme si elle n'existait pas.

Une guerre fait rage, en ce moment, sur la planète. Entre nous et la nature, entre nous et notre propre nature, et, pour mener cette guerre, tout est permis.

Mais je suis peut-être allé trop loin, cette fois ?

La cellule est froide et la couverture orange bien trop fine, il est obligé de remuer ses membres pour se réchauffer. Le judas de la porte s'ouvre à nouveau, laissant apparaître un œil noir.

Pang !

L'œil a disparu, mais il est toujours là, devant la porte, et c'est maintenant un autre œil. On dirait celui d'une femme qui brûle d'envie de l'étrangler. Il se redresse sur son séant, voudrait que ce maudit œil disparaisse.

Mais pourquoi je n'arrive plus à respirer ?

Il faut que je sorte, je ne veux plus voir cet œil.

Jonathan Ludvigsson s'élance contre la porte en hurlant :

« Laissez-moi sortir ! Laissez-moi sortir ! »

Il frappe contre le judas, contre l'œil qui semble lui lancer des éclairs, lui paralyser le cœur.

« Du calme, du calme. »

La voix du gardien résonne de l'autre côté de la porte.

De la lumière dans le couloir.

« Que se passe-t-il ? »

L'œil du gardien.

« Je suis prêt à tout raconter, dit Jonathan Ludvigsson.

– Raconter quoi ?

– Tout ce que j'ai fait. »

Dans la caravane, Karin Johannison inspecte les armes et les grenades avec d'infinies précautions pour éviter tout accident.

Elle s'était fait une peur bleue quand le réveil enseveli sous les coussins du canapé s'était soudain mis à sonner. Elle avait alors imaginé que la caravane et la cache d'armes avaient été piégées, qu'elle allait être atomisée comme les fillettes sur la Grand-Place.

Mais ce n'était qu'un putain de réveil.

Au cours des quelques secondes qu'avait duré la sonnerie, elle avait vu toute sa vie défiler devant ses yeux.

Kalle, sa mère, son père, tous les amants qu'elle avait eus. Zeke. Elle aurait voulu pouvoir le serrer dans ses bras, à ce moment-là, l'emmener avec elle là où elle pensait être sur le point de se rendre.

Puis, la sonnerie s'était tue. La caravane était redevenue silencieuse et elle avait compris ce qu'il lui manquait dans sa vie.

Elle avait ressenti un désir qu'elle n'avait jamais éprouvé auparavant, un désir plus fort que le désir lui-même, une faim de vie au moment où la vie prend fin. Un désir de maternité.

Comme si elle avait dû attendre de faire face à la mort pour qu'enfin tout lui paraisse clair.

Mais ce n'était pas une bombe.

Ce n'était qu'un réveil.

Sven Sjöman dort, recroquevillé sur le canapé de la salle de repos. Karin vient de lui faire son rapport sur les armes, les explosifs et les autres découvertes qu'elle a faites dans la caravane. Toutefois, il n'a pas eu le courage d'interroger une nouvelle fois Jonathan Ludvigsson. Il est grand temps de dormir, maintenant, pour l'un comme pour l'autre, de se reposer de manière à avoir les idées claires le lendemain. Il en aurait bien besoin pour aborder leur enquête sous un angle nouveau. L'une des plus difficiles de sa carrière. Une enquête qui semble échapper à tout contrôle et obéir uniquement à ses propres mécanismes. Une enquête sur laquelle Sven et son équipe n'ont pas la moindre prise.

Soudain, il entend frapper dans son rêve.

« Sven, Sven. »

Il ne veut pas se réveiller.

Son corps fatigué et son cerveau troublé refusent. Il doit se reposer.

Mais quelqu'un en a décidé autrement.

On le secoue.

« Sven, Sven. Réveille-toi. »

Il se redresse.

Se frotte les yeux. Regarde qui est celui qui vient de le réveiller : Antonstjärna, un jeune homme intelligent, âgé tout juste de vingt ans, bien trop jeune pour ce métier.

« Il est décidé à parler, lui annonce Antonstjärna.

– Qui ça ? Parler de quoi ?

– Ludvigsson a l'intention de raconter ce qui s'est passé, ce qu'il a fait. »

Sven se lève, s'étire le dos.

« Il est quelle heure ?

– Quatre heures vingt-cinq. »

Nous avons des forces, nous pouvons nous manifester, n'est-ce pas ?

Nous ne sommes pas si petites et vulnérables que vous l'imaginez tous, nous pouvons vous aider, Malin. Vraiment, nous le pouvons.

Mais il faut tout de même que tu croies en notre existence, sans quoi nous disparaîtrons pour toujours.

Nous sommes avec notre maman en ce moment.

Assises sur son lit, nous lui murmurons de jolis mots d'amour à l'oreille, tandis que quelqu'un s'approche dans le couloir, lentement, à pas feutrés, après s'être discrètement glissé dans les passages souterrains de l'hôpital, puis être monté au neuvième étage par les escaliers.

Nous n'avons pas l'intention de nous interposer, maman, car nous voulons que tu nous rejoignes.

Nous ne souhaitons pas exister sans toi, et nous savons que tu souffres, tu souffres tellement que tu ne guériras jamais tout à fait. Même ton médecin, malgré son optimisme, est de cet avis. Alors, même si nous pouvions t'aider, maman, nous ne le ferions pas.

La porte de ta chambre s'ouvre doucement.

Une personne s'introduit dans la pièce. Sa tête est couverte d'une capuche noire.

Avant de disparaître, nous chuchotons dans ton oreille : à tout à l'heure, maman.

Hanna Vigerö n'arrive plus à respirer. Elle a l'impression de sentir du coton contre son visage. Elle essaie de reprendre son souffle, en vain.

J'ai senti votre présence, il y a un instant, les filles.

Je sais ce que vous souhaitez.

Et je ne désire rien d'autre, moi-même.

C'est pourquoi je n'aurais jamais cherché à me défendre, même si j'en avais été physiquement capable.

Si je ne lutte pas, c'est parce que je désire ce qui est en train de se passer. C'est ce qui me permet de contrôler mon instinct le plus fort, mon instinct de survie.

Non.

Je ne peux pas.

Je veux respirer, oui, je veux respirer, mais, en même temps, je ne veux pas.

J'ai l'impression d'entendre quelqu'un murmurer « Pardon », « Pardonnez-moi. »

J'essaie de respirer, mais je veux que celui qui appuie cet oreiller sur mon visage parvienne à m'étouffer.

Il appuie plus fort, maintenant.

Il n'y a plus d'air, tout devient noir, blanc, noir, je quitte ma chambre d'hôpital, je la vois disparaître, puis exploser dans une lumière blanche, et je me retrouve ailleurs.

Je sens votre présence, les filles.

Maman est là, maintenant.

Je vous appelle.

Mira ! Tuva !

Je vous appelle, encore et encore.

Vous êtes là, mais vous ne pouvez ni m'entendre, ni me voir.

Pourtant, vous êtes là.

Je le sais.

Je ne cesserai jamais de vous chercher, je vous le promets.

DEUXIÈME PARTIE

DES TÉNÈBRES À LA LUMIÈRE

Dans les ténèbres

PAPA. Viens !

Petit frère a tellement peur, papa, et moi aussi, encore plus peur que quand maman est montée au ciel.

Viens, papa. Viens !

Les messieurs sont méchants. Et il fait noir, trop noir, ici, et j'essaie de rassurer petit frère, mais je suis trop petite et cet endroit est dégoûtant, et j'aime pas ce qui est dégoûtant, j'aime pas ça. J'ai peur, papa, et j'essaie de penser à mon anniversaire, à la place, au réveillon de Noël et à d'autres choses agréables, à mes copines qui ne sont pas là.

On veut que tu viennes nous sauver, maintenant, pourquoi tu viens pas, pourquoi tu nous as laissé partir en avion avec les messieurs ?

J'ai peur des lézards.

Ils nous les ont montrés. Nous ont dit qu'ils nous mangeront si on n'est pas sages.

Ils rongeaient les barreaux avec leurs dents jaunes. Tapaient dedans de toutes leurs forces.

Ils voulaient nous manger, je l'ai bien vu. Et ils avaient des petits yeux moches.

Il faut que tu viennes, papa. Ne nous laisse pas seuls.

Et petit frère, je le sers dans mes bras. Et il joue et je joue avec lui. On dessine avec des craies dans le noir, même si on voit pas ce qu'on dessine.

On a faim, papa. On veut pas mourir. On veut plus rester enfermés.

On veut retourner de l'autre côté du pont.

Maman est au ciel. Oui, elle est sûrement là-haut. C'est toi-même qui nous l'as dit, papa, mais on veut pas la rejoindre. On veut que tu viennes, que tu nous délivres de ces méchants messieurs, que tu nous prennes dans tes bras, que tu nous serres contre toi, longtemps, et après on jouera ensemble, on ira se baigner dans notre piscine et on jouera et on oubliera toutes ces vilaines choses.

Ça pue la mort, ici.

Je veux sortir, papa, partir loin de cet endroit.

Si seulement tu pouvais venir nous chercher.

À moins que quelqu'un d'autre le fasse à ta place ?

Je crie encore, je n'ose rien faire d'autre, et il crie aussi, et on crie ensemble, papa, entends nos cris.

*

Vous êtes là, les filles ?

Il ne s'est pas passé un jour sans que je me demande ce qu'il vous était arrivé, allongée dans ma chambre noire et puante, me demandant si j'avais bien agi.

Maintenant, je sais ce qu'il vous est arrivé. Je sais que vous avez été pulvérisées.

Je ne pourrai jamais me le pardonner.

Mais je n'avais pas d'autre choix que de vous mettre à l'abri de ce monstre à tout prix. J'étais obligée de vous sauver, c'est le devoir premier des parents que de protéger ses enfants. J'ai fait ce que j'ai pu, ça n'a pas suffi et tout ce que je veux désormais c'est vous rejoindre. Pourquoi devriez-vous m'accueillir à bras ouverts, moi qui, plus que tout autre, vous ai trahies ?

Les flammes des bougies illuminent les murs humides de ma cachette, la saleté s'égoutte lentement sur le sol noir, le rend froid, poisseux, et je ne peux pas m'y allonger.

J'entends passer les rames du métro et sens leurs vibrations.

Je voudrais vous avoir près de moi, mais le fait de penser à vous, à ce que je suis et d'où je viens m'est insupportable.

Je prépare ma seringue.

Puis je pique, attends quelques secondes, éteins la lumière et, bientôt, mes ténèbres laissent place à d'autres ténèbres, à des ténèbres blanches, douillettes. Des ténèbres quand même, je sais, mais ça vaut toujours mieux que celles de la réalité, que les ténèbres de la vérité.

26

Sven Sjöman avait appelé.

L'avait réveillée en sursaut. Il faisait encore nuit, le soleil commençait tout juste à se lever.

Il lui avait dit:

« On a trouvé des armes et des explosifs dans la caravane. Ludvigsson est prêt à passer à table. Je veux que ce soit toi qui l'interroges, c'est toi qui l'as arrêté. Tu es aussi la plus à même de l'amener à tout déballer, à passer aux aveux.

– J'ai besoin de dormir, Sven, OK ? J'ai bien cru que j'allais me faire descendre, dans le champ, hier soir. En plus, je l'ai brutalisé, alors pourquoi il devrait tout m'avouer, à moi ? Quelqu'un d'autre ne pourrait pas s'en charger ? »

Sven s'était tu et avait semblé réfléchir.

« J'ai besoin de toi maintenant, Malin. Il te craint. Or, la crainte peut être une arme dans ce genre de situation. Tu as eu le temps de te calmer. Tu vas y arriver, Malin. Tu pourras dormir après. Pendant la journée. Dans la salle de repos. J'y ai dormi cette nuit. Le canapé est confortable. »

Peut-être que le moment n'est pas encore venu pour moi de dormir, s'était dit Malin, peut-être qu'une bombe s'apprête à sauter quelque part ? Puis elle s'était précipitée sous sa douche, histoire de vivifier son corps sous l'eau froide, s'était habillée, avait écrit un mot à Tove et s'était mise en route pour le commissariat.

Il est six heures et quart. Malin est assise dans la salle d'interrogatoire face à un Jonathan Ludvigsson bien réveillé, une tasse de café noir à la main. Après avoir mis en marche le magnétophone, elle s'efforce de faire le ménage dans son esprit pour arriver plus facilement à ses fins.

Elle pose son regard sur Jonathan Ludvigsson.

Ses yeux bleus innocents ne sont pas ceux d'un criminel. Mais alors, pourquoi les armes ? Pourquoi le Front de Libération de l'Économie ? Tu pourrais être le cycliste, même si ça me semble peu probable.

Un expert physionomiste est en train d'analyser les deux vidéos, de comparer ta démarche et celle de l'homme filmé devant la banque.

Et les explosifs découverts dans ta caravane.

La Scientifique essaie de déterminer si ce sont les mêmes que ceux utilisés pour fabriquer la bombe qui a explosé sur la Grand-Place.

Malin est tirée de ses pensées par la voix de Jonathan Ludvigsson :

« Vous êtes fatiguée ? En tout cas, vous en avez l'air. Je tenais à parler maintenant, sur-le-champ, il s'est passé un truc bizarre dans ma cellule.

– Et qu'est-ce que tu veux nous raconter ? »

Malin se penche en avant sur la table. Le fixe droit dans les yeux.

« Je te jure que tu peux me parler en toute confiance. Je ne vais pas te faire de mal. »

Ludvigsson cligne lentement des yeux, puis prend une profonde inspiration.

« Les autres vous ont rien dit, hein ?

– Seulement qu'ils ignoraient si tu faisais partie du Front de Libération de l'Économie.

– Ils vous ont pas menti. Ils savent que dalle. C'est moi qui ai monté ce truc.

– Je n'appellerais pas truc une bombe qui explose sur la Grand-Place en tuant eux fillettes. Raconte-moi tout depuis le début, tranquillement. Qui a fabriqué la bombe ? Toi tout seul ? »

Malin entend sa propre voix.

Elle est douce et menaçante à la fois. Elle a l'intention de le flatter pour le mettre en confiance, pour qu'il se sente important, et ainsi l'amener à avouer la vérité. Car, même s'il a envie de parler, rien ne dit que ce qu'il s'apprête à leur révéler est vrai.

« On peut dire que tu es parvenu à attirer l'attention, avec cet attentat. J'ai entendu dire que le *New York Times* avait publié un article sur le sujet. »

Jonathan Ludvigsson opine.

« C'était justement ça, mon intention, reconnaît-il. Attirer l'attention. Je voulais profiter de l'occasion pour attirer l'attention sur le fait que les banques exploitent les gens, comme mon père, qu'elles sont en train de détruire toute la société avec leur comportement arrogant, cupide et irresponsable. Je voulais utiliser la bombe dans ce but, susciter rapidement un climat anticapitaliste. C'est pour ça que j'ai inventé cette histoire de Front de Libération de l'Économie. Pour faire passer mon message. »

Son cerveau.

Toujours fatigué.

Si je comprends bien, pense Malin, il est en train de me dire qu'il n'a rien à voir avec l'attentat. Qu'il a créé le Front de Libération de l'Économie pour tenter d'obtenir une sorte de réparation farfelue quant au traitement infligé à son père.

« Donc, ce que tu me dis, c'est que tu as inventé le Front de Libération de l'Économie après l'attentat, pour faire passer ton message anticapitaliste et, d'une certaine manière, venger ton père ?

– C'est exactement ça, confirme Jonathan Ludvigsson en tripotant ses dreadlocks. J'ai créé la page web en quelques heures sur mon ordinateur portable pendant que j'étais à Stockholm, chez un pote. J'ai téléchargé des photos de banques et tourné la vidéo tout seul devant un mur blanc, dans son appartement, avant de la mettre en ligne sur YouTube.

– J'ai du mal à te croire, rétorque Malin. Tu essaies seulement de t'en sortir, c'est bien ça ? Tu as tué deux gamines et, maintenant, tu essaies de fuir tes responsabilités.

– Je peux vous montrer comment j'ai codé la page web et les pare-feu des adresses IP de mon ordinateur et du serveur, si vous voulez. Vous n'avez pas réussi à contourner les codes, ni à les déchiffrer, je me trompe ? Je peux vous expliquer comment j'ai fait et vous montrer où est hébergé mon site. Ça devrait être suffisant, comme preuve ?

– Comme preuve de quoi ? De ta non-implication dans l'attentat ? »

Jonathan Ludvigsson regarde Malin. Il semble prendre conscience de l'absurdité de ses arguments.

« Je connais tout du cryptage, reprend-il. J'ai étudié ça à l'université d'Umeå, entre autres.

– On a trouvé des explosifs, dans ta caravane. Ce sont les mêmes que ceux utilisés sur la Grand-Place ?

– Puisque je vous dis que j'ai rien à voir avec l'attentat de la Grand-Place. J'ai pas tué ces mômes ! »

Cette fois, il est désespéré.

« Deux fillettes, rectifie Malin. En plus, tu as un passé dans l'activisme militant. Si tu veux que je te croie, tu vas devoir me fournir des preuves autrement plus convaincantes. Tu peux le faire ?

– Oui, bien sûr.

– Comment ?

– Mon pote, à Stockholm, j'étais avec lui, dans son appartement de Hornstull, quand la bombe a explosé, alors ça ne peut pas être moi. Hein ? »

Tu pourrais très bien avoir eu des complices, pense Malin. Tu aurais pu fabriquer la bombe, planifier l'attentat et te trouver à Stockholm au moment de l'explosion.

« Comment s'appelle ton copain ? s'enquiert Malin. Il habite à quelle adresse ? Il a un numéro de téléphone ?

– Il s'appelle Johan Sjö. Il habite quai Hornstulls strand. »

Ensuite, Jonathan Ludvigsson lui donne un numéro de téléphone.

Malin sait que ses collègues qui se trouvent de l'autre côté du miroir sans tain l'ont entendu et que Sven va procéder sans attendre aux vérifications.

« J'ai envoyé le mail le lendemain matin, poursuit Jonathan Ludvigsson. De la gare de Stockholm, avant de prendre le car pour Linköping.

– Sans penser aux caméras de surveillance ? Comment veux-tu que je te croie alors que tu sembles avoir prévu tout le reste ?

– Je suis doué pour le cryptage. Il m'est arrivé de filer des coups de main à Pirate Bay. Mais je suis pas un spécialiste de la vidéosurveillance. C'est vrai, j'ai merdé avec les caméras. Je tiens surtout à dire que j'ai inventé le Front de Libération de l'Économie tout seul, qu'aucun des potes qui étaient avec moi hier soir, ni Sofia Karlsson, n'a quoi que ce soit à voir là-dedans. Et moi, j'ai absolument rien à voir avec l'attentat. Je le jure.

– Et les explosifs, les armes qu'on a découverts dans ta caravane ? insiste Malin. Ils étaient aussi là par hasard ? Rien que pour leur détention, tu risques plusieurs années de prison.

– C'est la plus grosse connerie de toute ma vie. Mais j'ai pas tué ces fillettes. Je suis pas impliqué dans cet attentat. »

Tu ne veux rien dire au sujet des explosifs.

Pourquoi ? pense Malin, avant de reprendre :

« Même si tu étais à Stockholm chez un ami, ça ne prouve pas que l'attentat n'a pas été commis par le Front de Libération de l'Économie. Tu as peut-être des complices. On en sait trop peu.

– Vous ne trouverez personne d'autre car il n'y a que moi. Je suis prêt à vous aider, je vais vous montrer comment j'ai fait pour que vous me croyiez.

– Tu as refusé de parler, cette nuit. Qu'est-ce qui t'a décidé à passer aux aveux ? »

Jonathan Ludvigsson fixe Malin droit dans les yeux.

Elle lit la peur et le doute dans son regard. Il prend une profonde inspiration et dit :

« J'ai vu l'œil d'une des fillettes. Je sais que vous allez me prendre pour un cinglé. Il m'observait par le judas de ma cellule, on aurait dit qu'il voulait me tuer, et c'est à ce moment-là que j'ai pris conscience que toute cette histoire était allée trop loin. »

Tu as au moins raison sur ce point, pense Malin en dévisageant Jonathan Ludvigsson pour tenter de déceler s'il ment ou s'il dit vrai. Elle le croit, ses yeux bleus écarquillés sont honnêtes et il semble être suffisamment intelligent et naïf pour être sophistiqué, profond et tordu à la fois.

Et son regard apeuré.

« Et les armes ? Les explosifs ? Comment est-ce que tu expliques leur présence chez toi ? »

Malin se lève.

« C'est déjà la troisième fois que je te pose cette question, alors accouche, maintenant ! »

Le regard de Jonathan Ludvigsson prend une nouvelle expression apeurée.

« J'ai eu l'occasion de les acheter, dit-il. Et je l'ai fait. Au cas où j'en aurais besoin.

– Au cas où tu en aurais besoin ?

– On est en guerre, explique Jonathan Ludvigsson. Les forces du Bien contre les forces du Mal. Je hais la cupidité, le capitalisme et les mangeurs de viande. Je suis du côté du Bien, et il se peut qu'un jour j'aie besoin d'armes et d'explosifs, au cas où la situation deviendrait critique, mais on n'en est pas là, pas encore.

– Pour la dernière fois : Où est-ce que tu t'es procuré ces armes ? »

Jonathan Ludvigsson hésite, puis ferme les yeux.

« Je les ai achetées aux *Dickheads*. J'ai contacté leur chef, Dick Stensson, et je lui ai demandé s'il pouvait m'en fournir. Il m'a d'abord menacé, puis, un mois plus tard, un gars de sa bande m'a rappelé. »

Stensson.

L'enquête tourne en rond, se dit Malin, les différentes pistes se mordent la queue. Qu'est-ce que ça signifie ? Quel est le lien entre elles ? Elle ferme les yeux et entend Jonathan Ludvigsson dire :

« Vérifiez auprès de Stensson. Je viens probablement de signer mon arrêt de mort, mais interrogez-le.

– Et l'argent ? Ça coûte une petite fortune, ces joujoux-là. »

Malin regarde à nouveau Jonathan Ludvigsson.

« Vegan Power, l'organisation de défense des animaux que je dirige, reçoit parfois des dons importants. De la part de particuliers anonymes. J'ai pioché dans cette cagnotte. C'était au début du mois de mars. Vous pouvez vérifier les retraits que j'ai effectués sur mon compte, à la Swedbank. »

Malin se lève.

« On va devoir procéder à quelques vérifications, annonce-t-elle. Attends-toi à ce que je revienne te poser quelques questions. »

27

D'où viennent tous les secrets ?

Tove appuie sa tête contre la vitre du bus, voit le trottoir de la rue Vasagatan serpenter dans la lumière matinale.

À l'arrêt de bus, une poubelle dégageait une odeur nauséabonde. Quelque chose devait avoir pourri à l'intérieur et Tove avait dû se boucher le nez. Puis, au moment de monter dans le bus, elle avait dérapé sur les gravillons de déneigement.

Mais elle n'était pas tombée.

Elle ne tombe jamais.

Pourquoi suis-je incapable de parler à maman de la lettre que j'ai reçue ? pense-t-elle. Pourtant, ce qu'elle contient me remplit de bonheur.

J'ai été soulagée qu'elle soit si fatiguée hier soir, qu'elle retourne travailler et qu'elle ne soit toujours pas rentrée ce matin.

Je sais pourquoi je n'ose pas en parler.

J'ai peur qu'elle pète les plombs une fois de plus, qu'elle se remette à boire.

Je n'ose pas la laisser seule, en réalité, mais je dois le faire. Je dois et je veux vivre ma vie. Je ne peux pas être sa mère, ni son ange gardien. Ça fait trop longtemps que j'assume ce rôle. Il faut que j'arrête. Ce n'est bon ni pour elle, ni pour moi.

Tove regarde à nouveau par la vitre.

Le rond-point d'Abiskorondellen.

Un tatoueur tient boutique sur la place. On dit que c'est le meilleur de Linköping et elle aimerait bien se faire tatouer l'épaule. Un dragon à gueule de loup. Qui serait censé la représenter, elle qui, grâce à sa seule force de caractère, était parvenue à surmonter ce qu'elle avait enduré l'été où une folle l'avait kidnappée et presque tuée.

C'est à ce moment-là que maman a sombré. Qu'elle a ouvert en grand la porte des ténèbres, d'un monde si plein d'horreur et de solitude qu'il aurait pu engloutir la mort elle-même.

Le petit mot de sa mère sur le sol de l'entrée, ce matin.

Je dois aller bosser de bonne heure. On a du nouveau.

Il y a toujours eu et il y aura toujours du nouveau. C'est comme ça, n'est-ce pas, maman ? Mais ça n'a plus d'importance, je vais parcourir le monde, maintenant, partir à sa découverte. Contrairement à toi, je n'ai pas l'intention de m'enterrer dans ce trou perdu.

Je crois que je perçois mieux que toi, maman, ce qui te motive. Tu travailles et luttes pour échapper à toi-même. Tu luttes, maman, c'est la réalité, mais tu ferais mieux de renoncer, tu ne crois pas ?

Dommage que je doive bientôt partir, alors que papi vient de rentrer.

J'aime bien passer du temps avec lui, il n'est pas aussi bizarre que les autres adultes, il a l'air d'apprécier ma compagnie, tout simplement, et il m'écoute parler. D'un autre côté, il est évident que quelque chose le préoccupe quand il est avec toi, maman, comme s'il cachait un secret, une vérité, qui pourrait tout détruire.

Sa joue commence à se refroidir au contact de la vitre.

Tove se redresse sur son siège.

Le bus s'approche de l'arrêt où elle doit descendre.

Il est huit heures seize sur l'ordinateur de Malin.

Les images et les mots défilent sur son écran. Elle doit se concentrer, tellement elle tombe de sommeil.

Sur la page d'accueil du *Corren*, on peut déjà lire que Jonathan Ludvigsson a été arrêté dans le cadre de l'enquête sur l'attentat.

Il est également question de la caravane. Les photos semblent avoir été prises à l'aube.

Des photos du cycliste qui a posé la bombe devant le distributeur de billets. La question du jour: « Quelle peine mérite-t-il ? »

« Il faut le descendre », écrit un boulanger de Ljungsbro.

« Il faut l'enfermer et jeter la clé », écrit une infirmière de Linghem.

« Ça, c'est fait !» lance Sven Sjöman en débarquant dans le bureau qu'elle partage avec Zeke. Son regard est figé, sa voix fatiguée, mais décidée.

« On a réussi à joindre l'ami de Jonathan Ludvigsson, à Stockholm. Il confirme qu'ils étaient ensemble dans son appartement de Hornstull dans les heures qui ont précédé l'explosion. Il semblerait qu'une seconde personne puisse le confirmer. Il prétend ne jamais avoir entendu parler du Front de Libération. Mais les collègues de Stockholm prennent le relais et vont l'interroger.

– Ça ne m'étonne pas, dit Malin en fermant son navigateur Internet.

– Et l'expert de la police scientifique vient de nous appeler, poursuit Sven. D'après lui, l'homme qu'on voit envoyer un mail d'un ordinateur dans la gare centrale de Stockholm ne peut pas être le même que celui qui a été filmé en train de poser la bombe devant la banque. »

Malin serre les dents.

Elle revoit intérieurement les images des deux hommes à la capuche.

« Ça peut quand même être lui, ou eux, intervient Zeke. Jonathan Ludvigsson peut dire qu'il a créé le Front de Libération de l'Économie seul et nous trouver une explication crédible pour ses armes. Mais ce ne sont que ses paroles. Peut-il vraiment avoir mis en scène toute cette mascarade seul ? »

Sven opine, puis se tourne vers Malin qui secoue la tête.

« La Scientifique est en train d'examiner le contenu de son ordinateur. Le portable. On verra bien s'ils trouvent quelque chose. Ludvigsson doit les aider à désactiver ses cryptages. Et puis on va encore interroger les types qu'on a arrêtés cette nuit.

– On peut prolonger leur garde à vue en les inculpant pour détention illégale d'armes, suggère Malin.

– On peut aussi arrêter d'autres personnes de l'entourage de Ludvigsson, ajoute Zeke. Voir si on arrive à les faire parler. Si on en trouve.

– Qu'est-ce que vous en pensez ? demande Sven. Vous croyez qu'il est possible que tout ce Front de Libération de l'Économie n'ait été en réalité qu'une invention, comme il l'affirme ? Juste destinée à attirer l'attention ?

– Ça ne m'étonnerait pas, dit Malin. Karin a terminé de comparer les explosifs ?

– Oui, répond Sven. Ceux qu'on a saisis dans la caravane ne sont pas du même type que ceux utilisés pour fabriquer la bombe. De plus, la Swedbank nous a fait parvenir un relevé qui montre qu'une somme importante a été retirée sur le compte de Vegan Power à la date que nous a indiquée Ludvigsson. Le directeur de l'agence s'est montré très coopératif. »

Tu m'étonnes, pense Malin.

« Ce qui nous amène à l'affaire suivante, dit Zeke. Jonathan Ludvigsson a déclaré avoir acheté les armes aux *Dickheads*, à Stensson. Il faut qu'on l'interroge à ce propos. Au plus vite.

– Ce sera fait, assure Sven.

– Il va falloir procéder avec prudence, prévient Malin. Si Stensson apprend qu'on a interpelé Jonathan Ludvigsson, alors il sait qu'on s'intéresse peut-être à lui et ça peut très bien mal tourner. Pour l'instant, ce n'est pas lui qui nous intéresse, mais ceux qui ont commis l'attentat. La probabilité qu'il en soit l'auteur est plutôt mince. Il n'aurait pas pris le risque de se faire sauter lui-même à sa sortie de la banque. Quant au trafic d'armes éventuel, ça devrait faire l'objet d'une autre enquête, n'est-ce pas ? À moins que, contre toute attente, ce soit également lui qui ait vendu les explosifs qui ont servi dans l'attentat. Je pense qu'on devrait appeler Stensson, tout simplement. Lui demander ce qu'il a à répondre aux accusations de Ludvigsson.

– Ça me paraît raisonnable, en effet, approuve Zeke. Peut-être qu'on arrivera enfin à le faire tomber.

– On fait comme ça. Vous vous en chargez dans la matinée, après la réunion.

– Des nouvelles de la Säpo ? s'enquiert Zeke.

– Non, c'est toujours le silence radio, dit Sven. Mais ils vont certainement demander à parler à Ludvigsson dans le courant de la journée. »

Sur ce, Sven les laisse.

Malin se renverse contre le dossier de son fauteuil, retourne jeter un œil sur le site du *Corren* et découvre cette fois la photo du passeport de Jonathan Ludvigsson sur la page d'accueil, près des clichés de sa caravane.

Un article général décrit les conditions de son arrestation, sa tentative de fuite et précise qu'il est soupçonné d'être celui qui a été filmé en train de poser la bombe devant la banque et d'envoyer le mail dans la gare de Stockholm.

Nous avons une longueur d'avance, pense Malin. Pour une fois. Et si elle avait jeté un œil par la fenêtre, elle aurait pu voir un attroupement de journalistes devant les portes du commissariat, patientant dans la lumière du matin, en fumant des cigarettes et en buvant du café acheté à la station Statoil, un peu plus loin, au rond-point.

Les islamistes, se dit-elle, rien de nouveau de leur côté. Peut-on écarter définitivement cette piste ? Non, pas complètement, pas encore.

Le téléphone sur le bureau de Malin se met à sonner.

Elle décroche.

La voix d'Ebba, à la réception :

« Il y a un médecin qui voudrait te parler. Un certain Peter Hamse. »

En entendant son nom, Malin a l'impression de perdre le contrôle de son corps. Elle respire avec peine, espère que Zeke n'a pas remarqué ce qui se passe en elle à la simple évocation du nom Peter Hamse.

Une profonde inspiration.

Expirer, lentement.

Puis elle dit :

« C'est bon, tu peux me le passer. »

Elle entend alors sa voix, traînante mais décidée, comme s'il souhaitait lui dire un secret qu'il avait longtemps gardé pour lui.

« Je parle bien à Malin Fors ?

– C'est moi. »

Je n'ai pas pensé à lui depuis le début de cette histoire avec la caravane, pense Malin.

« Contente d'entendre votre voix », dit-elle.

Elle a prononcé ces mots sans réfléchir et se rend compte à quel point cela peut paraître stupide et déplacé. Quelle idiote tu fais, Malin Fors. Elle regarde Zeke, qui hausse les sourcils d'un air étonné, puis Peter Hamse dit :

« Content aussi d'entendre votre voix, Malin, mais ce n'est pas pour ça que j'appelle. Je dois vous informer que Hanna Vigerö est décédée cette nuit. Je croyais qu'elle avait fait le plus dur, mais, pour une raison que j'ignore, elle a finalement succombé à ses blessures. Il semblerait qu'elle ait tout simplement cessé de respirer. »

Hanna Vigerö.

La troisième victime de la bombe, du cycliste. Malin est gaie, excitée, furieuse et triste à la fois.

Content aussi d'entendre votre voix.

Elle a cessé de respirer.

« Je me souviens pourtant que vous aviez dit qu'elle allait s'en tirer.

– Dans des cas aussi graves que celui-ci, il est très difficile d'émettre un pronostic, mais oui, je pensais qu'elle allait s'en remettre.

– Ça s'est produit à quelle heure ?

– Elle est décédée à cinq heures et quart. »

Malin consulte l'horloge de son ordinateur. Bientôt huit heures. N'auraient-ils pas dû appeler directement ? N'aurait-il pas dû l'appeler directement ?

Non.

Hanna Vigerö a succombé à ses blessures.

« Vous n'avez rien remarqué d'anormal ? Son décès ne vous paraît pas suspect ?

– Non. L'alarme de son appareil de surveillance s'est déclenchée, le personnel de nuit a accouru aussitôt et a constaté qu'elle ne respirait plus. Ils ont tenté de la réanimer, en vain. Naturellement, il y aura une autopsie. C'est le médecin légiste qui s'en chargera. »

Malin opine et dit :

« Merci de nous avoir prévenus. »

À l'autre bout de la ligne, Peter Hamse est silencieux. Elle l'entend respirer dans le combiné, voudrait sentir son souffle dans son oreille, qu'il soit près d'elle, cet homme inconnu, mais familier. Doit-elle dire quelque chose, maintenant ? Va-t-elle oser ? Elle réfléchit, hésite, puis c'est finalement lui qui rompt le silence :

« Ça pourrait être sympa de se voir, un de ces jours. Enfin, si vous voulez, et si vous pouvez ? Après le service.

– On a une affaire à résoudre, répond-elle sur un ton abrupt. Je dois raccrocher, maintenant. »

Elle ferme les yeux. Respire.

Puis refoule leur conversation au fond de son esprit.

Pourquoi ?

Pourquoi ce rempart autour de moi ? Alors que je voudrais lui crier que j'ai envie de le voir.

Elle se tourne vers Zeke qui attend nerveusement qu'elle lui fasse son rapport.

« C'était le médecin de Hanna Vigerö, dit-elle. Elle est décédée ce matin. Elle n'a pas survécu à ses blessures. Ils n'ont rien remarqué de suspect. Apparemment, son corps a renoncé à lutter. »

28

À neuf heures, l'équipe d'enquête au complet est rassemblée dans la salle de réunion du commissariat.

Dans le courant de la nuit, une troisième victime était venue s'ajouter aux deux premières et ils avaient arrêté un suspect qui avait avoué d'autres faits que ceux sur lesquels ils enquêtaient.

Sven Sjöman.

Karim Akbar.

Waldemar Ekenberg.

Johan Jakobsson.

Börje Svärd.

Zeke.

Et Malin.

Depuis leur première réunion, personne n'avait reparlé de la thérapie de crise qui leur avait été proposée. Il aurait été mal vu d'aborder ce sujet maintenant.

Assis autour de la table de réunion, les enquêteurs tournent et retournent les faits, évaluent la crédibilité des déclarations recueillies, mais sentent que la vérité les fuit, qu'elle cherche à leur glisser entre les doigts.

N'importe où, n'importe quand, devant n'importe quelle banque, une nouvelle bombe peut exploser.

Les gens ont peur, or on ne peut se permettre de laisser la peur s'installer dans une société civilisée.

La peur doit être matée.

Sinon, ce sera la fin de la société telle que nous la connaissons.

Malin pense à Peter Hamse, à Tove et à son père, à sa mère et à tous les événements de ces derniers jours.

N'avais-je pas quelque chose de prévu, aujourd'hui ?

Les policiers n'entendent pas les cris des enfants qui jouent dehors, pas plus que les murmures inaudibles des deux fillettes qui flottent dans l'air. Elles ont peur, se demandent où est leur maman, ne devrait-elle pas les avoir déjà rejointes ? Papa, papa, où es-tu ?

Mais les policiers ne peuvent pas les entendre, ils écoutent parler Sven.

Ils ont reçu un rapport de Göteborg les informant d'une recrudescence de tensions entre les *Hells Angels* et les *Bandidos*. Un violent affrontement aurait eu lieu dans un night-club d'Avenyn. Ce qui semble indiquer que quelque chose se prépare dans le milieu des motards, pense Malin. L'attentat ne serait-il finalement qu'un épisode parmi d'autres dans la guerre à l'hégémonie à laquelle se livrent les gangs de motards ? Les trois membres de la famille Vigerö ne seraient-ils que les victimes innocentes d'une guerre des gangs absurde ? Et les activistes en cellule ? Que veulent-ils ?

Des dizaines de réponses possibles.

Son cerveau est fatigué. Elle pense aux fillettes, à l'œil sur le bout de joue arraché, pense : c'est pour vous que je fais ça. C'est pour vous que je suis dans cette pièce en plein cœur de cette explosion.

Sven semble s'apercevoir de son état de fatigue, reconnaître qu'il a été inhumain de lui demander de revenir au milieu de la nuit pour interroger Ludvigsson.

« Malin, dit-il. Après la réunion, je pense que tu devrais aller dormir un peu dans la salle de repos. Tu as l'air épuisé.

– C'est un ordre », appuie Karim.

Je n'ai pas envie de dormir. Mais mon corps, chacun de mes muscles, réclame du repos.

Les ordres sont les ordres, n'est-ce pas ? Et un cerveau embrumé n'est d'aucune utilité dans une enquête comme celle-ci.

Malin est assise à son bureau. Cligne des yeux. Entend Zeke parler avec Dick Stensson au téléphone. Elle attend qu'ils aient fini pour aller se coucher dans la salle de repos. Elle ferme les yeux. Écoute Zeke, mais n'arrive pas à rester concentrée. Au lieu de cela, elle pense à la ville qui se pavane sous le soleil printanier, la lumière bien trop vive pour ses yeux meurtris.

Les événements déferlent par vagues, pense-t-elle. Pas le temps de faire une pause, pas le temps de réfléchir. Dans ces conditions, nous faisons de piètres enquêteurs.

Nous sommes comme des enfants qui jouent un match de foot, vingt-deux corps qui courent tous après le ballon.

Des moments de recueillement. Des messes. Des minutes de silence.

Il y en a de moins en moins. Il faut que les gens se consolent, qu'ils trouvent la paix, qu'ils reprennent confiance.

Malin ressent une douleur diffuse dans le bas du dos. Elle voudrait poser sa tête sur son bureau et s'endormir sur place, mais ne peut pas se le permettre.

Elle ouvre les yeux.

« Putain de conversation stérile ! tempête Zeke après avoir raccroché. Stensson a passé son temps à se foutre de ma gueule. D'après lui, Jonathan Ludvigsson raconte des conneries et il ne l'aurait jamais rencontré. Il m'a même invité à vérifier ses relevés téléphoniques et ses mails. »

Malin se frotte les yeux.

« Peut-être que Ludvigsson a tout inventé. Il est un peu mytho sur les bords. Il aurait pu acheter ces armes n'importe où.

– *Maybe*. De toute façon, on n'en saura pas plus dans l'immédiat.

– Je vais me reposer, dit Malin en se levant.

– Je me charge de la paperasse. Je te réveille s'il y a du nouveau. »

La pièce dépourvue de fenêtre est éclairée par une petite lampe de table blanche. Sven a dormi ici il y a quelques heures et son odeur flotte toujours dans la pièce, ce qui apaise Malin.

Elle accroche la pancarte « occupé » sur la porte.

S'allonge sur le canapé moelleux sans éteindre la lumière et s'abandonne au flot de ses pensées.

Jan. Je ne pense presque plus à lui, mais il est toujours présent dans mon esprit comme une personne de confiance.

Quand je l'ai vu sur la place, après l'attentat, il m'a impressionnée. Il faut qu'on maintienne des liens entre nous, qu'on puisse compter l'un sur l'autre dans les moments difficiles.

Va-t-il rencontrer une nouvelle femme ?

Dans ce cas, comment vais-je réagir ?

Mieux vaut ne pas y penser, sinon je vais devenir folle, je le sais, je ne suis pas encore prête à l'accepter.

Jan est tellement doué pour prendre en charge les victimes d'une explosion.

Mais si c'est tout notre monde qui explose ?

Si c'est une guerre en bonne et due forme qui vient d'éclater ? Une guerre que nous livrons au quotidien ? Elle sent qu'il lui manque quelque chose.

Ma vie défile, pense-t-elle. Et je respire, encore et encore. Mais qu'est-ce que je ressens ? Qu'est-ce que je construis ?

Peter Hamse.

Pour lui, je ressens quelque chose.

Je veux qu'il me prenne, c'est aussi simple que ça, non ?

Garde la tête froide, Fors, ce n'est vraiment pas le moment de te déconcentrer.

Tove. L'amour que je ressens pour elle est le plus naturel et le plus pur. Il signifie plus que tout le reste et ne signifie donc rien.

Putain, comment est-ce que je peux penser une chose pareille ? Qu'est-ce qui cloche chez moi ?

Elle ferme les yeux. Elle a soif.

Mais l'envie de tequila ambrée n'a aucune prise sur elle, c'est autre chose qui la tourmente. N'avais-je pas quelque chose de prévu, aujourd'hui ?

Si, j'en suis sûre. Quelque chose d'important. Mais quoi ? Je n'ai même pas la force de m'en souvenir.

Alors elle pense à Zeke. Son collègue à la voix profonde et virile, ce concentré de testostérone et d'énergie, mais également un homme équilibré. C'est comme si Zeke gardait toujours le contrôle de sa vie, en toutes circonstances.

Ses infidélités.

Son fils qui devient un célèbre joueur de hockey et qui part vivre au Canada.

Un petit-fils qu'il ne voit jamais.

Une femme qui se contente d'être là, une femme avec laquelle il vit depuis de nombreuses années et qu'il a l'intention de garder seulement par habitude.

Malgré tout, Zeke ne flanche jamais, il est solide et libre à la fois, semble assumer totalement ses choix et ignorer le doute.

Se satisfait-il de ce qu'il a ? Ne désire-t-il rien de plus ? Si. Baiser avec Karin. Ça, il en veut toujours plus. Et sinon ?

Elle est persuadée d'avoir oublié quelque chose.

Quelle heure est-il ?

Elle consulte son mobile.

Bientôt dix heures.

Elle éteint la lumière, repose son téléphone, sent l'obscurité l'enlacer comme des bras chauds et désirés.

Deux heures. Elle avait quelque chose de prévu aujourd'hui à deux heures, non ?

Mais quoi ?

Åke Fors se sert une tasse de café, dans la cuisine de son appartement de la rue Barnhemsgatan. L'agent immobilier de Ténérife vient juste de l'appeler pour l'informer qu'il a reçu une proposition d'achat exceptionnellement rapide pour l'appartement. Pas aussi élevée qu'il l'avait espéré, mais, par les temps qui courent, toute offre est bonne à prendre. Nous, enfin, j'ai, corrige-t-il, des amis qui n'ont pas reçu la moindre proposition, il y a quelques années de cela, et qui ont été obligés de rester même s'ils auraient préféré rentrer en Suède.

Est-ce vraiment ce dont j'ai envie ? se demande-t-il.

Vendre ?

Qui sait comment va tourner leur rendez-vous chez l'avocat, tout à l'heure ? Malin va-t-elle se mettre en colère, me repousser, m'interdire de voir Tove ? Il sait à quel point elle désire connaître la vérité. Elle avait toujours senti qu'ils lui cachaient quelque chose et lui avait maintes fois demandé sans détours de lui dévoiler leur secret.

Mais ce n'était pas à moi de le faire, pense Åke Fors en trempant les lèvres dans son café. Par la fenêtre, il voit le vent caresser la couronne des arbres, les bourgeons vert pâle semblent le saluer. Aujourd'hui est un nouveau commencement.

Tu m'as manqué, Malin. Toi aussi, Tove. Quant à toi, Margaretha, tu ne me manques pas. Absolument pas, se dit-il.

Pendant toutes ces années, tu m'as écrasé, mené par le bout du nez.

Conformément à tes souhaits, je n'ai pas permis à Malin de savoir qui elle est réellement et, maintenant, elle va certainement me détester pour ça.

Vais-je être contraint à une vie solitaire sous le soleil de Ténérife ? Suis-je en droit de revendiquer une place dans leurs vies ?

Il se demande si elle sera là chez l'avocat, aujourd'hui. Il faut que je l'appelle. Åke Fors se rend jusqu'au téléphone de l'entrée, compose le numéro de mobile de sa fille et attend.

Une sonnerie.

Bien que Malin n'ait jamais habité ici dans son enfance, il la revoit, petite fille, courir sur le parquet, sur les tapis et s'amuser avec ses jouets, cette belle fillette avec ses bouclettes blondes. Elle pousse des cris de joie et des éclats de rire en sautillant à travers la pièce.

Soudain, elle s'immobilise dans l'entrée. Face à lui. Lève les yeux, semble vouloir lui demander quelque chose sans trouver les mots, et repart en courant. Puis il la voit chercher, fébrilement, dans le séjour, soulever les tapis, les coussins du canapé, en répétant : « Elle est où ? Elle est où ? »

Åke Fors voudrait se précipiter vers sa petite fille de six ans, l'aider. Elle demande alors :

« Où est maman ? Où est maman ? »

Il aimerait tant pouvoir lui répondre, mais il ignore si ce qu'il voit est réel ou s'il s'agit d'un délire de sa mémoire et de son imagination.

Plusieurs sonneries passent.

Pas de réponse.

Åke Fors raccroche.

Espère qu'il n'est pas déjà trop tard.

Elle n'avait toujours pas réussi à s'endormir. Elle voit le numéro de son père s'afficher sur l'écran de son mobile, mais n'a pas la force de décrocher.

Tout à coup, elle se souvient qu'ils ont rendez-vous chez l'avocat.

Pour la succession.

Aujourd'hui.

Elle l'avait totalement oublié, refoulé, mais elle a encore le temps de faire une petite sieste avant de s'y rendre.

Essaie de dormir, maintenant, Malin. Tu as besoin de te reposer. Même si tu n'en as pas envie.

Essaie de te concentrer sur l'instant présent, c'est la seule façon de survivre.

Malin.

Tu dors dans la salle de repos, maintenant, avec ton téléphone allumé, mais personne ne semble vouloir te déranger. Tu es allongée là et ta maman te manque, sans que tu comprennes pourquoi, sans que tu ressentes ce manque.

Notre maman n'est pas là. Pourtant, elle aurait déjà dû nous rejoindre, et toi, tu ne sais pas encore ce qui lui est arrivé, et peut-être ne le sauras-tu jamais.

Peut-être que les messieurs qui sont en train de découper dans son corps meurtri, dans une salle d'hôpital, ne trouveront rien d'étonnant à ce qu'elle soit morte.

Sois prudente, Malin.

Tove t'aime, ton papa t'aime.

N'aie pas peur de ce qui va arriver, essaie, efforce-toi de ne pas te mettre en colère, de ne pas juger les gens pour des choses qu'ils ne contrôlent ou ne comprennent pas, pour leurs sentiments.

Au fond de toi, tu le sais mieux que quiconque, Malin.

Mais nous, nous avons peur, car nous sommes seules, ici, et il fait noir et froid, et c'est comme si nous nous trouvions dans l'un de ces cauchemars que tu faisais quand tu étais petite fille.

Quand ta maman t'avait abandonnée, cela t'avait rendue triste.

Exactement comme notre maman qui nous a abandonnées.

Nous le savons maintenant.

Elle devrait être là. Avec nous. Mais elle n'est pas là et papa non plus et nous voudrions être à nouveau réunis. Dormir tous ensemble dans un grand lit, nous glisser sous de beaux draps blancs, à l'abri de tout ce qui est vilain et méchant.

La maman des autres enfants est seule, peut-être qu'elle essaie de leur faire sentir sa présence, comme nous le faisons avec toi, Malin ? Et si c'est ce qu'elle fait en ce moment, alors elle devrait les entendre respirer, taper contre la porte, voir à quel point ils ont peur du Mal, peur de sortir, peur de rester enfermés à jamais.

Le petit garçon sanglote. La petite fille tente de le réconforter en le serrant dans ses bras, lui dit : « Ne sois pas triste, ne sois pas triste. »

Le sifflement monotone.

Voilà qu'il recommence.

Arrêtez ce foutu bruit. Je veux dormir. Je veux rester seule dans le noir.

Elle se réveille brutalement et ouvre les yeux, tâtonne sur le canapé à la recherche de son téléphone.

Le voilà.

Elle raccroche par erreur, mais a tout juste le temps d'allumer la lampe de table avant qu'il se remette à sonner.

Elle ne connaît pas ce numéro.

Quelle heure est-il, bordel ? J'ai dormi combien de temps ? Fait chier !

Elle se redresse et répond :

« Malin Fors.

– Oui, bonjour. Je m'appelle Johan Strandkvist, je suis avocat. Nous vous attendons à mon cabinet. Il est deux heures dix, nous avions rendez-vous à deux heures, je voulais simplement savoir si vous…

– J'arrive tout de suite », dit Malin avant de raccrocher.

Mieux vaut en finir. Ça ne devrait guère prendre plus d'une demi-heure.

Puis tout sera terminé, pense-t-elle.

Je ne veux pas de nouveaux soucis. J'ai ni le temps, ni la tête à ça maintenant.

29

Malin roule sans respecter la limitation de vitesse.

Elle n'est pas encore bien réveillée, mais son esprit est parfaitement clair.

Elle met les gaz.

La rue Djurgårdsgatan est barrée pour travaux de voirie.

La voiture file le long du vieux cimetière où des petites feuilles ont commencé à pousser dans les arbres. Une femme seule dépose un énorme bouquet de roses rouges et blanches sur une tombe.

Elle repense à l'enquête.

Est convaincue de l'innocence de Jonathan Ludvigsson. Ce n'est qu'un activiste qui est allé un peu loin, pas un meurtrier. Le Front de Libération de l'Économie n'est qu'une invention. Il fait partie de ces gens qui parcourent l'Europe pour manifester aux sommets de chefs d'État, réclamer la nationalisation des banques et des sanctions exemplaires à l'encontre de leurs dirigeants sans scrupules.

Mais alors, les armes ? Les explosifs retrouvés dans sa caravane ?

De simples rêveries de révolutionnaire romantique.

À l'image des anarchistes italiens, aux États-Unis, au début du siècle dernier.

Elle est persuadée que Jonathan Ludvigsson n'a jamais utilisé d'armes. Qu'ils l'ont arrêté à temps. Dans ce cas, qui est le cycliste ? D'où vient-il ? Quelles sont ses motivations ?

Malin s'arrête au feu rouge, devant l'ancienne caserne de pompiers. Une voiture s'arrête à côté d'elle.

Une famille, le père au volant, la mère et les deux enfants à l'arrière.

Vert.

Au moment où Malin appuie sur l'accélérateur, une détonation assourdissante retentit. Elle se recroqueville derrière son volant, sent son ventre se nouer et se dit que cela vient de se reproduire, mais elle ne voit aucune fumée, ne perçoit pas de réel silence.

À quelle distance ?

Où a eu lieu l'explosion, cette fois ? Qui a fait cela ? Des morceaux de corps humains vont fendre les airs et s'abattre sur son pare-brise ?

Elle s'arrête. La voiture de la famille s'est immobilisée à côté de la sienne, les enfants hurlent, leur mère essaie de les rassurer.

À l'arrêt de bus, une cinquantaine de mètres plus loin, près du parking à niveaux, est garé un bus dont la carcasse penche sur le côté comme un navire par forte houle.

Le chauffeur est en train d'inspecter l'un des pneus avant, celui qui est à plat, celui qui, quelques secondes plus tôt, a explosé.

Malin pousse la porte du cabinet de Maître Johan Strandkvist après avoir frappé, sans attendre qu'on lui demande d'entrer.

Endormie, de nouveau dans le cirage.

L'avocat, la quarantaine, des bouclettes grasses dans la nuque, porte un blazer bleu et une chemise rouge vif. Son visage bouffi d'alcoolique est sillonné par de profondes rides. Malin se dit qu'il a dû faire la fête la veille et que ce n'est pour lui qu'un rendez-vous de routine, une affaire qui doit être rondement menée, ce qui est également mon avis, après tout, non ? On doit régler cette affaire et passer à autre chose. D'un point de vue purement juridique, la situation est claire, papa hérite de tout, puis ce sera mon tour quand son heure viendra.

Ce ne sont pas seulement ses rides qui éveillent ses soupçons. Elle devine également une certaine tension sur le visage de l'avocat, comme s'il ne souhaitait qu'une chose : fuir la pièce. Peut-être ne s'agit-il pas tout à fait d'un rendez-vous de routine, finalement ? Elle se tourne vers son père, assis dans un fauteuil devant une grande bibliothèque où sont rangés des livres de droit prêts à être utilisés.

Papa ne me regarde pas.

Le dos droit comme un « i », il détourne le regard comme maman avait l'habitude de le faire.

Il a les yeux rivés sur l'avocat. Ou peut-être qu'il regarde dehors par la fenêtre, qu'il contemple le beau ciel bleu ? Est-ce qu'il pense aux cendres de maman, réfléchit à l'endroit où il va les disperser ?

Malin sait ce qu'il est en train de regarder.

Elle le comprend, maintenant qu'elle a balayé toute la pièce. Qui est cette femme d'une soixantaine d'années, assise dans un fauteuil, qui la fixe du regard en souriant amicalement ?

Malin traverse la pièce à grands pas, tend la main à la femme, comme si toutes deux se devaient courtoisie et respect.

« Malin Fors. Vous êtes ?

– Veuillez vous asseoir, dit l'avocat. Soyez la bienvenue.

– Oui, assieds-toi », lui demande son père.

Mais elle n'en a aucune envie, n'a pas besoin qu'on lui dise ce qu'elle doit faire. Alors, la femme hoche la tête, la regarde d'un air qui semble vouloir dire : « Tout va bien se passer, mais il faut que vous vous asseyiez. » Malin reconnaît ce regard, il lui rappelle sa propre expression quand elle a la lourde tâche d'annoncer un décès ou d'autres mauvaises nouvelles à des proches.

Elle s'assied.

Abandonne ses fesses à la torture des barreaux de la chaise placée entre les fauteuils et se tourne vers son père, qui continue d'éviter son regard. Il a les épaules tombantes, comme s'il ployait sous le poids de la honte et d'un secret qu'il avait injustement gardé depuis bien trop longtemps.

L'avocat.

Il serre les dents, et Malin voit qu'il est maintenant sur la défensive, conscient des efforts qu'il va déployer pour s'imposer, pour diriger la présente séance, comme on l'attend de lui.

Une tequila, pense-t-elle.

Qu'est-ce que je donnerais pour une tequila, là, maintenant. Elle enfonce l'ongle de son index dans son pouce et c'est alors qu'il apparaît dans son esprit, le garçon sans visage dont elle a rêvé si souvent, pendant tant d'années, et qu'elle a peut-être recherché sans comprendre ce qu'elle cherchait réellement. Est-ce ma vraie mère assise là, dans ce fauteuil ? Est-ce la raison pour laquelle tu n'étais jamais là pour moi, maman ? Est-ce pourquoi tu te détournais de moi, tandis que je recherchais ton amour ?

Mais non. Ça ne colle pas.

Maman. J'ai vu des photos de toi enceinte à l'époque où tu me portais dans ton ventre. Quand tu me promenais en poussette. Alors, qui est cette femme ? Que veut-elle ?

« Qui êtes-vous ? »

Malin remarque son ton agressif, bien qu'involontaire. Je me sens menacée en ce moment, agressée par une chose qui est peut-être mon moi le plus profond.

N'est-ce pas ?

C'est bien comme ça ?

« Je vous présente Britta Ekholm, de la clinique Norrgården, à Sjöplogen, dans le Hälsingland. »

La femme acquiesce.

Malin hoche la tête à son tour, puis se tourne vers son père et demande :

« Qu'est-ce qu'elle fait là ? Qui est-ce ? »

Tove se détend dans le jardin du pavillon de Jan, pour bronzer juste ce qu'il faut avant la fin de l'année scolaire.

Maman.

Je t'aime, maman, malgré tes défauts. Mais je crois que ce dont tu as le plus besoin, c'est de quelqu'un qui te prenne dans ses bras, quelqu'un qui t'aime pour ce que tu es.

Parfois, j'ai l'impression que tu ne t'en sortiras jamais, que tu laisseras tes démons reprendre le dessus, que tu te remettras à boire.

Au collège, il y a des tas de garçons qui boivent, eux aussi. Ils décrochent quelque temps, mais finissent toujours par replonger.

Comme s'il n'y avait pas de lendemain, comme si leurs tendances autodestructrices étaient inscrites dans leurs gènes.

Je t'aime, maman, il faut que tu le saches, jamais je ne t'abandonnerai.

Même si je devais partir vivre ailleurs, loin, très loin d'ici.

Jan observe Tove exposer son visage au soleil, dans le jardin. Son corps enfoncé dans un fauteuil en plastique.

Debout sur une échelle bancale, au milieu de sa modeste plantation de pommiers, il promène son sécateur parmi les branches. Il sait qu'il serait plus raisonnable de faire appel à un horticulteur professionnel pour obtenir de ses arbres fruitiers un rendement optimal, mais qui a encore les moyens de faire tailler ses arbres par un pro ?

Tove.

C'est comme si elle avait reçu le meilleur de nous deux.

L'intelligence et la détermination de Malin.

Ma sérénité. Pas ma bougeotte, en revanche. Elle n'a pas non plus hérité de mon incapacité à assumer mes responsabilités, de ma tendance à tourner les talons, à déguerpir dès que ça commence à chauffer.

Elle ira certainement loin dans la vie. Elle est promise à un destin bien supérieur aux nôtres. Ça ne fait pas l'ombre d'un doute. Malin et moi n'avons jamais eu de grandes ambitions. Nous sommes peut-être bons chacun dans notre domaine, nous y excellons même parfois, mais ça s'arrête là.

Nous ne laisserons aucune trace derrière nous.

Ta mère non plus, Malin, elle qui a été incapable d'aimer son propre enfant, d'assumer cette responsabilité, alors que nous l'avons toujours fait avec Tove, même si je sais que tu t'imagines parfois le contraire, que nous ne lui avons pas suffisamment montré à quel point nous l'aimions, que d'une certaine manière, nous lui avons fait du mal par bêtise, par notre incapacité à nous aimer réellement.

Mais elle s'en est bien tirée quand même.

Elle est plus forte que nous ne l'avons jamais été et que nous ne le serons jamais.

Son sécateur lui échappe des mains.

Merde !

Il descend de son échelle.

S'agenouille près de son outil de jardinage. Il imagine le visage de sa nouvelle copine. Il n'ose même pas penser à la réaction de Malin si elle venait à l'apprendre. Tove ne sait rien, n'a certainement pas le moindre soupçon, elle est aveugle face à certaines choses comme les adolescents de son âge le sont parfois.

Le sécateur dans sa main.

Peut-être devrait-il les présenter quand même ?

Malin.

C'est peut-être le seul moyen de rompre définitivement ces liens entre nous, ces liens d'amour qui nous unissent toujours.

Nous devons les rompre. Même si nous demeurerons toujours liés l'un à l'autre par l'intermédiaire de Tove.

Elle est nous, elle a reçu le meilleur de nous, elle est notre chef-d'œuvre.

30

Nous te voyons, Malin, dans le cabinet de cet avocat. Tu as une affaire à régler, tu es troublée, tu as peur et tu te sens au bord de l'explosion, toutes tes émotions ne vont pas tarder à éclater dans la pièce où vous êtes réunis.

L'avocat t'a présenté la femme.

Celle-ci a demandé d'expliquer elle-même qui elle est. Du calme, Malin, ce n'est pas ta mère.

Calme-toi.

Elle s'apprête à prendre la parole et, même si tu sens la terre trembler sous tes pieds, tu dois savoir que c'est une opportunité qu'elle est venue t'offrir, un cadeau, peut-être le plus beau de tous les cadeaux.

Malin regarde le tableau, à moins que ce soit une photo, accroché au mur, derrière la tête de l'avocat.

Elle a déjà vu cette image, mais ne se rappelle plus où. Des gens dans un hamac, mais ce ne sont que des silhouettes, comme s'ils avaient fui leurs vies. Aurait-elle vu ce tableau au château de Roxå, où ils avaient découvert le cadavre d'un richissime avocat dans les douves ?

Malin voudrait disparaître dans le tableau, mais le présent la retient.

Papa.

Il n'a pas dit un mot, comme si l'âme de maman flottait dans la pièce, faisant à nouveau de lui ce nigaud qu'il avait si souvent été en sa présence.

Elle le sent maintenant. Il ne contrôle plus rien, et le drame, écrit et régi par une autre puissance, va à présent se jouer jusqu'à son terme.

La femme, cette Britta Ekholm, est tournée vers Malin, la fixe dans les yeux et commence à parler :

« Comme vient de le dire Maître Strandkvist, je m'appelle Britta Ekholm. Depuis plus de trente ans, je travaille à la clinique de Norrgården, dans le Hälsingland. Cela fait maintenant une quinzaine d'années que je dirige cet établissement. Norrgården abrite non seulement des personnes âgées, mais également, et surtout, des enfants dont les parents ne sont pas vraiment en mesure de s'occuper, des enfants nés handicapés ou frappés très tôt par un handicap. Certains sont chez nous depuis longtemps et Norrgården est en quelque sorte devenu leur maison. »

Merde.

Malin pressent ce que cette femme est sur le point de lui annoncer, ne veut pas en entendre davantage, ou n'est-ce pas justement ce qu'elle souhaite ?

La femme poursuit, de sa douce voix de conteuse.

« Pendant plus de trente ans, j'ai été la tutrice de Stefan Malmå. »

Malmå.

Elle a envie de se tourner vers son père, mais n'en a pas la force, voudrait lui crier : C'est quoi ce bordel ? Qu'est-ce que vous avez foutu ? Qu'est-ce que tu as foutu ? Mais elle reste muette, laisse Britta Ekholm continuer.

Malmå.

Le nom de jeune fille de maman. La suite du récit de la femme et de l'avocat est une sorte d'expiration, comme si quelqu'un avait retenu le souffle de Malin toute sa vie et qu'elle pouvait enfin lâcher prise et respirer à nouveau.

Et que va-t-il se passer, maintenant ?

Soudain, une rage indescriptible s'empare d'elle. Elle a le sentiment d'avoir été trahie. Qu'on lui a volé quelque chose d'essentiel, de vital. Une chose qui a fait que, toute sa vie durant, elle s'est sentie privée d'une moitié d'elle-même.

Elle éprouve un besoin de vengeance.

« Stefan Malmå habite dans notre clinique. Il a trente et un ans et est lourdement handicapé, à la fois sur le plan moteur et sur le plan mental. Il a passé toute sa vie chez nous depuis son arrivée, quelques semaines après sa naissance. Je suis ici pour défendre ses intérêts dans la succession de sa mère. »

L'avocat s'éclaircit la voix, s'étire la nuque et semble moins en retrait, mais sa tentative pour affirmer son autorité échoue lamentablement et lui donne l'air idiot.

Britta Ekholm se tait quand Johan Strandkvist prend la parole :

« En préparant cette succession, j'ai découvert l'existence d'un autre enfant dans les registres de l'état civil. Il s'avère, Malin, que votre mère avait un fils qu'elle a abandonné à la naissance et qui a donc droit à la moitié de son héritage, qui ne sera partagé qu'au décès de votre père. Cependant, d'un point de vue purement juridique, cette donnée devait être prise en compte dès cette succession. Je tiens à insister sur le fait que ça a été une énorme surprise pour moi, et que c'est moi qui ai découvert cette information. »

Papa.

Tu le savais certainement.

Malin ferme les yeux, respire en prenant de brèves et rapides inspirations, puis dit :

« Donc, ce Stefan Malmå est mon frère ?

– C'est votre frère, en effet », confirme Britta Ekholm.

Un visage, un visage sans visage, un masque qui prend forme humaine.

« Votre demi-frère, précise-t-elle.

– J'ai donc un petit frère ? »

Papa. Malin ne voit pas son regard, exprime-t-il du regret ? Est-il triste ? Honteux ? Il s'est enfoncé plus profondément dans son fauteuil, ses épaules sont comme écrasées par une force invisible.

« Votre mère a toujours refusé catégoriquement d'avoir le moindre contact avec nous. Je l'ai appelée à plusieurs reprises, mais elle se mettait à chaque fois en colère et disait que nous devions laisser sa famille en paix. »

Maman ?

Papa ? Et toi dans tout ça ?

C'est comme si tu n'étais pas là. Comme si l'avocat et la femme de la clinique avaient décidé de t'humilier.

Un frère ? Un demi-frère. Ce qui signifie que tu n'es pas son père. Et moi, pourquoi n'ai-je jamais su qu'il existait ? Ça aurait pourtant dû être à moi de choisir, bordel ! Elle se lève, regarde son père, puis se tourne vers l'étrangère en criant :

« Pourquoi ne m'avez-vous jamais contactée, putain ? Si c'est vrai qu'il a passé toute sa vie dans votre clinique, vous auriez au moins pu me prévenir ? J'aurais peut-être eu envie de connaître mon frère ! »

Elle sait que c'est contre son père qu'elle doit diriger sa colère, mais ne peut pas se résoudre à le mettre au pied du mur, à le forcer à s'expliquer.

« Nous avons eu l'impression que toute la famille souhaitait qu'on la laisse en paix. Votre mère n'a cessé d'insister sur ce point. Notre mission était de nous occuper de Stefan du mieux possible. »

Le registre de l'état civil, pense Malin en se laissant tomber sur sa chaise, si seulement j'avais vérifié le dossier de notre famille, ne serait-ce qu'une fois, alors je l'aurais su depuis longtemps.

Une vision.

Elle voit un petit garçon frêle couché seul sous une couverture jaune, dans une chambre d'hôpital anonyme et sombre, blessé que personne de sa chair et de son sang ne se soucie de lui le moins du monde.

Une pièce dépourvue d'amour, empreinte de solitude.

Elle se lève à nouveau, hurle :

« Et toi, toi, tu n'es pas son père, alors ? »

Demi-frère, avait dit la femme.

Son père fixe le sol.

Alors l'avocat intervient :

« Votre père n'est pas le père de ce garçon. C'est un représentant en articles de bureau que votre mère a rencontré à l'époque où elle travaillait chez Saab. »

Son père acquiesce lentement, comme pour confirmer.

« Elle a passé une nuit avec cet homme au Grand Hôtel. Le père de Stefan s'est tué seulement quelques mois plus tard dans un accident de voiture. Quand votre mère s'est rendue compte qu'elle était enceinte, il était déjà trop tard pour avorter. Elle a longtemps nié sa grossesse. Puis elle est partie, vous a quittés, vous et votre père, pour cacher à son entourage qu'elle était enceinte. Elle a accouché de l'enfant dans le Hälsingland. Elle avait l'intention de le faire adopter. D'après ce que j'ai compris, elle tenait à éviter un scandale et ne souhaitait pas mettre son couple en péril à cause d'un enfant illégitime. Mais, comme l'enfant était lourdement handicapé, elle n'en a pas eu la possibilité. Les services sociaux sont alors intervenus, l'ont placé dans cette clinique et en ont confié la tutelle à Britta Ekholm, ici présente.

– Puis les années ont passé », dit Britta Ekholm.

Elle attend un instant avant de poursuivre, regarde Malin comme pour tenter de l'apaiser.

Malin a le tournis. C'est toi, papa, qui as refusé d'adopter cet enfant ? Ou bien est-ce que c'est elle ? C'était certainement maman qui souhaitait préserver sa maudite réputation.

« Stefan est un garçon très spécial, il faut que vous le sachiez. Vous devriez venir le voir. Il sera certainement heureux de faire votre connaissance », poursuit la femme sans une once de reproche dans la voix, seulement de l'espoir. Malin sent ses yeux se remplir de larmes. Elle s'approche alors de son père et le gifle violemment sur le crâne et au visage, encore et encore, sans crier, non, elle se contente de frapper. Lui encaisse les coups, sans même tenter d'esquiver. Puis, Malin sent des bras autour d'elle, ceux de l'avocat et de la femme de la clinique. Elle sait que ce n'est pas un rêve, que c'est la vérité, et elle n'a aucune idée de la manière dont elle va pouvoir surmonter ce choc. Elle se dit qu'elle doit lui rendre visite, tout de suite, tout de suite, tout de suite.

Il faut que je voie mon frère et que je le prenne dans mes bras, que je lui montre que j'existe avant qu'il soit trop tard, car qui sait ce que nous réserve ce monde pourri, quels projets il a pour nous ?

Elle se tourne vers la porte.

S'arrache à leurs bras.

A envie de frapper.

Mais son corps n'a plus de coups à donner, plus pour l'instant.

« Salaud ! » lance-t-elle à son père.

Il a la tête baissée.

« Espèce de salaud ! Tu l'as toujours su, n'est-ce pas ? Tu m'as caché la vérité, tu n'es qu'un salaud, je te déteste. Est-ce que tu as refusé de l'adopter ? C'est peut-être toi qui as forcé maman à l'abandonner ? Qui es-tu en réalité ? Ne t'approche plus de nous, crie-t-elle. Si seulement tu oses m'appeler ou appeler Tove, je te tue. Tu as compris ?

– Malin. Je...

– Tu fermes ta gueule !

– Malin...

– Ta gueule ! »

Sur ce, elle ouvre la porte, espère que la femme va lui demander d'attendre, lui dire qu'elle se trompe, qu'elle ne sait pas tout.

« Salaud ! crie-t-elle une nouvelle fois à son père. Tu n'en avais même pas parlé à l'avocat ? Pas vrai ? Tu croyais vraiment qu'il allait disparaître comme ça ? »

Elle veut aller dans le Hälsingland, sans attendre.

Trouver cette clinique. La femme ne pourrait-elle pas lui offrir de l'accompagner ?

Mais personne ne lui demande quoi que ce soit. Les trois personnes présentes dans le cabinet de l'avocat restent muettes, et Malin remarque l'air indigné et méprisant avec lequel la femme fixe son père, assis dans son fauteuil, enfermé dans son mutisme, comme si la honte avait cousu ses lèvres.

Elle flanque la porte.

Un claquement bref.

Vite, de l'air.

Et maintenant ?

31

Malin, Malin.

Tu traverses la place Trädgårdstorget. Tu as besoin de quelque chose auquel te raccrocher, n'est-ce pas ?

Où vas-tu, Malin ? Où veux-tu aller ? Où crois-tu pouvoir t'échapper ?

Raccroche-toi plutôt à nous, Malin, nous, les fillettes pulvérisées qui te ressemblent bien plus que tu l'imagines. Raccroche-toi aux autres enfants qui sont enfermés dans une pièce dénuée d'amour, sans possibilité de s'échapper.

Malin s'arrête en plein milieu de la place.

Se penche en avant.

Pose ses mains sur ses cuisses et contient sa nausée tout en sentant battre son cœur sous ses côtes.

Elle ravale sa rage, savoure la fraîcheur de l'air printanier, puis s'étire.

Les terrasses de la place sont pleines de gens qui boivent un café ou une bière au soleil, la peur d'un nouvel attentat commence peut-être à se dissiper ? J'en doute, pense-t-elle.

Quel avocat de merde !

Et cette femme. Comment s'appelle-t-elle déjà ? Il va falloir qu'elle lui parle. Elle essaie de chasser de son esprit l'image de son père qui baisse la tête.

Tove.

Maman a un petit frère.

Tu as un oncle.

Allons-nous le rencontrer ? Allons-nous nous enfoncer au plus profond de la forêt pour faire sa connaissance ?

Nous ne reverrons plus jamais papi. Il n'existe plus.

Non.

Je dis non.

Je ne peux pas l'accepter. Elle sent qu'elle doit tout mettre de côté, absolument tout, et se concentrer sur l'enquête si elle ne veut pas devenir folle. Mais, bon sang, que va-t-il se passer ?

Ils m'attendent, au commissariat, mais comment vais-je trouver la force d'y retourner ? Le Hamlet est ouvert, le bar est certainement désert à cette heure de la journée, je pourrais boire pour tout oublier, boire longtemps, suffisamment longtemps pour ne jamais revenir à la réalité.

J'ai besoin de quelque chose.

Daniel Högfeldt.

Il est peut-être chez lui en ce moment ? Ce n'est qu'à quelques minutes d'ici, à pied, je peux passer, j'y vais, il me faut quelque chose. Elle traverse la place, croise des gens, de vaillants habitants de Linköping, partout autour d'elle, des silhouettes noires avec des étoiles scintillantes à la place des yeux.

Le garçon. Ou plutôt l'homme, mon petit frère. Dans son lit. Handicapé. Seul. Abandonné. Est-ce qu'au moins il parle ? Il n'a pas de visage, peut-il retenir mon prénom, comprendre que j'existe ? Sait-il seulement que j'existe ?

Malin traverse la rue Drottninggatan en chancelant. Elle s'efforce de puiser de l'énergie dans la lumière de l'après-midi.

L'horloge au-dessus de l'entrée du McDonald's indique trois heures et quart.

Elle continue en direction de la rue Linnégatan.

Daniel habite au numéro 2. Elle se souvient du code d'entrée. Elle le compose et la porte s'ouvre devant elle.

Son appartement est au troisième étage. Elle sonne à la porte, à bout de souffle après avoir gravi les marches au pas de course. Remarque à l'odeur de produits détergents que les escaliers viennent d'être nettoyés, comme si elle avait été attendue.

Elle entend du bruit dans l'appartement.

Des voix.

Celle de Daniel.

Elle sent tous ses besoins converger vers son entrejambe, a envie se jeter dans ses bras. Elle sonne à nouveau, impatiente de se glisser avec lui dans son lit. Elle entend le cliquetis de la chaîne de sécurité, puis la porte s'ouvre.

Il est nu. Il dissimule son bas-ventre derrière une chemise blanche qu'il tient à la main.

« Malin. Qu'est-ce que tu fais ici ?

– Je passais, répond-elle. Ça faisait longtemps. »

Puis elle entend une voix, une voix de femme, familière, qu'elle a l'habitude d'entendre. Celle d'une femme qui vient de se faire baiser, à la fois heureuse, excitée et pleine d'assurance.

« Daniel. Qui c'est, merde ? Referme et dépêche-toi de me rejoindre. »

Elle sait maintenant à qui appartient cette voix.

À l'animatrice radio. À mon amie.

Helen Aneman. Est-ce qu'ils baisent ensemble ? Comment ose-t-elle ? Je vais la tuer.

Du calme, du calme.

Daniel sourit.

Elle rassemble sa salive dans sa bouche et catapulte à travers ses lèvres un énorme crachat qui lui atterrit dans l'œil. Il prend soudain un air surpris et innocent, comme s'il l'était vraiment. Comme si la chatte en chaleur qui se trouvait chez lui était innocente.

« Putain, qu'est-ce que tu fous, Malin ? T'as perdu la tête ? »

Elle crache à nouveau, et il crie :

« Tu t'es toujours foutu de ma gueule et ça faisait une éternité que tu n'étais pas venue te faire empaler, parce que c'est tout ce que je suis pour toi, un pieu, alors maintenant c'est à ton tour d'aller te faire foutre ! »

Helen surgit derrière Daniel.

Ses cheveux blonds sont ébouriffés. Elle dévisage Malin comme si elle voyait un être humain pour la toute première fois.

« Casse-toi, Malin », insiste Daniel, tandis que Helen le prend par le bras, sans pour autant essayer de le faire taire.

Ses paroles frappent Malin comme de violentes bourrasques de vent, la refoulent en bas des escaliers, dehors, dans la rue.

Le soleil s'est éclipsé derrière les arbres du jardin botanique qu'elle traverse précipitamment. Elle s'installe sur un banc, sous un cerisier du Japon en fleurs, a l'impression que ces stupides petites fleurs roses se moquent d'elle, puis elle appelle les renseignements téléphoniques.

« Pourrais-je avoir le numéro de Peter Hamse, à Linköping, s'il vous plaît ?

– J'ai un numéro de mobile, désirez-vous être mise directement en relation et recevoir le numéro par SMS ?

– Oui, les deux. »

Tout à coup, elle a peur.

Peur des autres.

Elle n'a plus envie de parler à qui que ce soit. Alors, elle raccroche, glisse son téléphone dans la poche de sa veste, se lève et retourne à sa voiture, parquée sur l'ancienne gare routière.

À l'instant même où elle ouvre le portillon du parc, son téléphone sonne.

C'est sûrement lui. Il a vu que j'avais appelé. Elle décroche sans même vérifier qui c'est.

« Malin.

– C'est Britta Ekholm. Nous nous sommes rencontrées tout à l'heure. »

Non.

Pas envie. J'ai pourtant des milliers de questions à lui poser.

« Je me suis dit que vous souhaiteriez peut-être en savoir davantage sur votre frère. Je comprends parfaitement le choc que ça a dû être pour vous. »

Elle franchit le portillon en fer forgé, aperçoit sa voiture dans la dernière rangée du parking.

« Vous croyez ? demande-t-elle.

– Il est lourdement handicapé, poursuit Britta Ekholm. Il est presque aveugle et souffre d'un important retard mental. Mais cela ne l'empêche pas de dialoguer, il possède son langage à lui et est très affectueux. »

Son esprit rationnel se met en marche de la même manière instinctive qu'elle vient de frapper son père.

« Est-ce qu'il marche ?

– Non, ses capacités motrices ont été gravement endommagées à la naissance. Mais vous l'aimerez, j'en suis persuadée. »

Puis, Britta Ekholm lui parle de Sjöplogen, le village où se trouve la clinique. Malin s'imagine un grand château blanc aux fenêtres duquel les fous sortent leurs têtes et poussent des cris de joie chaque fois que quelqu'un passe. Ces fous ne sont pas effrayants, mais heureux.

« Je vous demande pardon, dit ensuite Britta Ekholm. De ne pas vous avoir contactée. J'ai fait confiance à votre mère. Je pensais qu'aucun de vous ne souhaitait avoir le moindre contact avec Stefan.

– Vous n'avez rien à vous reprocher. Votre rôle était de veiller sur lui, alors pourquoi auriez-vous insisté pour lui faire rencontrer des gens qui ne s'étaient jamais souciés de lui ?

– C'est vrai, mais je vous ai vue dans le journal un jour, avoue Britta Ekholm. Et j'ai alors envisagé de vous appeler car j'avais l'impression que vous étiez le genre de personne à assumer vos responsabilités.

– De quelles responsabilités parlez-vous ?

– De responsabilités affectives », dit Britta Ekholm

Malin met sa clé dans le contact et quitte le parking. Elle sort de la ville et se retrouve bientôt au milieu des champs fertiles de la plaine de l'Östgöta. Sur l'horizon dégagé, des arbres sombres cachent en partie le soleil. Les mains sur le volant, elle roule en direction du Hälsingland et de Sjöplogen.

Tant de solitude.

Si peu de temps.

Tellement de kilomètres à parcourir. Une bruine se met à tomber sur le pare-brise, elle tourne le regard et voit la plaine s'offrir à la pluie, recevoir cette humidité comme une offrande vitale.

Les gouttes de pluie scintillent comme des diamants.

Elle ferme les yeux un instant, ne regarde pas les voitures qui arrivent en face et espère que tout va bien se passer. Une voix se fait alors entendre, une voix qu'elle reconnaît, mais elle n'a pas envie de l'écouter, veut lui crier qu'elle doit prendre soin d'elle, maintenant. Je n'ai pas le temps de sauver les autres, comprenez-le, laissez-moi faire ce que j'ai à faire, tout de suite, tout de suite.

Elle ouvre les yeux.

Poursuit sa route.

Malin, écoute-nous.

Ce n'est pas seulement de nous qu'il s'agit, en ce qui nous concerne, dans un sens, il n'y a plus d'espoir.

Toi seule peux nous ramener nos parents. Nous sommes trop petites pour rester seules, trop jeunes pour être abandonnées par notre mère et notre père. Exactement comme le petit garçon et la petite fille, mais pour eux il n'est pas encore trop tard.

Alors écoute-nous, Malin.

Arrête ta voiture.

Fais demi-tour.

Tu dois retrouver les enfants séquestrés. Nous les envions, nous aimerions être à leur place, mais c'est impossible.

Personne ne devrait connaître la terreur qu'ils ressentent. Jamais.

Les varans, dans leurs cages blanches, aimeraient bien se repaître de leur chair.

Tu ne peux pas partir maintenant, Malin.

Pas là où tu te rends. Ton frère a besoin de toi, certes, mais les enfants ont encore plus besoin de toi. Il est seul, mais eux sont tous les deux seuls et terrifiés. Lui, au moins, ne connaît pas la peur, Malin.

32

Elle avait cru percevoir un murmure, dans sa voiture, une voix qui disait : Ne pars pas, ne pars pas maintenant. Tu dois d'abord retrouver le meurtrier des fillettes.

Elle avait fini par faire demi-tour au bout d'une centaine de kilomètres et s'était garée sur le parking du commissariat. L'après-midi touchait à sa fin, un voile nuageux de haute altitude était arrivé du nord en même temps qu'un vent froid.

La chaleur printanière est infidèle. Traîtresse. À l'image de toute la saison.

Elle respire.

Enfile sa carapace.

Évacue le souvenir des événements de la journée. Il faut qu'elle concentre toute sa putain d'énergie sur l'enquête, sur le boulot pour lequel on la paie, il faut qu'elle utilise son travail comme un verre de tequila, qu'elle se plonge dedans sans se laisser distraire par quoi que ce soit d'autre.

Ne pas penser à son père, ni à sa mère, ni à son petit frère. Faire comme si ce que l'inconnue avait raconté dans le cabinet de l'avocat n'avait jamais existé. Je sais que ça peut fonctionner car, toi, maman, tu as prouvé qu'il était possible de vivre dans le déni.

Des journalistes sont rassemblés devant l'entrée et elle se dit qu'elle ferait peut-être mieux de passer par les locaux du tribunal, d'emprunter les couloirs souterrains qui communiquent avec le commissariat. On devrait leur dresser une tente, leur installer un distributeur de café, car ils vont rester plantés là un bon moment si l'enquête n'avance pas plus rapidement.

Elle claque sa portière.

Se dirige vers l'attroupement et, bien qu'ils la voient, les journalistes ne prêtent pas la moindre attention à elle. Tous leurs regards sont tournés vers l'accueil du commissariat.

Elle passe devant eux.

Pas de Daniel Högfeldt dans les parages, évidemment. Il est dans son lit, avec Helen Aneman.

Salaud.

Mais pourquoi l'ai-je si mal pris ? Il fait ce qu'il veut, après tout. Nous ne nous sommes jamais rien promis et je n'ai pas le droit d'exiger de lui qu'il me soit fidèle. Quant à Helen, ça fait plusieurs années que nous ne nous fréquentons plus vraiment. Il est possible qu'elle n'ait même pas su que Daniel et moi avions eu une liaison.

Les portes du commissariat s'écartent devant elle.

Trois garçons avec des dreadlocks et des sweat-shirts à capuche, flanqués de trois policiers en uniforme, se tiennent dos à elle, face au guichet de l'accueil. Ils remplissent des documents. Sven Sjöman vient à sa rencontre. Son regard est las et résigné.

« Content de te revoir », lance-t-il, tandis que les dreadlocks, les camarades de Jonathan Ludvigsson qu'ils ont arrêtés dans la caravane à Klockrike, se dirigent vers la sortie.

Ils se foutent de moi. Non ? Ou est-ce mon imagination ?

« La journée a été dure, dit Malin.

– Mais tu es de retour, c'est le principal, répond Sven avant d'ajouter : On a été obligés de tous les relâcher, à l'exception de Ludvigsson. Le procureur a estimé qu'il n'y avait aucune raison de les retenir plus longtemps.

On n'a pas la moindre preuve de leur implication dans l'attentat, ni dans aucune autre des activités de Ludvigsson, d'ailleurs.

– Je suppose que le procureur a raison, commente Malin. Mais je suis loin d'être convaincue qu'ils sont blancs comme neige. »

Devant l'entrée, les flashs des appareils photo crépitent au passage des trois jeunes aux dreadlocks. Les reporters hurlent des questions directement sous leur nez.

« On a reçu un rapport préliminaire de la police scientifique concernant l'analyse de l'ordinateur de Ludvigsson. Ils n'ont trouvé aucune trace d'un éventuel complice, que ce soit pour le Front de Libération de l'Économie ou pour l'attentat.

Par contre, ils ont découvert les codes du site web et le fichier d'origine de la vidéo postée sur YouTube. Il semblerait en effet que Ludvigsson ait créé le Front de Libération de l'Économie tout seul afin d'attirer l'attention sur ce qu'il considère comme une question essentielle de société.

– Quel imbécile.

– Il y a pourtant pire que lui, relativise Sven. De nos jours, les gens sont prêts à tout pour faire passer leurs idées.

– Ça signifie que les banques du pays ne risquent plus rien ?

– La menace est en tout cas beaucoup moins grande, non ? Elles devraient pouvoir rouvrir leurs portes, ne serait-ce que pour mettre fin à la psychose », dit Sven.

Faire exploser une bombe, pense Malin.

Réduire deux fillettes en morceau.

Qu'est-ce qui peut bien pousser quelqu'un à commettre un acte si monstrueux ?

Leur enquête au sein des minorités religieuses de Linköping n'avait rien donné. Apparemment, les islamistes étaient hors de cause.

« Et du côté de Dick Stensson et de ses soi-disant ventes d'armes à Jonathan Ludvigsson, on a du nouveau ? s'enquiert Malin.

– Rien du tout, on n'a pas découvert le moindre indice susceptible de le relier à notre affaire.

– On ne pourrait pas saisir les ordinateurs des *Dickheads* ?

– Pas pour l'instant. On n'a pas l'ombre d'une preuve contre eux.

– Je ne crois pas qu'ils aient quelque chose à voir là-dedans, estime Malin. Dick Stensson, les *Dickeads* et *Los Rebels* sont loin d'être des enfants de chœur et ils ne reculent pas devant un meurtre quand il s'agit d'éliminer un concurrent, mais de là à tuer des enfants et à faire sauter une bombe en plein cœur d'une petite ville, au milieu des passants ? J'en doute.

– En théorie, on ne peut pas écarter cette piste pour le moment. Mais je suis d'accord avec toi.

– Est-ce qu'on sait si les explosifs proviennent d'un dépôt de munitions de l'armée, de chez un grossiste ou d'une entreprise de bâtiment ? demande Malin.

– Pour l'instant, on n'en sait absolument rien. En tout cas, on n'a relevé aucun achat suspect de TATP chez les grossistes en bâtiment. »

Ebba, derrière le guichet de l'accueil, adresse un signe de tête à Malin.

Elle lui rend son salut.

« Nous voilà donc de retour au point de départ, c'est bien ça ? constate Malin. On ignore toujours qui est l'homme qui a été filmé devant la banque et on n'est même pas en mesure de dire si on le saura un jour. »

Devant le commissariat, le tumulte est retombé.

Le soleil est maintenant sur le déclin et les journalistes et les dreadlocks semblent s'évaporer dans le contre-jour. Malin les observe à travers la vitrine. Se dit que chacun d'entre eux pourrait être le poseur de bombe, bien qu'elle sache que non.

« Tu as raison, Malin, reprend Sven. On piétine. Pourtant, je sens, tout au fond de mon âme d'enquêteur, qu'on est sur le point de faire une découverte qui jettera une lumière nouvelle sur cette affaire.

– Tu crois vraiment ?

– Le moment est venu d'écouter les voix, annonce Sven.

– Les voix de l'enquête. Écouter ce qu'elles nous disent. »

Le mantra de Sven dans toutes les affaires sur lesquelles ils ont travaillé ensemble.

Les voix de l'enquête.

Les écouter.

Elle s'est également approprié son mantra mais, maintenant, dans le hall d'accueil déprimant du commissariat, ces mots sonnent creux et semblent dénués de sens. Bien sûr, elle entend les voix, elle sait qu'elles existent, qu'elles sont partout et que seuls ces mots inaudibles peuvent les aider à résoudre l'énigme.

Mais comment peut-elle avoir envie de résoudre l'énigme alors qu'elle est elle-même en train d'exploser, de voler en éclats ? Comment peut-on avoir envie de quoi que ce soit quand la personne qu'on pensait être est réduite à néant ?

Peut-être qu'il doit en être ainsi. Qu'il faut d'abord mourir intérieurement pour ensuite renaître.

« Franchement, je ne sais pas du tout où cette affaire va nous mener. Et la Säpo, ils ont donné des nouvelles ?

– Non. Je préfère faire comme s'ils n'existaient pas.

– Je n'arrive toujours pas à avaler qu'ils aient remis directement la vidéo aux médias.

– Ils voulaient certainement nous montrer qu'ils sont les patrons, dit Sven avant de demander : Au fait, comment s'est passé ton rendez-vous chez l'avocat ?

– Ne me parle pas de ça, Sven, surtout ne m'en parle pas. »

Sur ce, elle le laisse et se dirige vers son bureau sans vraiment savoir ce qu'elle doit faire.

Zeke est rentré chez lui juste après vingt et une heures, une fois la paperasserie terminée.

Waldemar Ekenberg, Johan Jakobsson, Börje Svärd et Malin sont assis devant leurs ordinateurs. Ils surfent comme des maniaques sur le Net, lisent des articles sur leur affaire, épluchent les faits divers, toutes les pistes possibles et imaginables. En consultant le site DN.se, Malin tombe sur un article dans lequel un professeur excentrique d'une université écossaise affirme que l'attentat a été perpétré par un commando d'Al-Qaïda envoyé directement d'Afghanistan, mais ce ne sont que des spéculations, son histoire ne repose visiblement sur aucun élément concret.

Non.

Les islamistes n'ont certainement rien à voir dans cet attentat. Il paraît bien plus vraisemblable que cet acte odieux soit l'œuvre d'un démon sorti de terre avec le printemps et que les raisons de la mort des fillettes soient à chercher parmi les maux qui rongent notre société.

Elle referme son navigateur Internet.

Son économiseur d'écran, avec des photos de Tove en maillot de bain sur une plage devant le soleil couchant, prend le relais.

Il faut que je lui raconte, se dit Malin en voyant les photos de sa fille, il faut que je lui explique, que je l'emmène avec moi dans le Hälsingland, que je ne la trahisse pas à nouveau en lui cachant l'existence de son oncle. Puis elle imagine le garçon dans sa chambre, son frère, tel qu'elle se le représente.

Putain, comment as-tu pu, comment avez-vous pu ? Elle respire avec peine, regarde Tove, l'amour et la bonté incarnés, et se dit qu'elles ne se quitteront jamais, qu'elles vivront ensemble jusqu'au jour où elle mourra de vieillesse, dans un beau fauteuil, sur un balcon avec vue sur la mer.

En regardant par la fenêtre, elle constate que la nuit a déjà commencé à tomber. Elle a envie de rentrer chez elle pour dormir, mais comment pourrait-elle trouver le sommeil à un moment pareil ?

Il est impossible de dormir au milieu d'une explosion. Il est impossible de s'assoupir seulement un instant, alors que le monde est en train de voler en éclats.

En revanche, on peut toujours boire.

Or, le Hamlet est ouvert.

Elle se lève, sort sur le parking, monte dans sa voiture et met le contact. Le moteur ronronne gaiement. Alors qu'elle s'apprête à démarrer, elle entend frapper contre la vitre de sa portière.

Un œil.

Une joue arrachée. Un petit œil de fillette la fixe, la supplie. Cet œil est-il mon unique bouée de sauvetage ?

J'ai faim.

Elle se met alors à penser au marchand de saucisses de la place. Qu'a-t-il dit, déjà, quand ses collègues l'ont interrogé ? Que Hanna et ses filles avaient l'habitude de passer ?

Les coups contre la vitre reprennent, l'interrompent dans ses pensées, elle a toujours faim.

Malin se retourne.

Voit Karin Johannison. Son joli visage est grave.

Que s'est-il encore passé ? Zeke l'aurait-il larguée ? Ou c'est elle ?

« Ouvre, Malin, ouvre. »

La minute suivante, Karin est assise sur le siège passager. Malin sent les effluves sucrés et fruités de son parfum et se dit qu'il a dû lui coûter aussi cher que la robe noire et blanche qu'elle porte. Elle imagine alors Zeke en train de relever sa robe, et cette image, au lieu de la dégoûter, éveille en elle un étrange désir.

Karin la regarde.

Malin comprend qu'elle est là pour lui parler de leur enquête.

« C'est à toi que je voulais l'annoncer en premier, dit Karin.

– Annoncer quoi ?

– On vient tout juste de terminer l'autopsie de Hanna Vigerö.

– Et ?

– Les niveaux d'oxygène dans son sang ne correspondent pas, Malin. Et on a remarqué qu'elle avait de minuscules lésions dans le nez. Plein. Quant aux capillaires pulmonaires, ils sont anormalement dilatés.

– Où est-ce que tu veux en venir ? »

Malin sent qu'elle va lui apprendre quelque chose qu'elle sait déjà. Elle voit alors une petite araignée noire ramper sur le pare-brise. On dirait qu'elle grimpe vers le ciel, comme si elle pouvait prendre appui là où aucun autre être vivant ne le peut.

Et elle regarde Karin. Sent de la solitude dans ses yeux, de l'hésitation. Du désir.

La famille, pense Malin. Quelqu'un en veut à sa famille. C'est par là qu'il faut chercher.

« Hanna Vigerö a été assassinée, lâche Karin. Étouffée. Quelqu'un l'a vraisemblablement étouffée en appuyant un oreiller contre son visage. »

TROISIÈME PARTIE

LES ENFANTS

LES LÉZARDS font des bruits effrayants avec leurs dents. Dis-nous qu'ils ne peuvent pas venir jusqu'ici et nous manger. Dis-le-nous.

Éloigne-les, éloigne-les et éloigne aussi les doigts des messieurs qui grattent contre la porte.

Papa, où es-tu ? Maman ne peut pas redescendre du ciel pour nous sauver ?

Viens, viens.

Petit frère a tellement peur, papa. Il est terrorisé. On voudrait que tu sois là et que tu nous prennes dans tes bras. Un énorme, un gigantesque lézard rampe dans la forêt, là, dehors, j'en suis sûre, et je rêve de ses dents jaunes, je rêve qu'il donne des coups dans nos jambes et qu'il les déchiquette jusqu'à ce qu'il n'en reste plus rien, puis, une fois qu'il nous a dévorés, il retourne se réfugier dans la forêt.

Les messieurs.

Ils sont là, dehors. Ils arrêtent le tic-tac, puis le remettent en marche.

Est-ce qu'ils vont nous tuer, papa ? Ils sont tellement méchants.

Petit frère est plus calme, maintenant, silencieux, comme s'il était trop fatigué pour faire quoi que ce soit.

Il avait fini par sauter dans la piscine, quand personne ne le regardait, et l'air dans ses bouées l'avait fait flotter. Toute sa tête s'était retrouvée sous l'eau mais il n'avait pas eu peur, car il avait lui-même décidé de prendre le risque.

Il a réussi ! j'avais crié.

Il l'a fait !

Là aussi, il faut qu'il soit courageux.

Je le serre dans mes bras.

Ça sent tellement mauvais, ici, mais c'est nous qui sentons mauvais, papa, il faut que tu viennes, maintenant, ou que tu envoies quelqu'un nous chercher car, sinon, on va mourir et rejoindre Dieu et Jésus au ciel.

C'est de pire en pire, papa. On a fait pipi et caca et personne n'est venu nettoyer.

J'aperçois leurs pieds, sous la porte.

Ils se disputent.

On dirait qu'ils ont peur.

Exactement comme si une bête malfaisante les avait capturés dans la forêt et s'apprêtait à les avaler, exactement comme ça, papa.

On pleure. Je pleure et lui aussi et je ne crie plus car je peux crier autant que je veux, ça ne fait pas disparaître la peur que j'ai au ventre.

J'ai peur, papa, lui aussi, et ça va sûrement continuer si tu ne viens pas nous chercher. Ils nous ont tapés parce qu'on a essayé de sortir, quand ils ont ouvert la porte. Alors, on reste dans un coin, papa, loin d'eux, et peut-être que, comme ça, ils vont nous oublier et qu'on pourra se faufiler dehors, courir se réfugier dans la forêt.

Mais c'est là-bas que sont les lézards. Quand les messieurs nous les ont montrés, quand on est arrivés ici, après avoir pris l'avion, j'ai compris que tu ne nous attendais pas du tout comme ils l'avaient dit.

Les araignées.

Et les serpents dans leurs tanières.

Ils vont essayer de nous blesser, de nous mordre avec leurs dents jaunes, nous transmettre leur poison, et personne ne voudra plus jamais nous prendre dans ses bras, plus jamais on ne sentira le réconfort d'une peau chaude contre la nôtre.

*

Si l'on tape avec le doigt sur une veine, alors elle revient à la vie.

Grossit, bleuit. Il y a de nombreux endroits où piquer sur les plis de mes coudes et mes avant-bras.

C'est beau, sous terre.

Là, je suis en paix, en tout cas, en général. Ici, je peux enfoncer l'aiguille et déverser son contenu comme du magma dans mon corps, oublier ainsi les événements passés et ceux à venir.

La douleur que je ressens, quand l'aiguille transperce ma peau, est supportable, et je sais qu'elle ne va pas durer. Je m'allonge par terre, sur les pierres humides, entends les rames de métro aller et venir sur les rails, devant moi, puis je m'enfonce dans mon lit chaud et douillet.

Les années ont passé.

J'ai quitté ma famille, changé de nom, pour que ceux qui me détestent et me veulent du mal ne puissent pas me retrouver. Je vis sous terre, seule, mais ils viennent parfois, les hommes, j'ignore ce qu'ils me font, et c'est ainsi que s'est produit ce qui n'aurait jamais dû arriver à un corps aussi meurtri que le mien.

Je vous ai abandonnées le jour même où vous êtes venues au monde.

J'ai fui l'hôpital, je suis repartie dans mon monde souterrain. Je vous ai tourné le dos car il ne fallait pas que vous subissiez leur violence, c'est comme si tout le mal du monde était concentré en eux, ils sont un astre noir qui éclipse le soleil et irradie nos vies de ses rayons sanglants, qui décide à l'avance de nos destinées.

Sous terre, leurs rayons maléfiques ne peuvent m'atteindre.

Est-ce que quelqu'un s'approche ?

Encore une piqûre. Qui êtes-vous ? Vous revoilà ? Je ne veux pas revoir papa. C'est lui, le pire.

J'abandonne mon propre corps et me réveille avec le plus cruel des monstres devant moi.

J'ignore comment j'ai échoué ici.

Je suis assise dans une pièce ovale aux murs couverts de boiseries et tiens la main de mon père mourant. Il serre ma main très fort, mais je sais qu'il n'a pas l'intention de me demander pardon, ce mot est étranger à son vocabulaire, il ignore ce qu'est le remords.

Mais je suis là.

Aucun des autres. Aucun des monstres que sont mes frères.

Je tiens la main de mon père et l'aide à mourir bien que je le haïsse.

Moi, je suis déjà morte. Je suis morte en même temps que vous, mes filles, et une autre fois, il y a très longtemps. Vous êtes là, les filles, n'est-ce pas ?

Nous ignorons la raison de notre présence ici.

Pourquoi devons-nous te regarder t'agenouiller près de ce lit, dans l'une des pièces de cet immense appartement ?

Les rideaux sont tirés. Dehors, il fait nuit et la lueur des étoiles glisse sur l'eau, là où des hors-bord se faufilent entre des ferries, des gens se promènent le long d'un quai auquel sont amarrés de vieux bateaux en bois qui sentent le goudron.

Tu sais qui nous sommes, non ?

Maman, elle devrait nous avoir rejointes. Papa aussi, mais, au lieu de cela, nous sommes arrivées là, près de toi. Pourquoi ? Qu'est-ce que nous ignorons, nous qui sommes censées tout savoir ?

Maman.

L'homme avec l'oreiller dans ta chambre, qui était-ce ? Comment a-t-il pu faire une chose pareille ? Peut-être qu'il devait faire ce qu'il t'a fait, ce qu'il nous a fait, pour sauver d'autres vies ?

Peut-être que tout le monde est innocent, à l'exception des gens avides ?

Ils ne pourront plus nous atteindre, là où nous sommes.

Ils vont finir parmi les vers de terre, les varans flamboyants qui se repaissent de chair humaine jusqu'à s'en faire exploser la panse, laissant s'échapper des milliers d'autres varans affamés de leurs entrailles sanglantes.

Les autres enfants sont enfermés dans l'antichambre de cet endroit.

Il est impossible d'y trouver le repos.

La seule chose à faire est crier.

33

« Qu'est-ce qu'on fait, maintenant ? »

Sven Sjöman se renverse contre le dossier de son canapé et accueille la question de Malin comme une constatation plus qu'une réelle demande.

Malin sirote le thé que la femme de Sven vient de lui servir, se rince la bouche avec le liquide parfumé pour faire passer le puissant goût de fromage de Västerbotten de son sandwich.

Il fait nuit noire dans le jardin de Sven.

Elle était passée chez lui pour lui annoncer la nouvelle concernant Hanna Vigerö.

Elle voulait en parler seule à seul avec lui, tranquillement, sans le reste de l'équipe. Laisser les autres dormir, car ils en ont tous besoin, ne pas courir dans tous les sens, comme s'ils fuyaient une bombe à retardement qui allait exploser dans seulement quelques secondes.

« Qu'est-ce qu'on fait, maintenant ? »

Malin reprend une bouchée de sandwich. Songe à la solitude de la famille Vigerö, au fait qu'ils semblaient n'avoir ni famille ni amis, que personne n'ait rendu visite à Hanna, à l'hôpital. Qu'avait dit le marchand de saucisses ? Qu'elles avaient l'habitude de venir dans la matinée.

Le fromage lui brûle le palais.

Elle avait appelé Tove en se rendant chez Sven, sans rien lui révéler de ce qui s'était passé chez l'avocat, juste pour lui dire qu'il était préférable qu'elle rentre chez son père, ce soir, mais Tove avait insisté pour dormir chez elle, et Malin avait eu l'impression qu'elle avait quelque chose d'important à lui annoncer.

Elle a peut-être un nouveau petit copain ?

La dernière chose dont Malin avait besoin ce soir était d'apprendre encore une nouvelle. Elle avait eu son compte pour la journée et tout ce qu'elle désirait, c'était de pouvoir éteindre son cerveau comme on éteint un ordinateur. Et elle n'avait pas l'intention de parler de son frère à Tove, elle ne se sentait pas encore prête à le faire.

« OK, tu peux aller à l'appartement, avait-elle fini par dire. On mangera une pizza devant la télé, à mon retour. »

Malin mâche sa bouchée de sandwich, reprend une gorgée de thé.

« Il est possible que ceux qui ont fait sauter la bombe aient voulu l'éliminer. Ils la considéraient peut-être comme un témoin potentiel, suggère Sven. Et ils n'ont pas voulu prendre le moindre risque.

– Il pourrait donc s'agir de terroristes, d'activistes, du Front de Libération de l'Économie, de motards ou de n'importe qui d'autre. J'ai l'impression que plus on suit ces pistes, plus on s'éloigne de la vérité.

– À moins qu'elle soit là, devant nous, mais qu'on n'arrive pas à la voir.

– J'ai une faveur à te demander, dit Malin en fixant Sven droit dans les yeux.

– Tu m'inquiètes, plaisante-t-il. Je t'écoute.

– Je voudrais qu'on creuse une autre piste. »

Je sais ce que je dois faire, maintenant, pense Malin. Et tu vas me laisser suivre mon instinct, n'est-ce pas, Sven ? Elle prend une profonde inspiration, se penche vers lui d'un air déterminé.

« Et ?

– Supposons que c'était la famille Vigerö qui était visée par l'attentat. Qu'il ne s'agit ni d'un complot, ni d'une conspiration, ni de quoi que ce soit de ce genre. Il est possible que les mobiles de l'attentat et de l'assassinat de Hanna Vigerö dans sa chambre d'hôpital soient beaucoup plus rationnels.

– C'est ce que te dit ton intuition ?

– Je ne sais pas, Sven. Mais ce vendeur de saucisses, il a bien dit qu'il voyait régulièrement la famille sur la place, n'est-ce pas ? Peut-être que quelqu'un avait repéré leurs habitudes ? Et pourquoi aurait-on pris le risque d'assassiner Hanna Vigerö dans sa chambre d'hôpital ? Qu'est-ce qu'elle a bien pu voir de si important ? Aucun des témoins présents sur la place au moment de l'attentat n'a rien remarqué de particulier, alors pourquoi Hanna l'aurait-elle fait ? Non, elle devait être au courant d'autre chose, tu ne crois pas ? Et c'est justement ce qui me pousse à m'interroger sur cette famille. C'est un simple mélange d'intuition et de logique, Sven. Comme dans tout bon travail de police. »

Elle reprend une gorgée de thé avant de poursuivre :

« Cette enquête est un fiasco depuis le début. Ça fait quatre jours que l'attentat a eu lieu et j'ai l'impression qu'on a eu la tête sous l'eau tout ce temps, qu'à aucun moment on n'a eu la possibilité de reprendre notre souffle. Or, notre intuition ne peut pas s'exprimer dans ces conditions. Elle a besoin de temps, d'espace. C'est pourquoi je pense que cette piste pourrait nous permettre d'avancer dans notre enquête. »

Sven semble réfléchir.

« On va faire comme ça, finit-il par dire au bout d'un moment. Zeke et toi, vous allez vous concentrer sur cette piste. Nous autres, on va tâcher d'aller au bout de nos premières hypothèses. Vous allez avoir besoin d'aide ?

– Je pense qu'il pourrait être utile d'entendre les collègues de Hanna ainsi que les employés du jardin d'enfants que fréquentaient les fillettes. Peut-être que Börje et Waldemar pourraient nous filer un coup de main. »

Sven acquiesce.

« Pas de problème.

– Tu crois que c'est possible ? demande Malin. Tu crois que j'ai raison ? »

Sven acquiesce à nouveau et dit :

« Son mari a été victime d'un accident sur une route déserte qui n'est pas réputée dangereuse. Je suis toujours sceptique quand un type se tue tout seul au volant de sa bagnole. Qu'est-ce qui nous dit qu'il n'a pas été assassiné, lui aussi ? Il va falloir qu'on se penche sur cette histoire d'accident.

– Il faudrait aussi vérifier si l'une des caméras de surveillance de l'hôpital n'a pas filmé le meurtrier.

– Et interroger le personnel qui était de service la nuit où Hanna Vigerö a été tuée. »

Sven la regarde.

« Tu te sens apte, Malin ?

– Quand il s'agit d'infanticide, rien ne peut m'arrêter. Ces crimes ne doivent pas rester impunis. »

Sven opine et elle comprend que la conversation est close.

Aucune piste ne sera écartée tant qu'ils n'auront pas de certitudes.

Pour l'instant, ils ne peuvent pas se permettre de restreindre le champ de leurs investigations, ni de s'éparpiller. Ils doivent garder l'esprit ouvert. Sven regarde Malin droit dans les yeux, puis se penche en avant et lui demande, pour la seconde fois :

« Et ton rendez-vous d'aujourd'hui ? La succession. Comment ça s'est passé ? »

Malin perçoit la gravité du ton de Sven. Elle hésite un instant, puis répond :

« J'ai un frère, Sven. J'ai appris que j'avais un petit frère. »

Elle sent alors son ventre se nouer, ses yeux se remplir de larmes, mais elle ne craque pas. Elle s'imagine avalant cul sec un verre entier de tequila et contient ses larmes.

Elle s'éclaircit la gorge. Boit une gorgée de thé, puis se met à tout raconter à Sven qui l'écoute attentivement et, quand elle se tait à nouveau, il la regarde longuement avant de dire :

« Considère cette nouvelle comme un cadeau inespéré, Malin. Aie le courage de pardonner. Sans quoi tu risques d'y laisser ta raison. »

Elle prend une profonde inspiration.

« Surtout, sois forte. Ce n'est pas dans une bouteille que tu trouveras la solution à tes problèmes. Mais je suppose que tu le sais déjà, n'est-ce pas ? »

Après le départ de Malin, Sven se laisse tomber dans son canapé.

Il n'est plus qu'à quelques années de la retraite. Il y a quelque temps, il se sentait fatigué, usé, mais ce n'est plus le cas. Maintenant, il redoute avec effroi le moment où il devra s'arrêter, conscient que sa vie risque de lui sembler vide, sans la dimension dramatique que son travail lui offre au quotidien.

Dramatique. Comme l'existence de Malin.

Qu'est-ce ce que tu ressens, Malin ? Je te vois lutter pour tenter de garder le contrôle de ta vie.

Peut-être que tu y parviendras. La seule chose que je puisse faire pour t'aider, c'est t'encourager dans ton travail, m'assurer que tu restes sur le bon chemin, te protéger si tu déraillles.

Ton séjour dans ce centre de désintoxication t'a fait le plus grand bien. Et tu ne sembles pas m'en vouloir de t'avoir forcée à suivre cette cure.

Il y a une chose qu'il faut que tu saches, Malin Fors. Tant que j'en aurai la possibilité, je veillerai sur toi.

Malin renifle l'air de sa voiture. L'habitacle empeste le café renversé et la sueur, les heures passées à chercher et à observer, à faire ce boulot qu'elle aime tant et qui laisse sur elle des rides qui se creusent un peu plus chaque année.

Le printemps a envahi Linköping.

A ramené la ville à la vie.

Ce soir, aucune messe n'est prévue, à la cathédrale.

Il y a de la lumière aux fenêtres des appartements, les gens ressemblent à des poissons noirs dans des aquariums.

Tove est certainement déjà chez elle, en ce moment.

Que vais-je bien pouvoir lui raconter ? Rien. Je n'en ai pas la force. Elle imagine alors la silhouette de son frère, dans un lit d'hôpital. Elle aimerait le rejoindre, ils ont déjà perdu tellement de temps, mais est-ce bien lui qu'elle voit ? N'est-ce pas Maria Murvall ? Ces deux-là ne sont-ils pas une seule et même personne ? Le secret dissimulerait-il un autre secret ?

Il faut pourtant que j'en parle à Tove dès ce soir.

Je ne peux pas faire autrement.

Car elle l'apprendra de toute manière et, si elle s'aperçoit que je ne lui en ai pas parlé tout de suite, elle ne manquera pas de me le reprocher, elle perdra confiance en moi, cette confiance si fragile qu'elle vient à peine de m'accorder à nouveau.

Sa honte lui tord l'estomac.

Elle entend le doux ronflement du moteur.

En face d'elle, les lumières de Linköping scintillent dans la nuit.

Dans quelques minutes, elle sera chez elle.

Elle se dit qu'elle devrait peut-être rappeler Peter Hamse, lui demander des détails sur les conditions de la mort de Hanna Vigerö, mais il est déjà tard. De plus, l'enquête ne l'impose pas et elle risque de passer pour une désespérée. Elle sent les vibrations du moteur dans son corps et se met à frissonner de bien-être.

Elle s'arrête au feu rouge, au carrefour des rues Drottningsgatan et Saint-Lars.

Observe à travers le pare-brise les fêtards du samedi, bien habillés et joyeux, qui s'apprêtent à passer la soirée dans un bar ou un restaurant.

Attend un peu.

Cet homme, là, avec un costume bleu, au bras d'une belle jeune femme blonde, si jeune, si belle. Je le reconnais, mais, bon sang, qu'est-ce qu'il fout là ? Soudain, elle a envie de bondir hors de sa voiture, de se précipiter sur cet homme, sur Jan, qui traverse la route sous ses yeux, dans le costume qu'il portait à l'enterrement de sa mère, en parlant avec cette belle jeune femme, sans même la remarquer. Malin a du mal à respirer, elle sent son univers voler en éclats.

Mais elle reste dans sa voiture.

Incapable de bouger.

Le feu passe au vert.

Jan et la jeune femme s'éloignent.

Elle les voit disparaître peu à peu, sans entendre les klaxons qui lui demandent d'avancer, de s'enfoncer encore plus profondément dans cet étrange printemps.

34

Sois forte, Malin.

Sois forte, Malin Fors, ne craque pas maintenant, ne fais pas de bêtise, résiste à ton envie d'alcool, monte dans ton appartement, parle à Tove, puis va te coucher, essaie de dormir, pour ne pas être trop fatiguée demain matin.

Mais, merde, comment peut-il faire une chose pareille ? Comment ose-t-il ? Et quel âge avait-elle, d'abord ? Elle était sacrément canon. Malin a envie de faire demi-tour et de leur courir après. Où sont-ils sortis ? À l'Aphrodite, ce restaurant grec aux murs jaunes, éclairé à la bougie ? Je parierais que c'est là-bas qu'ils roucoulent.

Elle vient de se garer sur le parking de l'église Saint-Lars, en face de son appartement, juste devant la porte latérale de l'église.

Bien qu'elle ait déjà lu cette inscription des milliers de fois, elle la relit.

Bénis soient ceux qui ont le cœur pur, car ils verront Dieu.

Mon cul !

Jan. Espèce d'enfoiré.

Elle claque la portière de sa voiture et sent la mélancolie l'envahir. Elle reste immobile dans la nuit printanière et se dit que ce qu'elle vient de voir marque le début d'une vie nouvelle. Cette fois, Jan s'éloigne inexorablement et définitivement d'elle, leur aventure commune est finie pour de bon et cette idée la rend triste.

Elle est troublée.

Complètement paumée. Je n'ai jamais été aussi paumée.

Malin tourne son regard vers le pub Pull & Bear. Certainement bourré de monde à l'heure qu'il est. Les paroles de Sven lui reviennent alors en mémoire :

« Ce n'est pas l'alcool qui t'aidera à résoudre tes problèmes », c'est bien ce qu'il a dit ? Mais son corps, lui, crie que Sven se trompe. Elle a envie d'entrer dans le bar et de boire jusqu'à ce que l'ivresse la transporte dans une autre dimension où les souvenirs, l'avenir n'existent pas.

Mais il y a de la lumière dans son appartement.

Daniel Högfeldt.

Salaud. Tous ces connards sont commandés par leur bite et ils mériteraient qu'on la leur coupe. Elle se faufile par la porte et se dit qu'elle n'a en réalité aucun droit d'exiger quoi que ce soit d'eux, mais leur putain de conduite la rend quand même dingue.

Jalouse.

Elle déteste ce mot.

Mais a conscience que c'est ce qu'elle ressent.

Je ne devrais pas être jalouse.

Tove. Étais-tu au courant que Jan sortait avec cette nana ? Tu le savais, mais n'osais pas m'en parler ? Si c'est le cas, alors… alors quoi ? Il ne faut pas qu'on s'engueule ce soir. Ne rien faire, ne rien dire.

Tove sortira nous acheter une pizza.

Qu'est-ce que je veux, sur ma pizza ? Du jambon, des crevettes et du salami. Peut-être aussi des cœurs d'artichaut. C'est délicieux sur une pizza.

Tove est assise à la table de la cuisine.

Elle est plongée dans la lecture d'un livre et lève la tête quand Malin passe la porte.

« Tu rentres tard.

– Tu n'as aucune idée de la journée que je viens de vivre. »

Puis, d'une voix pleine de rage qui la surprend elle-même, elle crie à Tove :

« Et toi, tu ne m'as rien dit, à propos de la nouvelle copine de ton père ? Hein ? Tu croyais peut-être que je n'allais pas finir par l'apprendre, un jour ou l'autre ? »

Tove la fixe.

Surprise. Comme si elle venait d'être tirée de ses rêveries littéraires par un danger soudain, puis, fâchée, elle se lève de table et crie à son tour :

« Arrête un peu de gueuler ! De quoi tu parles ? Papa a rencontré quelqu'un ? »

Malin se fige, voudrait dire quelque chose, mais sa langue est comme paralysée.

Tove poursuit d'une voix calme :

« Je ne suis pas au courant qu'il a une copine. Il ne sort quand même pas avec quelqu'un ? »

Alors, Malin marche jusqu'à Tove, la prend dans ses bras, la serre fort contre elle et lui chuchote dans l'oreille : « Pardon », après quoi elles s'asseyent toutes les deux à la table et Malin raconte à sa fille ce qu'elle vient de voir. Tove l'écoute d'un air distrait et songeur, puis demande :

« Elle était comment ? »

C'est à ça que tu penses ? Comment elle était ? Malin voudrait retourner sa question à Tove mais s'abstient et répond :

« Blonde, mignonne.

– Elle avait quel âge ?

– Dans les vingt-cinq ans, pas plus.

– Mais, maman, tu n'as aucune raison d'être en colère. Ce n'est pas comme si vous étiez encore ensemble, papa et toi. C'est plutôt bien qu'il ait rencontré quelqu'un, comme ça, il ne sera pas seul. Toi aussi, tu ferais peut-être bien de te trouver un copain, au lieu de rester seule. »

Seule ? veut demander Malin, comment ça seule ?

« Mais il n'est pas seul, corrige-t-elle. Tu vis chez lui. Et moi aussi je t'ai, on n'est pas seuls, ni lui ni moi. Je voudrais juste qu'il maîtrise un peu ses pulsions. Enfin, je ne veux pas qu'il arrive un accident, quoi. »

Tove éclate de rire.

Semble vouloir lui dire quelque chose.

Puis se décider. Malin perçoit un scintillement nerveux dans les yeux de sa fille.

« Tu as raison, maman. Vous n'êtes pas seuls. Mais vous allez bientôt devoir vous habituer à vivre sans moi. »

Tove tire une enveloppe de son livre et la pose devant Malin, avec un sourire fier, le regard décidé et plein d'espoir.

« Je n'ai encore rien dit à papa, annonce-t-elle. Je tenais à ce que tu sois la première à l'apprendre. »

Malin pose une main sur l'enveloppe.

Je ne veux plus de surprise, pense-t-elle, plus de surprise, en s'efforçant de sourire. Je n'en ai plus la force.

« Lis, maman. Lis. »

Malin ne prête même pas attention au logo sur l'enveloppe déjà froissée et déchirée. Elle se contente de l'ouvrir.

Elle déplie la lettre, découvre un blason et lit les mots « École privée de Lundsberg », puis :

Nous avons le plaisir de vous informer que Tove Fors s'est vu attribuer une bourse intégrale pour l'année scolaire 2010-2011 par nos collègues du fonds Grevestål pour les élèves artistiquement doués issus de familles modestes.

Le comité d'attribution des bourses a estimé que la composition que Mademoiselle Tove Fors avait jointe à sa candidature, intitulée « L'amour chez Jane Austen », témoignait d'une remarquable maturité et d'un talent dignes d'un auteur en devenir.

Des mots.

Encore des mots.

Puis une invitation adressée aux parents à contacter le recteur de l'école, un certain Ingvar Åkerström, afin de régler les derniers détails liés à l'attribution de la bourse, d'un logement gratuit et du reste. Le contact formel indispensable quand il s'agit d'une mineure, même si les signatures figurant sur la candidature témoignent théoriquement de l'approbation des parents.

La lettre glisse des mains de Malin.

Où se trouve Lundsberg ?
Dans le Värmland.
C'est bien à cent soixante kilomètres d'ici ?
Approbation des parents ? Signatures ?
Elle regarde Tove qui déborde de fierté et dit :

« Alors comme ça, tu penses que ce que tu as n'est pas assez bien pour toi ? Hein ? C'est ce que tu veux ? Étudier dans une putain d'école de la noblesse pleine de connards d'aristos ? Tu t'imagines peut-être qu'ils te considéreront comme l'une des leurs, qu'ils t'accueilleront à bras ouverts ? C'est ce que tu crois ? »

Elle entend ses mots, leur méchanceté, leur cynisme, leur égoïsme, mais est incapable d'y mettre fin. Au contraire, elle élève encore la voix et poursuit :

« T'aurais pas pu m'en parler ? Tu pensais que j'allais sauter au plafond en apprenant que tu avais obtenu une bourse pour cette maudite école ? Tu crois que je vais être contente de te voir partir si loin ? Je t'aime, merde, Tove, tu ne comprends pas, et j'ai envie que tu restes habiter chez moi, tu devrais pourtant le comprendre ? Je n'ai jamais rien entendu de si égoïste. Et les signatures ? Tu as imité ma signature ? »

Tove détourne le regard, ramasse sa lettre sur la table, la replie avant de la glisser à nouveau dans l'enveloppe, puis la range dans son livre et se lève.

« Je croyais que tu serais contente pour moi, dit Tove sur un ton déterminé, sans laisser paraître la moindre tristesse. Tu devrais l'être. Est-ce que tu sais quelle chance c'est de pouvoir étudier là-bas ? Combien ça coûte ? Oui, j'ai imité ta signature sur mon formulaire de candidature, parce que je m'attendais à ce que tu te mettes en colère, même si j'espérais que tu avais changé.

– Mais c'est illégal, Tove ! Tu le sais, ça ? Ton père est au courant ?

– Tu es folle, maman. Bien sûr que non, il ne sait rien. J'avais juste besoin d'une signature, et je n'avais pas envie de la lui demander non plus, car il t'en aurait certainement parlé. Et puis c'était à toi que je voulais annoncer la bonne nouvelle en premier. »

Malin respire.

Souffle un grand coup.

Ferme les yeux.

Se frictionne le visage, a envie de crier et craque, hurle, pousse des mugissements inaudibles, rugit comme un fauve acculé, puis elle ouvre les yeux et s'aperçoit que sa fille sourit.

« Je ne t'écoute pas, maman, lance Tove. Je sais que ça doit être éprouvant pour toi en ce moment, avec tous ces événements, avec mamie et tout le reste. »

Du calme, Fors, du calme. Reprends-toi.

Elle sent ses larmes mouiller ses joues.

Pour la deuxième fois en l'espace de quelques minutes, elle prend sa fille dans ses bras et lui chuchote à l'oreille :

« Pardon. Pardon. J'ai tellement envie que tu m'aimes. Viens, on va sortir manger une pizza, maintenant, et je te raconterai l'histoire la plus ahurissante que tu aies jamais entendue.

– Tempête et désir », commente Tove, sans que Malin comprenne ce qu'elle veut dire.

Du jambon.

Des crevettes et du salami.

Elles sont assises à une table de la pizzeria Shalom, rue Trädgårdsgatan. Tove dévore sa pizza, interrompant uniquement sa mastication pour boire des gorgées de son Cuba Cola.

Elles viennent de passer devant la Grand-Place, où une dizaine de bougies brûlaient dans la nuit et envoyaient des ombres inquiétantes sur les pavés noirs. La plupart des vitrines avaient été remplacées.

Elles n'avaient pas évoqué l'attentat en se rendant à la pizzeria.

Le fait que Jan ait pu rencontrer une femme ne semblait guère tracasser Tove, qui ne ressentait apparemment ni jalousie ni le besoin de reconstituer la cellule familiale.

Elles avaient discuté de Lundsberg, puis Malin avait commencé à lui parler du garçon, seul dans sa chambre, à la clinique.

« Il faut qu'on aille le voir. J'ai envie de le rencontrer. On pourrait peut-être y aller demain, suggère Tove. C'est tout de même mon oncle.

– On passera lui dire bonjour », dit Malin.

Elle avait expliqué à Tove comment s'était passé son rendez-vous chez l'avocat et lui avait parlé de son frère. Cette histoire lui paraissait plus réelle à chaque fois qu'elle la racontait.

En entendant Tove dire « mon oncle », Malin a pour la première fois la certitude qu'il existe quelqu'un qui lui est proche, en dehors de sa fille.

Elle secoue la tête.

« Mais je ne peux pas y aller demain. J'ai du boulot.

– Peut-être que c'est plus important que ton travail, rétorque Tove.

– C'est bien plus important que ça », dit Malin.

Elle pense à Jan et à sa jeune demoiselle et se dit qu'ils doivent dîner à quelques pâtés de maisons de là.

Mais tu t'en fous.

Pense plutôt à Peter Hamse.

À ton petit frère.

À Tove.

Essaie de profiter de l'instant présent.

« Eh bien, fais ce qu'il y a de plus important, alors, insiste Tove. Et dis-moi comment il s'appelle.

– Il s'appelle Stefan.

– Et on le surnomme Stef ? »

Malin secoue la tête.

« Je ne sais pas s'il a un surnom. Tout ce que je sais, c'est qu'il faut qu'on aille le voir, mais l'affaire sur laquelle j'enquête en ce moment… Enfin, quelque chose me dit qu'elle est exceptionnelle et banale à la fois, comme l'est la vie, dans un sens, et que le temps presse, sans savoir pourquoi.

– Qu'est-ce que tu veux dire ? Que tu dois sauver quelqu'un ?

– Possible, répond Malin. Mais qui ? Ça, je n'en ai aucune idée.

– Peut-être toi-même, maman, plaisante Tove. C'est peut-être toi que tu dois sauver. Tu as peur de le rencontrer, hein ?

– Oui, en effet, j'appréhende un peu.

– Alors, fais-le pour moi, maman. Tu peux y aller dès demain, pour moi ?

– On va y aller, Tove, fais-moi confiance. Mais pas maintenant.

– Alors, tu le trahis, lui aussi. »

Aussi. Malin sent resurgir la honte d'avoir fait passer l'alcool et à son travail avant Tove. Suis-je en train de recommencer ? Non.

« Tove. Je ne suis qu'un être humain.

– Ah bon ? » lâche Tove en riant.

Puis elle reprend une bouchée de pizza, la mâche et l'avale d'un air songeur, comme si elle pesait ses mots avant de dire :

« Qu'as-tu l'intention de faire, avec papi ? J'ai cru comprendre que tu lui en voulais à mort.

– Je ne sais pas trop, Tove. Et toi ? Qu'est-ce que tu en penses ?

– Il n'y a qu'une seule chose à faire, maman. Tu dois lui pardonner. Tu n'as qu'un seul père. »

Mère et fille vont main dans la main dans la nuit printanière.

Tove demande à Malin :

« Tu ne comptes pas me dénoncer pour faux et usage de faux ?

– Pour qui tu me prends ? Bien sûr que non.

– Tu es quand même contente pour moi ? C'était mon rêve, tu sais ? »

Malin lâche la main de sa fille, passe son bras autour de ses épaules et la serre contre elle, si bien qu'elles manquent de perdre l'équilibre.

« Évidemment que je suis contente pour toi, dit Malin. C'est juste que j'ai tellement peur de te perdre. »

35

Vendredi 11 mai

Malin n'arrive pas trouver le sommeil.

Il faut que je me repose. Est-ce que j'ai dormi ? Oui, je me suis d'abord endormie quelques heures, puis je me suis réveillée et, depuis, rien à faire. Mon corps s'agite, ma conscience ne cesse de me tourmenter. Il faut que je la fuie dans le sommeil et dans mes rêves, mais je n'y arrive pas.

Malin se redresse sur son lit.

Elle sait que Tove est couchée dans la chambre voisine et espère qu'elle dort.

Lundsberg.

Ne pense pas à cela. Laisse faire les choses. C'est ce que souhaite Tove et c'est ça le plus important. C'était gonflé de sa part d'imiter ma signature sur son formulaire de candidature, pourquoi ne nous a-t-elle rien dit ?

Que penses-tu de nous, Tove ?

Malin referme les yeux et le visage de sa mère surgit devant elle. Elle la revoit la chasser à travers la maison, la gronder pour qu'elle range tout derrière elle, pour qu'elle parle moins, qu'elle se taise en présence des adultes. « Ce n'est pas comme ça que se comporte une jeune fille bien éduquée, fiche-nous la paix. » Maman, tu es morte, maintenant, partie, tu n'existes plus, mais je vais pourtant devoir te supporter jusqu'à ma mort, je le crains. Ces choses que tu m'as fait subir, comment pourrais-je les oublier ?

Tu dois pardonner.

Pardonner aux vivants. Profiter de la vie.

Je sais ce que j'ai à faire, pense-t-elle en se levant. Elle passe un jean, renonce à chercher son soutien-gorge et enfile un tee-shirt rose en coton.

Sa fatigue a disparu.

Son corps a trouvé un second souffle.

Elle pénètre dans la chambre de Tove.

Secoue sa fille. Tove regarde autour d'elle, les yeux ensommeillés.

« Je passe voir papa, dit Malin.

– Ne fais pas ça. Tu sais qu'il est avec cette fille.

– Non, je veux dire papi. »

Tove la prend dans ses bras et lui murmure à l'oreille :

« Je vais me débrouiller. Sois gentille avec lui. »

Quinze minutes plus tard, fatiguée, congelée par une promenade glaciale, à trois heures et quart, Malin arrive devant l'appartement de la rue Barnshemsgatan. Elle hésite, n'ose pas composer le code, mais ses doigts se meuvent tout seuls, comme si tout son organisme savait qu'elle avait besoin d'entendre son père lui raconter l'histoire de son petit frère Stefan.

La cage d'escalier empeste le moisi et le détergent et Malin gravit lentement les marches.

Elle pense :

Je vais te tirer les vers du nez. J'ai besoin que tu me dises la vérité, papa.

Son père est assis dans son fauteuil, dans le séjour, ou dans le salon, comme sa mère l'appelait. L'étoffe verte semble avaler son corps trop maigre. Son visage long, qui, d'ordinaire, dégage une telle force, une telle assurance, n'exprime qu'un étrange mélange de fatigue et de rage, une sorte de doute que Malin attribue à sa solitude.

Elle avait sonné.

Il avait ouvert au bout de la dixième sonnerie, n'avait pas paru fâché d'avoir été ainsi réveillé en pleine nuit. Au contraire, il avait eu l'air heureux de la voir. De son côté, elle n'avait rien ressenti de particulier.

Ils s'étaient assis l'un en face de l'autre dans la salle de séjour. Malin, assise dans le canapé rouge, sent les poils rêches de leur tapis oriental bon marché sous ses pieds nus. Elle regarde son père, sans savoir ce qu'elle attend de lui au juste, et c'est finalement lui qui prend la parole. Pour s'excuser, d'abord, ou du moins tenter de lui fournir une explication.

« Il y a déjà longtemps que j'aurais dû t'en parler. Tu avais le droit d'être au courant. Mais tu sais ce que c'est. Tu sais comment les choses peuvent évoluer. »

Non. Comment les choses peuvent-elles évoluer ? s'interroge Malin, qui, tentée de l'interrompre, se ravise et le laisse poursuivre.

« Les années passent, puis les secrets finissent par devenir beaucoup plus gros qu'ils l'étaient au départ. Nous n'abordions jamais le sujet entre nous et n'avions pas décidé de quelle manière nous t'en parlerions une fois que tu serais en âge de l'apprendre. Même quand maman est morte, je n'ai pas trouvé le courage de t'en parler, même si je savais que la vérité finirait par éclater. J'ai tout simplement été trop faible, et je me dis que je l'ai fait pour ta mère, elle n'aurait pas supporté de devoir assumer ce qui avait été le plus gros mensonge de sa vie. »

Tu ne le nommes même pas, pense Malin. Tu parles seulement de lui comme d'un secret.

Son père se penche en avant.

Malin sent la colère monter en elle, elle a envie de lui crier dessus à nouveau, mais parvient à refouler son impulsion en enfonçant ses ongles dans son coude.

Pour maman ? Ou pour toi ?

Ne vois-tu pas, n'as-tu pas vu à quel point j'allais mal ? Comment j'en ai bavé toute ma putain de vie ? Pourtant, tu savais que j'avais besoin de savoir, tu savais que j'avais toujours cherché quelque chose qu'il me manquait. Que ce soit l'amour de maman, ou ce frère dont j'ignorais l'existence.

Malin est silencieuse.

La voix de son père sonne comme un sarcophage vide, comme l'écho d'une personne qui a accepté son malheur et ses défauts, qui a accepté de vivre avec, sans réellement chercher à se corriger.

Un ton résigné.

Putain, comment avez-vous pu me trahir de cette façon ? Le trahir ?

« Maman avait eu une aventure avec un représentant en articles de bureau. Elle l'avait rencontré chez Saab, puis l'avait revu un soir où elle était sortie danser avec une amie. Il logeait à l'hôtel Frimis. Ils ont passé la nuit ensemble. Tu avais trois ans, presque quatre. Elle est tombée enceinte et ce type s'est tué dans un accident de voiture quelques mois plus tard. Il n'a jamais été question qu'on divorce. C'était une épreuve à passer. Et je lui ai pardonné, puis elle nous a quittés le temps de sa grossesse, quand ça a commencé à se voir… »

Je sais déjà tout ça, a envie de crier Malin.

Raconte-moi quelque chose que j'ignore.

Comment vous avez pu me cacher l'existence de mon frère, par exemple. Pourquoi tu ne pouvais pas l'adopter, alors que son père était mort ?

Elle écoute parler son père. Ses paroles la heurtent comme des morceaux de verre, tranchants, brûlants.

« Il n'a pas pu être adopté, personne ne voulait de lui, ce n'était pas mon enfant, et puis il était handicapé, c'était au-dessus de mes forces, il était préférable de faire comme s'il n'existait pas, de ne jamais parler de lui... et pour finir, au bout de quelques années, c'était comme si ça ne s'était jamais passé. Comme si ce secret n'existait pas. Comme s'il n'y avait que nous, toi, moi et maman. Alors, elle a commencé à être prise de cette obsession de perfection, d'enjoliver sa vie, ses choix, tout ce qui était banal. Et je l'ai laissée faire. »

Son père se tait. Malin jette un œil par la fenêtre, voit l'aube se lever paisiblement, pense que les aveux de son père manquent de spontanéité, qu'ils sonnent presque faux.

Elle l'a écouté parler sans rien dire et maintenant il la prie de prendre la parole :

« Dis quelque chose, Malin.

– Comment as-tu pu l'abandonner, seul, même si ce n'était pas ton fils ? Tu ne te sentais pas un peu responsable de lui ? »

Son père la fixe, tente de capter son regard. Malin sent qu'il voudrait qu'elle le comprenne, mais elle en est incapable.

« Tu ne croyais pas que j'étais en droit de connaître mon frère ? Tu sais à quel point j'ai souffert d'être fille unique. Alors, merde, comment est-ce que tu as pu me priver de ce droit ?

– Il est lourdement handicapé, Malin. »

Elle se lève, hurle :

« Comme si ça avait quelque chose à voir ! Tu aurais quand même pu l'adopter, putain ! Ou bien est-ce que maman y était opposée ? Ou est-ce toi qui l'as privé de sa mère ? Qui as posé un ultimatum, après quoi tu t'es efforcé de la faire passer pour une salope insensible, alors que tu ne valais pas mieux qu'elle ? Toi non plus, tu ne voulais pas de lui, n'est-ce pas ? Peut-être que maman le voulait, elle, et que tu lui as simplement dit non ? Ça ne devait pas être si simple, à cette époque, de quitter son mari, hein ? »

Son père s'enfonce encore un peu plus dans son fauteuil, agite les bras, mais ne tarde pas à les ramener sur ses genoux, semble réfléchir, puis finit par dire, sans le moindre soupçon de remords dans la voix :

« Je ne sais pas quoi dire.

– Ne dis rien, crie Malin. Tu es resté muet pendant trente ans, alors tu peux bien continuer encore un peu.

– Je comprends que tu sois en colère. Mais c'était une autre époque, comme tu le dis. »

Elle le regarde.

Une autre époque ? pense-t-elle. Tu as forcé maman à l'abandonner, non ? Alors qu'elle ne le souhaitait peut-être pas ? Et c'est ce qui l'a rendue si dure ?

Malin se renverse contre le dossier du canapé.

Halète.

« Je ne suis pas en colère, papa. Ou plutôt, si, je le suis. Mais je suis surtout profondément triste. Je suis triste pour moi. Pour lui, pour mon frère. Je suis triste pour Tove. Pour Jan, pour toi aussi, papa, pour maman, car ça a bouleversé nos vies. Bien plus que tu l'imagines.

Vous avez foutu le bordel dans ma vie et ça me rend triste. »

Son père se lève, son regard mal assuré et inquiet a maintenant laissé place à celui d'un vieillard. Un regard que Malin a déjà vu par le passé, chez les criminels qui reconnaissent leurs fautes et sont prêts à en assumer les conséquences, sans pour autant renier leurs actes.

Il se tourne vers elle.

« Qu'est-ce que je peux faire, Malin ? Qu'est-ce que tu attends de moi ? Ce qui est fait est fait et on ne peut rien y changer. J'espère que tu me pardonneras. »

Tu es dingue, pense Malin. Complètement dingue. Elle se lève, laisse son père seul dans le salon, sans un mot. L'abandonne au silence, au souvenir de ses choix, des heures et des jours passés à vivre dans le mensonge. Elle comprend alors que sa solitude est agressive, mortelle, comme le cancer du foie. Pourtant, elle n'a pas l'intention de l'aider à s'en sortir.

« Je voudrais voir Tove, lui crie-t-il. Laisse-moi voir Tove. »

Elle n'a pas envie de te voir, pense Malin.

Elle ne pense plus qu'à cette foutue école privée.

Tove ne veut voir personne. Elle s'apprête à nous quitter.

Quant à moi, je sais où je vais.

La lumière de l'aube filtre dans la chambre d'hôpital déserte. La pièce a été nettoyée et du scotch bleu et blanc a déjà été placé en travers de la porte. Sven Sjöman a probablement appelé Karin Johannison pour lui demander d'envoyer des collègues à elle inspecter la chambre après qu'elle est passée le voir. Mais ils n'ont certainement rien trouvé. De nos jours, en effet, une chambre est désinfectée aussitôt après le départ de celui qui l'occupait, qu'il soit décédé ou rétabli, pour permettre à un nouveau patient de prendre sa place.

Elle avait dû insister pour que les infirmières de nuit acceptent de la laisser accéder à la chambre, bien qu'elle leur eût présenté sa carte de police.

Elle n'avait pas pu s'empêcher de leur demander si Peter Hamse était de service cette nuit, même si elle ne s'attendait pas à le voir à quatre heures et demie du matin. Et les infirmières n'avaient sûrement pas été dupes.

Elle scrute la pièce.

Un homme entre, pense Malin, ou peut-être une femme, retire délicatement l'oreiller sur lequel dort Hanna Vigerö, en glissant sa main sous sa nuque, puis laisse sa tête retomber doucement sur le matelas avant d'appuyer l'oreiller sur son visage.

Hanna Vigerö n'est pas en mesure d'opposer la moindre résistance et il est même possible qu'elle n'en ait pas l'intention. Peut-être préfère-t-elle rejoindre ses filles, qui sait ? Malin imagine l'homme, à moins que ce soit une femme, en train d'étouffer Hanna Vigerö à l'aide de son oreiller. Celle-ci se laisse faire, ses doigts crispés se relâchent peu à peu, puis le moniteur indique soudain un électrocardiogramme plat.

Qui es-tu ?

Que faisais-tu là ? Que faisiez-vous là ?

Tuer te procure-t-il du plaisir ? Ou n'avais-tu pas d'autre choix ? Tu croyais qu'un médecin légiste ne remarquerait pas qu'elle était morte étouffée ?

Est-ce que tout ceci a une signification ?

Serais-tu un fantôme ?

Comment, sinon, aurais-tu réussi à entrer ici en pleine nuit sans être vu ? Tu travailles à l'hôpital ?

Malin essaie de percevoir les vibrations qui flottent encore dans l'air.

Tu sais exactement ce que tu fais, pense-t-elle.

Mais tu n'en as pas envie, en fait. C'est bien ça ? Malin ferme les yeux et imagine l'homme à la capuche se tourner vers la femme alitée en la priant de lui pardonner, car tu es un homme, n'est-ce pas ? Et tu lui demandes pardon.

Je ne vois pas ton visage. Qui es-tu ? Pas Jonathan Ludvigsson, en tout cas, puisqu'il était en cellule.

Alors, qui es-tu ? Et pourquoi, dis-moi pourquoi tu es venu ?

Malin s'efforce de mettre de l'ordre dans ses pensées. Quel esprit maléfique se tapit dans cette chambre d'hôpital ?

Le Mal peut t'atteindre quelle que soit la forme qu'il adopte.

Il arrive souvent qu'il te prenne au dépourvu, mais pas toujours. Tu t'efforces de protéger tes enfants, puis, un jour, tu ouvres ta porte à un homme qui se présente comme ton ami, et, dès que tu as le dos tourné, il s'en prend à tes enfants, les maltraite sans même que tu t'en aperçoives.

Peux-tu te prémunir contre un tel Mal ? Ta naïveté est-elle un Mal en soi ?

Une planche dissimulée sous la neige, un clou rouillé qui pointe vers le haut. Tu devines sa présence à la débâcle, te dis que ce n'est qu'une planche, jusqu'à ce que le clou traverse ta semelle et s'enfonce dans ton pied.

L'infection se répand dans ton organisme, gagne ton cœur.

Que fais-tu ?

Est-il possible de se protéger contre le Mal qui se cache derrière des couches et des couches de bonté parmi tes proches ?

Parmi les plantes vénéneuses de ton jardin ?

Alors que fais-tu ?

Tu prends conscience.

Du Mal absolu.

Il existe, pense Malin, et nous devons apprendre à le combattre. Ne pas l'accepter, ni le nier. Nous devons au contraire nous efforcer de l'anéantir.

L'enfant cherche le Bien, mais peut trouver le Mal. Car l'enfant ne connaît rien du monde qui l'entoure.

Tu voulais que tes filles soient heureuses, Hanna, n'est-ce pas ? Tu ne leur voulais que du bien. Et quel Mal, sous quelle forme, est venu jusqu'ici pour t'étouffer ?

Malin prend une profonde inspiration.

Elle se tient silencieuse dans la chambre sombre.

Elle sent un vent froid dans la pièce, puis un petit courant d'air chaud sur sa gorge, qui caresse son larynx avant de remonter jusqu'à ses oreilles où il se mue en un chuchotement.

Il y a quelqu'un, ici.

Je ne suis pas seule.

Il faut que j'écoute, pense-t-elle. Je n'ai pas peur. Il n'y a rien d'étrange là-dedans.

Parle-moi et je t'écouterai, je te le promets.

36

Nous sommes là, Malin.

Nous sommes là pour te rappeler que des enfants sont séquestrés quelque part.

Il faut que tu entendes leurs voix.

Ils ont besoin de toi, et si tu veux savoir qui ils sont, tu dois d'abord deviner qui nous sommes, c'est le seul moyen.

Nous te voyons dans la chambre d'hôpital.

Nous te frôlons, nous te chatouillons la gorge avec nos petits doigts et tu sais que nous sommes là, dans la chambre où maman est morte, n'est-ce pas ?

C'est pour cette raison que tu es venue ici, bien que tu aies tant besoin de sommeil.

Il fait noir, mais le jour est sur le point de se lever et, dans la terre, des millions de bourgeons commencent déjà à s'activer.

L'obscurité de cette chambre n'est rien, comparée à l'obscurité que tu vas devoir affronter, Malin. Il est possible que l'obscurité qui t'attend soit de celles qui ne prennent jamais fin. Mais tu ne dois pas avoir peur.

Tu respires.

Tes yeux sont fermés.

L'air de la pièce est chargé d'une odeur de détergent et de mort.

Nous entends-tu, Malin ?

Nous entends-tu ?

Malin ouvre les yeux.

Les voix, qu'elle avait espéré entendre, ne sont pas là. Pourtant, quelque chose l'incite à aiguiser sa vue jusqu'à ce que l'obscurité se change en un enfer flamboyant, fumant, bouillonnant, et qu'elle comprenne que la clé de l'énigme de l'attentat se trouve dans des ténèbres comme celles-là.

Une corneille passe devant la fenêtre avec dans son bec un ver de terre qui, à la lumière de l'aube, ressemble à un petit serpent rampant dans le ciel sans nuage.

« Il faut que tu leur viennes en aide », dit alors une voix dans son dos. Elle sursaute et se retourne, pensant qu'une infirmière est entrée dans la chambre. Mais il n'y a personne.

« Il faut que tu leur viennes en aide », répète la voix. Malin sent alors sa peur se dissiper et dit :

« Est-ce toi, Hanna ? Tu es là ? »

Elle attend une réponse.

« Ce sont tes filles à qui je dois venir en aide ? En tout cas, je fais tout mon possible pour que justice leur soit rendue. »

La pièce est silencieuse et paisible et Malin voudrait entendre à nouveau la voix amicale. Celle-ci finit par revenir :

« Je ne vois pas mes filles ici.

– Elles ne sont pas avec toi ? »

La voix ne répond pas.

Malin la sent se retirer, disparaître par la fenêtre, elle se retourne, observe le ciel. Voudrait obtenir des réponses à toutes ses questions.

« Reviens, Hanna, dit Malin. Reviens et dis-moi comment je peux les aider.

– Elle ne reviendra pas. Elle est morte. »

Une voix de femme résonne dans son dos, du côté de la porte. Malin se retourne et découvre un corps massif en blouse blanche qui s'avance dans la chambre, un visage aux traits grossiers surmonté d'une chevelure courte.

« Vous parlez aux morts, inspecteur ? »

Aucune ironie dans sa voix. Ni peur, ni surprise, juste une question.

« Je ne sais pas ce qui m'a pris, se justifie Malin. Je devrais peut-être descendre faire un tour dans le service de psy ?

– Je vous le déconseille, répond l'infirmière en lui tendant la main.

– Siv Stark, infirmière de nuit.

– Vous étiez de service, la nuit où Hanna est morte ? »

Siv Stark secoue la tête.

« Je regrette.

– Nous avons l'intention d'interroger tous ceux qui travaillent ici.

– Il s'est passé quelque chose, c'est ce que je me suis dit quand j'ai vu la police scientifique débarquer, sécuriser la chambre et procéder à une sorte d'examen. Mais quoi ? Le décès de Hanna Vigerö est-il suspect ?

– Je ne peux pas vous en dire plus, mais si vous vouliez bien prévenir vos collègues que nous allons les interroger, je vous en serais très reconnaissante. »

Peter Hamse.

Elle avait envie de lui et en même temps non.

Siv Stark opine, puis sourit.

« Elle était là ? demande-t-elle. Ou peut-être ses filles ?

– Je ne sais pas. Possible. J'essaie d'écouter ce qu'elles me disent. J'essaie de les croire. »

Siv Stark tire une petite boîte de Generalsnus d'une des poches de sa blouse blanche et en glisse une dose entre ses lèvres. L'odeur du tabac à chiquer donne la nausée à Malin, elle a envie de fuir cet endroit, de rentrer chez elle, de retrouver Tove et son doux parfum, un parfum qu'elle gardera en elle toute sa vie.

Les deux femmes quittent la pièce ensemble.

Sans entendre les cris de désespoir des deux fillettes qui appellent leur maman.

D'une maman qui appelle ses filles.

Il est six heures moins le quart quand Malin s'allonge dans le lit de Tove sans la réveiller.

Elle transpire, pense que ce n'est pas comme ça qu'elle va s'endormir. Mais c'est là qu'elle a envie d'être, près de sa fille. Bientôt, elle sera loin. Cette pensée l'effraie, lui fait craindre la solitude, elle voudrait tellement que Tove reste.

Tout le monde me laisse tomber.

Tove veut aller à Lundsberg.

Papa.

Jan, Daniel. Tout le monde m'abandonne. Malin a envie de pleurer, de s'apitoyer sur son sort, mais elle sait que ça ne sert à rien, que ça la mènera seulement droit en enfer. Alors, à la place, elle s'efforce de profiter de la chaleur de Tove. Peu à peu, son cerveau finit par ralentir, les images défilent de moins en moins vite, se font plus confuses. Elle se trouve transportée dans une prairie fleurie. Elle est petite fille et court pieds nus dans l'herbe, avec l'horizon comme but.

En entendant un chien aboyer, elle s'arrête, baisse les yeux et se met à hurler, à bondir, dans l'espoir de s'échapper, mais elle s'enfonce dans un sol boueux infesté de petits varans qui essaient d'enfoncer leurs dents dans ses chevilles. Des araignées aux pattes velues grimpent dans ses cheveux et tentent de se faufiler entre ses paupières, entre ses lèvres et dans ses oreilles. Malin a envie de fuir de son rêve, mais se force à y rester. Tout à coup, la prairie laisse place à une chambre d'hôpital où son frère dort dans des draps blancs. Il est adulte, mais elle reconnaît le nouveau-né à la barboteuse bleu ciel qu'elle a si souvent rencontré dans ses rêves.

Son visage est creusé, son menton fuyant, son corps petit, chétif et il semble dormir d'un sommeil sans rêves, paisible. Malin pense que ce n'est pas elle qui est abandonnée, mais lui.

Je t'ai trahi, n'est-ce pas ? Mais pourquoi ai-je si peur d'aller te voir ? J'ai pourtant tellement d'amour à te donner. Ai-je peur de ce que tu es et de ma réaction ?

Elle a envie de voir son frère.

De lui caresser la joue, mais, avant qu'elle l'ait rejoint, son rêve s'est transposé dans un nouvel endroit, humide, puant, entouré d'eau, où deux petits êtres poussent des plaintes dans un coin. Elle voudrait les sortir de là, mais ne peut pas, car ils n'ont pas de visage, pas de nom et elle ignore où ils sont.

Tu dois nous aider.

Il le faut.

Åke Fors s'est levé tôt.

Il est assis à sa table de cuisine, une tasse de café à la main et le *Corren* sous les yeux.

Il n'a pas le cœur à lire l'actualité, se fiche des dernières nouvelles sur l'attentat à la bombe. Il a déjà bien assez de soucis.

De là où il est, il peut presque voir frémir l'herbe dans le parc voisin, sentir remuer les vers de terre et vibrer toute cette vie prête à éclore, encore hésitante.

Åke Fors n'a pas la force de se lever pour contempler le parc par la fenêtre et admirer la magnifique journée de printemps qui s'annonce.

Malin.

Il avale une gorgée de café.

Pourras-tu me pardonner un jour ? En as-tu seulement envie ?

Nous devons pourtant rester solidaires. Nous n'avons pas le droit de renoncer.

Je vais rester ici. Seul avec mes remords et ma culpabilité.

Si tu t'étais remise à boire, cela aurait été ma faute.

Margaretha.

Pourquoi t'ai-je laissée me contrôler ? Car c'est bien ce qui s'est passé, non ?

Des oiseaux gazouillent. Des insectes bourdonnent.

Je suppose que c'était plus simple comme ça.

37

Tove et Malin ont ouvert la fenêtre qui donne sur l'église Saint-Lars et laissent les rayons du soleil caresser leurs visages.

Elles boivent leur café en mangeant des tartines.

Malin vient de raconter comment s'est passée sa visite nocturne à son père.

« Tu dois lui pardonner, insiste Tove. Essaie. Dans un sens, on est tous les trois, maintenant, on doit se serrer les coudes, pas vrai ? »

Malin ne répond pas.

Se contente d'observer le parc Saint-Lars où un groupe de jeunes s'affaire à monter des stands de marché.

« Qu'est-ce qu'ils vont vendre, d'après toi ? demande Malin.

– Tu sais, c'est souvent comme ça avec les secrets, poursuit Tove. Ils grossissent tellement avec le temps, qu'à un moment on ne peut plus les avouer.

– On verra bien comment les choses évoluent. Pour l'instant, je ne devrais pas appeler l'école de Lundsberg ?

– Ce serait préférable. Mais je peux le faire. Tu as l'intention d'en parler à papa ? »

Jan.

La belle blonde à son bras, hier soir.

« Pas la peine. Je vais envoyer un mail au recteur. Dis à papa que je suis d'accord. Je parie que tous les PDG et dirigeants du pays ont étudié là-bas, non ?

– Presque tous.

– Alors toi aussi, tu deviendras PDG et, comme ça, tu pourras prendre soin de moi quand je serai vieille.

– Mon Dieu. Je n'ai pas l'intention de devenir PDG ou directrice de quoi que ce soit », rétorque Tove.

Malin la regarde, sait qu'elle fera sensation parmi les aristos. L'expression « Mon Dieu » tourne dans son esprit. Elle aurait plutôt dit « putain », mais « Mon Dieu » sied tellement plus à une jeune fille bien élevée et intelligente comme Tove.

Malin prend une profonde inspiration.

Les rayons du soleil printanier sont chauds et menacent presque de leur brûler la peau, c'est en tout cas l'impression qu'elles ont, là, à la fenêtre de l'appartement.

Où sont mes lunettes de soleil ? Jusqu'à maintenant, je n'ai pas eu le courage de les chercher, mais il est temps que je m'y mette.

L'horloge du clocher indique huit heures et demie et, malgré seulement quelques heures de repos, elle ne se sent plus du tout fatiguée, juste prête à retourner bosser et pleine d'espoir pour la journée qui s'annonce.

Elle laisse toutes ses autres emmerdes de côté.

Börje Svärd remonte la rue Tornhagen d'un pas rapide. Il tient à être à l'heure à la réunion matinale.

C'est sa deuxième balade de la journée.

À six heures, déjà, il avait promené ses chiens.

Mais il a besoin de marcher, non pas pour refouler le souvenir d'Anna ou ses réflexions sur leur affaire, justement parce qu'il souhaite s'attarder dans le souvenir de sa femme.

Il respire l'air printanier.

Se rappelle Anna jeune, avant que sa sclérose en plaques la détruise peu à peu. Sa maladie n'avait jamais réussi à entamer son extraordinaire joie de vivre. Pas plus que l'attentat de la Grand-Place ne pourrait ravir à la ville sa gaîté du moment.

Le travail éprouvant de ces derniers jours avait lourdement pesé sur son corps et son esprit.

Il avait entendu à la radio que toutes les banques du pays allaient rouvrir leurs portes. Les mesures de sécurité allaient toutefois être renforcées et des gardiens supplémentaires engagés.

Börje arrive sur l'avenue Vallaleden et, alors qu'il contemple les antiques bâtiments du vieux Linköping en attendant que le feu passe au vert, un coup de klaxon retentit derrière lui. Il se tourne, voit la voiture verte de Waldemar arrêtée au carrefour et le visage fatigué de son collègue pointer par la vitre baissée de sa portière :

« Je te conduis, partenaire ? »

Partenaire ?

Enfin oui, c'est ce qu'ils sont, après tout.

« Volontiers.

– On s'arrête au Seven Eleven pour prendre un petit noir, d'accord ? dit Waldemar une fois qu'ils ont redémarré. J'ai besoin d'un café bien serré.

– Ça marche, répond Börje. Je ne sais pas pourquoi, mais j'ai le pressentiment que notre enquête vient d'entrer dans une nouvelle phase. Pas toi ? »

Waldemar opine et allume une cigarette sans demander à Börje si cela l'incommode.

Étonnamment peu de monde dans le commissariat.

Juste un groupe d'agents en uniforme qui vont et viennent, s'efforcent de paraître occupés.

Sven Sjöman a certainement déjà ordonné l'audition du personnel de l'hôpital.

Où sont Börje Svärd et Waldemar Ekenberg ? Je leur aurais bien demandé de passer interroger les employés du jardin d'enfants des filles, dans le quartier Nordvinden, à Ekholmen, ainsi que les collègues de Hanna Vigerö, dans le centre pour handicapés mentaux où elle travaillait, à Videngsjö.

Malin s'installe devant son ordinateur, veut commencer par là.

Elle voudrait savoir qui était Hanna Vigerö, qui étaient ses filles. En réalité, jusque-là, personne ne s'en était préoccupé, aussi étrange que cela puisse paraître.

Il faut dire que les événements s'étaient enchaînés à un rythme effréné.

Zeke.

Où est-il ?

Elle aurait dû l'appeler, mais espère que Sven lui a déjà expliqué de quelle manière ils allaient maintenant travailler.

Zeke la suivra. Elle le sait. Elle sait également qu'elle aura besoin de sa force et de sa capacité à aller droit au but. À ne jamais fléchir, mais agir.

Il n'attend certainement que ça.

Personne ne devrait réduire des gamines de six ans en charpie.

Leur mère n'aurait pas dû être étouffée en pleine nuit dans un hôpital.

C'est inacceptable.

« Malin. »

Elle entend la voix de Zeke dans son dos.

Cette voix la rassure, l'ancre enfin dans le moment présent. Je n'ai fait que voltiger dans les airs depuis l'explosion, pense-t-elle.

« *Let's start working*, lance Zeke. Sven m'a parlé des conclusions de l'autopsie de Hanna Vigerö et m'a expliqué ce qu'il attend de nous. »

Malin opine.

« Je me disais qu'on allait peut-être commencer par le registre de l'état civil. »

Zeke contourne le bureau en traînant sa chaise derrière lui pour venir s'asseoir à côté de Malin, puis entre son code d'accès dans l'ordinateur. Quelques instants plus tard, la fiche de Hanna Vigerö apparaît à l'écran.

Née à Linköping en 1969, de l'union de Johan et Karin Karlsson.

Mariée à Pontus Vigerö en 1994.

Et leurs jumelles.

Elles seraient nées en 2004, en janvier.

Rien d'anormal, rien de suspect.

« Les fillettes, dit Zeke. Jette un œil à leurs fiches.

– On n'a pas déjà vérifié leurs attestations de naissance ?

– Pas que je sache. Elles ont été identifiées grâce à leurs dossiers dentaires. Et on n'a pas encore eu l'occasion de se pencher vraiment sur leurs cas. »

Une pupille noire, un œil d'enfant angélique surmontant une joue arrachée.

Je ne sais toujours pas à laquelle des deux appartenait l'œil, laquelle me fixait, pense Malin, mais cela a-t-il de l'importance ?

Vous étiez jumelles, peut-être vous considériez-vous comme une seule et unique personne, comme les jumeaux le font souvent ?

La fiche de Tuva Vigerö apparaît à l'écran.

« Attends un peu, s'exclame Zeke. Tu vois ce que je vois ? »

Malin retient son souffle.

Puis elle lit :

« Née à Stockholm, à l'hôpital Karolinska, 2004. Adoptée à la naissance par le couple Pontus et Hanna Vigerö.

– Peut-on savoir qui étaient leurs vrais parents ?

– Aucune idée », répond Malin en cliquant un peu partout sans parvenir à trouver l'information. Elle doit pourtant bien être quelque part, mais peut-être qu'elle ne figure pas dans le registre en ligne.

« Fait chier ! peste Malin.

– Les adoptions d'enfants suédois sont plutôt rares, fait remarquer Zeke.

– Il y en a encore de nos jours. Seulement, les parents qui veulent adopter ont presque plus de chance de gagner au loto que de tomber sur un gamin suédois. Apparemment, il n'y a que dix à vingt adoptions de ce genre par an. Je me souviens avoir lu un article sur le sujet, un jour. Les services sociaux privilégient généralement le placement en famille d'accueil. »

Malin repense à son petit frère. Personne n'avait voulu de lui. Personne n'avait voulu de cet article défectueux. Pas même celle qui l'avait conçu, pas même sa propre mère.

Ils font défiler la page.

Cliquent sur la fiche de Mira, sa sœur jumelle.

Adoptée elle aussi, forcément.

Ils ont beau chercher, ils ne découvrent aucune information supplémentaire concernant l'adoption des fillettes.

Malin lâche sa souris.

Se tourne vers Zeke.

« Tu as une idée d'où on peut trouver les renseignements qu'on cherche ? Dans quelle administration sont conservées les archives ?

– Pas la moindre. »

Malin appelle Johan via leur ligne interne, sait qu'il est dans son bureau.

« Ce sont les tribunaux de district qui gèrent les adoptions, du moins pour la partie juridique. Je suppose qu'on devrait pouvoir en retrouver la trace dans leurs registres, dit-il. Vous allez devoir vous rendre dans les archives papier, les informations personnelles ne sont plus stockées sous format numérique, désormais. La loi sur la protection des données personnelles est passée par là.

– Merci, Johan. »

Puis Malin voit Börje et Waldemar entrer dans le commissariat, l'air visiblement enjoué. On dirait deux vieux potes qui viennent de se retrouver après de nombreuses années.

Elle leur fait signe de venir.

Les informe de la découverte qu'ils viennent de faire et leur explique ce qu'elle attend d'eux.

Contre toute attente, ils semblent accepter son autorité.

« On s'en occupe, lancent-ils avant de ressortir du commissariat par le même chemin que celui emprunté en arrivant.

– Je préviens Sven qu'on va sécher la réunion matinale », leur crie-t-elle.

Malin n'arrive pas à reconnaître son visage dans le miroir des toilettes du commissariat.

Qui est mon frère, en réalité ?

Est-ce que j'en ai la moindre idée ?

Elle se demande s'il lui ressemble.

À quoi ressembles-tu ? se demande-t-elle intérieurement. Puis elle pense aux fillettes. Elles paraissaient si gentilles, si belles, si pleines de vie sur les photos qu'elle avait vues dans leur appartement d'Ekholmen. Elles auraient très bien pu être les filles naturelles de Hanna Vigerö.

Adoptées.

Qui a bien pu vouloir abandonner deux petites filles telles que vous ? Au moins, quelqu'un vous a voulues, adoptées.

Alors que personne, personne n'a voulu de toi, mon frère.

Moi, je t'aurais bien voulu, mais je ne savais même pas que tu existais.

Malin asperge son visage d'eau.

Secoue la tête.

Elle espère que les fonctionnaires des archives du tribunal de district se montreront coopératifs. Si les fillettes ont été adoptées à Linköping, c'est là-bas que doivent se trouver leurs dossiers.

Les chaises roulantes semblent se déverser des minibus TPMR dont la peinture éclatante scintille dans la lumière printanière. Les parterres de tulipes qui bordent la façade du centre d'accueil de Vidingsjö dégagent une odeur fortement parfumée.

Des légumes, pense Waldemar Ekenberg. Puis, en voyant le visage de Börje Svärd se décomposer, il comprend tout à coup que ces adultes handicapés mentaux et atteints de sclérose en plaques doivent lui rappeler sa femme Anna.

L'une des principales hantises de Waldemar avait toujours été de finir un jour comme eux, ou d'avoir un enfant handicapé. Peut-être était-ce justement à cause de cette peur que sa femme et lui n'avaient jamais eu d'enfant ?

« On entre ? »

Börje acquiesce.

Ils appuient sur le bouton d'accès et les portes vitrées s'écartent devant eux. Ils sont accueillis par la lumière agressive des néons et une jeune femme blonde vient à leur rencontre. Elle porte une blouse de peinture rose bonbon.

Ils se présentent en montrant leurs cartes de police et lui expliquent la raison de leur visite.

« Je m'appelle Petronella Nilsson, je suis ergothérapeute. Vous pouvez me poser vos questions, si vous le désirez. Mon cours de peinture ne commence qu'à onze heures. »

Ils suivent la jeune femme jusque dans une salle de peinture où des pinceaux sont rangés dans des bocaux alignés sur des étagères et une lumière pâle filtre par les larges baies vitrées donnant sur un jardin en fleurs.

Des tables tachées de peinture. Pas de chaises.

Ils prennent place sur des tabourets et Waldemar remarque les taches de rousseur qui ornent à merveille le petit nez retroussé de la jeune femme.

« C'est tellement affreux. Je n'arrive pas à croire que ça s'est réellement passé. Mes collègues et moi avons tous eu l'occasion de parler avec des psychologues, mais on ne comprend toujours pas comment ça a pu arriver. Les enfants de Hanna, puis elle. Je n'ai même pas envie d'y penser.

– Avez-vous remarqué quelque chose d'étrange dans le comportement de Hanna Vigerö dans les jours qui ont précédé l'attentat ? Vous aurait-elle confié quelque chose ? s'enquiert Börje.

– Non, rien. Bien sûr, on a discuté, mais elle ne m'a rien dit de particulier. Comment ça ? Vous pensez que l'attentat était dirigé contre elle ? »

Elle ne sait pas que Hanna a été assassinée, pense Waldemar. L'information n'a pas encore filtré dans les médias. Et il n'a pas l'intention de lui faire cette révélation.

« Nous envisageons absolument toutes les possibilités, poursuit-il. Comment était-elle en tant que personne ?

– Elle s'est fait mettre en arrêt maladie, après le décès de son mari. Il s'est tué dans un accident de voiture, comme vous le savez certainement. Mais elle était sur le point de reprendre le travail. En fait, c'était la fille la plus douce et la plus joviale que j'aie connue. Tous nos patients l'adoraient, et elle le leur rendait bien. Et puis elle était dingue de ses filles.

– Parlait-elle souvent de ses enfants ?

– C'est ce que font tous les parents, non ?

– Vous a-t-elle dit quelque chose de particulier les concernant ? »

Petronella Nilsson réfléchit.

« Non, juste des banalités, qu'elles grandissaient, ce genre de choses. Ce qu'elles avaient dit ou fait.

– Saviez-vous qu'elles avaient été adoptées ? »

Petronella Nilsson prend un air stupéfait. Secoue la tête.

« Je ne l'aurais jamais deviné.

– Donc, vous n'étiez pas au courant ? dit Waldemar.

– Non. Hanna n'y a jamais fait la moindre allusion.

– Avait-elle des amis parmi ses collègues ? demande ensuite Börje.

– Elle était amie avec tout le monde. Avec tout le monde et personne à la fois. Elle ne fréquentait aucune d'entre nous dans le privé. En dehors de son travail, elle se consacrait exclusivement à sa famille. Ils avaient l'air d'être très soudés. »

Avant de quitter le centre de jour de Vidingsjö, ils s'entretiennent avec deux autres employées qui leur confirment les propos de Petronella Nilsson. Puis ils reprennent la route, direction la maternelle de Nordanvinden, quelques kilomètres plus loin.

Des enfants qui jouent, poussent des cris.

Encore des pinceaux. Encore des couleurs. Des jouets et un volume sonore à donner la migraine.

La directrice de l'établissement de Nordanvinden, une dame d'un certain âge du nom de Karin Kvarnsten, se tient face à Börje Svärd et Waldemar Ekenberg au milieu du vacarme. Cheveux gris, des yeux verts chaleureux et des joues rondes.

« Alors, c'est vous, maintenant. La Säpo est déjà passée hier. Vous ne communiquez pas entre vous ? »

Börje et Waldemar se dévisagent et semblent avoir la même pensée : « Est-ce qu'on est sur la même piste ? » Mais ce n'est pas nécessairement le cas. Peut-être que la Säpo est venue ici dans la même intention qu'eux, à savoir retourner chaque pierre.

« Ils adorent courir pour leur propre compte », dit Börje, tandis que Waldemar pousse un grognement agacé.

Ils la suivent dans la cuisine de la maternelle, où flotte une forte odeur de curry. Un barbu dans leurs âges s'affaire à couper en tranches une gigantesque saucisse de Falun, tout en versant de la semoule dans une marmite pleine d'eau bouillante.

L'homme se présente : Sten Håkansson.

« Parlez-nous des fillettes, commence Waldemar.

– Adorables, inséparables, précoces, répond Karin Kvarnsten. On ne les a pas revues depuis l'accident de leur père. J'ignore donc si cet événement les avait perturbées. Et maintenant, nous ne le saurons jamais.

– Non, en effet, confirme Börje.

– C'est épouvantable, ce qui leur est arrivé, dit Sten Håkansson. Ça dépasse tout entendement et ça nous inquiète. On n'est plus en sécurité nulle part.

– Saviez-vous que les jumelles avaient été adoptées ? demande Waldemar.

– Qu'est-ce que vous dites ? Adoptées ? s'exclame Karin Kvarnsten. On n'en savait rien, et cela ne nous a même jamais effleuré l'esprit. »

Sten Håkansson finit de remuer la semoule.

« Vous parlez d'une surprise, dit-il. La Säpo ne nous en a pas parlé. Ils voulaient juste savoir si on avait remarqué quelque chose de particulier chez cette famille, et on leur a répondu que non.

– Si ce n'est qu'ils paraissaient presque plus heureux que les autres », précise Karin Kvarnsten.

Après avoir entendu ces deux témoignages, Börje et Waldemar se tiennent côte à côte sur le parking.

Waldemar a allumé une cigarette.

« Ça ne fait aucun doute, dit-il. Quoi qu'il arrive, tant que ça ne nous touche pas personnellement, la vie continue, pas vrai ?

– En effet, acquiesce Börje. En effet. Je me demande si Malin et Zeke ont découvert quelque chose. »

Ronny Karlsson passe devant Malin et Zeke en ronchonnant et avance à travers les pièces poussiéreuses et exiguës des archives du tribunal de district, au quatrième sous-sol de l'imposant bâtiment en briques rouges de la préfecture, juste à côté de la bibliothèque, en face du parc du Château.

Après s'être procuré le nom du responsable des archives sur Internet, ils avaient appelé et étaient tombés sur ce bureaucrate antipathique qui, après avoir brièvement protesté, avait fini par accéder à leur demande. Ce n'était pas une affaire comme les autres.

« Cela ne pourrait pas… »

Il avait ravalé sa question à mi-phrase dans le téléphone.

« Non, ça ne peut pas attendre, nous n'avons pas le temps de suivre la voie officielle.

– OK. Passez dans une heure et demie. »

Et maintenant, il marche devant eux dans son jean et sa chemise rouge en flanelle. Les archives sentent le renfermé et, sur d'immenses étagères métalliques bleu clair, des classeurs sont alignés, à côté de cartons portant des inscriptions écrites au marqueur et de piles de dossiers visiblement rangés d'après un système ultramoderne à base d'élastiques et d'étiquettes.

« La plupart des documents conservés ici sont confidentiels, marmonne Ronny Karlsson en enjambant une caisse en carton placée en plein milieu du couloir. Mais tout le monde s'en fout. Je pense que vous pourrez trouver ici les renseignements que vous cherchez.

– On ne s'en fout pas », rétorque Malin.

Ronny Karlsson s'arrête devant une étagère pleine de classeurs noirs.

« Normalement, le dossier devrait être là. »

Il se hisse sur la pointe des pieds, plisse le front et lit les inscriptions au dos des classeurs avant de saisir l'un d'entre eux.

Ronny Karlsson le feuillette, puis le tend à Malin.

« Voilà, dit-il. Toutes les informations dont nous disposons concernant les filles Vigerö se trouvent là. »

38

Un enfant non désiré.

Une adoption programmée qui ne s'est jamais faite.

Pourquoi prendre celui qui est défectueux quand on a le choix ? Un marron, un jaune ou un rouge, plutôt que celui avec un défaut au cerveau, une âme avariée.

Malin contemple le parc du Château où les cerisiers, les pommiers et les magnolias concourent pour le titre du plus bel arbre.

Il est midi moins le quart et Zeke marche d'un pas lent à côté d'elle. Derrière le massif de fleurs blanches, ils distinguent le château et la partie du parc ouverte au public. En face, ils aperçoivent la bibliothèque, dont les fenêtres, aux étages supérieurs, scintillent au soleil.

La bibliothèque.

L'endroit favori de Tove. Malin et Zeke retournent en silence à leur voiture, garée près de la cathédrale.

Je connais chaque recoin de cette ville, pense Malin. Chaque pierre de la cathédrale est gravée dans ma mémoire, chaque arbre, chaque nuance de rose sur la façade du gymnase, chaque injustice, chaque chagrin, joie, désir et chaque pensée cupide.

Ils avaient bien trouvé un nom, dans le classeur noir des archives du tribunal de district.

Mais ce n'était pas celui de la femme qui avait abandonné les filles, ni celui du père, simplement celui de l'assistante sociale qui avait suivi le dossier.

Les parents suédois ne sont pas autorisés à garder l'anonymat lorsqu'ils abandonnent un enfant. Pourtant, le dossier des jumelles Vigerö ne contenait aucune information concernant leurs parents biologiques.

Pourquoi ?

Une erreur ? Autre chose ?

L'assistante sociale était une certaine Ottilia Stenlund qui, six ans plus tôt, travaillait au siège des services sociaux de Norrmalm, au 30 de la rue Teknologgata, à Stockholm.

« Il va falloir qu'on appelle cette Ottilia Stenlund », dit Zeke, tandis qu'ils contournent le grand chêne, près du vieux gymnase.

Le château.

Un bâtiment massif aux murs gris, une centaine de mètres devant eux. La résidence du gouverneur du comté. Seuls les gens chics y sont invités à dîner. Ainsi que les joueurs de l'équipe professionnelle de hockey de Linköping.

La cathédrale.

Tel un gigantesque sarcophage, elle semble vouloir attirer l'attention des habitants de Linköping qui, eux, ne se soucient guère de ce qui se passe dans la maison de Dieu. La mosquée d'Ekholmen est certainement bien plus fréquentée. À l'exception, toutefois, des périodes d'attentat et des fêtes de Noël où, pendant la messe de minuit, des milliers de bougies embrasent le corps de l'édifice. Alors, les habitants de Linköping sortent de chez eux, les marguilliers les accueillent à la porte et les paniers à collecte débordent de mauvaise conscience.

Putain, pense Malin.

Comme dit Bruce Springsteen dans sa chanson : « *Still at the end of every hard-earned day people find some reason to believe.* »

Elle sort son mobile.

« Je vais voir si les renseignements téléphoniques ont son numéro.

– On ne ferait pas mieux de l'appeler sur son lieu de travail ?

– Ça risque de prendre du temps de trouver son numéro professionnel. Ce sera plus rapide et plus simple par les renseignements téléphoniques. On tente le coup. »

Ils arrivent à leur voiture. La peinture blanche est couverte de déjections d'oiseau qui n'étaient pas là quand ils se sont garés. Malin voit alors Zeke pousser un juron en levant les yeux au ciel, vers la couronne vert clair du chêne, où une nuée de corbeaux, de corneilles ou d'une autre espèce fléau des villes a dû s'installer entre-temps.

« Oui, nous avons bien une Ottilia Stenlund. Au 30 de la rue Skogshöjdsvägen, à Abrahamsberg. Désirez-vous être mise en relation directement et recevoir le numéro par SMS ? »

Au bout de trois sonneries, une femme à la voix fatiguée et enrouée décroche.

« Ottilia. »

Malin devine au ton d'Ottilia Stenlund qu'elle attendait un appel.

De notre part ?

« Mon nom est Malin Fors et je suis inspecteur à la police criminelle de Linköping. »

Elle explique ensuite la raison de son appel.

S'excuse de la déranger à son domicile mais, dans les circonstances actuelles, elle n'avait malheureusement pas le choix.

« Je travaille toujours dans le même bureau, l'informe Ottilia Stenlund. Mais je suis de repos, aujourd'hui. »

Vendredi libre. Malin se rappelle avoir lu dans un article de *L'Express* que les services sociaux de Stockholm étaient désormais ouverts le samedi afin de pouvoir faire face à l'afflux des victimes de la crise.

« Vous travaillez peut-être le samedi, dans ce cas ? J'ai lu un article sur le sujet. »

Témoigner de l'intérêt, créer une relation de confiance, c'est inscrit dans notre ADN, pense Malin.

« Je travaille parfois le samedi, en effet. »

Ottilisa Stenlund respire, lentement, prudemment, et Malin lui demande :

« Je suppose que vous avez suivi l'affaire. Que vous vous souvenez des filles.

– Je suis liée par le secret, dit Ottilia Stenlund. Je commets une faute professionnelle grave si je vous parle. »

Malin sent alors la colère monter en elle.

« Elles ont été réduites en pièces. Vous saisissez ? De ces deux adorables bébés que vous avez contribué à faire adopter et qui sont devenues de magnifiques fillettes, il ne reste plus que des morceaux de chair calcinée, du sang et des lambeaux, vous comprenez ? Alors ne venez pas me parler de votre putain de… »

De l'autre côté de la voiture, Zeke s'élance et lui arrache le téléphone des mains. Soudain, la vue de Malin s'assombrit, elle a du mal à respirer et doit s'appuyer contre la carrosserie. Elle sent la fiente d'oiseau tiède entre ses doigts et entend Zeke dire :

« Je vous prie de nous excuser… ma collègue est sous pression, nous sommes tous sous pression, en ce moment, si vous pouviez faire une petite exception, les décisions de justice prennent du temps et, malheureusement, du temps, nous n'en avons pas. »

Sa vue s'éclaircit à nouveau.

« Donc, vous ne voulez pas faire d'exception, dit Zeke sur un ton résigné. Bien. Dans ce cas, je vous remercie. »

Il raccroche.

« Elle était effrayée, dit Zeke. Tu ne l'as pas entendu à sa voix ? Putain, cette femme était terrorisée ! »

Il est quatre heures et quart quand Zeke dépose Malin en bas de chez elle.

Börje Svärd, Waldemar Ekenberg et Johan Jakobsson avaient passé tout leur vendredi après-midi à parler avec des connaissances des Vigerö. Il n'en était toutefois rien ressorti d'intéressant. Apparemment, tout le monde ignorait que les fillettes avaient été adoptées et la famille semblait très heureuse.

Mais la Säpo avait refait son apparition.

Sont-ils sur la même piste que nous ? s'interroge Malin. Ce n'est pas impossible. Sven Sjöman a bien sûr informé les collègues qu'il a envoyés en mission, qui sait si l'un d'entre eux n'a pas vendu la mèche ?

Ottilia Stenlund est notre meilleure piste jusqu'à maintenant, constate-t-elle.

Le Pull & Bear est ouvert. Elle s'arrête devant l'entrée du pub, s'attend à ce que l'envie d'alcool s'empare d'elle. Pourtant, elle n'éprouve rien de particulier, si ce n'est l'envie de monter chez elle. Quelques instants plus tard, elle s'assied dans son canapé et fixe le mur.

Tove est chez Jan.

Chez cet enfoiré de Jan.

Tout à coup, son corps commence à s'agiter. Elle se lève. Il faut absolument qu'elle évacue cette nervosité qui la ronge, elle n'en peut plus d'observer les maudits murs crasseux de son appartement, d'entendre le tic-tac de son horloge Ikea. Alors, elle sort sa tenue de jogging et ses chaussures Nike à la semelle élimée et, quelques minutes plus tard, s'élance le long de la rivière Stångå.

Du coin de l'œil, elle aperçoit les immeubles de prestige flambant neufs dont la population, d'après ses informations, est constituée à soixante-quinze pour cent de médecins. Elle file devant la nouvelle salle de bowling, en évitant de regarder de l'autre côté de la rivière en direction de la caserne des pompiers où travaille Jan.

Jusqu'où suis-je capable de courir ?

Jusqu'où ?

De charmants pavillons du seizième siècle bordent la rivière. Elle a déjà eu l'occasion d'entrer dans certaines de ces demeures dans le cadre d'enquêtes passées.

Son cœur bat maintenant la chamade dans sa poitrine.

Elle a l'impression de voir à travers une longue-vue de pirate.

Elle sent l'adrénaline inonder son corps.

Elle emprunte le pont de Brasken, puis passe devant l'usine Saab.

C'est ici que travaillait maman. C'est là qu'elle a rencontré l'homme qui lui a donné son deuxième enfant, mon frère. C'est là que les vies de maman, de papa et la mienne se sont transformées en un énorme mensonge. À moins que cela ait commencé avant ?

Je le refuse, pense Malin. Ça ne m'arrivera pas.

Elle s'arrête devant les grilles de l'usine. Se penche en avant, les mains sur les genoux, pour reprendre son souffle, puis s'élance à nouveau en direction du centre-ville.

Je refuse, refuse, refuse. Ce mot devient comme son mantra, il la fait avancer.

J'ai trente-six ans, je ne peux pas laisser les erreurs d'une femme et de son mari continuer à diriger ma vie, j'en ai la possibilité, maintenant. Il ne tient qu'à moi de reprendre mon destin en main, il me suffit de me regarder dans le miroir et de le décider.

Il faut que je rende visite à mon petit frère. Pour moi, pour Tove, pour lui. Je dois contenir ma rage.

Tove.

Malin chasse la sensation sinistre qu'elle ressent quand elle pense à Tove. Elle a conscience qu'elle est en train de répéter ses erreurs du passé.

Vraiment ?

De toute manière, je dois d'abord résoudre cette affaire. Obliger Ottilia Stenlund à nous dire ce qu'elle sait.

Puis, Malin pense à Peter Hamse. Je ne lui ai pas parlé, aujourd'hui. Bien que je dispose d'une bonne excuse pour le faire.

Elle pense à Daniel et à Jan, ces sales fumiers, et elle accélère, le monde qui l'entoure n'est plus qu'un amas de couleurs, de sons et de douleur. Elle souffle et finit par s'effondrer devant la porte de son immeuble, alors que l'horloge de l'église Saint-Lars sonne six heures. Elle sent son ventre se contracter et a tout juste le temps de se jeter sur le côté avant de vomir. Elle ressent alors un bien-être infini.

Elle enfonce ses doigts dans sa gorge.

Recrache le peu qu'elle avait encore dans l'estomac.

Voit le visage de son père face à elle.

Papa, pense-t-elle. Comment vais-je pouvoir te pardonner ?

39

Samedi 12 mai

La voiture file à vive allure sur la E4 en direction du nord.

Il est seulement six heures et demie du matin et Malin est ravie que Zeke ait pris le volant. Aucun café au monde ne pourrait quelque chose contre son état de fatigue en ce moment, bien qu'elle ait cette fois profité d'une nuit entière de sommeil.

La veille au soir, elle était parvenue à convaincre Sven Sjöman de les envoyer à Stockholm interroger eux-mêmes Ottilia Stenlund plutôt que d'en confier la tâche à leurs collègues de la capitale.

Zeke et elle étaient les seuls en mesure de mener à bien cette mission, et il lui tenait vraiment à cœur d'aller jusqu'au bout de cette piste, aussi Sven lui avait-il cédé, malgré les restrictions budgétaires.

Elle est fatiguée, tellement fatiguée.

Elle n'a même pas rattrapé son retard de sommeil. Ces nuits et ces journées au cours desquelles les événements s'étaient enchaînés à un train d'enfer pèsent toujours sur son organisme. À tel point qu'il lui faudrait dormir une semaine pour récupérer. Mais ce n'est pas le moment, ils n'ont pas le temps de dormir.

Elle écoute le bruit du moteur en regardant le paysage. Des vaches broutent dans un pré parsemé de fleurs jaunes, devant un bâtiment de ferme rouge, à l'orée d'une sapinière.

Qu'est-ce qui se cache parmi ces arbres ? se demande-t-elle.

Dans le noir ?

Vers quoi nous dirigeons-nous, Zeke et moi ? Allons-nous découvrir quelque chose ou bien est-ce que cette piste menant à l'assistante sociale Ottilia Stenlund n'est en réalité qu'une fausse piste et que la bonne se trouve parmi celles que suivent actuellement Waldemar Ekenberg, Johan Jakobsson et Börje Svärd ?

Même si le Front de Libération de l'Économie est hors de cause, peut-être convient-il cependant de chercher la vérité du côté d'un autre mouvement activiste, des islamistes ou des gangs de motards ?

La veille au soir, Sven les avait appelés pour leur ordonner de se rendre à Stockholm le plus tôt possible, puisque Malin tenait tant à interroger Ottilia Stenlund au sujet de l'adoption. Il les avait informés qu'ils ignoraient toujours qui était le poseur de bombe et que les auditions du personnel de l'hôpital universitaire n'avaient rien donné, pas plus que les investigations de la police technique. De ce fait, Malin et Zeke avaient le champ libre.

« Faites comme bon vous semble, leur avait dit Sven. Essayez de faire avancer l'enquête. On se souciera des éventuels problèmes budgétaires plus tard. »

Malin avait eu l'impression que ce qu'il leur disait, en réalité, était :

Avancez dans le noir.

Elle contemple l'asphalte gris de la E4, lit « Norrköping 14 » sur un panneau indicateur et pense : Je m'avance dans des ténèbres inconnues, maintenant, et j'ai peur de ce qui je vais y découvrir. Zeke tend le bras vers le lecteur CD, met la musique chorale allemande qu'il apprécie tant et qui cause parfois de violentes migraines à Malin.

Cette fois, en revanche, la musique lui convient parfaitement.

Elle appuie sa tête contre la vitre de sa portière, ferme les yeux et s'endort.

Lorsqu'elle se réveille, leur voiture fend les faubourgs sud de Stockholm.

Les immeubles inhumains de Botkyrka se dessinent sur l'horizon.

Elle découvre également la splendeur cachée de Mälarhöjden et le charme relatif de Midsommarkransen, là où des immeubles semblent braver le vacarme de l'autoroute et offrir à leurs habitants un refuge douillet.

Stockholm.

Dire que j'ai habité là, à une époque, pense Malin. Lorsque Tove était toute petite. Elle avait eu beaucoup de mal à concilier sa vie de mère d'un enfant en bas âge et ses études à l'école de police. Finalement, elle s'en était sortie, mais de justesse.

Stockholm était comme une coulisse pour moi, pense Malin, tandis qu'ils franchissent le pont de Skanstull, puis le tunnel qui s'enfonce sous un hôtel flambant neuf à la façade vitrée. Je ne suis jamais allée en centre-ville, n'en ai jamais éprouvé l'envie, et pourquoi aurais-je dû le faire ? Une mère célibataire étudiante. Est-il possible d'être plus bas dans une ville complètement obsédée par l'argent, par ce qu'il y a de plus chic, de plus superficiel ?

Je m'étais mis en tête de rester, pense Malin. Mais j'avais fini par me convaincre que c'était impossible, qu'il valait mieux retourner auprès de Jan et essayer de repartir de zéro. Il y avait autre chose. L'impression forte de ne rien valoir, de ne pas être à la hauteur. C'est cette impression que tu as portée toute ta vie, maman, n'est-ce pas ? L'impression que le monde est immense et toi minuscule, que les autres sont importants, et toi insignifiante.

Quand ils remontent à la lumière du jour, elle aperçoit l'arrière du Parlement, la baie de Riddarfjärden et pense : Comment ai-je pu un jour rêver de m'intégrer à ce monde ? Combien ont réussi là où j'ai échoué ? Quitter une petite ville de province pour conquérir la capitale. Réussir, devenir quelqu'un.

Derrière eux, sur la rive sud du lac Mälar, se dresse la Brasserie munichoise, une vraie forteresse médiévale. Les rochers semblent être là pour protéger les citadins des attaques et la flèche de l'hôtel de ville mettre en garde les étrangers : Vous pouvez approcher, mais n'allez surtout pas vous imaginer que vous êtes quelqu'un. Les immeubles, le long de la rive nord du Mälar, sont plus hauts que dans son souvenir et Malin se demande comment c'est de vivre là, de se lever chaque matin en voyant le pont Västerbron et la baie. Elle se souvient du studio qu'elle et Tove louaient, de l'autre côté de Traneberg, au premier étage, juste au-dessus d'un local à ordures, avec vue sur le parking.

Pourtant, Tove s'y plaisait.

Elle aimait sa crèche.

Ses nounous.

Peut-être parce qu'elles avaient alors toutes deux l'impression d'être en route pour une nouvelle vie, ce qui pourrait expliquer pourquoi Tove elle-même désire tant prendre son envol, maintenant. C'est pour ça que je suis si fâchée et paniquée de savoir qu'elle va partir ?

Jan. Daniel Högfeldt. Eux aussi sont sur le point de changer de vie. Quant à moi, quels sont les changements que je m'apprête à vivre ? Elle imagine alors le garçon dans sa chambre d'hôpital. Il a pour ainsi dire chassé le visage de sa mère, l'a effacé et, tout en sachant que c'est maintenant un homme, elle le verra toujours comme un petit garçon.

La rue Sveavägen.

Ils débouchent du Citytunnel et s'engluent dans les bouchons, devant la façade bleue du Konserthus. Des jeunes femmes traversent la route sur les passages cloutés, au coin de Kungsgatan. Elles marchent d'un pas décidé, de ce pas que je n'ai jamais eu quand j'avais leur âge et que j'habitais là, pense Malin.

Ils s'engagent dans la rue Rådmansgatan et continuent jusqu'au parc de Tegnérlunden, avec sa statue romantique de Strindsberg qui fait penser à un fou, avant de remonter une petite rue dont Malin ignore le nom.

« Teknologgatan. On y est, annonce Zeke en garant la voiture.

– Services sociaux de Norrmalm, bureau quatre. Il ne reste plus qu'à espérer qu'Ottilia Stenlund acceptera de nous recevoir, à supposer qu'elle travaille ce samedi. Sinon, on ira la trouver chez elle. »

La misère ne connaît pas de trêve le week-end, en ce printemps 2010.

Le bureau est ouvert, comme Ottilia Stenlund l'avait indiqué.

Et elle est bien là.

Malin et Zeke patientent dans une salle d'attente dépourvue de fenêtre, aux murs peints du même jaune agressif que les tenues des Hare Krishna.

Ottilia Stenlund va les recevoir, mais elle a d'abord deux rendez-vous.

Autour d'eux, des gens feuillettent le *Métro* d'un air distrait, le magazine *C'est arrivé cette semaine* ou des exemplaires malvenus de *Belles demeures* qu'un des employés a dû rapporter de chez lui.

Certains sont des habitués. Des alcooliques dans les âges de Malin qui paraissent avoir un siècle de plus, puent l'urine, l'alcool et la crasse. Ils viennent toucher leurs allocations hebdomadaires pour s'acheter de quoi se bourrer la gueule. Une femme maigre qui semble avoir la quarantaine, mais qui n'a probablement pas plus de vingt ans. Malin est capable de reconnaître un alcoolique à cent mètres, à leur regard implorant et désespéré, mais également déterminé. Il y a aussi des gens que l'on ne s'attend pas à voir, normalement, dans ce genre d'endroit. Une mère d'apparence soignée avec ses deux jeunes enfants, un homme d'une trentaine d'années qui porte un costume bleu et une cravate, un retraité à la chemise rayée impeccablement repassée.

La misère frappe à l'aveugle, désormais, pense Malin. N'importe qui peut perdre son travail. Personne n'est en sécurité et si vous avez seulement vingt jours de retard dans le paiement des traites de votre logement, la banque s'en saisit.

Vous pouvez vous retrouver à la rue du jour au lendemain. Aussi les propriétaires fonciers sont-ils peu appréciés, dans ces quartiers. Ces imbéciles pleins aux as qui roulent dans des voitures hors de prix et dépensent sans compter. Pourtant, désormais, certains d'entre eux ont appris ce qu'est la misère.

Malin est tirée de ses pensées par un homme qui sort du bureau d'Ottilia Stenlund, hirsute et sale comme seul un sans domicile fixe peut l'être. Puis, une femme d'une cinquantaine d'années, vêtue d'une robe longue à fleurs bleues, s'approche d'eux.

Son visage est rond, surmonté d'une touffe blonde frisée, et ses yeux bleus pétillent d'intelligence.

« Je vais pouvoir vous accorder un peu de temps, maintenant, dit-elle en regardant Malin et Zeke. Entrez, mais ce sera court. »

Une fois dans le bureau d'Ottilia Stenlund, Malin jette un œil à l'horloge blanche contre le mur.

Le même modèle que dans le centre de désintoxication où elle avait passé l'automne.

Neuf heures et quart.

Ils prennent place sur les chaises réservées aux visiteurs. Le bureau de l'assistante sociale est encombré de classeurs et de papiers.

« Je me doutais que vous alliez passer, commence Ottilia Stenlund. C'est vraiment horrible ce qu'il s'est passé. »

Malin sent sa colère de la veille refaire surface. Pendant quelques brèves secondes, elle a l'impression qu'Ottilia Stenlund ne leur dira rien. Mais elle parvient à se contenir et ses craintes ne tardent pas à être dissipées.

« C'était une affaire très inhabituelle, poursuit Ottilia Stenlund. Compliquée. Désagréable, très désagréable. Je n'en ai jamais traité de semblable. »

Malin et Zeke sentent la peur s'insinuer dans la pièce, en rampant sur le sol comme un lézard affamé, infecté, accompagné d'une puanteur indélébile de chair putréfiée.

Ottilia Stenlund les fixe.

« Je ne vois pas d'autre solution que de tout vous raconter, dit-elle. Je vais vous confier qui est leur mère biologique. »

40

Maman.

Tu n'es pas notre mère.

Notre véritable mère.

Cela nous a d'abord troublées, mais peut-être l'avions-nous quand même senti.

Et maintenant que la dame te raconte notre histoire, Malin, nous nous demandons pourquoi toi, Hanna, puisque tu n'étais pas notre mère, tu t'es occupée de nous. Pourquoi tu nous as voulues.

Parce que tu nous aimais, c'est ça ? Parce que tu avais besoin de quelqu'un à aimer, tout simplement ?

Maman !

Nous t'appelons, voulons te demander pourquoi tu ne nous as rien dit, même si nous comprenons que tu aies pu nous penser trop jeunes, que tu aies voulu nous protéger de nous-mêmes, de ce que nous sommes, de ce que nous étions.

C'est bien cela, maman ? Tu avais peur ?

Papa n'était pas non plus notre père, ce qui explique qu'il ne soit pas là avec nous. Nous sommes seules, tellement seules. Nous voyons Malin assise dans un bureau, dans une grande ville que nous ne reconnaissons pas. Le chauve est assis près d'elle et, face à eux, une femme dont nous pouvons voir les lèvres remuer sans toutefois entendre ce qu'elle dit, même si nous comprenons que c'est important. Nous savons que c'est notre histoire qu'elle est en train de raconter.

Comment nous sommes arrivées chez toi, maman, qui n'étais pas notre mère, et chez toi, papa, qui n'étais pas notre père.

Mais pour nous, vous avez toujours été notre maman et notre papa et le resterez pour toujours. L'amour que nous éprouvons s'étend à travers tout l'univers en murmurant :

Aimez-vous les uns les autres. Aimez-vous les uns les autres. Et si vous ne le faites pas, au moins, ne vous abandonnez pas.

Car nous avons été abandonnées, mais également aimées.

Alors, qui nous a abandonnées ?

Qui n'a pas souhaité nous aimer ?

La bouche remue. Serait-elle en train de prononcer un nom ?

Malin.

As-tu appris un nom ? As-tu obtenu le signalement de celle qui nous a abandonnées ?

Peux-tu nous dire qui étaient nos parents, les vrais, ceux qui nous ont déposées dans un petit panier en roseau et laissé dériver dans ce monde mauvais ?

En écoutant parler Ottilia Stenlund, Malin avait senti qu'ils n'étaient plus seuls dans la pièce.

Vous êtes là, en ce moment, avait-elle pensé, n'est-ce pas ? Vous entendez ce qu'elle dit, ce qu'elle a dit ?

Ottilia Stenlund leur avait tout raconté, mais sans les regarder dans les yeux, comme si elle se rendait coupable d'une faute morale.

Malin avait été frappée de constater qu'elle violait en fait le secret professionnel en leur révélant ce qu'ils avaient besoin de savoir, mais celui-ci pouvait bien aller au diable.

La femme qui avait mis au monde les jumelles Viggerö était une certaine Josefina Marlöw, une trentenaire accro à l'héroïne et sans domicile fixe, qui s'était retrouvée enceinte, vraisemblablement après avoir été violée par un autre toxico. En tout cas, elle ignorait qui était le père et ne savait pas quand c'était arrivé.

Selon ses dires.

Josefina Marlöw était la fille du financier Josef Kurtzon, l'un des hommes les plus fortunés de Suède, à la tête d'un immense empire financier. Ce nom de Kurtzon n'était pas inconnu à Malin, même si elle n'arrivait pas à le resituer. C'était à Ottilia Stenlund qu'avait été confiée la mission, en tant qu'assistante sociale, de régler la prise en charge des enfants, dans la mesure où il était naturellement exclu de les laisser à leur mère toxicomane. Ottilia Stenlund leur avait confirmé ce qu'avait entendu dire Malin, à savoir qu'il était naturel, dans un cas comme celui-là, de placer les enfants chez d'autres membres de la famille proche, ou dans une famille d'accueil. Habituellement, les services sociaux s'efforçaient autant que possible d'éviter l'adoption, les adoptions d'enfants suédois ayant pour ainsi dire disparu.

Mais Josefina Marlöw avait cependant insisté pour que ses enfants soient adoptées, que sa famille ne sache pas qu'elle était enceinte, ni que les enfants existaient. Elle avait tourné le dos à sa famille, changé de nom et Ottilia Stenlund n'avait pas voulu, ou peut-être n'avait-elle pas pu, en savoir plus sur les raisons qui l'avaient poussée à changer d'identité.

Les pensées s'étaient bousculées dans la tête de Malin.

Les fillettes, bien qu'abandonnées, appartenaient donc à l'une des familles les plus riches de Suède.

Qu'est-ce que cela signifiait ?

Quelqu'un avait-il pu s'en prendre à elles pour une histoire d'argent ? Et pour quelle raison cette Josefina Marlöw était-elle devenue toxico, tellement accro à la drogue qu'elle avait dû abandonner ses enfants ?

Ottilia Stenlund avait poursuivi :

« Josefina est restée clean pendant toute sa grossesse, mais elle a replongé juste après. Elle voulait à tout prix que ses enfants soient adoptés par un couple suédois, rangé, sans le moindre lien avec sa famille, ce qui n'a pas été facile à trouver. Elle avait beaucoup insisté sur le fait que les futurs parents adoptifs devraient être des gens ordinaires, comme elle disait. On a fini par accepter. Et d'un point de vue juridique, le fait de ne pas informer la famille ne posait pas le moindre problème. Pour Josefina, sa grossesse et ses enfants appartenaient à sa vie privée.

– Et sa famille, ils n'avaient aucun contact avec elle ? » avait demandé Zeke.

Ottilia Stenlund avait alors secoué la tête et dit :

« Cette famille me fait froid dans le dos. J'ignore totalement s'ils étaient au courant de la situation. Mais il est possible que Josefina ait réussi à échapper à leurs radars.

– Pourquoi ne voulait-elle plus avoir de rapports avec eux ?

– Elle a toujours refusé d'en parler. Mais je pense qu'elle a été maltraitée dans son enfance.

– Son nom n'était même pas mentionné dans le dossier d'adoption.

– Non, en effet. Les informations peuvent disparaître. Notre système n'est pas parfait.

– Avez-vous une idée d'où elle se trouve en ce moment ?

– Josefina faisait partie des anges des souterrains de Stockholm.

– Que voulez-vous dire ? avait demandé Malin.

– Elle disait qu'elle vivait sous terre. Dans des souterrains et des égouts, dans les tunnels du métro, et elle n'avait d'intérêt que pour l'héroïne. Ne me demandez pas où elle se procurait l'argent pour l'acheter, car elle ne possédait aucun compte en banque, c'est tout ce que je sais. Mais je suppose qu'elle se prostituait, ou qu'elle volait. Enfin, ce que font les autres drogués.

– Mais, si sa famille était si riche, pourquoi se prostituait-elle ?

– Elle ne voulait pas de leur argent. »

Malin avait acquiescé en silence. Puis, Ottilia Stenlund s'était levée, s'était mise à faire les cent pas dans la pièce, comme si elle réfléchissait, avant de leur dire :

« Je suppose que vous voudriez parler avec Josefina. Pour être honnête, je n'ai pas la moindre idée de l'endroit où elle se trouve. Elle a disparu juste après la naissance de ses filles. Elle était extrêmement faible quand elle a quitté l'hôpital et, depuis, je ne l'ai plus jamais revue. Ça fait maintenant six ans.

– Comment l'avez-vous connue ?

– J'avais été chargée de son suivi, quand elle était revenue en ville, après son séjour forcé dans un centre de désintox, dans le Norrland. C'était bien avant qu'elle tombe enceinte. »

En entendant le terme de séjour forcé dans un centre de désintox, Malin avait été submergée par ses souvenirs. Le dégoût, le manque d'hygiène, la honte et l'absence d'intimité qu'elle avait connus quand Sven Sjöman l'avait envoyée dans un centre de soins au milieu des bois.

D'un autre côté à la suite de cela, elle avait réussi à maîtriser son envie d'alcool. En tout cas, si elle y était parvenue, ce n'était pas grâce à ces thérapies de groupe de merde. Non, elle le devait à elle seule.

« Donc, vous n'avez aucune idée de l'endroit où nous pourrions la trouver ? » avait insisté Zeke.

Ottilia Stenlund avait secoué la tête mais, dans son regard, Malin avait perçu une expression qui trahissait qu'Ottilia Stenlund savait parfaitement bien où se trouvait Josefina Marlöw.

Elle s'apprêtait à tenter de la faire parler quand l'assistante sociale s'était levée pour mettre fin à leur entretien :

« Je vous en ai dit bien plus que je suis autorisée à le faire. Je vais devoir m'arrêter là. Renseignez-vous auprès de vos collègues de Stockholm. Si Josefina est en vie, il est possible qu'ils sachent où la trouver. »

Malin avait dû s'en contenter.

Zeke avait secoué légèrement la tête, comme pour dire que ça suffisait, qu'elle leur avait donné plus d'informations qu'ils ne pouvaient l'exiger d'elle, puis Malin avait demandé :

« Et Kurtzon ? Qu'est-ce que vous savez sur son père ? Sur sa famille ?

– Si vous prenez la peine de faire une petite recherche sur Google, vous trouverez certainement tout un tas d'articles sur lui. C'est une sorte de Wallenberg des temps modernes, en plus obscur, si vous voyez ce que je veux dire. Il travaille dans l'ombre.

– Je le connais vaguement, avait dit Zeke. Il possède un fonds d'investissement, n'est-ce pas ?

– Oui, le Fonds Kurtzon, et beaucoup d'autres choses encore, avait confirmé Ottilia Stenlund avant d'aller se poster près de la porte. Excusez-moi, mais j'ai un rendez-vous qui m'attend. Je ne tiens pas à faire des heures sup' un samedi. »

Est-ce que tu sais, Malin, est-ce que tu sais ?

Nous sommes descendues et flottions dans l'air juste devant le visage de la femme pour essayer de lire sur ses lèvres, tandis qu'elle parlait avec toi. Est-ce que tu sais, Malin ? Nous avons compris que le prénom Josefina revenait sans arrêt. Josefina, c'est comme cela que s'appelle notre vraie mère, celle qui nous a portées dans son ventre et qui nous a mises au monde ?

Et qui est-elle ? Où est-elle ? Allons-nous la rechercher ensemble, Malin ? Nous voulons la voir, lire sur ses lèvres ce qu'elle dit de nous.

A-t-elle pensé à nous ?

Existons-nous pour elle ?

Bien sûr que oui, il le faut. Et peut-être qu'elle aussi flotte dans l'air parmi nous, bien que nous ne la voyions pas.

Et notre vrai père ? Qui est-il ?

Peut-être ne sait-elle rien de lui, notre vraie mère ?

On s'approche du but, Malin.

Tu le sens ?

Le printemps montre sa face effrayée, maintenant, et ce sont nos visages déformés par des grimaces que tu vois, Malin, c'est nous que tu entends appeler :

Maman, papa, venez nous rejoindre, nous en avons assez d'être seules, nous en avons assez d'avoir peur.

Les autres enfants, ceux qui sont enfermés, ils crient de la même manière que nous. Et nous nous demandons : Fallait-il que nous mourions pour qu'ils vivent ? N'est-ce pas injuste ? Tout ne devrait-il pas être que justice ?

Quelles conclusions tirer de tout cela ?

Une fois dans l'ascenseur, Malin rallume son téléphone.

Deux appels manqués. Deux nouveaux messages.

Papa.

Arrête de m'appeler.

Tove.

MERDE, merde, merde.

J'ai oublié d'appeler Tove pour lui dire que je devais me rendre à Stockholm.

Son ventre se noue.

Son cœur noircit, son sang semble coaguler. Comment ai-je pu faire cela ?

Malin appelle Tove, mais celle-ci ne répond pas.

Elle entend la petite voix enrouée de sa fille dire :

« Je ne peux pas vous parler en ce moment. Laissez-moi un message après le bip et je vous rappellerai peut-être. »

Malin sourit, puis éclate de rire, elle avait oublié l'humour de Tove. Elle a l'impression qu'elle pourrait passer des semaines dans l'ascenseur rien qu'à écouter son message, encore et encore.

« Qu'est-ce qui se passe ? » demande Zeke.

Elle plaque sa main contre le micro de son téléphone.

« Rien. Je crois juste que je suis en train de devenir un peu folle. »

Elle écarte sa main.

« Tove. Je suis à Stockholm pour mon travail. Je te rappelle plus tard.

– Ça fait déjà un moment que t'es complètement cinglée », la taquine Zeke.

Puis ils descendent de l'ascenseur et quittent le siège des services sociaux de Norrmalm.

« Et maintenant ? s'enquiert Zeke.

– Maintenant, on va tâcher de mettre la main sur cette Josefina Marlöw, répond Malin. Morte ou vive, il faut qu'on la retrouve. Cette fois, on tient notre piste, j'en suis persuadée. »

41

Qui était notre père, Malin ?

Qui rendait visite à notre mère, la nuit ?

Nous savons qui était notre mère, maintenant, et elle n'est pas avec nous, nous pouvons te le jurer.

Il faut que tu la retrouves, Malin, ne serait-ce que pour qu'elle te mette sur la bonne voie, pour que tu puisses aider les autres enfants avant qu'il soit trop tard. Il le faut car, sinon, nous ne trouverons jamais la paix.

N'aie pas peur, Malin, de ce que tu vas découvrir.

Cette histoire est celle de ta vie et tu n'as pas à avoir peur de ta propre vie, n'est-ce pas ?

Il fait chaud, là où tu te rends.

Il y a des flammes.

C'est un lieu où règne le Mal, un lieu sans espoir, sans chanson, sans maman pour caresser sur la joue ses enfants endormis, la nuit, dans un appartement aux murs ornés de photos d'une vie heureuse.

Le vent agite la cime des arbres du parc de Tegnérlunden où des enfants jouent en faisant un boucan du diable. Malin a également l'impression d'entendre une voix portée par le vent. Est-ce que c'est vous, les filles, pense-t-elle, c'est vous qui me murmurez quelque chose à l'oreille ?

Zeke et elle passent devant un immeuble neuf à la façade noire, avec des jardins d'hiver aux baies vitrées décorées d'immenses autocollants en forme de monstres qui, tous ensemble, figurent un arbre dégarni.

Ils descendent la rue Tegnérgatan vers la rue Sveavägen. Alors qu'ils passent devant le restaurant La cuisine de Rolf, le téléphone de Malin se met à sonner.

« Malin.

– C'est Ottilia Stenlund. »

Malin s'immobilise et, tandis qu'elle écoute ce qu'Ottilia Stenlund a à lui dire, elle contemple l'intérieur du restaurant bondé de monde. Des types de son âge, bien habillés, pleins d'assurance, ceux qui ont réussi à la capitale, profitent de leur samedi pour prendre un brunch.

Dans quelle branche peuvent-ils bien bosser ?

Peut-être qu'ils sont dans les médias. En tout cas, ils en ont l'air. Ils travaillent certainement pour ces magazines aux pages glacées qu'elle ne lit jamais.

Son regard s'arrête alors sur un homme.

Un profil.

Elle a soudain un point au ventre, est-ce possible ? Non, si, c'est possible. Finalement, non, ce n'est pas le docteur Peter Hamse, mais elle sent des picotements dans son corps. Elle a envie de se laisser aller, exactement comme Jan, Zeke et Daniel Högfeldt obéissent à leur instinct animal. Elle prend alors conscience qu'elle n'est pas différente d'eux, elle sait qu'elle couchera avec Peter Hamse, tôt ou tard, mais, lorsqu'elle relie ces paroles avec le beau visage du médecin, elle éprouve un malaise, comme si elle souillait une chose aussi pure, délicate et parfumée que le printemps.

« Vous m'entendez ?

– Je vous écoute.

– J'ai vu Josefina, il y a six mois. J'avais décidé de ne pas vous le dire, mais j'ai l'impression qu'il faut que je le fasse. Je vous demande de m'excuser. Je l'ai croisée en face du magasin Åhléns, en centre-ville. Elle était dans un sale état et ne m'a même pas remarquée, elle était sale et maigre et, pour tout dire, elle avait l'air au bout du rouleau.

– Vous savez où on peut la trouver, aujourd'hui ?

– Comme je vous l'ai dit, je n'en ai aucune idée.

– Vous pourriez essayer de vous renseigner ?

– Je peux toujours poser la question à mes collègues qui travaillent avec les toxicos du centre-ville.

– Vous croyez qu'elle sait ce qui est arrivé à ses filles ?

– Possible. Elle se tenait certainement informée. À sa manière.

– Il se peut donc qu'elle soit désespérée. Rongée de remords.

– J'avoue que l'idée m'a effleurée », dit Ottilia Stenlund.

Une Jaguar métallisée passe devant eux, dans la rue.

Une jeune femme au côté d'un vieil homme.

« Putain ! s'exclame Malin.

– Pardon ?

– Excusez-moi. Je pensais à autre chose, répond-elle. Une affaire privée. »

Tove.

Tu n'iras pas à Lundsberg. Tu resteras près de moi. Je tiens absolument à garder un œil sur toi, tu ne t'en iras pas comme ça.

Elle se force à revenir à sa conversation avec Ottilia Stenlund.

« Elle vivait dans les tunnels du métro. Dans plusieurs stations. T-Centralen, Slussen, Hornstull. Il y a des tas de couloirs et de tunnels abandonnés.

– Donc, il est probable que Josefina Marlöw se trouve sous terre ? »

Au bout de quelques instants, Ottilia Stenlund murmure :

« Là où elle a longtemps vécu. »

Puis Malin perçoit à nouveau de la peur dans sa voix.

Une peur qui semble étouffer les dernières paroles d'Ottilia Stenlund.

« Je ne veux rien avoir à faire avec cette affaire. Ne mentionnez jamais mon nom à personne. »

Vous, au moins, vous n'êtes pas sous terre, pense Malin en jetant un regard aux gens agglutinés les uns contre les autres autour des belles tables en bois de La cuisine de Rolf. Ils semblent lui faire des grimaces et se moquer d'elle. Son dégoût se change en envie. Elle se sent mal attifée dans sa robe et voudrait pouvoir l'échanger contre une tenue plus chic, s'asseoir dans le restaurant parmi ces types heureux.

« J'ai faim, dit Zeke.

– Pareil, répond Malin.

– Alors on entre. Il doit bien leur rester une petite place pour deux flics affamés venus de Linköping.

– C'est trop cher, objecte Malin.

– On a quand même les moyens de se l'offrir. Avec nos indemnités de déplacement. »

Ces gens joyeux.

Leurs assiettes ont l'air appétissantes.

« On va trouver autre chose », tranche Malin en se retournant. Puis elle descend vers la rue Sveavägen.

Gros steaks, petits prix.

Jensen's Bøfhus, une chaîne de restaurants à steaks bon marché importée du Danemark. Soixante-sept couronnes le menu Lunch-biff.

À l'intérieur, la clientèle n'a rien à voir avec celle de La cuisine de Rolf, bien que quelques mètres seulement séparent les deux restaurants. Devant la vitrine, les voitures défilent à double sens dans cette rue sans charme, les badauds semblent savoir précisément où ils vont.

« Ce steak m'a l'air excellent », dit Zeke quand la serveuse dépose devant eux un pavé de viande de bœuf.

Puis il demande :

« Qu'est-ce qu'on fait maintenant ?

– On mange », répond Malin.

Comme Zeke semble fâché, elle se force à sourire et ajoute :

« On essaie de retrouver Josefina Marlöw. Et d'en savoir plus sur la famille Kurtzon.

– Ma foi, voilà une mission idéale pour Johan Jakobsson.

– Il est de service, aujourd'hui ?

– Tout le monde est de service vingt-quatre heures sur vingt-quatre, sept jours sur sept, tant que cette affaire n'est pas résolue. »

Malin sort son téléphone de la poche de sa veste. Rédige un SMS : « Josef Kurtzon et sa famille. Toutes les infos que tu peux trouver *asap*. OK ? »

Trente secondes plus tard, la réponse arrive.

« On se fait chier comme des rats morts, ici. Je vous envoie les infos. »

Quelle piste Malin a-t-elle flairée, cette fois ?

Johan Jakobsson a effectué une recherche sur le nom Kurtzon sur le Net.

Des dizaines de milliers de réponses.

Le chef de famille, Josef Kurtzon. Né en 1925. A monté une société de financement juste après la guerre.

Se serait spécialisé dans la gestion des biens de familles juives ayant fui les nazis. Aurait également géré les biens de personnes qui avaient profité de la guerre pour s'enrichir, notamment en s'appropriant les biens de juifs morts en camps de concentration ou bien en fournissant l'armée allemande.

Un article souligne le caractère contradictoire des premières activités de Kurtzon. S'étonne que cela n'ait pas plus choqué ses clients, du moment qu'il faisait fructifier leur argent.

Les origines de Josef Kurtzon étaient un grand mystère. Tout comme ce qu'il avait fait pendant la guerre. D'après un article, il serait issu d'une famille de Saint-Pétersbourg qui avait fui les bolcheviques au début du siècle dernier. D'après un autre, il aurait été le fils d'un employé de la scierie de Sundsvall, un troisième affirmait qu'il avait été sous-officier dans l'armée de Mussolini et un quatrième qu'il appartenait à une famille belge qui avait fait fortune au Congo, grâce au caoutchouc. Il existait apparemment une multitude d'histoires sur les origines de Josef Kurtzon, mais aucune d'entre elles ne pouvait prétendre détenir la vérité.

Il aurait vendu sa société dans les années cinquante afin de se consacrer à la gestion de sa propre fortune, via des sociétés basées à Jersey, Gibraltar et dans les Caraïbes. Il était alors considéré comme l'un des hommes les plus riches de la planète.

Puis, au début des années soixante, il avait fait son retour dans le monde des affaires. Avait fondé une société spécialisée dans la gestion des grosses fortunes.

Dix pour cent de profit chaque année. Une clientèle internationale. Des nobles, des célébrités. Certaines rumeurs prétendaient que tout cela n'était rien d'autre qu'une combine à la Ponzi, qu'un château de cartes. Aucune enquête n'avait cependant abouti. Kurtzon aurait investi dans le pétrole au Venezuela et en Norvège. D'après certains, c'étaient les bénéfices qu'il tirait de ces placements qui lui permettaient de maintenir à flot sa société de gestion.

Mais que faisait-il de tout son argent ?

Kurtzon possédait une grande propriété à Lidingö et, en dehors de cela, était plutôt discret. Il n'avait jamais donné d'interview et entrait en contact avec ses clients potentiels par l'intermédiaire d'hommes de paille. Il n'existait aucune photo de lui, on disait qu'il possédait plusieurs nationalités, qu'il était partout où il y avait une couronne ou un dollar à gagner. Car c'était bien l'argent qui l'intéressait, pas ce qu'il pouvait s'acheter avec. À moins qu'il soit en réalité juste motivé par le pouvoir que procure l'argent ? pense Johan en poursuivant ses recherches sur le Net.

Une chose est claire : Kurtzon semble en vouloir toujours plus. C'est ainsi qu'il crée une nouvelle société de crédit accessible au grand public, qui accorde des prêts sans plafond aux revenus les plus bas, le Fonds Kurtzon. Comme s'il souhaitait acheter les âmes de chacun.

Il s'entoure des meilleurs, verse les plus hauts salaires : des mercenaires, ces prostitués de la finance dont grouille le monde des affaires, des cerveaux brillants qui vendraient père et mère pour du fric.

Tragique, pense Johan.

Il imagine alors sa propre maison mitoyenne, avec ses planches usées, son toit à repeindre, sa vieille cuisine passée de mode, la lumière blafarde de son plafonnier, son manque de moyens qui a entraîné un manque d'équipement et d'entretien. Sa femme s'intéresse au design mais, vu leurs salaires de policier et d'enseignante, leur pouvoir d'achat est limité et ne leur permet guère de se meubler ailleurs que chez Ikea.

Et le bureau légendaire de Kurtzon. Une grande bâtisse, face à Lidingö, qui vaut certainement une fortune, avec son marbre de Carrare étincelant comme de l'ivoire. Johan sait de quelle maison il s'agit, une demeure bien connue, mais n'a jamais appris ce qu'elle abritait. Les trois étages supérieurs servent certainement de bureau à Kurtzon. C'est probablement depuis cet endroit qu'il se consacrait à son activité principale : la gestion des plus grosses fortunes de la planète.

Mais la maison avait été vendue et ses activités transférées à Kista. La société mère avait été liquidée, l'argent rendu aux plus riches d'entre les riches.

Par la suite, quand Kurtzon avait pris sa retraite, la plupart d'entre eux avaient confié leur fortune à Madoff et Sandford.

Quelques articles sur VA.se ainsi que sur le site suédois de E24 évoquent le mystère Kurtzon.

Pas d'adresse sur hitta.se.

Le site du *Monde des affaires. Financial Times.*

Une rumeur de plus.

Kurtzon estimerait qu'aucun de ses héritiers n'est digne de lui succéder. Il se serait marié sur le tard, sa femme Selda aurait été emportée par un cancer il y a longtemps déjà. À la suite de quoi il se serait retiré des affaires.

Ses trois enfants, Josefina, Henry et Leopold, auraient pris leurs distances avec leur père pour des raisons inconnues. Une fondation localisée en Suisse contrôlerait tout son empire.

Entre quatre-vingts et deux mille milliards de couronnes.

Voilà à combien était estimée la fortune que Josef Kurtzon avait amassée. Johan a mal à la tête rien qu'en essayant de calculer combien il y a de zéros dans quatre-vingts milliards. Ou deux mille.

Pas de photos mais, sur un site consacré aux grands noms de la finance, on peut entendre un enregistrement présumé de la voix de Kurtzon. Aucune information sur l'origine de ce document.

Sa voix sort des haut-parleurs, rauque et sombre, neutre, un ton assuré, comme si elle détenait la vérité :

« J'ai toujours voulu atteindre l'essence même de ce que je suis. Car j'ai le don de pouvoir déceler ce que nous sommes et de quelle manière nous devons être façonnés. »

Johan réécoute le court enregistrement.

Je ? Et qui est *nous* ? se demande Johan. Ses entreprises ? Nous, les hommes ? L'argent ? Qui doit être façonné ? Est-ce que nous, les hommes, devons être façonnés ?

« ... ce que nous sommes. »

Ce que nous sommes ?

Façonnés de quelle manière ?

Johan ferme les yeux. Soupire. Ce Kurtzon a l'air d'être une belle ordure.

Nous n'appartenons pas à la même espèce, lui et moi, hein ?

Il est temps d'appeler Malin. De lui faire mon rapport. En espérant que cela puisse l'aider.

Elle vient tout juste de payer l'addition quand Johan la rappelle.

Elle le laisse parler, enregistre toutes les informations et le remercie, avant de lui demander des nouvelles de Linköping : rien de neuf, sur quelque front que ce soit.

Johan Jakobsson se montre curieux. Veut savoir ce qui les a amenés à s'intéresser à Kurtzon. Elle lui explique tout.

Johan marmonne quelque chose sur la responsabilité parentale, puis raccroche.

Malin rapporte à Zeke sa conversation avec Johan.

« Riche, dit-il une fois qu'elle a terminé. Putain, je n'aurais jamais imaginé que ce mot pouvait avoir un tel sens. »

Zeke semble presque fatigué à la pensée de la fortune des Kurtzon, bien qu'il y ait de l'argent dans son entourage proche.

Son fils Martin est un joueur de hockey millionnaire. Mais il n'est pas milliardaire. Loin de là.

Personne n'a besoin d'autant de fric, pense Malin en se levant de table. Mais la cupidité est le pire virus qui puisse frapper un homme, c'est ce qu'elle a appris.

Est-ce dans cette fortune que se cache l'explication de l'énigme ?

« J'ai l'impression que ça pourrait valoir le coup de rencontrer cette famille. Tu crois que Josef Kurtzon connaissait l'existence des jumelles ? » demande Zeke.

Contrairement à Malin, il n'éprouve ni respect, ni sentiment servile face à ce genre d'individus au pouvoir absolu.

« Je ne sais pas, répond-elle. Comment ça ? Tu penses que ça peut avoir un lien avec notre affaire ?

– Non, mais je trouve quand même bizarre que cette Josefina Marlöw ait voulu cacher sa grossesse et ses enfants à sa famille. Qu'elle semble les éviter comme la peste.

– On va rappeler Johan pour lui demander s'il ne peut vraiment pas se procurer l'adresse d'un Kurtzon. Si possible celle de Josefina. Mais je ne me fais pas d'illusions. »

Au moment où Malin allait appeler, son téléphone bipe.

Un SMS.

D'Ottilia Stenlund.

« Vérifiez auprès de la Mission urbaine de Slussen. »

« Qu'est-ce que c'était ?

– Josefina Marlöw. Ottilia Stenlund pense qu'elle pourrait être à Slussen. »

Malin.

Tu te rapproches de Josefina, maintenant.

Sait-elle ce qui nous est arrivé ?

Est-elle triste ?

A-t-elle aussi peur que nous ?

Venez, maman et papa, c'est vous qui êtes nos vrais parents, n'est-ce pas ?

Papa, maman, rejoignez-nous dans notre espace.

Ils sont en train de pleurer, Malin, les autres enfants, le Mal revient vers eux. Fou de colère. Et ces lézards qui veulent les dévorer.

Il faut que tu te dépêches, Malin. Dépêche-toi de les sauver.

Avant qu'il soit trop tard.

42

Zeke et Malin parviennent à trouver une place de parking près de l'ascenseur de Katarinahissen.

Il est déjà trois heures et demie et Malin contemple au loin le bâtiment rond qui couronne Slussen comme un tronc d'arbre étêté, abandonné, et le Stadsmuseum qui tente vainement de se tailler une place dans le micmac urbain grâce aux affiches décolorées qui couvrent sa façade.

Elle tourne son regard vers le centre-ville.

Des voitures se pressent sur le pont de Skepsbron et semblent vouloir virer brusquement sur les quais où sont amarrés de vieux ferries rouillés et un navire de guerre gris.

De l'autre côté du bassin, des hurlements leur parviennent du parc d'attractions de Gröna Lund, et les ferries de Djurgården fendent paisiblement les eaux. L'air est saturé de gaz d'échappement et de pollen. La forte odeur de diesel rappelle à Malin l'alcool maison qu'elle buvait quand elle était adolescente. La sensation agréable de l'ivresse lui revient en mémoire, ou plus exactement le souvenir des heures passées à vomir avec la tête dans la cuvette des toilettes.

Ils descendent le long du quai et s'arrêtent devant une cahute, à l'entrée d'un parking. Malin se penche vers le jeune gardien maigrelet et lui demande :

« Excusez-moi. On cherche la Mission urbaine, elle devrait être dans le coin, vous savez où, exactement ? »

Le gardien la dévisage, ricane et lance d'une voix haineuse :

« Hé, c'est pas un putain de bureau des renseignements, ici. Barrez-vous. »

Zeke recule instinctivement d'un pas, avant d'en faire deux en avant, et Malin comprend pour qui le gardien les a pris. Est-ce qu'on a vraiment l'air de deux SDF ? Mais, même si c'était le cas, ça n'autoriserait pas pour autant ce connard à nous envoyer paître comme ça, alors entre dans son jeu, Fors, vas-y.

« Je posais simplement une question. Vous n'avez pas le droit de me parler… »

Elle remarque que Zeke a compris son manège. Il monte la garde derrière elle.

« Tirez-vous, les clodos. Sinon, j'appelle les flics pour qu'ils vous embarquent, l'avertit le gardien. Venez pas foutre la merde ici.

– Je…

– Oh et puis c'est bon, maintenant, barrez-vous, je vous ai dit !

– Espèce de trou du cul, lâche Malin en appuyant son index contre la vitre de la cahute. Tu es assis là, dans ton uniforme à deux balles, comme un rat dans une cage et tu te prends pour… »

Le gardien tend la main vers son téléphone, mais Malin hausse le ton :

« Maintenant, c'est toi qui vas m'écouter, abruti ! »

Au même moment, Zeke surgit à côté d'elle et plaque sa carte de police contre la vitre. Malin voit alors le gardien baisser son menton couvert de duvet en pinçant des lèvres. Il a l'air effrayé.

« C'est comme ça que tu traites les gens ? le tance Malin. T'as intérêt à les traiter avec respect, tu piges ? Tous.

– Où. Est. La Mission urbaine. »

La voix de Zeke est rauque et acerbe comme seule sa voix peut l'être.

Gardien de merde.

Une minute plus tard, ils arrivent devant l'humble porte d'entrée de la Mission urbaine, à l'orée du quartier de Stadsgården. Les gigantesques tuyaux d'aération et les ventilateurs montés sur le toit en béton émettent un bruit sourd et l'odeur d'essence et d'ordures est insoutenable.

Installé sur les marches d'un escalier, un groupe de junkies observe Malin et Zeke. L'un d'eux leur lance avec un sourire édenté :

« Tiens, v'là les flics ! »

Madelene Adeltjärn, une femme d'une trentaine d'années, mince, vêtue d'un chemisier blanc et d'un jean bleu foncé, les guide à travers le foyer. Le sol jaune en lino miroite dans la lumière des néons, et des femmes de ménage, toutes des Noires, s'affairent au nettoyage des dortoirs déserts.

Dans le réfectoire, un homme débarrasse les restes du déjeuner du jour.

« Nous sommes fermés après le déjeuner jusqu'à dix-huit heures », explique Madelene Adeltjärn en les invitant à entrer dans son bureau exigu pourvu d'une fenêtre à barreaux donnant sur une petite cour.

« Les personnes que nous hébergeons sont autorisées à entrer pour le dîner, après quoi nous leur attribuons une couchette si elles sont sobres, une par une et dans l'ordre, dans la limite des places disponibles. Nous affichons complet chaque nuit. »

Madelene Adeltjärn prend place derrière un bureau spartiate et c'est comme si elle devinait l'étonnement de Malin de trouver une femme dans un endroit pareil, dans ce milieu, dans ce bureau à peine plus grand qu'un placard.

Il n'y a pas de chaises pour les visiteurs, alors Zeke et elle restent debout.

« Vous semblez perplexe, fait remarquer Madelene Adeltjärn. Je suis issue de ce qu'il conviendrait d'appeler une famille aisée. Nous avons de l'argent. Mais il n'existe rien de plus creux que l'argent. J'ai suivi une formation d'assistante sociale qui m'a permis d'exercer un métier dans lequel je me sens utile, au milieu de ces gens qui n'ont pas eu autant de chance que moi. C'est aussi simple que cela. Avec de l'argent, on peut nourrir son ventre, pas son âme. »

Malin sent que c'est maintenant à son tour de baisser le menton.

« Je ne voulais pas dire... »

Zeke ricane :

« Si, c'est sûrement ce que tu voulais dire.

– Je ne suis pas un ange non plus, plaisante Madelene Adeltjärn. J'ai également des petites habitudes très coûteuses. »

Puis Zeke recadre la conversation.

« Connaissez-vous une certaine Josefina Marlöw ? Est-ce qu'elle fréquente votre établissement ?

– Je ne suis pas liée par le secret professionnel. Toutefois, je m'efforce de protéger la vie privée de nos pensionnaires.

– Ne vous inquiétez pas, intervient Malin. On ne lui veut aucun mal, on n'est pas là pour l'arrêter, on aimerait seulement lui poser quelques petites questions. »

Madelene Adeltjärn ne leur demande pas à quel sujet ils souhaitent l'interroger, elle se contente d'acquiescer.

« Je sais qui est Josefina Marlöw, d'où elle vient. Je me reconnais un peu en elle, même si sa fuite est bien plus extrême que la mienne.

– Qu'est-ce que vous voulez dire ?

– Ce que je veux dire, c'est qu'il y a une différence entre travailler avec les marginaux pour être en accord avec ses idées et devenir soi-même une marginale.

– Est-ce qu'elle vient souvent ici ? demande Zeke.

– Ça dépend. Certains soirs, le week-end, pour le repas, mais elle ne reste jamais dormir.

– Où dort-elle, alors ?

– Je l'ignore. Peut-être dans un tunnel du métro.

– Vous avez dit que vous connaissiez son histoire. Vous pourriez développer ? demande Malin.

– Je vous ai également précisé que je protégeais…

– Un meurtre a été commis, c'est tout ce que je peux vous dire. »

Malin voit les pupilles de Madelene Adeltjärn se rétrécir, une frayeur lui traverser le corps.

« C'est la fille de Josef Kurtzon. Elle est accro à l'héroïne. Je l'ai vue ici quelque fois et je dois dire que je m'étonne qu'elle soit toujours en vie. Elle est très affaiblie, probablement malade.

– Elle a tourné le dos à sa famille ? demande Malin.

– Je suppose.

– Pourquoi ? demande Zeke.

– Je n'en ai aucune idée, mais les milieux où la vie tourne exclusivement autour de l'argent peuvent se révéler particulièrement nocifs pour l'âme. Il peut arriver que vous en ayez assez de cette soif de pouvoir et de cette cupidité qui grossissent en vous à tel point qu'il ne reste plus de place pour l'amour. Alors, vous cherchez un endroit où fuir. C'est comme ça que vous finissez par vous réfugier dans l'héroïne.

– Vous pensez qu'elle viendra ce soir ? » demande Malin.

Madelene Adeltjärn secoue la tête.

« On ne peut pas le savoir.

– Et vous croyez que ceux qui traînent dehors savent où on peut la trouver ?

– Vous pouvez toujours aller leur demander, mais je doute qu'ils aient envie de vous parler. »

Aucun des hommes et des femmes rassemblés devant la Mission urbaine n'est particulièrement enclin à discuter avec eux, ni même à répondre à la moindre question concernant Josefina Marlöw, alors ils retournent à l'intérieur. Madelene Adeltjärn les invite à patienter sur les canapés élimés de l'entrée et leur apporte à chacun une tasse de café avant de s'éclipser.

Des affiches aux murs.

Qui parlent du sida, des risques de transmission du virus, des symptômes de la tuberculose et de l'importance de se faire soigner pour éviter la contagion.

Malin sort son téléphone et appelle Sven Sjöman pour lui faire leur rapport de la journée. Le reste de l'équip n'a toujours pas progressé sur les autres pistes. Ils ont vérifié les mails et le mobile de Jonathan Ludvigsson, sans rien découvrir de suspect, aucune preuve d'une quelconque implication dans l'attentat.

Un expert a comparé la démarche de Jonathan Ludvigsson et celle de l'individu filmé par la caméra de surveillance du distributeur de billets et constaté presque instantanément qu'il ne pouvait en aucun cas s'agir de la même personne.

En théorie, Jonathan Ludvigsson est donc désormais hors de cause.

« Même si on l'inculpe pour détention illégale d'armes, pour menaces et fausses déclarations », l'informe Sven.

Ils sont également entrés en contact avec la section de la police nationale chargée du crime organisé et, malgré la confirmation d'une recrudescence des actes de violence entre les principaux gangs de motards, rien n'indique que l'attentat ait pu viser Dick Stensson. Cette piste a donc dû être écartée à son tour.

Quant à la Säpo, elle se fait toujours aussi discrète.

« Ce qui veut dire qu'on est au point mort, résume Sven. On ne relâche pas nos efforts. Johan n'a toujours pas réussi à dénicher les adresses des Kurtzon, mais il y travaille. Ils ne sont répertoriés nulle part dans le pays, même s'ils possèdent des logements ici, c'est quasiment certain. On a appelé les sociétés de Josef Kurtzon, mais tout le monde ignore où il se trouve, ou personne n'ose nous le dire. Comment ça se passe, de votre côté ?

– On est à la Mission urbaine de Slussen. On attend que Josefina Marlöw se pointe.

– OK. Rien de neuf non plus en ce qui concerne la famille Vigerö. On s'est renseignés sur l'accident dans lequel Pontus Vigerö a trouvé la mort, mais il n'y avait rien à gratter. Sa voiture a été envoyée à la casse depuis un bon bout de temps et tous nos rapports, comme ceux des services de secours, sont lapidaires. Apparemment, il aurait perdu le contrôle de son véhicule et fait une sortie de route après que l'un de ses pneus avait éclaté. À l'époque, il n'y avait aucune raison de soupçonner un acte criminel et ce n'est peut-être toujours pas le cas aujourd'hui.

– Je n'en suis pas si sûre, rétorque Malin.

– Non, j'avoue que moi non plus. »

Malin est déconcertée par les paroles de Sven.

C'est le silence sur la ligne.

« Vous allez rester dormir à Stockholm ? » demande-t-il ensuite.

Par une lucarne, Malin peut voir que la nuit a commencé à tomber sur le quartier de Stadsgården, qu'une obscurité menaçante est en train d'envelopper la ville.

Elle réalise soudain qu'ils n'ont même pas encore songé à se trouver un endroit pour la nuit. En tout cas, ils vont être obligés de rester. Ils sont encore loin d'avoir suivi leur piste jusqu'au bout. Elle pense à sa carte bancaire dans son portefeuille, au peu d'argent qu'elle a sur son compte, mais qui devrait toutefois lui permettre de se payer une chambre d'hôtel. Elle n'est pas obligée de dormir dans la rue, ni dans un lit puant dans un foyer pour sans-abri.

« On reste. On va bien se trouver un hôtel.

– Parfait, dit Sven. À part ça, tout va bien ? »

Bien ? C'est loin d'aller bien. C'est plutôt confus, mais, au moins, il se peut qu'ils soient sur la bonne voie.

« Très bien, le rassure Malin. On t'appelle dès qu'on a du nouveau. »

À côté d'elle, dans le canapé, Zeke a fermé les yeux.

Malin l'entend ronfler, sent qu'elle aussi ferait bien un petit somme. Elle ferme les yeux et voit apparaître le petit garçon, l'homme, ce corps fluet dans sa chambre d'hôpital. Il est seul et elle voudrait s'approcher de lui, lui caresser la joue, mais n'ose pas, a peur de lui dérober la seule chose qu'il possède : sa solitude.

Bip, bip.

Elle est tirée de son sommeil par le bip de son téléphone.

Un SMS de Johan.

Josef Kurtzon, 42 Strandvägen.

Comment Johan s'est-il débrouillé pour dénicher cette adresse ? Et puis, on s'en fout, après tout.

Il est bientôt dix-huit heures à l'horloge de son téléphone. La Mission urbaine ouvre ses portes dans douze minutes et, dehors, il y a déjà une longue file d'attente. Les âmes à la dérive de Stockholm se sont rassemblées ici pour étancher leur faim et, peut-être, avoir le privilège de dormir dans un lit chaud et des draps propres.

Quelques jeunes femmes.

L'une d'elles serait-elle Josefina Marlöw ?

Zeke a ouvert les yeux, il s'étire et se plaint du dos.

Madelene Adeltjärn entre dans la pièce.

Jette un œil par la fenêtre.

« Vous avez de la chance, dit-elle. J'aperçois Josefina Marlöw, tout au fond. Mais ne sortez pas, attendez qu'elle entre. Sinon, elle risque de tourner les talons en vous voyant. »

Malin observe Josefina Marlöw.

Ses grands yeux sombres. Tellement semblables à ceux des fillettes, l'innocence en moins.

43

Après avoir passé toute la journée à tirer en vain sur de nouvelles ficelles, Börje Svärd et Waldemar Ekenberg avaient estimé que cela suffisait.

Au bout d'un moment, assis dans leur bureau, au commissariat, éreintés et puant la transpiration, ils s'étaient regardés et avaient compris que Malin était désormais leur seul espoir. Que si ses recherches, à Stockholm, ne débouchaient sur aucun résultat notable, leur enquête serait dans l'impasse.

Puis, Börje s'était dit qu'il n'avait pas envie de manger seul, qu'il se prendrait bien une bonne cuite, mais pas seul dans son coin.

Or qui avait-il sous la main ?

Waldemar. Il lui avait posé la question sans détour :

« Ça te dirait de venir manger à la maison et de te prendre une cuite avec moi ? Histoire de décompresser un peu. »

Waldemar lui avait répondu avec un sourire jusqu'aux oreilles.

« Bien sûr. Ma tendre et chère passera me récupérer quand on aura fini. »

Ils avaient préparé le repas ensemble. Parlé de tout sauf du boulot. Ils avaient bu de la bière, descendu une bouteille de whisky, parlé de chiens, de billard, d'armes et de chalets de vacances. Ils avaient aussi philosophé sur les enfants et la vie sans eux. Sur le chagrin et sur la liberté de conscience.

Puis, ils étaient sortis voir les chiens dans le jardin et profitaient maintenant de la douceur de cette magnifique soirée de printemps, accroupis dans l'herbe, caressant les chiens.

« Tu crois que ça se passe comment pour Malin et Zeke ? demande Börje.

– Sûrement comme sur des roulettes », répond Waldemar.

Börje constate que l'haleine de son collègue est chargée de whisky.

« T'en penses quoi, toi, que Sven la laisse partir en mission comme ça ?

– J'suis d'avis qu'il faut la laisser faire, répond Waldemar. Parce que, pour une gonzesse, c'est un sacré bon flic. »

L'ombre d'un être humain.

La femme qui se tient face à Malin et Zeke ne doit guère peser plus de quarante kilos. Elle mesure une dizaine de centimètres de moins que Malin, son jean usé et souillé flotte sur ses hanches décharnées, tandis que son coupe-vent, qui à une époque lointaine avait été blanc, fait au moins trois tailles de trop pour elle. Quant à son visage, il est en partie dissimulé sous sa capuche.

Ses mouvements sont saccadés et désordonnés. Ses mains tremblent et elle parle avec difficulté, comme si sa langue refusait d'obéir aux ordres envoyés par son cerveau.

Mais ses yeux.

Ses yeux sombres, étrangement décolorés, sont lucides. Malin y perçoit à la fois de la tristesse et du doute et en déduit que Josefina Marlöw sait ce qui est arrivé à ses filles.

Des bruits de porcelaine et des soupirs de satisfaction leur parviennent du réfectoire.

« Putain, c'est excellent, Manuel », lance une voix d'homme, aussitôt appuyée par un grondement approbateur.

Josefina Marlöw s'était levée en les voyant, puis les avait écoutés attentivement, tandis qu'ils lui expliquaient la raison de leur présence.

Manifestement, elle désire leur parler.

« Il y a un McDo, plus loin, allons-y », dit-elle en leur désignant la porte d'un signe de tête.

Josefina Marlöw enfourne un Bic Mac dans sa bouche.

Elle est affamée.

Malin sait pourquoi elle est si maigre. C'est typique de l'héroïne, la drogue elle-même n'attaque pas l'organisme. Simplement, on n'a plus goût à rien, on se néglige, l'âme et le corps s'effacent peu à peu devant le besoin toujours plus fort qu'on ressent. Et on meurt à petit feu.

Malin n'a jamais touché à l'héroïne, mais elle a entendu de nombreux témoignages de junkies.

On a l'impression d'être enveloppé dans du coton tiède, de s'élever vers un monde de douceur, sans besoin, ni contraintes. Un monde sans envie, sans avidité, ni méchanceté.

Malin peut comprendre cet attrait et sait qu'à certaines périodes de sa vie, elle aurait bien cédé à la tentation, si quelqu'un lui avait proposé de l'héroïne.

Josefina Marlöw mord dans son hamburger, puis le repose sur son plateau.

Elle a écarté sa frange, ses cheveux gras dissimulent son visage émacié, ses joues décharnées sont parsemées de marques qui ressemblent à celles que développent les personnes atteintes du sarcome de Kaposi, une infection cutanée fréquente chez les malades du sida. Malin est désormais convaincue que la jeune femme en est à un stade avancé de cette maladie.

Josefina Marlöw contemple Slussen et le flot incessant de voitures et de bus qui s'écoule en direction du centre-ville ou de Södermalm. Puis elle se retourne et la lumière du crépuscule vient frapper ses joues, faisant ressortir les traits purs de son visage, son joli petit nez pointu. Malin et Zeke sont muets. Ils attendent patiemment que le spectre qu'ils ont face à eux leur parle, se confie.

Malin n'a pas touché à son hamburger, elle n'a pas faim. Elle observe Josefina Marlöw en se demandant : Comment fait-on pour tomber si bas, quand on peut tout avoir ? Elle s'était posé la même question, tout à l'heure, en présence de Madelene Adeltjärn, bien que les situations des deux jeunes femmes n'eussent rien de comparables. Enfin, le spectre se décide à parler :

« Les filles. Je sais ce qui est arrivé aux filles. »

Malin remarque que Josefina est sur le point de pleurer, mais c'est comme si son corps brisé ne contenait plus suffisamment de matière liquide pour produire des larmes.

« C'étaient mes filles. »

Cette fois, les yeux de Josefina Marlöw paraissent vides. Elle se tait.

« Pourquoi est-ce que vous avez tourné le dos à votre famille ? » lui demande Zeke.

Surprise par la soudaineté de sa question, Malin recule sur sa chaise. Josefina Marlöw secoue la tête :

« C'était impossible.

– Qu'est-ce qui était impossible ?

– De vivre là-bas.

– Pourquoi ?

– Ils ne connaissent pas l'amour.

– Comment ça ?

– Le motif de notre conception n'a jamais été l'amour.

– Votre conception ? s'étonne Malin.

– Oui, ils n'ont jamais eu aucun intérêt pour l'amour. Seulement pour d'autres choses.

– Comme quoi ?

– Le fric.

– Ils ne s'intéressaient qu'à l'argent ? »

Mais Josefina Marlöw ne répond pas.

La lumière du soleil couchant n'éclaire plus son visage et sa peau reprend sa teinte cadavérique.

« Et aux apparences, finit par ajouter Josefina Marlöw. Ils aimaient les apparences. »

Maman, pense Malin. Ton absence d'amour, ta manière d'enjoliver la réalité. Cela a fini par transformer ta vie en un immense mensonge. Est-ce à ce genre d'apparences que tu fais allusion, Josefina ?

« Parlez-nous de ces apparences. »

Mais Josefina Marlöw dérive, ses mains se mettent à trembler de manière incontrôlée et son regard se trouble, s'agite, elle essaie de se lever, mais c'est comme si ses jambes refusaient de la porter.

« Ma mère, dit-elle. Ma mère.

– Votre mère ? demande Malin.

– Mon père. Et mes frères.

– Qu'est-ce qu'ils ont ? »

Josefina Marlöw reprend ses esprits.

« Il n'y a pas d'amour dans cette famille. C'étaient des sadiques tous les deux, maman et papa, chacun à leur manière. J'ai été obligée de quitter ma famille. On ne peut pas vivre dans un tel monde.

– Ils vous ont fait du mal ?

– Ils m'enfermaient dans une pièce. Et mes frères aussi. Mais seuls, de préférence, chacun de notre côté. Pourtant, on ne devrait jamais laisser des enfants seuls.

– Où est-ce qu'ils vous enfermaient ?

– Dans une toute petite pièce noire. Froide. Je ne pouvais pas les laisser approcher mes enfants, comment est-ce que j'aurais pu les laisser faire une chose pareille ? »

Josefina Marlöw se tait. Semble réfléchir, puis poursuit :

« En fait, ils se foutaient totalement de moi. Mais papa et maman ont volontairement terrorisé mes frères, ils en ont fait des détraqués, des accros au fric et à tout ce qui va avec. Mes frères sont prêts à tout pour du pognon, pour ce qu'ils prennent pour l'amour paternel. »

Deux jeunes gothiques s'asseyent à la table voisine.

« Qu'est-ce qu'ils ont fait subir à vos frères ? »

Josefina Marlöw pose son regard sur Malin.

Soudain, elle paraît accablée par une fatigue extrême. Ses yeux sont noirs.

« Papa a essayé d'en faire de parfaits hommes d'affaires, dit-elle.

– De quelle manière ? »

Josefina Marlöw secoue la tête, dit :

« En les rendant impitoyables.

– Impitoyables ? »

Josefina Marlöw ferme les yeux, semble disparaître en elle, se met à trembler comme si un puissant courant électrique secouait son corps.

Elle agite la main pour esquiver la question de Malin.

« Qu'est-ce qu'il leur a fait ? »

Pas de réponse.

« Vous avez toujours des relations avec vos frères ? demande Malin. Vous savez où ils habitent ?

– Je ne peux pas, bredouille Josefina Marlöw d'une voix faible. Je ne peux pas. »

Cette fois, elle parvient à se lever. Malin a envie de la retenir, d'en savoir plus, mais Josefina Marlöw tourne les talons, s'éloigne, marmonne quelques paroles inaudibles avant de s'immobiliser et de se retourner vers eux.

« Je ne voulais pas que mes filles vivent avec eux, dit-elle. On a besoin d'amour. Sinon, la vie sur terre ne vaut pas mieux que l'Enfer, pas vrai ? »

Malin et Zeke fixent Josefina Marlöw. Ils ont l'impression qu'elle peut s'effondrer à tout moment, qu'elle va tomber raide morte devant eux. Ses yeux ont perdu leur lucidité et, quoi qu'elle ait à leur raconter, ce n'est pas maintenant qu'elle le fera.

La porte tambour du McDonald's tourne.

Le spectre a disparu.

Aspiré par la foule de Slussen.

Le réceptionniste de l'hôtel Tegnérlunden leur remet à chacun une clé.

Malin jette un œil au ticket avant de le ranger dans son portefeuille.

Trois mille huit cents couronnes.

Pour deux chambres individuelles, une nuit.

Putain, quelle arnaque. Mais Sven les a autorisés à passer la nuit à Stockholm, or il est quasiment impossible de trouver de meilleurs tarifs en cette saison de congrès et de conférences.

« On se retrouve devant la réception dans une demi-heure », lance Zeke.

Malin acquiesce et se dirige vers les escaliers, tandis que Zeke appuie sur le bouton de l'ascenseur.

Il est neuf heures et demie.

Peuvent-ils passer voir Josef Kurtzon à une heure aussi tardive ? À supposer qu'il se trouve effectivement à l'adresse de Strandvägen. Bien sûr qu'ils peuvent. L'argent et la vieillesse ne sauraient constituer un passe-droit, dans une situation comme celle-là.

La chambre est petite.

Un lit.

Une moquette bordeaux, une tapisserie à rayures et une lithographie représentant un paysage forestier au-dessus de la tête de lit.

Malin s'allonge, s'étire.

Sent son téléphone dans la poche avant de son jean. Elle voudrait appeler Tove, mais n'en a pas le courage. Finalement, elle se reprend, sort son mobile et appelle sa fille.

Cinq sonneries.

Puis elle entend la voix de Tove.

« Salut, maman.

– Salut.

– Tu es toujours à Stockholm ?

– Oui, dans un hôtel miteux, près du parc de Tegnérlunden.

– Ça se trouve où ?

– En centre-ville.

– Ça ne me dit rien.

– Il faudra qu'on revienne ensemble, un jour. À Stockholm. Pour visiter des musées.

– Bien sûr, dit Tove. Votre enquête avance ?

– Je ne sais pas, répond Malin. Tu connais les adultes. Ils sont capables des choses les plus étranges. »

Tove souffle à l'autre bout de la ligne.

Semble reprendre sa respiration.

Soudain, une explosion dans le cerveau de Malin.

Elle revoit la folle en train d'étrangler Tove. Elle jette un œil par la fenêtre, en direction du parc, repère un arbre, se concentre dessus, essaie de déterminer à quelle essence il appartient. Est-ce un châtaignier ? Un lilas ? Les petites fleurs blanches qu'il porte sont en tout cas les plus belles qu'elle ait jamais vues. Elles sont des milliers.

Serait-ce un cerisier du Japon ? Un arbre transporté jusqu'ici depuis Kyoto ?

« Tu avais quelque chose de particulier à me dire, maman ?

– Je voulais seulement entendre ta voix. »

Et te montrer que je pense à toi. Soulager ma conscience. Mais ce n'est pas si simple.

« OK, tu l'as entendue, maintenant. Bon, il faut que je retourne potasser.

– Lundsberg. Merde. J'ai oublié d'envoyer le mail au recteur. Je m'en occupe dès mon retour.

– Pas de panique, maman, dit Tove. Je m'en suis déjà chargée, en ton nom.

– Tove, tu n'as quand même pas fait ça ?

– Je savais que tu allais oublier. »

Qu'ai-je à répondre à cela ?

« Et quand est-ce qu'on va passer voir mon tonton ? poursuit Tove.

– Dès qu'on aura résolu cette affaire.

– OK. »

Elles raccrochent.

Et puis je voulais te dire à quel point je t'aime, Tove. Te demander pardon si je ne te l'ai pas toujours montré.

44

Les vieux bateaux blancs amarrés le long du quai de Starndvägskajen se balancent paisiblement sous l'effet de la faible houle et semblent ne faire qu'un avec la mer.

L'appartement censé appartenir à Josef Kurtzon est situé au milieu de la rue Strandvägen. En arrivant devant l'entrée monumentale du palace du milliardaire, Malin se sent soudain minuscule.

Son appartement de Traneberg où elle vit avec Tove.

Elle le voit maintenant d'une autre manière.

Plus bas, sur le quai, c'est une véritable marée humaine qui se déverse. La soirée printanière est douce et agréable, les tilleuls qui bordent les allées frémissent, arborent fièrement leurs parures vertes de chlorophylle.

Kurtzon. Son nom est gravé dans une petite plaque en laiton, près de l'interphone équipé d'une caméra.

Sur une autre plaque: Wallenberg. Le logo de la société EF. Brusser. Kviisten.

Que des milliardaires.

Malin est affamée et assoiffée à la fois. C'est une soirée idéale pour prendre une bière en terrasse. Elle appuie sur le bouton de l'interphone et un crépitement se fait bientôt entendre, suivi d'un long silence.

« Tu crois qu'il est là ? » demande-t-elle à Zeke qui, après avoir paru de plus en plus fatigué à mesure que la journée avançait, a maintenant l'air revigoré, prêt à affronter n'importe quelle situation.

« On ne va pas tarder à le savoir. »

Un nouveau grésillement, puis une voix de femme :

« Oui. Kurtzon. »

Quel âge ? Trente ans, tout au plus.

Après que Zeke lui a expliqué la raison qui les amène, la femme les prie de bien vouloir patienter un instant.

Cinq minutes.

Dix.

Quelque chose dans la voix de cette femme semblait indiquer qu'elle allait revenir. Alors, ils attendent patiemment.

« Vous pouvez entrer. Quatrième étage. »

Un ton professionnel.

Malin et Zeke sont ébahis par la magnificence de la cage d'escalier, son tapis d'Orient, son orgie de marbres miroitants et son tableau authentique de Leander Engström.

Une fois au quatrième étage, les immenses portes jumelles de l'appartement s'ouvrent devant eux.

Un homme se tient dans l'embrasure. Il porte un costume de majordome. Environ soixante-dix ans. Derrière lui, ils devinent un vestibule sombre où brûle un feu de cheminée. En franchissant le seuil, Malin et

Zeke ont l'impression de se jeter dans la gueule du loup. Ils sont accueillis par une chaleur humide.

Le majordome les prie de lui confier leurs vestes, puis dit :

« Monsieur Kurtzon va bientôt vous recevoir. »

Sur ce, il disparaît, comme englouti par le dédale apparemment infini de pièces qui composent l'appartement. Malin est frappée par l'élégance de la décoration, un coûteux mélange d'ancien et de moderne.

Ils sont seuls dans le vestibule.

Elle voudrait jeter un œil dans les pièces les plus proches, mais s'abstient.

La moiteur de l'air la gêne pour respirer et la fait transpirer comme s'ils étaient sous les tropiques, comme si des créatures au sang plus chaud que les humains vivaient entre ces murs.

Une femme en tenue blanche d'infirmière surgit d'une pièce obscure.

« Par ici. »

Malin reconnaît la voix de l'interphone.

Ils la suivent dans un couloir sombre, seulement éclairé par des bougies sur des appliques, passent devant des portes ouvertes et s'enfoncent toujours plus profondément dans l'obscurité.

De la lumière sous une porte. Quelqu'un est-il enfermé derrière ?

Quelle surface un tel appartement peut-il faire ?

Appartient-il à un autre monde ?

Puis, alors que Malin avait commencé à croire qu'il n'allait jamais se terminer, le couloir débouche sur une immense pièce noire de forme rectangulaire dont l'unique fenêtre est occultée par de lourds rideaux en velours.

En plein milieu, un lit d'hôpital au dossier relevé.

L'air est encore plus étouffant, ici.

Au pied d'un mur, un varan empaillé de deux mètres de long les menace de sa gueule ouverte. Dans l'obscurité, ses dents jaunes brillent, sa peau noire et jaunâtre scintille.

Malin a envie de demander d'où vient cet animal, mais elle contient sa curiosité.

Dans le lit, un vieil homme est allongé sous un drap blanc.

La scène rappelle à Malin le cercueil blanc de sa mère, dans la chapelle.

La chambre est totalement dépourvue de meubles, il n'y a pas même une chaise, juste un silence exceptionnel, rompu toutes les quinze secondes par la respiration pénible de l'homme et le bip d'un appareil.

Cet endroit pue la mort, pense Malin.

Et la solitude. La même solitude que chez Maria Murvall. Cette solitude propre à ceux qui ont fait le choix de quitter notre monde.

« Monsieur Kurtzon est très faible, les avertit l'infirmière. Mais il a accepté de vous recevoir. Agenouillez-vous près de son lit pour qu'il puisse vous parler. »

Sur ce, l'infirmière s'éclipse discrètement et referme la porte derrière elle.

Le vieillard a les yeux ouverts, rivés sur le plafond, comme si celui-ci grouillait d'araignées, de serpents et de lézards mangeurs d'hommes venus du fond des temps prêts à se précipiter sur les deux intrus.

Ils s'approchent, s'agenouillent près de la tête de lit relevée, pour être au même niveau que le visage de l'homme.

Qui est-ce ? se demande Malin.

D'où vient-il ?

Des jungles du Congo ? De Treblinka ? De Saint-Pétersbourg ? De Sundsvall ? Est-ce donc à cela que ressemble le surhomme dont j'ai entendu parler plus tôt dans la journée ?

Quel monde a bien pu engendrer cet être ? Le mien ? Le nôtre ?

Josef Kurtzon remue les lèvres, sa voix est faible. Bien qu'il ne leur ait pas adressé le moindre regard, il sent manifestement leur présence.

« Vous ne me poserez pas de questions, chuchote-t-il. Je ne veux pas de questions. »

Malin a envie de lui dire qu'il peut aller se faire foutre, qu'elle compte bien lui poser toutes les questions qu'elle souhaite, mais s'abstient, contemple le lit d'hôpital, le vieillard, et pense à son frère, seul dans un autre lit d'hôpital, dans une autre pièce empreinte de solitude. Puis Josef Kurtzon commence à leur parler.

« J'ai déshérité mes fils, commence-t-il. Je ne souhaite pas qu'ils me succèdent. J'ai investi l'intégralité de ma fortune dans une fondation. C'est à Josefina qu'il reviendra d'en prendre la direction, pas à eux. Je me moque qu'elle n'en ait pas l'intention, qu'elle soit peut-être morte, qu'elle ait pris un autre nom, comme si ça pouvait changer quelque chose. Pour quelqu'un comme moi, qui a les deux poumons et les glandes lymphatiques rongés par le cancer, ces détails n'ont aucune importance.

Bien sûr. Mes fils ont de l'argent, c'est moi qui le leur ai donné, mais ils ne sont pas aussi riches qu'ils l'auraient souhaité. J'ai essayé de les intégrer à mon entreprise, mais qu'ont-ils démontré ? Rien. Ils ne valent rien. Malgré tous mes efforts pour les former. Ils ne sont bons à rien. Comme s'ils n'étaient pas de moi. Alors, que doit faire un père dans un cas pareil ? Pouvez-vous me le dire ? J'ai pourtant tout fait, quand ils étaient jeunes, pour qu'ils deviennent des hommes capables et efficaces. Malheureusement, mes méthodes d'éducation ont été un véritable fiasco. »

Malin a envie de l'interrompre.

Pour lui demander de quoi il parle, pourquoi il leur raconte ça, et quelles sont les méthodes d'éducation auxquelles il fait allusion.

« Pas de questions. »

Sa voix faible est empreinte d'une telle froideur et d'une telle assurance que toute question est inenvisageable. Cet homme est tout le contraire de mon propre père, se dit Malin. Pourtant, en même temps, ils se ressemblent. Ils prennent ce qu'ils veulent et se débarrassent du reste.

« Ils sont venus ici. Je leur ai parlé de la fondation. En gros, je leur ai dit que je les avais déshérités. Qu'ils ne toucheraient jamais aux gros sous. Ils m'ont prié, supplié, c'était pathétique, ce qui m'a définitivement convaincu qu'ils n'étaient pas des nôtres. Disparaissez de ma vue, leur ai-je dit, je ne veux plus jamais vous revoir. Je sais qu'ils souffriront quand ils apprendront que Josefina hérite de ma fortune, le jour où le cancer m'aura emporté. Josefina est comme elle est. Elle est différente. Nous sommes pareils, elle et moi. »

Les pensées s'entrechoquent dans l'esprit de Malin.

Un héritage multimilliardaire.

Une fille héroïnomane. Deux fils que leur père considère comme des apostats.

Qu'est-ce que tout cela signifie ? Et quel est le lien avec l'attentat de la Grand-Place, quel rapport avec la famille Vigerö ?

Le varan semble battre des mâchoires. Il fixe Malin de ses yeux artificiels.

C'est donc pour blesser vos fils, pense Malin, que vous comptez confier votre fortune à Josefina Marlöw ? Bien que vous sachiez qu'elle vous a tourné le dos. Qu'elle vous hait. Non seulement vous, mais toute votre famille. Car c'est exactement ce que j'ai lu dans son regard, au McDonald's de Slussen : de la haine, de la peur, du dégoût et du désespoir.

« Où...

– Pas de questions. »

Malin n'a pas pu se retenir. Elle brûle de lui demander : Où sont vos fils ? Où pouvons-nous les rencontrer ? Nous devons nous enfoncer encore plus profondément dans ces ténèbres, résoudre cette enquête, prêter l'oreille à ces voix, sauver le Bien, voilà ce qu'elle ressent, sans toutefois être capable d'expliquer pourquoi.

Le vieillard s'endort doucement. Malin a envie de le tirer de son sommeil.

« Connaissiez-vous l'existence des filles ? De ses filles ? » lui demande-t-elle soudain.

Josef Kurtzon se tourne alors vers elle. Malin remarque cette fois que ses yeux sont opaques, que cela doit faire des années qu'il a perdu la vue. Le vieillard agite la main.

« Mes fils possèdent chacun leur appartement dans la résidence voisine, face au pont de Djurgårdsbro. Vous trouverez Henry et Leopold là-bas. »

Malin sent que tout est lié: la famille Kurtzon, la famille Vigerö, les jumelles, la bombe, mais de quelle manière ? Elle n'en sait pas assez pour relier entre elles les différentes ficelles de cette affaire et comprend que Kurtzon leur a raconté uniquement ce qu'il souhaitait, qu'il l'a fait dans un but précis, qu'il a joué avec elle, avec eux, malgré son âge et sa faiblesse. Voilà ce qu'elle avait compris en lisant des articles sur cet homme, sur Internet: c'était probablement l'un des plus brillants cerveaux que la Suède ait connus, une sorte d'Ingvar Kamprad de la finance, un monstre d'égoïsme au passé mystérieux. Incapable de se contenir plus longtemps, Malin tend les bras vers le vieillard alité et, d'une voix stridente, qu'elle n'arrive pas à la contrôler, l'accable de questions:

« Pourquoi Josefina vous a-t-elle tourné le dos ?

Qu'avez-vous fait à vos fils ?

Pourquoi vous nous racontez ça ?

Étiez-vous au courant que Josefina avait mis au monde deux jumelles et qu'elle les avait abandonnées ? Saviez-vous que c'étaient elles, les victimes de l'attentat de Linköping ? »

Elle perçoit alors un bourdonnement, scrute la pièce et aperçoit les humidificateurs disposés le long des murs. Elle suppose qu'ils sont là pour soulager les poumons putréfiés de Josef Kurtzon.

« Non, je ne le savais pas. »

Soudain, le vieillard s'essouffle, halète et Malin en est convaincue: il ignorait l'existence des fillettes.

L'infirmière se précipite, trouve un masque à oxygène sous le lit, le plaque sur le visage de Josef Kurtzon, mais le vieil homme lève le bras et écarte le masque avec une vigueur surprenante, avant de murmurer:

« La terreur. La terreur de ce que les hommes sont capables de faire subir à leurs semblables. Laisser l'enfant seul avec sa terreur et ses défauts. Il est alors possible de façonner un enfant de manière à ce qu'il tire parti de ses terreurs, qu'il les mette à son service. Qu'il devienne un homme au cœur dur. Voilà ce que j'ai essayé de faire avec mes fils.

Et vous, Malin Fors. Avez-vous apprivoisé vos terreurs ? »

Puis Malin entend une sonnerie.

Un son qui lui rappelle celui qu'elle avait entendu sur la Grand-Place, après l'attentat, quand ils avaient cru qu'il y avait une autre bombe dans un sac, devant le Grand Hôtel.

45

« C'était quoi, ça ? » demande Zeke, une fois de retour dans la rue.

Le bruit des voitures leur paraît étrange, comme s'ils l'entendaient pour la première fois, comme s'ils avaient du coton dans les oreilles.

J'ai l'impression que je viens de vivre un rêve, pense Malin. La sonnerie est maintenant hors de portée de leurs oreilles, ce n'était que l'alarme de l'appareil de surveillance cardiaque de Josef Kurtzon qui s'était déclenchée sans raison.

« Aucune idée, répond Malin.

– Je n'avais jamais vécu un truc aussi bizarre. »

Juste en face d'eux, dans l'allée, les arbres sont soudain secoués par un coup de vent.

« Putain, qu'est-ce qui relie tous ces événements entre eux ? poursuit Zeke. J'avais l'impression que ce légume savait exactement ce qu'il nous racontait et pourquoi il le faisait. Comme s'il avait prévu notre visite et nous avait menés par le bout du nez.

– Mais quel est le lien avec la famille Vigerö ? Avec l'attentat ? s'interroge Malin. Je suis persuadée qu'il ignorait l'existence des jumelles.

– On devrait peut-être commencer par les frangins, suggère Zeke en indiquant des bâtiments, plus loin dans la rue.

– On va voir s'ils sont chez eux », dit Malin.

Les frères Henry et Leopold Kurtzon habitent non seulement dans le même bâtiment, mais également au même étage. Cependant, ni l'un, ni l'autre ne répond, quand Zeke sonne à l'interphone. Cette fois, pas de caméra devant la porte. Malin se dit qu'ils pourraient peut-être s'introduire dans le bâtiment, puis dans les appartements des frères, ne serait-ce que voir ce qu'ils trouvent. Mais le chemin qui les a menés jusque-là est brumeux, trop brumeux. Et ils ne détiennent pas l'ombre d'une preuve de l'implication des frères dans l'attentat.

« On ne peut pas entrer de force, Malin, dit Zeke, comme s'il lisait dans ses pensées.

– Non, tu as raison. Il est quelle heure ? Tu ne trouves pas qu'il fait étrangement nuit ?

– Onze heures et quart.

– Mais il n'était que dix heures et quart quand on est arrivés chez Kurtzon. On n'est quand même pas restés une heure, si ? »

Zeke contemple la baie de Nybroviken.

L'eau est noire, apparemment sans fond, et la rumeur de la ville n'est plus qu'un doux grondement ensommeillé. Les étoiles, des milliers d'étoiles, semblent vaciller dans un ciel que l'obscurité cherche à engloutir.

« N'y pense pas, Malin. N'y pense pas. »

Si c'est elle, si c'est Josefina notre vraie maman, cela signifie que Leopold et Henry sont nos oncles. C'est bien cela ?

Que Josef est notre papi.

Est-ce que nos oncles ont quelque chose à voir avec cette affaire ? Avec les enfants séquestrés ? Cela veut dire qu'il existe un lien entre nous et ces enfants ?

Qu'en penses-tu, Malin ?

Nous sentons que notre espace s'assombrit, il est de plus en plus humide, étroit et exigu, se recouvre peu à peu d'une chape de terreur, de cris qu'aucun être humain, vivant ou mort, ne devrait entendre.

Tu marches dans cette rue chic dans la nuit.

Il faut que tu écoutes les voix, Malin, il le faut, tu dois les sauver, exactement comme tu as sauvé Tove.

Qui est cet homme, notre grand-père ? Est-il possible qu'une existence se résume à amasser, préserver et augmenter sa fortune ? Sur quelle voie l'humanité s'est-elle engagée ?

Une fois que le Bien a perdu, ne reste-t-il plus que le Mal ? Voilà ce que tu dois empêcher, Malin.

Voilà l'énigme que tu dois résoudre.

Qui assassine les prostituées à New York ?

Tove est assise avec Jan dans le canapé, devant la télé, les jambes enroulées dans un plaid rose et mauve, le dos appuyé contre un coussin moelleux.

Il craint, ce film, pense-t-elle.

Il est vieux et ennuyeux à mourir, mais son père a l'air de l'apprécier. Un peu plus tôt dans la soirée, elle lui avait parlé de Lundsberg et il avait très bien réagi. Contrairement à sa mère, il n'avait été ni inquiet, ni fâché. Au contraire.

Son père avait semblé plutôt fier.

Comme s'il avait su à quel point il était difficile d'entrer dans cette école. Habituellement, c'étaient des gens comme ceux qui habitent rue Strandvägen, à Stockholm, qui fréquentaient cet établissement, son père en était conscient.

Elle avait eu envie de lui demander qui était la femme dont lui avait parlé sa mère, celle au bras de laquelle elle l'avait vu marcher. Tove est curieuse, sa mère a juste dit qu'elle était très jeune, ce qui avait l'air de la contrarier. Tove suppose qu'elle se sent vieille, abandonnée et malheureuse.

Son père est-il au courant que sa mère a un petit frère ? C'est à elle de lui en parler, or Tove est convaincue qu'elle ne l'a pas fait. Quand en aurait-elle eu l'occasion ? Et elle est certainement encore furieuse contre son père, à cause de l'autre femme.

Mais quand même. Je pense qu'elle s'en remettra. Que tout finira bien.

« Papa, dit Tove. Maman t'a vu avec une autre femme en ville. Hier soir. Du côté du Teddys. »

Jan se tourne vers sa fille. Son regard est las. Visiblement, il ne tient pas à aborder ce sujet maintenant.

« Elle t'a dit ça ? Une autre ? On dirait que ta mère a du mal à comprendre que c'est fini entre nous.

– Ce n'est peut-être pas exactement le terme qu'elle a employé, je ne me rappelle pas très bien.

– En tout cas, c'est exact. Il y a une jeune femme, dit-il. Que je vois de temps en temps. Elle travaille à l'hôpital, dans le service de radiologie. Elle va te plaire.

– Ça veut dire que tu as l'intention de me la présenter ?

– Si tu en as envie, mais ce sera difficile de faire autrement, parce qu'elle me plaît vraiment beaucoup.

– Tu crois qu'on va bien s'entendre ?

– J'en suis certain. »

À la télé, un barbu est en train d'étrangler une femme avec un lacet, dans une ruelle sombre. Ils regardent la scène jusqu'au bout, puis son père lui demande :

« Ça ne te dérange pas que je voie quelqu'un ?

– Non. Si c'est ce que tu veux, alors je trouve que c'est plutôt cool. Comme ça, au moins, je sais que tu ne seras pas seul. »

Son père passe son bras autour d'elle et la serre contre lui.

« Qu'est-ce que j'ai fait pour mériter une fille aussi intelligente et gentille ?

– Je croyais que ça allait me rendre jalouse, si l'un de vous se mettait à sortir avec quelqu'un, mais, en fait, ça me fait plaisir. Je suis contente pour toi. J'espère que maman aussi rencontrera quelqu'un.

– Tu sais que tu passeras toujours en premier pour moi. »

Tove plisse le front et éclate de rire.

« Bien sûr, papa, bien sûr. »

Jan sait qu'il n'a aucune réponse valable à opposer au commentaire de sa fille.

Ils ne l'ont jamais réellement fait passer en premier. Elle le sait et l'accepte avec maturité, mais ce n'est pas bien.

« Elle a quel âge ? s'enquiert Tove.

– Elle a vingt-quatre ans.

– Mais, enfin, papa, je vais bientôt avoir vingt-quatre ans. »

Jan reste silencieux, sent peser sur lui le regard de Tove.

« Tu en sais suffisamment sur l'amour pour savoir qu'on ne décide pas », finit-il par se justifier.

La femme à l'écran s'effondre sur l'asphalte au milieu de la ruelle sombre et pluvieuse, tandis que l'homme se précipite vers une bouche de métro.

« Qu'est-ce qui te plaît tant chez elle ?

– Sois gentille, Tove, j'essaie de suivre le film, je suis un adulte et les adultes ont le droit d'avoir quelqu'un dans leur vie.

– Ça, je comprends, mais pourquoi elle en particulier ? »

La réponse de son père ne se fait pas attendre.

« Parce qu'elle est tout l'opposé de ta mère. »

Malin.

Parviendras-tu un jour à me pardonner ?

Un jour ?

Åke Fors n'arrive pas à trouver le sommeil. Sa chambre, dans son appartement rue Barnhemsgatan, lui paraît exiguë et étouffante, son lit dur et vide. Il se dit qu'il ne mérite aucun pardon et la pensée qu'il a déjà eue tant de fois lui revient à l'esprit :

Ai-je des responsabilités vis-à-vis de ce gamin ? En ai-je eu depuis le début ?

Non.

Non, non, ce n'était pas le mien, et je n'avais rien à voir avec lui, mais il est incontestable que Malin avait le droit de savoir. Et puis Margaretha avait le choix, non ?

L'appartement de Ténérife.

Je ferais peut-être mieux de repartir, de reconstruire quelque chose de neuf, le ciel est plein d'anges prêts à m'accueillir à bras ouverts.

Mais c'est ici qu'est sa vie.

Ici et maintenant, en compagnie de Malin et de Tove. Voilà pourquoi il doit se battre.

Tu as commis une erreur.

Et tu le sais, pense-t-il.

Pourtant, les années passent sans que tu sois capable de prendre ton courage à deux mains et réparer ton erreur.

Qu'est-ce que cela nous apprend sur la nature humaine ?

Je finis par avoir peur de moi-même. De ce que je suis devenu et de ma propre faiblesse. Est-ce cela dont tu as peur, toi aussi, Malin ? Et est-ce cette peur qui va nous réunir à nouveau ?

J'étais là quand, enfant, tu essayais de comprendre le monde. Je m'efforçais de t'ôter tes doutes, ta honte, quand tu faisais une bêtise et je te consolais quand tu étais triste.

Ensemble, Malin, nous pourrons vaincre nos peurs.

Comme un père et sa fille doivent le faire.

Qu'a-t-il bien pu arriver à la famille Kurtzon ? se demande Malin.

Zeke et elle sont dans leur voiture, ils rentrent à l'hôtel Tegnérlunden.

Zeke est au volant, comme toujours, même si elle peut parfaitement conduire, maintenant qu'elle ne boit plus.

« Alors comme ça, il a déshérité ses fistons, dit Zeke. Et il le leur a dit en face. Et il leur a aussi probablement dit que c'était Josefina qui allait hériter de sa putain de fondation. »

Malin se sent fatiguée, elle a du mal à réfléchir.

« Les frères sont la clé, dit-elle. Je le sens. Pour quelle raison Ottilia Stenlund était-elle si effrayée ? Je pense qu'elle a peur de cette famille, des frères. Le père me paraît inoffensif, vu son état. Ça fait peut-être des années qu'il est cloué à ce lit, qu'il a perdu la vue. D'un autre côté, qui connaît l'étendue réelle de son pouvoir ?

– On ne sait même pas qui sont ces frangins, fait remarquer Zeke. Johan n'a pas parlé d'eux quand il t'a fait son rapport sur Kurtzon. Au moins, maintenant, on sait où les trouver.

– Quel est le lien entre l'origine des filles Vigerö et l'attentat ? Et l'assassinat de Hanna ? Josef Kurtzon n'avait même pas l'air de savoir qu'elles existaient.

– Tout doit pourtant bien être lié. Reste à découvrir de quelle manière. »

Tandis qu'ils passent devant le grand magasin NK-huset, Malin pense à tous les habitants fortunés de Stockholm qui couvrent leurs activités capitalistes en s'engageant dans la direction de la Mission urbaine ou d'autres actions de bienfaisance, sans s'interroger sur leur légitimité.

Mais Kurtzon semble se moquer de la légitimité, et c'est la raison pour laquelle le fric l'a toujours autant aimé.

Puis elle pense au Mal.

Malin en est convaincue: le Mal existe bien, il vit et prospère partout où il y a des hommes, et le plus souvent là où on l'attend le moins, dissimulé derrière des couches et des couches de bonté.

« J'essaierais bien de discuter un peu plus avec Josefina Marlöw, dit Malin. Pour voir si elle est au courant des projets de son père en ce qui concerne son héritage.

– Et sa fondation. Qu'est-ce qui nous dit qu'elle ne reviendrait pas à ses frères si Josefina Marlöw disparaissait ? Le vieux légume a prévu cette éventualité ? Que Josefina puisse être en danger ?

– Ça a l'air d'être le genre de type qui ne laisse rien au hasard. Il a peut-être l'intention de mettre en scène un nouveau jeu depuis son lit de mort ?

– Et si les frères connaissaient l'existence de leurs nièces, il est possible qu'ils aient essayé de s'en débarrasser afin qu'elles ne puissent pas un jour réapparaître et réclamer leur part de l'héritage ?

– Non, ça ne tient pas debout, objecte Malin. On n'en sait pas assez. »

Cette histoire lui rappelle celle de la famille Stenbeck. La cruauté avec laquelle la fratrie avait semble-t-il traité le fils caché de Jan Stenbeck, lorsqu'il s'était fait connaître, après la mort du financier. Comme s'il n'avait pas existé, bien qu'il fût leur demi-frère. Mais peut-être les médias avaient-ils déformé la réalité ?

Puis Malin revoit intérieurement le cycliste poseur de bombe.

L'un des frères Kurtzon ?

« On retourne au foyer, dit-elle soudain. Je veux essayer de parler avec Josefina Marlöw dès ce soir. Quelque chose me dit que le temps presse.

– Mais elle ne dort jamais là-bas.

– Peut-être que quelqu'un pourra nous dire où elle est. Tu as une meilleure idée ? »

Puis elle ajoute :

« J'appelle Johan Jakobsson. On a besoin de savoir qui sont réellement les frères Kurtzon.

– Il doit être en train de dormir, à l'heure qu'il est. Ou du moins sa famille dort, il est sûrement chez lui. Ça ne peut pas attendre jusqu'à demain ?

– Non », répond Malin.

46

La chaleur de la journée a cédé la place au froid humide de la nuit, et le parc d'attraction de Gröna Lund est désormais silencieux.

Il est bientôt onze heures trente.

Johan Jakobsson n'était toujours pas couché. Il allait se mettre à son ordinateur et fouiner sur Internet pour essayer de dénicher des informations sur les frères Kurtzon.

La rumeur du trafic nocturne de Stockholm se mêle au bourdonnement des ventilateurs et, devant l'entrée de la Mission urbaine de Slussen, des hommes aux visages marqués sont assis par terre, le regard rivé sur leurs bouteilles.

Malin et Zeke s'approchent d'eux.

Elle se rappelle avoir vu plusieurs d'entre eux traîner autour des locaux de la Mission urbaine, dans la journée. Peut-être étaient-ils trop bourrés pour obtenir un lit ?

Rester calmes.

Surtout ne pas paraître menaçants. Juste frigorifiés et fatigués.

« Bonsoir, vous savez où on peut trouver Josefina ? leur demande Malin, sans s'adresser à l'un d'eux en particulier.

– Qu'est-ce que vous lui voulez à la pute ? réplique un des hommes d'une voix qui ne contient ni menace, ni jugement, mais plutôt une constatation.

– Nous sommes de la… »

Zeke se fait couper la parole.

« On sait que vous êtes des poulets, dit un autre.

– Il faut qu'on lui parle, reprend Malin. C'est tout. »

Les hommes restent muets, regardent Malin et Zeke, dans l'attente d'une révélation.

Malin sort son portefeuille et brandit un billet de cinq cents couronnes.

« Pour qui tu nous prends, toi ? » lance un troisième.

Ses compagnons éclatent de rire.

Malin sort un deuxième billet de cinq cents couronnes.

Aussitôt, l'un des hommes saisit les billets.

« Allez voir du côté de la station de métro de Hornstull. C'est là-bas qu'elle est, d'habitude. Les gardiens pourront vous guider dans les tunnels. »

Sur le coup, le gardien n'avait guère paru emballé, mais ils étaient finalement parvenus à le convaincre. Puis celui-ci leur avait avoué qu'il savait où les junkies se planquaient et que lui et ses collègues leur foutaient la paix. Ils avaient débarrassé leur repère de tout ce qui était inflammable, si bien qu'il était désormais peu probable qu'ils causent une catastrophe.

« C'est comme ça, avait dit le gardien. Ils n'ont aucun autre endroit où aller et ça caille drôlement, dehors, en hiver. »

Le gardien précède Malin et Zeke dans l'escalator qui mène aux quais.

Les tunnels du métro possèdent leur propre microclimat.

Il y fait particulièrement chaud. Il règne là aussi une chaleur humide quasi tropicale.

Une rame de métro arrive en gare.

Des gens montent et descendent. Quand la rame redémarre, ils ont déjà traversé la station. Le gardien ouvre un portail rouillé et descend un escalier bancal en acier zingué. Ils progressent lentement et prudemment dans l'obscurité, sur une étroite plateforme surélevée.

« Surtout, faites très attention, prévient-il. Si vous trébuchez et que vous tombez sur la voie en contrebas, je vous avertis, c'est du dix mille volts qui passe dans les rails. Je préfère que vous le sachiez. »

Malin est éblouie par les phares d'une nouvelle rame en approche, a l'impression que ses tympans vont exploser.

Le gardien s'immobilise.

« Ne bougez pas. Contentez-vous de vous adosser au mur et tout devrait bien se passer », leur crie-t-il.

La rame file devant eux, la lumière des phares disparaît et Malin voit dans les wagons les passagers qui rentrent chez eux après une journée de travail ou une soirée au restaurant.

Des hommes seuls.

Des groupes d'adolescentes, pas plus âgées que Tove. Des couples d'amoureux. Des retraités.

Tous sont fatigués. Ont l'air pressé d'être dans leur lit.

Des caïds de banlieue en chemisette, malgré le froid. Des tatouages de bandes. Pour l'instant, ils n'ont pas d'individus de ce genre, à Linköping. La criminalité y est plus classique, même si des bagarres éclatent parfois entre bandes de jeunes. Mais c'est généralement le fait de quelques excités bien identifiés.

Un violent courant d'air, Malin a l'impression qu'elle va s'envoler, puis s'écraser sur les rails en contrebas et mourir électrocutée, s'enflammer et cuire de l'intérieur, comme un châtiment pour tous ses péchés, de son incapacité à comprendre les choses essentielles de la vie.

Mais elle reste solidement campée sur ses jambes.

Bientôt, la rame disparaît et le gardien reprend sa marche jusqu'à une porte en acier qu'il ouvre péniblement. Ils empruntent ensuite une échelle qui mène à un couloir encore plus bas. Cette fois, le gardien doit allumer sa lampe de poche.

Après avoir descendu un nouvel escalier, ils débouchent dans un tunnel éclairé par quelques lampes suspendues à des câbles électriques poussiéreux.

« À qui vous vouliez parler ?

– Josefina Marlöw. »

Le gardien hoche la tête. Malin le trouve sympathique. Elle a l'impression qu'il veille sur ses hôtes souterrains.

Ils continuent, traversent encore un couloir étroit, puis le gardien pousse une porte. En pénétrant dans la pièce, ils sont accueillis par une épouvantable odeur d'excréments, d'urine et d'immondices en tous genres. Malin est prise d'un haut-le-cœur, parvient à contenir sa nausée.

Le gardien éclaire la petite pièce.

Josefina Marlöw est couchée sur un bout de carton sale. Sur les murs noirs de crasse et d'humidité, Malin distingue des petits personnages élégamment dessinés à la craie.

Josefina dort, ronfle à la manière vide et naturelle d'un toxico défoncé, doucement et intérieurement, avec l'espoir de ne jamais se réveiller.

« Je vous laisse, maintenant, dit le gardien. Vous allez retrouver la sortie tout seuls ? »

Maman.

Que fais-tu là, sous terre ? Dans cette pièce qui ne devrait abriter aucun être vivant. C'est toi qui l'as choisi, n'est-ce pas ? C'est un refuge contre le Mal. Tu voulais disparaître, alors tu t'es enfoncée toujours plus profondément dans les entrailles de la terre, tu nous as abandonnées parce que tu savais qu'aucun retour n'était possible.

Et maintenant, tu es couchée là.

Dans un sommeil sans rêve, vide, mais agréable.

Attends, maman.

Tu rêves quand même.

Tu rêves que tu es morte, que tu flottes dans les airs à nos côtés et que le monde que nous observons de là-haut est bien meilleur.

Il faut que tu saches une chose.

Nous te pardonnons.

Nous voulons que tu nous rejoignes. Ensemble, nous trouverons l'amour.

Malin et Zeke attendent patiemment. Ils se sont mis d'accord pour laisser Josefina Marlöw se réveiller d'elle-même, plutôt que de la tirer de son sommeil.

Leurs nez s'habituent à la puanteur ambiante.

Ils se laissent tomber sur le sol immonde. Éclairent cet espace aux allures de grotte avec leurs téléphones mobiles. Contemplent les dessins, certainement réalisés par Josefina Marlöw elle-même à l'aide des craies qui jonchent le sol. Des personnages dessinés d'un trait, comme de mystérieux hiéroglyphes laissés là par des visiteurs venus de l'espace. On dirait des enfants en train de jouer.

Malin et Zeke somnolent, il est bientôt minuit et ils tombent de sommeil, mais ne peuvent pas dormir ici. Pourtant, malgré la dureté du sol et la chaleur étouffante, ils finissent par s'endormir tous les deux.

Malin et Zeke dorment, rêvent d'une pièce close, comme celle où ils se trouvent en ce moment. À l'intérieur, deux enfants appellent à l'aide, mais leurs cris sont muets, seules leurs lèvres remuent.

« Venez là ! » hurlent les enfants. « Venez ! » Malin entend leurs voix, maintenant, sent que quelqu'un lui secoue le bras, que quelqu'un lui dit :

« Alors, vous êtes venus. Comment êtes-vous arrivés jusqu'ici ? »

Malin et Zeke ouvrent les yeux et découvrent Josefina Marlöw.

Elle est accroupie devant eux, une bougie à la main, et son regard semble fendre l'obscurité. Ils constatent qu'elle a recouvré ses esprits et toute sa lucidité. Malin la fixe de ses yeux sablonneux, tente de maîtriser son regard, puis dit :

« Vos filles, on essaie de découvrir ce qui leur est arrivé, qui les a tuées. Vous êtes la seule qui puisse nous aider. »

Josefina Marlöw se laisse retomber sur son bout de carton, sans les lâcher du regard. À côté d'elle, une cuiller et une seringue, des bandelettes en caoutchouc couvertes de sang. Son avant-bras est criblé de traces de piqûres.

« Je sais que mon père a rédigé un testament dans lequel il me désigne comme son unique héritière. Il m'a envoyé ses gorilles pour qu'ils me ramènent à Strandvägen. Ça doit faire quelques mois. Il va bientôt mourir, je le sais. Lui aussi le sait. J'y suis peut-être retournée depuis. Je ne suis pas sûre. »

Elle ne tremble pas, cette fois.

Ses paroles sont claires.

Son débit fluide et assuré.

Sa voix n'exprime aucune tristesse.

Son regard, lui, contient une pointe de soulagement. Le même genre de soulagement que semblait ressentir papa à la cérémonie pour maman, pense Malin. Le même soulagement que j'ai moi-même éprouvé.

« Il m'a expliqué ce qu'il avait fait à mes frères, Henry et Leopold, qu'il les avait déshérités. Que j'allais prendre le contrôle d'une fondation, en Suisse, dans laquelle il avait placé toute sa fortune. Il était couché dans son lit et souriait en me racontant ça. Qu'est-ce que j'aurais dû faire ? Lui dire que je n'étais pas intéressée ? Il le savait. Peut-être qu'il voulait juste contrarier mes frères. Ça ne m'intéressait pas d'entrer dans son jeu.

– C'est tout ce que vous vous rappelez de votre visite chez lui ? demande Zeke.

– Il m'a aussi dit que si je mourais avant lui, il léguerait le tout au Fonds du patrimoine, un Fonds d'État gérant les biens des personnes décédées sans héritiers et les transférant à des associations caritatives.

Ou qu'il nommerait un administrateur extérieur à la famille. Il n'a été question que de fric.

– Pour quelle raison pensez-vous qu'il vous a désignée comme son unique héritière ? » l'interroge Malin, un froid glacial envahissant son ventre.

Un héritage, des milliards à administrer par le biais d'une fondation où tout disparaît au profit du Fonds du patrimoine. Deux frères déshérités. Voilà qui pourrait constituer le mobile de l'attentat, de la mort des fillettes.

Josefina Marlöw se tait subitement, avant de poursuivre :

« Il cherche à m'inoculer le poison. Son poison à la place du mien. Il n'a pas accepté que je lui tourne le dos pour vivre ma vie. Une putain de vie. Il voudrait que je sois comme lui. Mais il apprécie que je sois celle que je suis et que j'aille au bout de mes idées. Que je sois parfaite, à ma manière.

– Pourquoi pensez-vous qu'il ait déshérité vos frères ?

– Parce qu'ils ne sont pas devenus ceux qu'il aurait voulu.

– Qu'il aurait voulu ?

– Oui. Il a mené des expériences sur eux, quand ils étaient enfants. Il souhaitait en faire de parfaits hommes d'affaires, avides et impitoyables.

– Quel genre d'expériences ?

– Notre père a essayé de faire en sorte qu'ils se sentent spéciaux, un peu comme des êtres élus. Il leur a acheté des animaux, des cochons d'Inde, des lapins, un chiot golden retriever pour qu'ils exercent leur autorité sur eux. Il leur a appris à les soumettre par la violence. Dès leur plus jeune âge, il leur a offert d'énormes sommes à dépenser dans les boutiques où les vendeurs leur faisaient des courbettes, afin qu'ils goûtent au pouvoir de l'argent.

Les domestiques que nous avions à la maison étaient tenus de leur obéir et mes frères avaient même le droit de leur infliger des punitions. Jamais il ne les encourageait, il se contentait de les battre et de leur faire des reproches, il sanctionnait sévèrement chacune de leurs erreurs, il a tout fait pour les rendre durs et insensibles.

Il possédait un varan qu'il avait l'habitude de lancer contre mes frères. Pour les effrayer, les remettre à leur place. »

La bête empaillée dans la chambre de Josef Kurtzon.

Josefina se tait et ferme les yeux, mais finit par reprendre :

« Et il les incitait à me battre. Dans la cave. Et s'ils refusaient, il leur envoyait des décharges électriques. Alors ils me frappaient. »

Malin commence à se sentir mal, sa vue se brouille.

Elle se ressaisit.

Josef Kurtzon a-t-il fait de ses fils des psychopathes ? S'est-il efforcé de créer une nouvelle race d'hommes impitoyables, spécialement taillés pour les affaires : c'est bien comme ça que vous avez éduqué vos enfants, Josef Kurtzon ? Malin est soudain prise d'une furieuse envie de retourner à l'appartement de Strandvägen et d'enfoncer ses yeux aveugles dans son crâne de vieillard. Et les frères, de quoi sont-ils capables, maintenant qu'ils sont adultes ? De tuer ? De commettre un attentat ?

« Papa les a toujours méprisés, dit Josefina Marlöw en rouvrant les yeux.

– Pourquoi ?

– Parce qu'ils l'ont déçu. Parce qu'ils n'ont pas répondu aux espoirs de grandeur et de réussite qu'il avait placés en eux. Sur la fin, il n'apportait son soutien financier à leurs projets que pour jouer avec eux, je crois, pour se moquer de leur incompétence. Il méprisait également leur côté ostentatoire.

– Ostentatoire ?

– Oui, mes frères adorent faire étalage de leur richesse, alors que pour papa, seul l'argent en lui-même compte. Les gens qui s'achètent un statut et une étiquette grâce à leur fortune le dégoûtent. Pour lui, un homme, un vrai, est au-dessus de ça.

– Donc, ils aiment montrer qu'ils ont de l'argent ?

– Exactement. Comme maman. Elle accordait une grande importance aux apparences et adorait le luxe. »

Josefina Marlöw se tait.

« C'est ce qu'elle s'est évertuée à leur inculquer de son côté, poursuit-elle. Que la valeur d'une personne se mesure à l'aune de sa richesse. C'est pourquoi il convient d'afficher sa fortune. Maman était obsédée par l'argent. Chez nous, la lunette des toilettes était en or massif.

– On dirait que votre père et votre mère étaient très différents, non ?

– En effet. Mais ils avaient un point commun, et pas des moindres. Pour eux, le fric représentait tout et l'amour ne valait rien.

– Parlez-nous de vos frères, dit Malin.

– Qu'est-ce que je pourrais ajouter ? Henry est l'aîné, il a deux ans de plus que moi et un de plus que Leopold. C'est ce dernier, le caractère dominant, bien qu'il soit plus jeune. Henry ne fait que le suivre. C'est en tout cas l'impression que j'ai toujours eue. Mais, aux yeux de papa et maman, ils étaient tout aussi faibles l'un que l'autre.

– Les positions opposées de vos parents ont dû les perturber ? demande Malin. Elle qui aimait étaler sa richesse et lui qui méprisait cette attitude.

– Possible, mais les leçons, à la maison, tournaient toujours autour du même sujet : le fric. Privez-les de leur pognon, de leurs espoirs d'héritage, et vous les privez de leurs vies. »

Malin sent son ventre se glacer encore un peu plus en entendant Josefina Marlöw prononcer ces paroles.

« Où sont vos frères, à présent ? s'enquiert Zeke.

– Papa leur a acheté des appartements rue Strandvägen. À moi aussi, mais ça fait longtemps que j'ai quitté ce monde pour un autre, meilleur. »

Josefina Marlöw leur désigne son avant-bras couvert de marques de piqûres.

« Ils ne sont pas là-bas, dit Malin. Et on n'a pas non plus trouvé la moindre adresse à leur nom. Vous savez où ils peuvent être ? Si l'un d'eux possède un appartement ailleurs ? Une maison de vacances ? Ici ou à l'étranger ?

– Je n'en ai aucune idée, répond Josefina Marlöw, dont les yeux s'éteignent peu à peu. Il y a bien longtemps que j'ai cessé de m'intéresser à eux. »

Elle semble vouloir disparaître de la surface terrestre. Si c'est vraiment le cas, pense Malin, pourquoi ne te jettes-tu pas devant une rame de métro, ou du haut du pont de Vesterbro ? Pourquoi ne te remplis-tu pas tout simplement les veines d'héro jusqu'à en crever ?

Pourquoi t'infliges-tu cela ?

Elle prend alors conscience qu'il est impossible de comprendre quelqu'un comme Josefina Marlöw, ses motivations, les raisons de son naufrage, les terreurs qui l'habitent.

« J'ai quand même fait une chose, dit Josefina Marlöw. Si je dois hériter de mon père, c'est alors à mes filles que reviendra tout cet argent à ma mort, ce qui ne va probablement plus tarder. Même si je déteste l'argent, mes filles ont le droit d'en profiter. J'ai déjà tout réglé avec un avocat. »

Elle se tait.

« C'est à mes filles qu'il serait revenu, murmure-t-elle. Même si ce fric aurait pu leur causer du mal. Quoi qu'on fasse, rien n'est jamais parfait, n'est-ce pas ?

– Est-il possible que vos frères aient eu vent de l'existence de ce testament ?

– Comment auraient-ils pu l'apprendre ?

– Et votre père ? » demande Malin qui voit Josefina sombrer à vue d'œil. Son regard est comme attiré par sa cuiller, sa seringue, le sachet de poudre blanche posé sur le sol, dans un coin, au fond de la pièce.

« Non, dit Josefina Marlöw. Papa n'était pas au courant. Je suis certaine qu'il ignorait l'existence des filles. »

Que tu crois, pense Malin.

« Donc, vous ne pensez pas que vos frères aient pu perpétrer l'attentat de Linköping et tuer vos filles pour, de cette manière, récupérer leur héritage ?

– Quand on pousse quelqu'un à bout, il est capable de tout, murmure Josefina Marlöw. Qui sait de quoi mes frères sont capables ? Ce que papa peut les amener à faire ? Il est possible que ces histoires de fondation en Suisse et de Fonds du patrimoine n'aient été que des conneries. »

Malin et Zeke échangent un regard. En silence, sans même un mouvement de tête.

« Comment s'appelle votre avocat ? s'enquiert Malin.

– Jörgen. Jörgen Stålsten. On a été. À l'école. Ensemble.

– Et où peut-on le... »

Josefina Marlöw ne les entend plus, au lieu de cela, elle tâtonne fébrilement à la recherche de son sachet de poudre blanche.

Elle geint, pousse des grognements de souffrance comme si des varans affamés s'étaient introduits en elle et la dévoraient de l'intérieur avec leurs dents acérées tels des scalpels.

Malin se tourne vers Zeke.

Il opine du chef.

Sur ce, ils quittent la pièce, laissant Josefina Marlöw seule avec sa bougie et sa seringue.

Je dois aller au bout de cette affaire, pense Malin. Il le faut.

47

Samedi 12, dimanche 13 mai

Heureusement, l'appel n'avait pas réveillé sa famille. Johan Jakobsson ne dormait pas quand Malin avait téléphoné. Il était en train de lire un vieux *Wired* dans son lit et avait décroché dès la deuxième sonnerie. Sa femme dormait à côté de lui, du sommeil profond d'une mère de famille épuisée, dans leurs chambres, leurs enfants ronflaient comme des sonneurs.

Malin avait fait bref. Elle lui avait demandé de lui dénicher tout ce qu'il pourrait sur les frères Leopold et Henry Kurtzon, si toutefois il y avait quelque chose sur eux.

C'était seulement en s'asseyant devant son ordinateur, dans l'entrée de leur maison, que Johan avait commencé à ressentir les effets de la fatigue et compris que son épuisement l'avait pour ainsi dire empoisonné. C'était comme si leur quête désespérée de connexions et d'indices, leur immersion dans la vie des gens l'avaient déconnecté de son propre corps et de son esprit.

Mais, au moment où il avait allumé son ordinateur, toutes ces pensées négatives s'étaient envolées et il avait aussitôt entamé ses recherches sur Internet. Il avait d'abord entré le nom de Leopold Kurtzon et obtenu deux mille cent cinquante réponses, pour la plupart des articles consacrés à son père, Josef Kurtzon.

Il était tombé sur un lien vers le *Wall Street Journal* et avait cliqué dessus, mais était arrivé sur une page à accès restreint par identifiant et mot de passe ou payante : trente-cinq dollars pour un abonnement mensuel.

Deux cents couronnes.

Sven Sjöman va encore faire une crise, avait pensé Johan, mais il était quand même allé chercher sa carte de crédit dans son portefeuille et avait payé.

L'article, paru en 1998 dans l'édition grand public du dimanche, sous le titre de « *Inheritance of misfortune* », était consacré à ces héritiers du monde entier qui n'avaient pas réussi à se tailler une place dans l'entreprise familiale, généralement paternelle.

Quelques exemples américains, parmi lesquels figuraient les fils de Bernard Madoff. Les fistons d'Ingvar Kamprad. Puis un immense portrait d'un personnage présenté comme un inconnu du grand public : Leopold Kurtzon, fils du mystérieux financier Josef Kurtzon.

Le journaliste avait réussi à convaincre Leopold Kurtzon de lui accorder une longue interview. L'article était agrémenté d'une photo de lui posant devant ce qui ressemblait à un yacht. Le lieu où avait été prise cette photo n'était pas indiqué. Quant à la mer en arrière-plan, elle aurait pu se trouver n'importe où.

On apprenait que Leopold Kurtzon avait d'abord étudié dans « la plus prestigieuse école privée de Suède » en compagnie de son frère Henry. Après quoi tous deux avaient été admis à la Harvard business school, où, semble-t-il, ils avaient manifesté de plus grandes dispositions pour la fête que pour les études. À tel point que leurs camarades de classe les avaient surnommés « *the Swedish maniacs* ». Aussi, au terme de leur deuxième année, Leopold et Henry Kurtzon avaient finalement été renvoyés de l'école. Ensuite, Leopold Kurtzon serait rentré à Stockholm où il aurait hérité d'une « *minor, minor position* » au sein de l'une des nombreuses sociétés de l'empire paternel.

Quant à son frère Henry, il aurait connu un destin similaire.

D'après Leopold Kurtzon, son père avait placé de grands espoirs en son frère et lui, mais se serait peu à peu désintéressé d'eux en constatant qu'ils n'avaient pas la stature de futurs hommes d'affaires de niveau mondial.

« Je, enfin, nous avons tenté de lui prouver de quoi nous étions capables. Mais c'était sans espoir. Sa décision était prise. »

Plusieurs fois, le reporter s'interrogeait sur les raisons qui avaient pu pousser Leopold Kurtzon à lui accorder cette interview. Peut-être espérait-il juste attirer l'attention de son père. Du début à la fin, le reporter avait eu la sensation d'être manipulé comme un pantin, de n'être qu'un pion au sein d'un jeu dont les règles lui échappaient : « Car pour quelle raison, sinon, Leopold Kurtzon m'aurait-il fait ces confidences ? »

Leopold Kurtzon lui avait notamment confié qu'il avait toujours voulu se marier, mais que, malgré des centaines de conquêtes, il n'avait jamais trouvé chaussure à son pied, aucune de ces femmes n'étant assez bien pour lui.

« Mon frère Henry non plus n'a pas fondé de famille, déclarait Leopold Kurtzon un peu plus loin. Il est possible que ce soit notre façon à nous de nous venger de la pingrerie dont notre père fait preuve à notre égard : le priver d'héritiers à la prochaine génération. »

Leopold Kurtzon aurait alors éclaté de rire, d'un rire mal assuré qui trahissait sa solitude.

Suite à la faillite de leur énième entreprise, une société de financement implantée au Luxembourg, leur père leur aurait offert à chacun une résidence en Suède, ainsi qu'une somme suffisamment coquette pour leur permettre de mener une vie que la plupart des gens qualifieraient de luxueuse. Après quoi Leopold aurait créé, en compagnie de son frère Henry, une entreprise spécialisée dans l'importation d'animaux exotiques.

Quand le reporter l'avait interrogé sur son enfance, Leopold Kurtzon était soudain devenu agressif, puis, d'une « voix glaciale et menaçante », il l'avait prié de « cesser de jouer les putains de psychologues ».

Le reporter faisait une description saisissante de Leopold Kurtzon, au moment où il l'avait quitté : seul, avachi dans son fauteuil, sur la terrasse de sa villa avec vue sur la mer. Véritable personnification de la solitude et de l'errance qui, dans certains cas, sont la contrepartie de la richesse. Il révélait également la lassitude qu'il avait éprouvée face aux sautes d'humeur de Leopold Kurtzon qui, selon lui, trahissaient une « noirceur quasi désespérée, doublée d'une profonde rancœur ».

« J'ai ressenti un grand soulagement en prenant congé de Leopold Kurtzon », écrivait-il en guise de conclusion.

Et Johan avait éprouvé un sentiment semblable, au moment de refermer la page. Il avait hâte de laisser cette enquête derrière lui pour ne plus avoir à lire des articles consacrés à des individus aussi dénués d'humanité que les Kurtzon.

Tout à coup, il avait perçu un bruit familier dans son dos.

Des petons d'enfant marchant à pas feutrés dans le noir. Puis une voix de fillette :

« Papa, j'ai soif. »

Il s'était alors levé et dirigé vers sa fille qui se tenait dans l'entrée, en pyjama, les yeux plissés. L'avait suivie dans la cuisine, où il lui avait servi un verre d'eau froide, l'avait bordée, puis était retourné à son ordinateur, après l'avoir serrée fort contre lui et senti les battements doux et réguliers de son cœur.

Henry Kurtzon.

Qu'y avait-il sur l'autre frère ?

Rien dans le *Wall Street Journal*.

À peine cinq cents réponses pour son nom.

Il y avait un lien qui renvoyait vers un forum où quelqu'un avait posté des photos prises lors de soirées sur la Côte d'Azur, à Saint-Tropez, au mois de juillet. Sur l'une d'entre elles, on pouvait voir Henry Kurtzon, seul au bar de la discothèque de l'hôtel Byblos, comme exclu du spectacle hédoniste qu'on distinguait à l'arrière-plan.

« *Mr. Kurtzon enjoying the party* », disait la légende, un brin sarcastique.

Tu n'as absolument rien d'un mec cool, avait pensé Johan en découvrant son visage avec ses yeux gris pâle cernés et imbibés d'alcool.

Ses joues étaient rouges, gorgées de champagne. Et Johan avait essayé de s'imaginer Henry Kurtzon et son frère Leopold en soirée, seuls, rejetés de tous, sans toutefois être complètement exclus de l'univers auquel ils étaient censés appartenir.

Il avait cherché dans le registre foncier des traces de résidences au nom des frères et avait fait chou blanc.

Puis, dans le registre des entreprises, où il était tombé sur une liste de sociétés défuntes. La Maison du Bonbon. Exotic Animals. L&H Financial Services. L&H IT-solutions. Et bien d'autres.

Aucune de ces entreprises n'avait fait faillite. La dernière avait cessé son activité trois ans plus tôt, liquidée de manière apparemment régulière. Leur père a dû éponger leurs dettes, avait pensé Johan. Mais qu'avez-vous fait, au cours de ces dernières années ? Vous avez été salariés ?

Il avait alors vérifié les dossiers de Henry et Leopold Kurtzon, dans les registres des impôts. Leur adresse fiscale correspondait à une boîte postale située à Östermalm et il s'avérait qu'ils n'avaient pas été imposables ces trois dernières années. Aucun revenu déclaré. Rien.

Leur père les avait-il abandonnés à leur sort ? Avait-il cessé de les financer ?

Johan avait une fois de plus tenté d'imaginer les frères, de comprendre qui ils étaient et d'où ils venaient, à quel point il devait être désespérant d'avoir un père à qui tout semblait réussir, quand on collectionnait soi-même les échecs, même sur le plan amoureux.

C'était tout ce que Johan avait pu trouver dans les registres.

Il a maintenant le nez collé à l'écran de son ordinateur. La fatigue commence sérieusement à se faire sentir, sa peau est sèche et ses yeux le démangent.

Mais il refuse de baisser les bras, quelque chose lui dit qu'il est sur le point de faire une découverte déterminante.

Il tape le nom de leur mère, Selda Kurtzon, et tombe sur un article tiré d'un vieux numéro de *C'est arrivé cette semaine* datant de la fin des années soixante-dix, qu'un blogueur avait retrouvé dans les toilettes de sa maison de campagne et décidé de scanner parce qu'il l'avait trouvé « trop gratiné ».

Les photos montrent une femme vêtue d'une tenue léopard manifestement hors de prix, signée Roberto Cavalli. Elle promène en laisse un énorme varan aux dents jaunes dans un jardin avec vue sur la baie de Lidingö.

« Cet animal appartient à mon mari. Il adore les varans. »

D'après l'article, la femme s'exprime avec un accent polonais, mais reste très discrète sur ses origines, préférant parler de son mode de vie cosmopolite, fait de voyages à travers le monde.

Sur une autre photo, elle pose en compagnie de ses enfants sur un canapé aux broderies dorées. Henry et Leopold, vraisemblablement âgés d'une douzaine d'années, portent des costumes bleu ciel, des chemises roses et des nœuds papillons blancs. La coiffure impeccable. Le regard désespérément vide.

De l'autre côté de Selda Kurtzon est assise une fillette. Josefina Kurtzon, d'après la légende. Plus jeune et plus chétive que ses frères. En découvrant son regard, Johan est saisi d'effroi : il perçoit une panique, contenue et maîtrisée, mais cependant palpable, comme si cette fillette ne désirait rien d'autre que de s'échapper de la photo.

Que cherches-tu à fuir ?

Que te font-ils subir ?

« J'apprends à mes fils à aimer l'argent, déclare Selda Kurtzon. Je leur apprends à en vouloir toujours plus, car qu'est-ce qu'on est sans argent ? Je le sais pour l'avoir vécu dans mon enfance. On n'est rien. Absolument rien. Sans argent, on ne vaut rien. Dans ce cas, la mort est plus douce que la vie. »

Le reporter du magazine à potins présente le commentaire de Selda Kurtzon comme une boutade, décrit la manière dont ils éclatent de rire tous les deux, mais Johan ne peut s'empêcher d'avoir un doute.

Selda Kurtzon semble apprécier d'être photographiée et mise en avant. L'image qu'elle donne d'elle-même est très éloignée de celle renvoyée par son fils dans le *Wall Street Journal*.

Josef Kurtzon est mentionné brièvement dans cet article qui fait partie d'une série intitulée « *Dallas* à la suédoise ».

Johan consulte ensuite les registres de l'état civil.

Il apparaît que Selda Kurtzon est décédée quelques années seulement après la parution de l'article.

Les garçons devaient avoir une quinzaine d'années, leur sœur un peu moins.

Un putain de varan comme animal de compagnie ? Tous les goûts sont dans la nature. Mais quel est le lien avec leur enquête, s'il y en a un ? Sur quelle piste Malin s'est-elle lancée ? Les excentricités des riches ne sont pas une nouveauté. Elles n'ont en tout cas rien de dramatique, contrairement à celles des pauvres.

Il retourne à l'article du *Wall Street Journal*.

Examine la photo de Leopold Kurtzon.

Ses yeux. Son regard semble être tourné sur lui-même, sur sa propre personne. Un homme qui n'a aucun talent pour rien, mais qui est capable de tout.

Qui es-tu ? pense Johan avant de se lever et de se diriger vers sa chambre. Une expérience manquée ? C'est en tout cas ce que tu es aux yeux de ton père.

Il s'arrête en passant devant la chambre de sa fille. Observe son petit corps endormi.

L'entend respirer.

Pense : si je dois t'inculquer une chose, c'est que l'argent ne fait pas le bonheur.

Puis, Johan se glisse dans son lit. Le corps de sa femme est chaud et le simple parfum de sa peau suffit à l'apaiser.

J'appelle Malin demain matin à la première heure, se dit-il.

48

C'est comme si du sang oxygéné parcourait à nouveau ses veines après que son corps avait rendu visite à la mort.

Malin respire goulûment l'air frais du quartier et, malgré la densité du trafic nocturne à Hornstull, l'oxygène lui caresse les bronches et les poumons.

Un immense panneau publicitaire recouvre tout un mur.

Une femme en bikini sur une plage, des palmiers en arrière-plan.

Ils retournent à leur voiture, garée devant un restaurant chinois, un pâté de maisons plus loin.

Les rues sont quasiment désertes, les restaurants fermés pour la nuit et seules quelques fenêtres d'appartement sont encore éclairées. Malin a l'impression de sentir l'asphalte onduler sous ses pieds, la fatigue est sur le point de la submerger.

Zeke marche en silence, à côté d'elle. Elle sait que son cerveau tourne à plein régime, qu'il s'efforce de dénouer les ficelles de leur enquête.

Nous commençons à entrevoir la vérité, pense Malin, au moment où ils arrivent à la voiture. L'air s'est rafraîchi et le ciel est dégagé. Elle se dit que c'est une nuit magnifique pour tous les sans-abri qui dorment à la belle étoile.

C'est Zeke qui prend le volant.

Ils roulent sur Hornsgatan, s'arrêtent au feu de Zinkensdamm. Devant le pub qui fait le coin de la rue, des gens font la queue et Malin croit voir Ulf Lundell, sur le trottoir d'en face.

« Les anges s'apprêtent à redescendre sur terre. »

Jan et elle avaient dansé sur cette chanson, quand ils étaient jeunes, avant la naissance de Tove, avant que tous leurs problèmes leur tombent sur le coin de la gueule. J'espère qu'il a raison, pense Malin.

« Merde, je n'y vois toujours pas plus clair, peste Zeke en tambourinant sur le volant pour rester éveillé. Et toi ? »

Malin doit faire des efforts pour remettre son cerveau en route, pour le faire plus ou moins fonctionner.

« Si les frères avaient réellement quelque chose à voir là-dedans, ils auraient dû commencer par éliminer Josefina Marlöw, tu ne crois pas ? reprend Zeke. C'était quand même elle qui se dressait entre eux et leur héritage, pas vrai ?

– C'est ce que tu penses ? s'étonne Malin. Tu te souviens de ce que Josef Kurtzon nous a dit ? Qu'il léguerait sa fortune au Fonds du patrimoine si jamais sa fille venait à mourir avant lui.

– Dans ce cas, pour quelle raison ses frères auraient-ils tué les fillettes et Hanna Vigerö ? Qu'auraient-ils eu à y gagner ?

– Il est possible qu'ils en soient arrivés à une conclusion de ce genre : si Josef Kurtzon lègue sa fortune à Josefina Marlöw et que celle-ci décède à son tour alors que les filles Vigerö ont déjà été écartées, alors, en tant que derniers membres de la famille encore en vie, ils héritent de leur sœur et récupèrent ainsi le pactole.

– Mais Josef Kurtzon s'était pourtant arrangé pour qu'ils n'héritent jamais de rien.

– En est-on vraiment sûr ? Sait-on ce que deviendra la fondation à la mort de Josefina Marlöw ? Peut-être qu'elle reviendra à ses frères ? En tout cas, je ne crois pas que Josef Kurtzon connaissait l'existence de ses petites-filles.

– Donc, si je comprends bien, c'est maintenant Josefina Marlöw qui est en danger ? demande Zeke.

– Non, pas pour l'instant. Si ses frères ont vraiment l'intention de mettre la main sur l'héritage, ils ont tout intérêt à ce qu'elle survive à leur père. Souviens-toi que Josef Kurtzon avait menacé de léguer sa fortune au Fonds du patrimoine si sa fille mourait avant lui. »

Zeke paraît réfléchir.

« Cet avocat dont a parlé Josefina Marlöw. Il faut qu'on l'interroge », dit-il ensuite.

Malin acquiesce.

« Peut-être qu'il pourra nous éclairer. Si ses frères étaient au courant qu'elle avait eu deux filles qu'elle avait fait adopter et qu'ils connaissaient également les termes de son testament, ça peut coller. Il n'est pas invraisemblable qu'ils aient cherché à se débarrasser des filles Vigerö pour les empêcher d'hériter aussi bien de Josef Kurtzon que de leur mère.

– Mais Josefina Marlöw s'est peut-être arrangée pour que ses frères ne récupèrent pas l'héritage à sa mort. Il est possible qu'elle les ait exclus de son testament.

– Tu viens de la voir comme moi, objecte Malin. Je doute qu'elle soit en état de tramer un plan aussi élaboré. Quelles qu'aient été les questions réglées avec son avocat, je suis persuadée qu'elle n'est pas allée jusqu'à prévoir ce que deviendrait l'héritage après sa mort si ses filles venaient à disparaître. »

Silence dans la voiture. Seul le ronronnement monotone du moteur se fait entendre dans l'habitacle.

Les frères Kurtzon dorment probablement, à l'heure qu'il est, à l'abri, dans leur résidence secrète. Ils ont peut-être éliminé toute une famille dans le but de mettre la main sur une fortune.

« Tu crois que Johan Jakobsson a trouvé quelque chose sur eux ? demande Malin. Je vais lui passer un coup de fil.

– Il te rappellera demain. Laisse-le se reposer, un peu. Tout le monde n'est pas aussi maniaque que toi.

– Moi, maniaque ? Qu'est-ce que tu veux dire ? »

Zeke se met à ricaner.

Ils continuent rue Hornsgatan. Ils passent devant le Folkets Kebab, Malin se rappelle qu'elle parcourait parfois la moitié de la ville pour venir manger là. Les kebabs y étaient excellents et bon marché. Dire qu'il existe encore !

« Il se pourrait donc que l'homme qu'a filmé la caméra de surveillance du distributeur soit l'un des frères Kurtzon, suggère Zeke.

– En effet. À moins qu'ils aient payé quelqu'un pour faire le sale boulot à leur place. Ils en ont largement les moyens.

– Mais quand même. Assassiner des enfants pour du fric ? Leurs parents ? Je ne connais aucun tueur à gages, dans ce pays, qui accepterait de faire un truc aussi dégueulasse.

– Le fric, dit Malin. Le fric, Zeke, tu sais parfaitement que certains sont prêts à tout pour du fric. Leur père les martyrisait avec un varan, quand ils étaient petits. Pour en faire de parfaits hommes d'affaires. Qui sait quel genre d'adultes ils sont devenus ?

– Des tueurs d'enfants ? Je n'arrive pas à y croire, Malin. »

Le regard de Zeke est maintenant dur et froid.

Il accélère.

Mais de là à tuer ses propres nièces ? pense Malin. Est-ce possible ? Elle non plus n'arrive pas y croire, mais elle sait que c'est possible.

« Je comprends pourquoi Josefina Marlöw a fait adopter ses filles », dit Zeke.

Elle acquiesce.

« Je ne voudrais pas que mes enfants grandissent dans une ambiance aussi sordide que celle qui régnait dans l'appartement de Josef Kurtzon.

– Moi non plus, tout sauf ça. Mais tu es vraiment sûre qu'il ignorait l'existence des fillettes ? Avec tout le pouvoir et l'influence qui sont les siens ?

– C'est ce que je pense », répond Malin.

Ils trouvent une place de parking libre juste devant leur hôtel. Avant que Zeke gare la voiture, elle lui dit :

« Demain, il faudra absolument qu'on parle à l'avocat de Josefina Marlöw. À ce Stålsen. Et s'il s'avère que les frères savaient pour les filles et le testament de Josefina Marlöw, alors il est possible qu'on soit sur la bonne voie. C'est même plus que probable.

– *Follow the money. Always follow the money* », conclut Zeke.

Il est presque une heure et demie quand Malin se glisse dans son lit.

Elle a abandonné ses vêtements en tas sur le sol et s'est couchée nue. A retiré sa culotte de manière à ne pas la salir inutilement, elle la retournera demain, n'en a pas prévu d'autre.

Assassiner ses propres nièces.

Les mains de Malin tremblent. À quels monstres ont-ils affaire ?

Les frères Kurtzon. Qui êtes-vous ? Mon frère. Qui es-tu ?

Elle ferme les yeux et son rêve ne tarde pas à venir la hanter. Les visages se mettent à défiler, tous porteurs d'un message.

D'abord Tove.

« Il faut que je parte, maman, mais je ne t'abandonne pas », murmure-t-elle.

Papa.

Il sourit.

Je suis incapable de lui rendre son sourire.

Puis c'est au tour de Peter Hamse, avec sa blouse blanche de médecin, elle sent son bas-ventre se contracter, mais il ne tarde pas à disparaître en emportant avec lui cette douce sensation.

Daniel Högfeldt.

Jan.

Ils arrivent ensemble. Lui font un signe de la main, comme pour lui dire adieu, puis s'éloignent, elle essaie de les rattraper, ne peut pas, ne veut pas, sent que le temps est venu de passer à autre chose.

Maman.

Son visage est un masque muet, inexpressif. Où est mon chagrin ? pense Malin.

Karim Akbar, Sven Sjöman, Johan Jakobsson, Waldemar Ekenberg, Zeke, Börje Svärd, Karin Johannison. Ils défilent tous devant elle, lui sourient, lui caressent la joue, elle sait qu'ils lui veulent du bien et voudrait dormir avec cette sensation rassurante.

Le bonheur de Karim avec sa nouvelle femme, cette odieuse carriériste.

Le désir de maternité de Karin, qui se lit sur son visage.

Je souhaite de tout cœur que ton vœu se réalise un jour.

Puis Maria Murvall apparaît.

Ses yeux brûlent de désir. Malin parvient à distinguer l'être humain qui se cache en elle, enfermé, qui ne demande qu'à fuir vers un espace où le Mal et la peur n'existent pas et où les souvenirs et les sentiments n'existent pas non plus.

Il faut que je t'aide à rejoindre cet espace, pense Malin. Que je te prenne par la main et que je te sorte de là, Maria.

Puis elle voit les fillettes.

EIles lui sourient, d'abord, puis se mettent soudain à crier, et les visages de Hanna Vigerö et de Josefina Marlöw surgissent à leur tour. Appellent Malin mais elle ne comprend pas ce qu'ils disent.

Suis-je en train de dormir ? Peut-être.

Puis deux autres visages.

Deux hommes avec des mentons marqués et des nez droits presque identiques, des cheveux parfaitement soignés, la raie sur le côté et peignés en arrière. L'un des visages est légèrement plus rond que l'autre, mais tous deux ont des traits affirmés. Leurs yeux bleus sont inquiets, mais également durs, envieux, cupides, et c'est en vain que Malin y cherche une trace de chaleur.

Vous êtes les frères Kurtzon, n'est-ce pas ?

Ils disparaissent dans les ténèbres sans même lui répondre. Puis apparaît un nouveau visage d'homme, désespéré, grimaçant, celui-là.

« Je fais exactement la même chose que toi avec Tove, dit l'homme.

– Tu l'aimes ? demande-t-elle.

– Tu as sauvé Tove, répond l'homme. Quand elle était en danger. Cette fois, c'est à mon tour de sauver mes enfants. »

Sur ce, il disparaît.

Suis-je seule, maintenant ?

Non.

Mais je dors. Je dors et je rêve.

Je suis dans une pièce qui pue la mort.

Je ne suis pas seule, ici.

Je vois deux petits enfants.

Je les vois, mais ignore qui ils sont. Ils m'appellent. Ils veulent que je les sauve.

Il faut que je les sauve.

Ils crient, maintenant. Ils crient de terreur et j'aimerais courir vers eux, mais où sont-ils ?

Où êtes-vous, les enfants ?

Puis, Malin glisse dans un sommeil plus profond, emportant avec elle les deux enfants désespérés qu'elle essaie de consoler, mais ceux-ci sont bientôt remplacés par son propre frère.

Qui est responsable de notre mort ?

Est-ce la cupidité qui nous a tuées ? Le désir de ressembler à un père, de trouver grâce à ses yeux, ou tout simplement la soif de ce pouvoir que procure la richesse, ce pouvoir qui nous autorise à posséder n'importe qui, qui nous permet de contraindre un innocent à faire n'importe quoi ?

Le désir de contrôler des vies humaines ? Des vies d'enfants ?

Ou bien fais-tu fausse route, Malin ?

La solution de ce mystère se trouverait-elle totalement ailleurs ?

Tu dors, maintenant.

Mais ne dors pas trop longtemps.

Les autres enfants, les enfants séquestrés, ceux qui ne sont pas morts, attendent encore qu'on vienne les sauver. Sommes-nous mortes pour eux ? Tu vas les sauver, hein ?

Le compte à rebours a commencé, le temps est compté, mais tu ne le sais pas encore, Malin.

49

Il est neuf heures passées. Maître Jörgen Stålsen se tient derrière son bureau en acajou et tourne le dos à Malin et Zeke. Il a desserré le nœud de sa cravate rose pâle et observe la place d'Odenplan, où des bus bleus déversent leur flot de passagers devant la bouche de métro, où des gens se pressent dans les mêmes boutiques de chaîne que l'on trouve dans chaque ville de province, ouvertes sept jours sur sept.

Johan Jakobsson avait appelé Malin aux aurores pour l'informer de ce qu'il avait appris sur le compte des frères Kurtzon et de leur mère. Malin avait eu la chair de poule en entendant Johan lui décrire la solitude de Leopold et de Henry Kurtzon, leurs personnalités à la fois fuyantes et affirmées, la manière dont les deux frères, dès leur plus jeune âge, avaient reçu une éducation censée faire d'eux des machines efficaces et impitoyables.

Malin et Zeke attendent patiemment.

Ils avaient réussi à joindre Jörgen Stålsen à son domicile d'Östermalm et celui-ci avait aussitôt accepté de les rencontrer, bien que ce fût un dimanche, sans même leur demander à quel propos ils souhaitaient lui parler. Mais Malin avait perçu une pointe de frayeur dans sa voix.

Il les avait invités à s'asseoir, ce qu'ils avaient refusé. Il ne s'agissait ni d'une visite de courtoisie, ni d'une visite d'affaires.

Jörgen Stålsen est du même âge qu'elle.

Soigné, un visage anguleux encadré de boucles blondes qui lui donnaient plus l'air d'un chanteur de variété que d'un avocat. C'est peut-être à cause de sa coiffure qu'il ne travaille pas pour l'un des prestigieux cabinets de la place Stureplan, pense Malin. Les bouclettes n'ont pas leur place, là-bas, dans l'univers ultraconservateur du droit des affaires.

Ils lui avaient exposé les raisons de leur visite, ce qu'ils avaient besoin de savoir, et attendaient maintenant qu'il se décide à répondre.

Jörgen Stålsen ne se retourne pas. Son regard est désormais résolu.

« J'ai connu Josefina au collège, commence Jörgen Stålsen. À Lundsberg. Elle vivait un véritable enfer quand elle rentrait chez elle pour les vacances. Je le sais. En comparaison, les brimades qu'on subissait de temps en temps à l'école n'étaient rien. »

Lundsberg.

Brimades.

Ces mots frappent Malin comme des éclairs. Soudain, elle prend conscience qu'elle ne peut pas laisser Tove aller là-bas. Comment pourrait-elle l'envoyer étudier dans une école peuplée de gosses de riches dégénérés ? Ce n'est pas le moment de penser à cela, alors elle relativise, écoute Jörgen Stålsen raconter son histoire.

« Elle a commencé dès la troisième. Avec du shit. On pouvait se procurer absolument tout ce qu'on voulait dans ce collège. Elle avait peut-être même déjà goûté à d'autres saloperies à cette époque.

– Qu'est-ce qu'on lui faisait subir chez elle ? l'interrompt Zeke.

– Elle parlait souvent de sa mère. Elle disait qu'elle était folle. Qu'elle passait son temps à les provoquer, qu'elle les faisait marcher autour de la table de la salle à manger pendant des heures, qu'elle les forçait à porter des tenues bizarres, à manger exclusivement les aliments qu'elle jugeait bons pour eux. Et, s'ils ne lui obéissaient pas, elle les frappait et les enfermait dans un placard.

– Étiez-vous amis ? s'enquiert Malin, avant de se dire qu'elle ferait sans doute mieux de laisser Jörgen Stålsen mener lui-même son récit, de ne pas le conduire dans une impasse avec des questions trop clairement orientées.

– Amis ? Je serais tenté de dire oui. Mais non, pas vraiment, en fait. Josefina était trop sauvage, même s'il lui arrivait de nous parler de sa famille. Sa mère ne ratait jamais une occasion de se montrer. Elle venait à l'école à chaque fois qu'il y avait une fête ouverte aux parents. Dans sa limousine avec chauffeur. Elle frimait dans des tenues italiennes vulgaires. Tout le monde se foutait d'elle, mais elle se prenait pour une reine.

– Et qu'est devenue Josefina, après le collège ?

– Elle n'a pas fait le lycée à Lundsberg. Je croyais qu'elle s'était inscrite ailleurs et ce n'est que bien plus tard que j'ai appris qu'elle avait déjà sombré dans la drogue, à cette époque.

– Selon vous, pourquoi est-ce qu'elle a fait ça ?

– Il faut dire que c'était une sacrée tête de mule. Et puis, vu ce qu'elle endurait chez elle... Apparemment, son père n'a jamais vu ses enfants autrement que comme des objets d'expérimentation, et leur mère les considérait comme de simples accessoires au service de son image, des sortes de faire-valoir. Ses frères étaient un peu plus âgés, je ne les ai pas bien connus. Je crois savoir qu'ils subissaient d'énormes pressions et qu'ils ont connu de gros problèmes dans les écoles qu'ils ont fréquentées par la suite. C'étaient les pires de tous les enfoirés du collège, d'une violence inouïe, mais j'ai compris plus tard qu'ils reproduisaient sans doute sur les autres ce qu'eux-mêmes subissaient. Ils avaient une conscience extrême du pouvoir et du statut que procure l'argent. Dans leur univers, le fric représentait tout, contrairement à l'ascendance et aux liens familiaux. Ils vous adressaient la parole uniquement s'ils savaient que vous étiez riche. D'un autre côté, on aurait dit qu'ils avaient honte de leur richesse et de leur attitude. C'était comme s'ils étaient tourmentés par un conflit intérieur qui pouvait les rendre inoffensifs à certains moments, hyper dangereux à d'autres. Je me souviens qu'un jour, ils avaient collé une raclée monumentale à un boursier, dans les vestiaires du gymnase. Tout ça parce qu'il arrivait à faire plus de tractions qu'eux. Ils l'avaient ligoté à l'aide d'une corde et roué de coups de pied. Et quand le boursier les avait dénoncés, tous leurs camarades de classe avaient fermé leurs gueules. Pourtant, ils savaient.

– Croyez-vous que leur père les frappait ? » demande Zeke.

Jörgen Stålsen se tourne vers eux.

« Non, mais je crois qu'il les a conditionnés, dès leur plus jeune âge, à penser exclusivement au fric, à croire que la richesse possède une valeur intrinsèque, qu'il est impératif de s'en procurer toujours plus et qu'on n'en a jamais assez.

Selon moi, Josef Kurtzon aimait l'argent en lui-même, tandis que la mère, Selda, s'évertuait à les rendre accro au luxe, et je pense même qu'elle les a rendus accro au pouvoir de l'argent. Puis ils ont accumulé les échecs et leur père leur a alors reproché leur manque d'assurance et leur médiocrité. J'ai même entendu dire qu'il avait menacé de les déshériter.

– Ça ressemble à du sadisme, commente Zeke.

– C'est du sadisme. Ces types étaient des ratés et, une fois adultes, comme ils ne gagnaient pas d'argent, leur père les a traités comme des moins que rien. Leur mère aussi, elle qui avait espéré pouvoir exhiber leurs succès.

– Comment savez-vous tout ça ? » demande Malin.

Elle refuse de considérer les frères comme des victimes. Des meurtriers, voilà ce qu'ils sont probablement. Des tueurs d'enfants.

« Je les connaissais un peu. Et puis, j'ai entendu parler d'eux, au cours des années. Des anciens de Lundsberg m'ont rapporté les rumeurs qui couraient sur les frères Kurtzon. Surtout, on s'est tous revus à l'occasion d'une grande fête, au Grand Hôtel. C'était au début des années quatre-vingt-dix. Ils sont venus ensemble. Ils étaient bronzés, alors qu'on était en plein hiver. Ils revenaient d'un séjour en Asie, si je me souviens bien, et Henry n'avait pas lâché Leopold d'une semelle de toute la soirée. On aurait dit que le temps s'était arrêté pour eux. Tout le monde savait qu'ils n'avaient jamais accédé à un poste à responsabilité au sein de l'entreprise de leur père et que Kamprad avait refusé de les engager. Pourtant, ils se vantaient d'avoir monté un tas de sociétés, ils faisaient les malins, mais tous ceux qui les connaissaient savaient que c'était du pipeau.

– Ça colle avec ce que nous a raconté Johan, constate Zeke.

– Pardon ?

– Rien. Continuez, je vous prie, répond Malin.

– Et quand quelqu'un, plus tard dans la soirée, en a eu assez de leur baratin et leur a demandé d'arrêter de se foutre de nous, Leopold a pété les plombs et ça aurait sans doute très mal fini si Henry ne s'était pas interposé. Puis ils sont partis. Je me souviens que Leopold avait crié un truc du genre : "Attendez un peu qu'on hérite. Et alors je rachèterai tous vos putains de culs, je les bourrerai de dynamite et je vous ferai sauter. Je vous réduirai en bouillie. Et je donnerai vos restes à bouffer à mes varans." »

Il s'attendait à toucher un héritage, pense Malin.

Des types désespérés. Désespérément seuls. Méprisés de tous.

« Quand avez-vous vu Josefina pour la dernière fois ?

– Ça remonte peut-être à deux mois. J'ai eu un choc en voyant ce qu'elle était devenue. J'avais bien sûr entendu parler d'elle, mais j'étais loin de m'imaginer ça.

– Et c'est ce jour-là que vous avez rédigé son testament ? demande Malin. Dans lequel elle désignait ses filles comme ses héritières ? »

Jörgen Stålsen se tourne à nouveau, contemple le clocher de l'église Gustaf Vasa.

« Oui.

– Il n'était pas question de ses frères dans son testament ?

– Non.

– Ni de ce qui arriverait si ses filles mouraient avant elle ?

– Non.

– Et Josefina n'a pris aucune disposition dans le but d'exclure ses frères de sa succession ?

– Non.

– Ses frères vous ont rendu visite, n'est-ce pas ? Ses psychopathes de frères que vous n'aviez pas revus depuis votre fête d'anciens élèves et que vous n'auriez certainement jamais souhaité revoir, d'ailleurs. Ils vous ont questionné au sujet du testament ? Ils vous ont menacé ? »

Jörgen Stålsen se retourne et fixe Malin droit dans les yeux.

L'assurance de son regard avait laissé place à la peur, cette même peur qu'elle avait perçue chez Ottilia Stenlund, comme si les frères en personne venaient de faire irruption dans la pièce.

« Ils ne sont jamais venus ici. Je suis tenu par le secret professionnel et jamais…

– Si, ils sont venus ici, réplique Malin. Je comprends que vous ayez pris peur. Vous êtes bien placé pour savoir de quoi ces malades sont capables.

– J'ai une femme et deux jeunes enfants, se défend Jörgen Stålsen. Qu'est-ce que j'aurais dû faire ? Ils ont débarqué ici dans leurs beaux costumes sur mesure, avec leurs yeux de reptiles et m'ont montré des photos de mes enfants qu'ils avaient fait prendre par je ne sais qui. C'était effrayant. J'ai tout de suite compris ce qu'ils voulaient : dis-nous ce qu'il y a dans le testament de Josefina. Et je suppose que c'est seulement à ce moment-là qu'ils ont appris l'existence des fillettes. Qu'ils ont su que Josefina avait mis au monde des jumelles. Qu'elle avait l'intention de tout leur léguer, tout ce qu'elle hériterait de son père, et qu'eux n'auraient rien.

– Ce n'est pas vous le fautif, tente de le rassurer Malin.

– Pourquoi me posez-vous toutes ces questions ? Vous croyez que les frères Kurtzon ont assassiné leurs nièces et leur mère adoptive ? Que Henry et Leopold sont capables d'une telle atrocité ? »

Pas de réponse. Malin et Zeke se contentent d'échanger un regard. Puis elle dit :

« C'est une théorie parmi d'autres.

– Et vous, qu'en pensez-vous ? l'interroge Zeke. Vous les croyez capables d'une chose pareille ?

– Pour être franc avec vous, j'ai senti qu'ils étaient prêts à tout. Qu'ils avaient franchi une sorte de limite. Qu'ils ne reculeraient devant rien pour récupérer leur héritage, pour mettre le grappin sur la fortune familiale, car cet argent est leur unique raison de vivre.

J'y ai longuement réfléchi. Vous connaissez Juha Valjakkala ? Ce type qui a assassiné une famille entière à Åmsele. La mère était parvenue à lui échapper et à s'enfuir dans la forêt, mais il l'avait rattrapée et abattue.

Ensuite, il avait traîné sa copine jusqu'au cadavre et l'avait forcée à le regarder le couper en morceaux. Il avait fait ça pour lui montrer que c'était lui le patron. C'est la même chose pour les frères avec la fortune de leur père. Il la leur faut, sans quoi ils se perdent eux-mêmes, ils perdent leur dignité.

– Comment décririez-vous les frères ? En tant que personnes ? demande Malin.

– Leopold a une très grande confiance en lui. Henry est plus faible, moins sûr de lui. Ou pour être exact, je dirais qu'il est plus effacé.

– Il est donc possible que Leopold exerce une certaine emprise sur Henry ?

– Non, j'en doute. Ce sont simplement deux facettes d'une même personne. Ils se complètent. »

Malin perçoit de la colère dans le regard de Jörgen Stålsen.

« Je travaille principalement pour des organisations à but non lucratif, poursuit-il. Je me croyais fort, mais quand les frères ont fait irruption dans mon cabinet, je n'ai pas bronché. »

Jörgen Stålsen cligne des yeux.

« Croyez-moi. Henry et Leopold Kurtzon ont pu faire n'importe quoi. Ils sont capables du pire. Du moment que ça sert leurs intérêts. Mais n'essayez surtout pas de comprendre qui ils sont. Ou vous ne dormirez plus, la nuit. »

Des saucisses grillées, de la salade de crevettes tiède, de la purée chaude, de la sauce condiment et du ketchup qui colle au palais, du gras qui ravit les papilles et fait du bien à l'âme.

Malin et Zeke mangent leurs sandwichs de pain suédois. Debout en plein soleil, devant la baraque à saucisses de la place Odenplan. Le petit-déjeuner n'étant pas inclus dans le prix de la chambre, ils s'étaient rendus au cabinet de Jörgen Stålsen le ventre vide.

Dans le restaurant Tranan, des journalistes prennent un brunch en famille à quatre cents couronnes par personne.

« Donc, les frères étaient au courant pour les filles, dit Zeke.

– Et il est possible qu'ils soient passés à l'action. Ils l'ont déjà fait en obligeant Jörgen Stålsen à leur révéler des informations confidentielles. Rien que ça, c'est un délit grave.

– On est sur la bonne piste. J'en suis sûr.

– Il était tout aussi terrifié que l'assistante sociale, tu as remarqué ?

– Tu ne l'aurais pas été, à sa place, Malin ?

– Peut-être », répond-elle.

En réalité, elle pense : Non, je n'aurais pas eu peur, je leur aurais éclaté la tête, j'aurais protégé les miens à tout prix. Puis elle ajoute :

« Il faut absolument qu'on retrouve les frères Kurtzon. On va demander à Johan de continuer à chercher des adresses, aujourd'hui. »

Zeke acquiesce.

« Ce que je ne comprends pas, dit-il, c'est comment Josefina Marlöw a pu tenir sa grossesse secrète. Sa famille, avec tous ses tentacules, ne gardait-elle pas un œil sur elle ? »

Coriace, ce pain suédois.

En une seule bouchée, le plaisir s'est transformé en dégoût.

« Elle a certainement appris à leur échapper, au cours des années. À disparaître, à ne plus exister. Elle s'est peut-être réfugiée dans une autre ville.

– Mais si tu veux que ta grossesse se passe bien, tu as quand même intérêt à te faire suivre.

– La vie est plus forte que ça, Zeke. Si tu savais combien de mères toxico mettent au monde des bébés en parfaite santé, tu serais surpris. »

Son téléphone se met à biper.

Un message de Sven Sjöman.

Une vidéo.

Elle le lance. Découvre pour la première fois le visage de l'assassin.

50

Frères

Maman nous appelle pour le déjeuner.

Le repas est servi dans le grand salon, nous prenons place sur nos chaises Josef Frank autour de notre table de salle à manger importée de Suisse.

Maman a demandé à notre cuisinière de peser nos parts de cabillaud et de perche au caviar d'Iran pour qu'elles correspondent exactement aux besoins de garçons de sept et huit ans.

La gouvernante nous savonne les mains, boutonne nos vestes et fait entrer Josefina. Elle a cinq ans, mais sa portion est plus petite que ce à quoi elle devrait avoir droit à son âge car les petites filles doivent rester minces. Il n'y a rien de plus moche qu'une gamine avec des kilos en trop.

Si nous chahutons à table, maman nous tape sur les doigts avec sa fourchette. Nous avons tous les deux des plaies sur les doigts, et Josefina aussi, car elle reçoit un coup dès qu'elle ouvre la bouche.

Moi, Leopold, je leur tiens plus tête que Henry, mais je m'efforce quand même de plaire à papa, je veux être son chouchou, et il m'arrive même de taper Henry pour qu'il arrête de parler, pour qu'il prenne modèle sur papa, comme moi.

Mais c'est maman qui nous frappe le plus. Je vois bien qu'elle prend plaisir à taper mon frère, et elle tape dur.

La nourriture est censée nous clouer le bec. Mais si seuls les coups arrivent à nous faire taire, alors elle n'hésite pas. Elle dit que c'est tout à fait normal et nous finissons par la croire, nous croyons maman, nous croyons que le châtiment est le meilleur moyen de nous apprendre les bonnes manières, nous croyons en l'importance du silence. Parfois, nous n'arrivons pas à nous maîtriser, après tout, nous sommes deux petits garçons, et alors elle demande à la gouvernante, souvent avec l'aide du jardinier, de nous enfermer dans le placard de la cave, puis nous passons la nuit dedans, assis par terre.

Nous discutons.

Redevenons nous-mêmes. Plus nous avons peur, plus nous devenons forts. Josefina est souvent avec nous et je me rappelle l'odeur de sa merde. Des fois, elle est seule à l'extérieur du placard, assise dans un coin de la cave obscure, vide et froide, car avec Josefina c'est différent, maman a l'air de croire qu'elle est plus fragile que nous et que le simple fait de l'enfermer suffit à la punir.

Nous avons des animaux de compagnie.

Un lapin gris, un cochon d'Inde marron, un chiot.

Papa nous force à les maltraiter, et ça ne nous plaît pas. Il nous frappe jusqu'à ce que, à notre tour, nous battions les animaux.

Apprenez ce qu'est le pouvoir, répète-t-il, apprenez à ignorer vos sentiments. C'est vous qui décidez.

Papa part en voyage au Congo.

Il rentre à la maison avec un énorme varan vivant dont il fait son animal de compagnie. Il le promène en laisse dans le jardin, le lâche sur nous. Alors, nous prenons nos jambes à notre cou, nous courons nous réfugier dans la cave, dans le placard, puis il nous enferme, laisse l'animal affamé gratter à la porte, comme si nous étions ses proies. Et je prends Henry dans mes bras, il est terrorisé, je lui promets que je ne l'abandonnerai jamais, que je l'aiderai à devenir comme papa.

Parfois, nous nous faufilons dans la cave, quand Josefina y est enfermée seule.

Nous nous approchons du placard et nous l'entendons sangloter, comme nous quand nous sommes enfermés, quand le varan nous poursuit. Nous pourrions lui ouvrir, mais nous ne le faisons pas. Nous lui chuchotons des horreurs à travers la porte et elle nous répond. Alors, nous devenons comme fous, nous la pourchassons une fois qu'elle est libérée, nous la rouons de coups de poing, de coups de pied.

Papa a l'air fier de nous. Maman sourit.

Nous apprenons à croire maman, nous croyons qu'elle a raison, car la douleur a toujours raison, elle est le fruit de la logique, ou de la rationalité, comme elle dit, bien qu'il n'existe aucune raison logique à ses extravagances, à sa vanité matérielle.

Nous nous transformons peu à peu. Essayons de devenir ce qu'il voudrait que l'on soit. Ce qu'elle voudrait que l'on soit. Eux, que nous aimons. C'est tout ce que nous savons.

Les mathématiques. La pensée rationnelle.

Tout ce que nous possédons, dit maman, nous le devons aux mathématiques, les sentiments n'apportent rien. Or, notre père est très doué dans ce domaine. Grâce à sa connaissance des mathématiques et à son sens des affaires, il a réussi à se bâtir un empire. Il était le plus brillant étudiant en mathématiques de son université, quelque part, dans un pays lointain.

Papa est rarement à la maison.

Dans le jardin, avec son varan repu et heureux en laisse, il nous pousse à nous enhardir. Et quand nous n'osons pas faire ce qu'il nous demande, comme par exemple grimper sur le mur qui donne sur la baie de Lidingö, celui qui s'élève au sommet de la falaise, vingt mètres au-dessus de la mer, il se moque de nous, nous traite de poltrons et excite la bête contre nous, puis maman nous enferme dans le placard parce qu'elle nous a vus monter sur le mur par la fenêtre.

Vous n'avez pas le droit de grimper sur ce mur. Qu'est-ce que les gens diraient de nous si vous dégringoliez de l'autre côté et que vous vous tuiez sur les rochers ?

Et papa rigole pendant que le jardinier ou la gouvernante nous emmène dans la cave.

Dans le noir.

Et nous croyons à la fois aux sarcasmes et à la légitimité de la méchanceté, nous croyons aux mathématiques, à l'importance d'un comportement rationnel.

Mais en quoi cela consiste-t-il, au juste ?

À être assis gentiment au côté de maman dans un canapé doré, tandis qu'elle exhibe ce qu'elle est devenue, ce qu'elle a amassé depuis son arrivée en provenance d'un pays où personne n'avait le droit de posséder quoi que ce soit ? À sourire quand le photographe nous le demande ? À nous moquer de notre petite sœur qui n'a jamais appris à sourire, pas même à faire semblant ? À la frapper pour démontrer notre force, et sa faiblesse ?

Cela consiste-t-il à battre d'autres enfants qui se croient meilleurs que nous ? Qui arrivent à faire des choses dont nous sommes incapables ?

Tu dois protéger ce que tu es.

À n'importe quel prix.

C'est ce que nous inculque maman.

C'est ce que nous inculque papa.

Ils nous inculquent ce qu'est la vie.

C'est ce qu'ils inculquent à Josefina.

La vie, cela signifie se faire frapper par ses frères de sept et huit ans. Les regarder recevoir des décharges électriques s'ils refusent. Cela signifie être enfermé dans une pièce obscure et l'accepter comme quelque chose de juste, tout simplement parce que celui qui est le plus fort en a décidé ainsi, et si tu as de la chance, tu apprends à vivre avec ta propre peur, à la dompter et à l'aimer, à la désirer et, sans le savoir, tu attends le moment où tu seras conforme à la norme, l'heure où ton règne viendra.

Cela peut se produire quand tu as quatorze ans, que tu plonges un intello de huit ans dans un trou dans la glace, pendant que ton professeur regarde ailleurs et que ton frère te file un coup de main tout en te suppliant d'épargner le gamin.

Quand tu ligotes un camarade de classe issu d'une famille pauvre dans les vestiaires du gymnase et que tu lui mets la raclée de sa vie.

Quand tu éclates une bouteille de champagne contre la tête d'un abruti de banlieusard au Café Opera, le jour même où ton père s'est moqué de l'affaire que tu venais de lui soumettre.

Quand tu bats ta secrétaire jusqu'au sang, dans ton bureau de New York, sous prétexte qu'elle a soi-disant oublié de te réserver une table dans un restaurant pour le soir même, alors que tu ne lui avais pas demandé de le faire.

Pourtant, au fond de toi, tu as parfaitement conscience de tes lacunes.

Quand les sociétés que tu as montées font faillite les unes après les autres et que ton père éponge tes dettes. Ou quand il t'humilie en pleine réunion du conseil de direction de l'entreprise familiale et t'ordonne de ne plus jamais y mettre les pieds.

Quand quelqu'un remarque tes faiblesses et te les envoie en pleine face au cours d'une fête d'anciens élèves de ton lycée.

Quand toutes les femmes que tu as rencontrées et qui valent la peine d'être aimées te tournent le dos comme si tu puais la bête crevée.

Quand tu sais que tu ne devrais pas tuer un être de ton propre sang, même si les mathématiques et la rationalité l'exigent. Même si c'est le seul moyen de te sauver toi-même.

Tu pourrais faire le choix de fuir la rationalité, comme Josefina.

Hésiter, essayer d'être aimable, comme Henry. Faire comme s'il était possible de suivre une voie plus douce.

Il n'y a qu'une seule voie à suivre.

Tous les coups, ceux que j'ai reçus comme ceux que j'ai donnés, tous mes échecs et mes faiblesses m'en ont convaincu.

Et quel est l'intérêt de chercher à suivre une voie moins radicale ?

Tu dois vivre en acceptant la souffrance. Sinon, tu ne deviendras jamais rien, et mieux vaut être n'importe quoi que rien du tout.

51

Les images.

Filmées par une caméra de surveillance de la gare de Linköping.

Sven Sjöman est assis à son bureau, penché en avant. Le nez presque écrasé contre l'écran.

Ils venaient seulement de recevoir le film, car le disque dur sur lequel il était stocké avait crashé et les policiers chargés de collecter les enregistrements vidéo n'avaient pas insisté, dans la mesure où les autres caméras de surveillance de la ville n'avaient rien capté d'intéressant le jour de l'attentat.

Cependant, un informaticien de la compagnie locale de chemins de fer s'était mis en tête de réparer le disque dur. Il s'était lancé dans un travail long et minutieux, n'hésitant pas à faire des heures sup' tous les jours et à y consacrer son week-end.

Une fois le film restauré, il l'avait visionné.

Il avait alors vu le poseur de bombe avec son vélo et s'était aussitôt rendu au commissariat où il avait remis lui-même l'enregistrement à Sven Sjöman, surexcité, conscient d'avoir fait du bon boulot. Sven l'avait félicité et lui avait promis qu'il serait récompensé, d'une manière ou d'une autre.

Sven se renverse contre le dossier de son fauteuil et double-clique avec sa souris pour repasser la vidéo.

C'était le même homme que devant la banque.

Ça ne faisait aucun doute.

Il vient tout juste d'envoyer l'enregistrement à Malin et de convoquer le reste de l'équipe. La porte de son bureau s'ouvre et Johan Jakobsson, Börje Svärd et Waldemar Ekenberg entrent dans la pièce.

« Approchez, dit Sven, j'ai quelque chose d'intéressant à vous montrer. »

Les trois policiers se placent derrière lui, sans un mot. Même Waldemar s'abstient de tout commentaire grossier dont il a pourtant l'habitude, ayant sans doute remarqué la gravité de Sven.

Il leur passe le film.

Au loin, ils voient l'homme décrocher son vélo du porte-bicyclette d'une Volvo noire, puis saisir prudemment un sac à dos sur la banquette arrière avant de le déposer en douceur sur le porte-bagages.

Puis il passe en marchant sous la caméra, son vélo à la main, et ils distinguent alors son visage. Ses joues sont creusées, son nez crochu, ses cheveux courts, noirs, et il porte une cicatrice au-dessus du sourcil droit.

Sven se dit que l'homme pourrait très bien être slave. Sur les images en noir et blanc, ils devinent son regard. Ni enthousiaste, ni inquiet, juste déterminé.

Tu es un professionnel, n'est-ce pas ? pense Sven. Tu te comportes comme si tu partais faire un boulot comme les autres. Est-ce ton métier de faire exploser des bombes, de pulvériser des petites filles ? D'assassiner des gens, la nuit, dans les hôpitaux ? Mais qui es-tu ?

« Un putain de pro, commente Waldemar.

– Absolument », appuie Börje.

C'est seulement à cet instant que Sven remarque leurs mines fatiguées, on pourrait presque croire qu'ils ont la gueule de bois.

« Son visage me dit quelque chose, pas à vous ? » demande Johan.

Tu as peut-être raison, Johan, pense Sven. Moi aussi, j'ai l'impression de le reconnaître.

Il fait un arrêt sur image.

« Mais qui ça peut bien être, bon sang ?

– Aucune idée, répond Börje.

– Il me semble bien l'avoir déjà vu, insiste Johan.

– Que le diable m'emporte si je ne reconnais pas ce type », marmonne Waldemar.

Le portable de Sven se met à sonner. Ce doit être Malin. Au fait, comment va-t-elle ? se demande-t-il. Il évacue aussitôt cette pensée. Ce n'est pas le moment.

« On a vu la vidéo, annonce Malin en marchant à l'ombre des tilleuls verdoyants qui bordent les petites fontaines de la place Odenplan. Est-ce que la Säpo est au courant ?

– Non. L'informaticien d'Östgötatrafiken est venu directement ici me remettre l'enregistrement en mains propres.

– Zeke et moi, on a l'impression de l'avoir déjà vu, dit Malin. Mais on n'arrive pas à le resituer, et il a un comportement de pro, c'est bien plus évident sur ces images que sur celles de la banque où il s'efforçait probablement de paraître le plus naturel possible. En tout cas, il a l'air de savoir ce qu'il fait, tu ne crois pas ?

– Tu as raison, c'est un pro, confirme Sven. Un tueur à gages, un militaire, peut-être même un policier. Ce type a du sang-froid. »

Un groupe d'enfants passe devant eux. Une classe d'école ? Non. Pas un dimanche. Les enfants poussent des cris.

Non, ce ne sont pas des cris, ils chantent une chanson qui résonne sur toute la place avant d'être étouffée par le bruit de la circulation.

« Qu'est-ce que tu comptes faire, maintenant ? s'enquiert-elle.

– On va d'abord se réunir afin d'établir une nouvelle stratégie. Puis on va transmettre les images à tous les commissariats du pays et, si ça ne donne rien, on les enverra aux médias. Bien sûr, je préférerais ne pas avoir à en arriver là car il saura alors qu'on est sur sa piste et il risque de se cacher quelque part ou de fuir à l'étranger, à supposer qu'il soit toujours dans le pays, à l'heure qu'il est.

– Il semblerait qu'il ait agi seul.
– En effet, ça en a tout l'air.
– Dans ce cas, c'est sans doute un professionnel.
– C'est fort probable.
– Ce qui signifie qu'on a pu louer ses services.
– Toi, qu'est-ce que tu en penses ? » demande Sven.

Malin lui explique alors ce qu'ils ont découvert à Stockholm, sur la famille Kurtzon, sur les frères, sur les conflits liés à l'héritage de la fortune familiale, estimée à des centaines de milliards de couronnes.

« Ça pourrait coller, estime Sven. Il se pourrait également que ça n'ait aucun rapport avec notre affaire.

– On va continuer à creuser cette piste, dit Malin.
– Oui, faites ça, approuve Sven. Je vais informer les autres de ce que vous avez découvert.
– Sinon, rien de neuf ?
– Non. »

Malin contemple la place Odenplan.

Pendant quelques secondes, il n'y a plus aucune voiture, ni aucun bus. Seulement des piétons et des cyclistes.

Soudain, elle a envie de revenir habiter à Stockholm, elle se dit que les affaires seraient certainement plus nombreuses, mais moins prenantes, et qu'elle pourrait vivre dans l'anonymat tout en se sentant chez elle.

Tout est trop petit, à Linköping.

Tout le monde sait tout sur tout le monde. C'est en tout cas ce qu'elle ressent. Même si, en réalité, personne ne sait rien sur personne. Elle a souvent l'impression que les gens la reconnaissent, qu'ils la dévisagent. Tiens, voilà Malin Fors, l'inspecteur qu'on a vue dans le *Corren* et à la télé.

Ici, les personnes connues peuvent sortir dans la rue sans être importunées. Leurs visages font partie du quotidien.

Mais il faudrait qu'elle déménage. En serait-elle vraiment capable ?

« Moi aussi, sa tête me dit quelque chose, dit Sven, en ramenant Malin à l'instant présent. Johan et Waldemar également. Mais qui ça peut bien être, bordel de merde ? »

Malin entend les voix de ses collègues en bruit de fond.

« Ça finira par nous revenir, dit-elle.

– Tu crois que c'est l'un des frères Kurtzon ?

– Non, répond Malin. D'après les photos que Johan nous a communiquées, ça ne correspond pas. Par contre, il est fort possible qu'ils aient payé quelqu'un. À moins qu'on fasse complètement fausse route. Attendons de voir ce que donne la diffusion des images.

– Admettons quand même que tu aies vu juste. Tu penses que Josefina Marlöw peut être en danger et qu'il serait préférable d'aller la chercher au fond de son trou pour la mettre à l'abri ?

– Si ce sont ses frères qui sont derrière tout ça, ils ont intérêt à ce qu'elle reste en vie encore quelque temps. Elle ne risque rien.

– Tu en es sûre ?

– Tant que Josef Kurtzon n'est pas décédé, elle ne court aucun danger. »

Voilà donc à quoi il ressemble.
Celui qui nous a fait tant de mal.
Nous savons où tu es, toi, notre mère biologique.

Tu es allongée dans une pièce obscure, sous la terre. Tes jolis dessins sur les murs.

La seringue te glisse des doigts.

Ton univers est une couverture blanche, maintenant.

Tu transformes l'endroit noir où tu te trouves en une jolie pièce blanche, maman, nous sommes avec toi, et nous sentons que la maman et le papa à qui tu nous as données sont là eux aussi, même si nous ne pouvons ni les voir, ni les entendre.

Nous ne le pouvons pas.

Mais nous en avons tellement envie car, cet endroit a beau être blanc et douillet et chaleureux pour toi, maman, il est extrêmement glauque pour nous. Tellement horrible que nous nous mettons à pleurer.

Nous fuyons, maintenant.

Nous fuyons ton monde souterrain pour la place pavée où Malin Fors est assise sur un banc. Elle contemple des photos de nos oncles. Essaie de comprendre ce qu'elle voit.

Des clochards sont installés sur un banc, déjà en train de picoler.

Malin et Zeke s'attardent sur la place Odenplan, assis à l'ombre, le soleil printanier étant devenu trop chaud.

Ils font défiler les photos des frères sur l'écran du téléphone de Malin. Ils se ressemblent beaucoup, mais on arrive tout de même à les différencier. Le visage de Leopold est taillé au couteau, avec des sourcils foncés et rapprochés qui confèrent une autorité presque irréelle à son long nez pointu. Le visage de Henry, en revanche, est plus rond, plus amical, mais ses yeux bleus ont une expression de bête traquée et, dans son regard, on ne perçoit rien d'autre qu'un grand vide, pas même de la cupidité.

Aucun des frères ne ressemble au poseur de bombe, leur apparence est plus scandinave. Tous deux sont partiellement dégarnis, ce qui leur donne l'air plus âgé que leurs quarante et un et quarante-deux ans respectifs.

Les yeux de Leopold.

Ils ont une expression rêveuse et déterminée à la fois. Son regard est froid, comme s'il était constamment en train de réfléchir et de calculer.

« On dirait des types ordinaires, juge Zeke. Et s'ils ont réellement commandité l'attentat, je me demande comment des trous du cul comme eux s'y sont pris pour entrer en contact avec un tueur professionnel.

– Ce que tu peux être naïf, des fois, Zeke, rétorque Malin. Tu sais bien qu'on peut tout faire, avec du fric. »

Zeke se caresse le nez.

« Repasse-moi les images du poseur de bombe. »

Malin repasse la vidéo, oriente son téléphone pour éviter les reflets du soleil sur l'écran.

L'homme s'approche de la caméra.

Ils voient son visage.

« Stop, stop, murmure Zeke. Tu peux zoomer ?

– Bien sûr », répond Malin en zoomant sur l'homme.

Les yeux de Zeke brûlent de concentration, sa respiration s'accélère. N'explose pas maintenant, pense Malin.

« Putain ! s'écrie Zeke. Je sais qui c'est. Je le reconnais. »

52

« C'est Jokso Mirović ! » s'exclame Zeke.

Juste en face d'eux, les portes de l'église Gustaf Vasa s'ouvrent.

Un vieil homme de couleur, une fraise de pasteur autour du cou, sort sur le perron en granit, suivi d'une femme forte portant la même collerette.

Les deux pasteurs se donnent l'accolade, prennent congé l'un de l'autre, puis le vieil homme disparaît à nouveau dans l'église.

« Mirović était l'un des tueurs de la mafia yougo, à la fin des années quatre-vingt-dix. Je me rappelle de lui dans une affaire sur laquelle j'avais bossé en collaboration avec la Crim de Göteborg. Il était réputé pour être intelligent, un gars de la vieille école. Apparemment, il se serait fait sa cicatrice en se battant à Sarajevo. »

Sarajevo.

La Bosnie.

C'était là-bas que Jan avait fui, lorsqu'il en avait eu assez de jouer au père de famille, quand Tove avait débarqué à l'improviste, sans qu'il soit prêt à assumer ce genre de responsabilité. Comment aurions-nous pu réussir à vivre ensemble, à ce moment-là, alors que nous n'y sommes pas parvenus plus tard, malgré notre maturité et notre expérience ?

Ça n'aurait jamais été possible.

Le klaxon d'un bus retentit.

« Je me souviens qu'il avait obtenu l'asile politique en raison de la guerre dans les Balkans, après quoi on lui avait accordé la nationalité suédoise. Il me semble qu'il s'est rangé au début des années deux mille, explique Zeke. En tout cas, c'est lui, j'en suis certain. Il a vieilli, mais c'est bien lui. Le moins qu'on puisse dire, c'est que ce n'est pas un tendre. À ce qu'il paraît, il aurait assassiné un homme d'affaires, à Malmö, il y a dix ans. Un crime non résolu. La victime a été poignardée à plus de cent reprises à l'aide d'un couteau émoussé. On dit aussi qu'il a tué un pédophile en lui tranchant les couilles et en les lui enfonçant dans la gorge pour qu'il s'étouffe avec.

– Un homme charmant, commente Malin.

– C'était un pédophile. Je n'ai pas de pitié pour ces salauds.

– Ils ne méritent pas de vivre », renchérit Malin, aussitôt effrayée par la violence de ses propos.

Elle ressort son téléphone et passe un coup de fil à Sven Sjöman qui l'informe qu'il va immédiatement émettre un bulletin d'alerte national et prévenir le reste de l'équipe.

« Continuez à creuser, ordonne Sven. On ne peut pas se permettre de laisser des tueurs d'enfants en liberté. »

Harry Karlsson jette un coup d'œil à la file d'attente, devant l'entrée B du terminal 5 de l'aéroport d'Arlanda. Tout y est neuf et beau, mais les postes de contrôle ne sont pas assez nombreux, et il y a toujours des queues interminables aux heures de pointe.

Comme en ce moment.

Il est treize heures passées.

La file d'attente serpente même jusqu'au guichet d'enregistrement de SAS, les voyageurs sont innombrables, énervés, et des effluves de parfums en provenance de la nouvelle zone de *duty free* viennent leur chatouiller les narines.

Cela fait trente ans qu'il travaille ici pour la compagnie des aéroports suédois en tant que superviseur du principal point de contrôle.

Les agents de sécurité qu'ils embauchent doivent être aimables, mais stricts. Donner aux gens envie de voyager tout en les rassurant, éviter de paraître trop gentil, tout simplement.

Harry Karlsson observe ses hommes. Tous jeunes. Il sait que la plupart d'entre eux ont l'intention d'entrer dans la police, de faire comme les deux flics qui les honorent de leur présence aujourd'hui. Un bulletin d'alerte national a manifestement été émis pour tenter de coincer le type qui a fait sauter une bombe à Linköping.

Alors, on nous a envoyé deux poulets. Au cas où.

Quelle est la probabilité pour que le poseur de bombe pointe son nez ici ?

Pas nulle, certes, mais tout de même très mince.

On ne leur a même pas montré de photos de l'individu, les policiers, eux, doivent avoir son signalement.

Pourquoi refusent-ils de nous fournir sa photo ? Ou au moins son nom ? Parce qu'ils se croient meilleurs que nous, parce que nous ne sommes que de simples agents de sécurité, la voilà la raison. Ils s'imaginent sans doute que nous sommes incapables de faire correctement notre boulot.

Ils préfèrent garder leurs infos pour eux.

Bip, bip.

Vérifiez bien qu'aucun retraité ne monte à bord avec une arme cachée dans ses chaussures. Dans certains cas, leurs nouvelles directives de sécurité sont vraiment ridicules.

Tout à coup, Harry Karlsson voit les deux policiers se figer, puis l'un d'entre eux lui fait signe de s'approcher, discrètement, et murmure :

« Il est possible que ce soit l'homme qu'on recherche, juste là. Celui qui vient de ranger ses affaires de toilette dans un sac plastique. »

Harry Karlsson jette un œil en direction du distributeur de sacs plastique.

L'homme doit avoir une dizaine d'années de moins que lui, qui vient de fêter ses quarante-cinq ans.

Il se tient de profil, mais Harry Karlsson peut tout de même apercevoir une cicatrice au-dessus de son œil droit. Pourtant, il n'a pas spécialement l'air d'une brute.

Harry Karlsson sent l'adrénaline affluer dans son corps, comme chaque fois qu'un criminel recherché s'approche de son poste de contrôle, bien qu'il ait déjà assisté à un tas d'arrestations de ce genre.

« On va le coincer une fois qu'il aura passé le portail de sécurité, lui murmure le policier. Mon collègue a déjà appelé des renforts. »

Harry Karlsson regarde l'autre policier.

Il a dû passer l'alerte grâce au micro dans son casque.

« Surtout, vous ne faites rien. Assurez-vous juste que vos hommes gardent leur calme, OK ? »

Harry Karlsson acquiesce, sait qu'en ce moment même, des policiers barrent toutes les issues de l'aéroport, prêts à faire usage de leurs armes, si besoin est.

L'homme, le suspect, se présente devant le détecteur de métaux, il a retiré sa veste, posé son sac sur le tapis du scanner et franchit le portail sans un mot.

Tranquille, tout va bien.

Tranquille, tranquille.

Puis les flics s'avancent vers lui.

La main sur le holster.

Harry Karlsson les suit du coin de l'œil et voit soudain l'homme lever une jambe à la manière d'un boxeur thaï et asséner un coup de pied terrible aux deux policiers qui sont projetés en arrière. Les gens, dans la file d'attente, se mettent à crier et les agents de sécurité se jettent à terre, bien qu'aucun coup de feu n'ait retenti. Harry Karlsson se précipite alors sur l'homme, mais est aussitôt renvoyé dans les cordes. Son menton heurte le sol, il sent ses incisives du haut s'enfoncer dans sa mâchoire, puis céder.

Merde, pense-t-il.

Merde.

Cette fois, la facture du dentiste va être drôlement salée.

En voyant les flics venir vers lui, Jokso Mirović avait su d'instinct qu'ils avaient l'intention de l'arrêter. Dès l'enregistrement de son vol pour Phuket, Il avait senti que quelque chose n'allait pas, mais avait mis cette impression sur le compte de sa parano. Pourtant, quelques instants plus tard, dans la file d'attente, son pressentiment s'était confirmé. Il savait par expérience que les flics n'avaient pas l'habitude de participer aux contrôles de sécurité.

Cependant, là encore, il avait refusé de se fier à son instinct. De toute façon, il n'avait pas le choix, il était obligé de suivre son plan jusqu'au bout, il devait à tout prix retrouver ses enfants, or leur piste partait de Thaïlande, là où ils avaient été enlevés. Leurs passeports étant restés à la maison, il était possible qu'ils soient encore sur place. Mais, putain, comment ces enfoirés de flics avaient-ils fait pour l'identifier. Ils ne pouvaient tout de même pas être remontés jusqu'à lui, hein ?

Le détecteur de métaux.

Soudain, le vieux bonhomme rondouillard habillé en civil qui semblait être le chef lui avait paru nerveux.

Il s'était mis à transpirer, puis tout était allé très vite. Les flics avaient essayé de sortir leurs pistolets au moment où ils arrivaient sur lui, il avait alors levé la jambe et frappé, envoyé son pied droit dans la tronche des poulets qui s'étaient effondrés sur le sol, K.-O., avant d'avoir eu le temps de sortir leurs armes.

Et maintenant ?

Fuis !

S'il n'est pas déjà trop tard. Ça ne va sans doute pas tarder à grouiller de flics, dans le coin. Il s'élance alors à travers l'immense hall du terminal 5, croise des touristes qui s'apprêtent à prendre des vols charter vers une destination ensoleillée et des hommes d'affaires en route vers ce qu'ils considèrent certainement comme des réunions importantes.

Quelle sortie ?

Fonce droit devant, puis vers le Sky City et son hôtel, ensuite, prends la sortie qui donne sur le parking où tu pourras forcer une voiture.

Il tourne la tête.

Trois flics à ses trousses, à une quinzaine de mètres derrière, et deux autres qui arrivent en face, probablement en provenance de l'entrée C. Je ne peux pas me laisser prendre maintenant, je n'en ai pas le droit, car alors toutes ces saloperies auraient été vaines.

Le voilà de retour dans les tranchées.

Fuyant les coups de feu, les grenades, les cris des Croates. C'est comme s'il tentait d'échapper à une gigantesque explosion.

Une fois à cinq mètres des policiers, il se jette les deux pieds en avant, glisse sur son pantalon en coton et leur fauche les jambes.

Ça a marché.

Les flics sont au sol.

Se tordent de douleur.

Il se relève sans perdre de temps, reprend sa course, sa manœuvre lui a permis d'avoir maintenant une vingtaine de mètres d'avance sur les autres flics. Il pénètre dans la galerie vitrée du Sky City et est accueilli par une lumière agressive, mais l'endroit est presque désert.

Il bifurque.

Prend l'escalator de l'hôtel Radisson, puis se précipite vers l'ascenseur.

Appuie sur le bouton de fermeture des portes et laisse les flics derrière lui.

Ceux-ci ne sont plus qu'à une dizaine de mètres quand les portes de l'ascenseur se referment et, quand elles s'ouvrent à nouveau, un étage plus bas, il s'élance sans attendre, dévale encore un, deux escalators, puis s'arrête un instant pour reprendre son souffle, imagine ses enfants. Papa arrive, maintenant, papa arrive, il revoit les filles Vigerö en train de jouer sur la place. Il voudrait crier, hurler, mais sait que ce n'est pas le moment de flancher, qu'il ne doit pas se laisser submerger par ses émotions. Soudain, il se fige.

Putain.

Merde.

Cinq flics se sont barricadés derrière les canapés de l'entrée inférieure de l'hôtel et le tiennent en joue.

Il n'a pas d'arme.

Fait chier !

« Les mains sur la tête ! »

« À terre ! »

Jokso Mirović évalue rapidement les possibilités qui s'offrent à lui.

Continuer sa course, être abattu, mourir ou s'échapper et faire ce qu'il a à faire.

Je ne vais jamais réussir à passer.

Autant s'élancer dans un *no man's land* en direction des lignes ennemies.

Et ces putains de flics n'hésiteront pas à ouvrir le feu.

Ils savent ce que j'ai fait.

Il va falloir que je trouve quelqu'un pour faire les choses à ma place.

Mais y a-t-il un flic capable d'assurer ?

Il repense à ses camarades, pendant la guerre, ceux qui sont morts, ceux qui ont fait preuve d'un courage dont il ne les aurait jamais crus capables.

Puis il lève ses mains en l'air.

Crie :

« Ne tirez pas, ne tirez pas ! »

53

La salle d'interrogatoire est au troisième sous-sol de l'hôtel de police, situé dans le luxuriant parc de Kronoberg, au cœur de Stockholm. Déjà à l'époque où elle était élève à l'école de police, Malin n'aimait pas ce bâtiment, témoignage de l'architecture brutale des années soixante-dix, une façade en tôle orange percée de petites fenêtres rapprochées.

C'était dans la piscine de Kronoberg qu'ils avaient passé leurs épreuves de natation, lutté pour maintenir à la surface les lourds mannequins d'entraînement remplis d'eau, longueur après longueur. Ceux qui avaient échoué avaient été renvoyés chez eux après presque un an d'études.

Dur.

Mais pas aussi dur que cette salle d'interrogatoire très délabrée. La peinture est écaillée, le sol en lino noir troué de partout, et au plafond, les néons, à la différence des lampes halogène dont est équipée la salle d'interrogatoire du commissariat de Linköping, distillent une lumière insupportable.

Un miroir au mur.

Derrière, des collègues de Stockholm.

Sven Sjöman avait appelé, alors qu'ils étaient à leur hôtel pour se changer, après être passés s'acheter de nouveaux sous-vêtements chez Åhléns. Il les avait informés que Jokso Mirović venait d'être interpelé à Arlanda et conduit au commissariat de Stockholm.

Ils s'étaient aussitôt rendus sur place, mais l'officier de garde avait d'abord refusé de les laisser interroger Jokso Mirović.

Ce ne serait pas plutôt à la Säpo de s'en charger ? Ou à la police de Stockholm elle-même, étant donné que le suspect avait été arrêté dans leur juridiction. Malin lui avait alors expliqué la situation, puis avait déclaré avec emphase qu'ils souhaitaient résoudre cette affaire au plus vite pour ne pas faire courir de risques inutiles à la population. C'était pourquoi il était préférable qu'elle et Zeke discutent avec Jokso Mirović sur-le-champ.

Sur-le-champ. Pas plus tard.

L'officier de garde avait fini par céder. Mais seulement après en avoir avisé le chef de la section criminelle par téléphone.

Et maintenant, Jokso Mirović est assis face à eux dans la salle d'interrogatoire. Il semble attendre que Malin ou Zeke prenne la parole, tout en se regardant dans le miroir, considérant son visage maigre, comme si ce n'était pas lui, assis dans cette pièce.

Malin tend le bras vers le magnétophone, au milieu de la table.

Le met en marche et commence :

« 13 mai 2010, seize heures dix. Interrogatoire de Jokso Mirović dans le cadre de l'attentat perpétré à Linköping, le 7 mai, et de l'assassinat de Hanna Vigerö, à l'hôpital universitaire de Linköping, dans la nuit du 9 au 10 mai. »

Malin sort son téléphone.

Lui passe l'enregistrement de vidéosurveillance de la gare. Jokso Mirović sourit en découvrant son visage, puis Malin lui montre la vidéo filmée devant la banque et, cette fois, il ne sourit plus.

« C'est vous qu'on voit sur ces images. On le sait, dit Zeke. Alors, vous feriez mieux d'avouer et de nous expliquer pourquoi vous avez fait ça, OK ? »

Jokso Mirović les dévisage. D'abord Zeke, puis Malin. Celle-ci tente de capter son regard, de comprendre ce qu'elle voit. Elle perçoit du désespoir, la même forme de désespoir qu'elle avait elle-même éprouvé lorsque Tove était aux mains d'une meurtrière complètement cinglée. À la fois désespéré et conscient de la nécessité de rester calme. Conscient que la panique est synonyme de mort.

Il doit être au plus mal, pense Malin.

Rien d'étonnant, vu ce qu'il a fait.

Ce type est pourtant un dur à cuire, si ce qu'on dit sur lui est vrai. Une centaine de coups de couteau, les testicules dans la bouche d'un pédophile.

Il ne réside plus en Suède depuis 2004, l'année où il a quitté Göteborg pour la Thaïlande.

« Avouez, lui ordonne Malin. C'est ce que vous avez de mieux à faire. C'est dans votre intérêt.

– Arrêtez de me saouler avec vos conneries. Je vais tout vous raconter. »

Jokso Mirović prend une profonde inspiration, puis commence à parler.

Il se penche vers le magnétophone, que toutes ses paroles soient clairement audibles.

Semble vouloir écarter la moindre émotion de son récit, juste remuer ses lèvres et sa langue, s'en tenir au côté factuel des événements. Il s'exprime avec un léger accent.

« J'habite, ou plutôt, j'habitais avec mes enfants à Phuket. Comme vous le savez sans doute, c'est là-bas que je me rendais quand j'ai été arrêté.

J'ai totalement renoncé à mon ancienne vie. Mes enfants ont trois et six ans, un garçon et une fille. Mon fils s'appelle Marko et ma fille Elena. Leur mère est morte, elle s'est tuée dans un accident d'hélicoptère quand Marko avait un an. Depuis, je vis seul avec eux. »

Jokso Mirović se tait. Reprend son souffle.

« Vous auriez dû les voir se baigner dans la piscine de notre maison, à Phuket. Vous auriez dû voir Marko, la première fois qu'il a eu le courage de plonger tout seul. Vous auriez dû voir Elena, alors. Elle était encore plus heureuse que lui. »

Jokso Mirović se ressaisit, avant de continuer sur un ton froid :

« Au réveillon du Nouvel an, il y a un an et demi, j'ai fait la connaissance de Henry et Leopold Kurtzon, à Sri Panwa, le petit paradis où j'habite. On s'est tout de suite bien entendus et on est sortis un peu ensemble. Ils me rappelaient les enfoirés que je fréquentais, dans mon ancienne vie, et ça m'a rendu nostalgique. J'avais l'impression qu'on se ressemblait, d'une certaine manière.

– Poursuivez, dit Malin.

– Un instant, je reprends juste mon souffle », répond Jokso Mirović.

Ses yeux sont maintenant vides et froids, mais semblent implorer de l'aide.

« Il y a six mois, les frères sont venus me proposer un marché. Ils connaissaient mes antécédents et ont dû en déduire que j'étais capable de tout. Ils avaient dû entendre des rumeurs à propos de ce que j'avais fait, pendant la guerre.

Ils voulaient que je tue des enfants et leurs parents, en Suède. Ils m'ont dit qu'ils avaient besoin d'aide dans cette affaire, que j'avais le profil idéal. Je leur ai demandé ce qui leur permettait de croire que j'allais faire une chose pareille, ils ont rétorqué qu'ils s'étaient renseignés sur mon compte. Je leur ai répondu que c'était du passé pour moi, que j'avais changé de vie et que je n'avais jamais tué personne. Encore moins des enfants. »

Jokso Mirović fait une nouvelle pause.

Lève les yeux vers Malin et Zeke, un regard qui leur dit : J'ai tué beaucoup de gens, vous le savez, je le sais.

« Ils ont refusé de m'expliquer pourquoi je devais assassiner ces gens. Ils m'ont juste proposé deux millions de couronnes tout de suite et deux autres millions une fois le boulot terminé. J'ai décliné leur offre. »

Soudain, Malin sent de la colère dans la voix de Jokso Mirović, une rage contenue. Il serre les poings si fort qu'ils pâlissent aux jointures, mais se détend finalement, comme s'il venait de prendre conscience qu'il n'avait pas le droit de céder à sa colère en ce moment.

« Que s'est-il passé ? l'interroge Malin.

– Je leur ai dit d'aller se faire foutre.

– Et après ?

– Après, mes enfants ont disparu. Un jour, je suis allé les chercher à la sortie d'un cours d'expression artistique auquel ils participaient de temps en temps, près de chez nous. Des hommes qui prétendaient faire partie d'Interpol les avaient emmenés et le personnel de l'école les avait crus. Ils avaient laissé une lettre pour moi. »

Le néon, au plafond, se met à clignoter. Ils se retrouvent dans le noir pendant quelques secondes et, quand la lumière revient enfin, c'est avec beaucoup moins d'intensité. Malin a l'impression que la pièce a rétréci.

« Que disait cette lettre ? demande Zeke.

– Qu'ils avaient emmené mes enfants. Qu'ils les retenaient dans un lieu secret. Qu'ils les tueraient si je refusais encore de les aider. Que je devais suivre leurs instructions et leur proposer moi-même un plan pour liquider la famille en Suède.

– Et vous n'êtes pas allé voir la police ?

– La police thaïlandaise ? Non. Ils avaient Elena et Marko. Je savais qu'il était question d'une énorme somme d'argent, c'était la seule raison qui pouvait pousser les frères Kurtzon à vouloir éliminer toute une famille. J'ai compris qu'ils tueraient mes enfants si j'essayais de les récupérer.

Alors, je me suis mis au boulot. Je me suis retrouvé avec deux millions de couronnes sur mon compte, virés depuis une banque située quelque part dans les Caraïbes. J'ai commencé par le père. J'ai tiré une balle dans son pneu, il a fait une sortie de route et s'est tué. Les flics n'ont rien soupçonné.

Pour les filles, c'était plus compliqué. Deux enfants de six ans ne meurent pas comme ça, et ce sont les frères qui ont eu l'idée de la banque. Ils m'ont appelé pour me soumettre leur plan : que je fasse sauter une bombe, une bombe d'une puissance démesurée, devant une banque, pour faire croire que la famille avait été victime d'un attentat.

Je leur ai dit qu'ils étaient dingues. Puis, il y a quelques mois, j'ai reçu une vidéo sur mon téléphone. Mes enfants pleuraient de terreur, m'appelaient, hurlaient qu'un varan voulait les dévorer, ils n'arrêtaient pas de crier.

– Ce film, vous l'avez encore ? s'enquiert Malin. Ça nous aiderait beaucoup à vous croire.

– Dans mon iPhone. Celui que vous avez saisi, quand vous m'avez arrêté. Dedans, j'ai également des photos d'Elena et de Marko. »

Jokso Mirović se tait.

Le regard fixe.

« Quelqu'un pourrait nous apporter son téléphone ? Tout de suite ? »

Pendant dix minutes, ils attendent en silence, puis la porte s'ouvre, un policier en uniforme entre et, sans un mot, dépose l'appareil sur la table.

« Voilà », dit Zeke.

Jokso Mirović saisit l'appareil, leur montre des photos de deux jeunes enfants en train de jouer dans une piscine, sous le soleil. Un petit garçon brun avec de grands yeux marron nage sans bouée devant une fillette plus âgée.

« Voilà Marko. Et Elena. »

Jokso Mirović ferme les yeux. Se reprend.

Malin contemple les photos des enfants. Ils sont petits, leurs regards débordent de vie.

Êtes-vous vivants ? se demande-t-elle. Les frères Kurtzon vous retiennent-ils quelque part ?

Jokso Mirović reprend son iPhone, appuie sur un bouton, puis le repose sur la table.

Malin ferme les yeux.

Se concentre sur le son clair qui s'échappe bientôt du téléphone.

« Papa, viens... viens, j'ai peur... papa... [des pleurs, des reniflements] papa... papa... on est enfermés, il faut que tu viennes... ils vont nous taper... papa, viens... sauve-nous... il y a des monstres, ici, et ils veulent nous mordre et... ils sifflent, papa... [des hurlements] maintenant je crie... papa, papa... t'es... où ? »

Les mots des enfants transpercent Malin, leurs petites voix fragiles et terrorisées s'enfoncent dans son corps, comme des lames chauffées à blanc.

C'est Tove qui crie.

Le petit frère de Malin.

Si ma vie a un but, se dit-elle, c'est de sauver ces enfants.

Quel genre de personne serais-je, sinon ?

Zeke est manifestement ému.

Jokso Mirović poursuit :

« Vous êtes témoins. Qu'est-ce que je pouvais faire ?

La mère avait l'habitude de passer à la même banque, tous les lundis à heure fixe, pour retirer de l'argent avant d'aller faire ses courses. J'ai donc déclenché la bombe à distance depuis l'autre place, j'avais une très bonne vue de là-bas. La mère s'en est tirée parce qu'elle s'est penchée pour ramasser son sac à main qu'elle avait fait tomber.

Mais les filles ont été tuées.

Comme prévu. »

Qu'est-ce que j'entends dans ta voix ? pense Malin.

Du remords. De l'amertume.

Dis-tu la vérité ?

Ton film peut-il être un faux ? Non, non, non.

La terreur des enfants, leur peur de mourir étaient bien réelles. Jokso Mirović raconte la vérité, elle en est convaincue.

D'ailleurs, pour quelle raison mentirais-tu ? Tu reconnais les faits.

Les enfants.

Marko et Elena.

Tu veux qu'on sauve tes enfants.

Que je les sauve.

Et Jokso Mirović lève les yeux vers elle.

« Je sais qu'ils sont toujours en vie. Mes enfants. Vous devez les retrouver.

– Comment savez-vous qu'ils sont vivants ? demande Zeke. Les frères Kurtzon peuvent très bien les avoir supprimés.

– Je sais qu'ils sont en vie. Je le sens. Ils sont séquestrés par les frères.

– Et les frères, justement ? Quel genre de personnes sont-ils ? s'enquiert Malin.

– Leopold est déterminé. Henry plus discret. Mais ils sont complémentaires. Ils ne font qu'un.

– Hanna Vigerö ? poursuit Zeke, sans flancher ni du regard, ni de la voix.

– Je l'ai tuée pendant la nuit. C'était facile, j'ai juste eu à me faufiler dans l'hôpital et à lui plaquer un oreiller sur le visage. J'ai coupé le son de l'appareil auquel elle était reliée. Ma femme avait le même, après son accident d'hélicoptère, alors je sais comment ça fonctionne.

– Et ensuite ? Qu'étiez-vous censé faire ensuite ?

– Les frères m'ont ordonné de faire profil bas. J'ai protesté, j'avais fait ce qu'ils m'avaient demandé, mais ils m'ont dit que je n'avais pas terminé. Alors, je me suis planqué. Mais j'en ai vite eu ras le bol, il fallait que je retourne en Thaïlande, que je retrouve Marko et Elena, que j'essaie de les récupérer. Sinon, cette histoire n'aurait jamais fini. J'étais obligé de tenter le coup.

– Avez-vous une idée d'où ils se trouvent en ce moment ?

– Non. Quand j'ai fait leur connaissance, les frères avaient loué une villa à Sri Panwa, pendant un mois.

Mais c'est vieux, maintenant. Ils n'y sont plus. Ils sont peut-être quand même en Thaïlande. C'est de là-bas que part leur piste. C'est la raison pour laquelle il fallait que j'y retourne. Mais ils peuvent aussi bien être en Suède. J'ai surveillé leurs appartements, dans Strandvägen, mais ils n'y étaient pas et n'y sont jamais passés. C'est la seule adresse que j'aie réussi à me procurer. »

Jokso Mirović se tait.

Malin se tourne vers Zeke. Leurs regards se croisent.

Dit-il la vérité ? semble-t-il se demander, comme si son système refusait d'intégrer les voix terrorisées des enfants dans le téléphone. Les frères Kurtzon retiennent-ils réellement deux jeunes enfants prisonniers quelque part ? Le garçonnet et la fillette des photos, sont-ils en Thaïlande ? En Suède ? Les frères les torturent-ils ? Les font-ils vraiment hurler de terreur ?

« Tout ce que j'ai dit est vrai, murmure Jokso Mirović. Le film est authentique. Il faut que vous sauviez mes enfants. »

Malin se tourne à nouveau vers lui. Il l'implore du regard.

Elle pense aux parents qui, aux portes des camps de concentration nazis et plus tard serbes, avaient été contraints de choisir lesquels de leurs enfants ils souhaitaient garder avec eux et lesquels allaient mourir sur-le-champ.

Elle secoue la tête, les yeux rivés sur le visage de Jokso Mirović.

A l'impression de voir sa cicatrice vibrer dans la lumière froide.

« Papa, viens… viens, j'ai peur… papa… [des pleurs, des reniflements] papa… »

Malin prend une profonde inspiration et pense : j'aurais fait comme toi, j'aurais fait comme toi.

Alors, comme ça, nous sommes mortes pour que tu puisses sauver tes enfants ? Comment devons-nous le prendre ?

Maman et papa aussi sont morts pour eux.

Crois-tu que cela nous rassure, que nous allons te pardonner ?

Tu nous as assassinées. C'est toi le responsable, quelles que soient tes raisons.

Nous sommes près de toi, maintenant, Jokso Mirović.

Nous sommes le courant d'air que tu sens sur ta gorge.

Nous te chuchotons à l'oreille :

« Donc, tu ne nous as pas tuées pour de l'argent ? Te soucies-tu réellement des enfants, d'Elena et de Marko, dans leur pièce sombre, humide et puante, effrayante ? Tu l'as fait pour l'argent, n'est-ce pas ? Tu es le varan, l'araignée, le serpent, les dents acérées de cette bête répugnante et affamée, hein, c'est bien ce que tu es ? »

Jokso Mirović se lève dans un mouvement de panique.

Donne des coups de poing dans l'air, comme s'il se battait contre un adversaire invisible, en criant :

« Je ne l'ai pas fait pour le fric ! Je n'ai pas reçu de fric ! Je ne suis pas un prédateur.

Vous entendez ? Laissez-moi tranquille. Je veux juste sauver mes enfants. Vous comprenez ça, hein ? Je vous ai tuées pour les sauver, eux. »

Puis Jokso Mirović se tait, s'écroule sur le sol de la salle d'interrogatoire et cache ses yeux derrière ses mains.

Malin sait ce qu'il voit, sait ce qu'il entend.

Elle sent un courant d'air sur son oreille, entend deux voix de fillettes chuchoter :

Il faut que tu les retrouves, Malin. Ils sont séquestrés par nos oncles, tu dois aider la fille et le garçon qui sont enfermés. Sinon, tout ceci n'aura servi à rien.

54

Malin imagine Elena et Marko Mirović.

Deux petits êtres recroquevillés, tremblant de peur.

Séquestrés dans une pièce sombre, exiguë qui empeste les excréments, l'urine et la peur. Une pièce où toute compassion s'efface devant la logique du Mal, les enfants vont mourir dans le noir, et il faut que je les aide, personne d'autre ne le fera.

« Vous croyez à son histoire ? »

L'homme assis à table en face d'eux, dans le réfectoire du commissariat de Stockholm, s'appelle Conny Nygren. Ses paroles ramènent Malin dans la pièce déprimante, aux longues tables grises en mélaminé, flanquées de chaises métalliques inconfortables. Une horloge murale indique dix-neuf heures quarante-cinq. Une sieste rapide, un café noir et un bout de brioche sèche. Les heures qui ont suivi l'audition se sont résumées à informer Linköping et à régler la paperasse.

Conny Nygren est inspecteur à la police criminelle de Stockholm. Le visage ridé, au teint grisâtre, il est maigre comme un clou, à l'exception de son ventre en forme de boulet de canon qui tire sur sa chemise en nylon. Il devrait être épuisé, pense Malin, mais semble renfermer une énergie qu'elle a déjà remarquée chez certains de ses collègues, surtout chez des jeunes fraîchement sortis de l'école.

« Je crois qu'il nous a dit la vérité, répond Malin. Les photos et le film des enfants sont vrais. Ça ne fait aucun doute.

– Je suis d'accord, appuie Zeke.

– Je le crois, moi aussi, dit Conny Nygren. Il y a le film. Et son récit est tellement invraisemblable qu'il ne peut qu'être vrai. C'est courant dans notre boulot, n'est-ce pas ?

– Le fric, reprend Malin. J'ai l'impression qu'il n'apporte jamais rien de bon. »

Conny Nygren éclate de rire.

« Un jour, j'ai gagné sept cent quatre-vingt-neuf mille couronnes aux courses. Ça m'a apporté que j'ai pu voir les Caraïbes. Pour être franc, c'était même extrêmement bon.

– On peut considérer l'affaire comme résolue, désormais, poursuit Malin. Jokso Mirović a posé la bombe sur la Grand-Place et assassiné la famille Vigerö. Il l'a fait pour sauver ses propres enfants, sous la pression des frères Kurtzon. Si on ne l'avait pas arrêté, les frères auraient pu attendre que leur père meure, puis charger Mirović de liquider Josefina Marlöw. Ils auraient alors probablement récupéré la fortune familiale sans que personne soupçonne quoi que ce soit. Maintenant, il faut absolument qu'on mette la main sur les frères Kurtzon et qu'on sauve les enfants de Jokso Mirović. »

Zeke acquiesce en silence.

Conny Nygren secoue la tête.

« En admettant qu'ils n'aient pas encore tué les gamins. Pour les empêcher de témoigner.

– On doit partir du principe qu'ils sont en vie, rétorque Malin. Que les frères les retiennent quelque part. Ils ont dû entendre qu'on avait arrêté Mirović et sont certainement désespérés, à l'heure qu'il est. Ce qui m'inquiète encore plus pour les enfants. Jusque-là, les Kurtzon avaient besoin d'eux pour faire pression sur Mirović. Désormais, la seule raison qu'ils ont de les garder en vie, c'est qu'ils pourraient leur servir d'otages en cas de fuite ou de négociation. Il faut qu'on retrouve les frères et les enfants au plus vite. Bientôt, il sera peut-être trop tard. »

Elle n'ose pas dire ce qu'elle pense : qu'il est déjà trop tard.

« Le plan des frères Kurtzon a échoué et ils le savent, constate Conny Nygren.

– Où se cachent-ils, d'après vous ? En Suède ? En Thaïlande ? demande Zeke.

– En tout cas, ils ne sont pas à Sri Panwa, dit Conny Nygren. On a appelé la police locale qui nous a confirmé que les frères avaient loué une villa là-bas, il y a un certain temps, mais qu'ils n'y étaient plus actuellement.

– Ils ne vous ont pas dit si les frères Kurtzon avaient une autre résidence en Thaïlande ?

– Non. Et nous n'avons pas non plus d'autre adresse en Suède que celle de Strandvägen. Pas de maison de campagne à ce nom de famille, rien. Mais ça ne signifie pas nécessairement qu'ils ont quitté le pays. On a planqué des gars en bas de chez eux, au cas où ils se montreraient, même si ça paraît peu probable.

– Où est-ce qu'ils sont, merde ? tempête Malin.

– Ils sont forcément quelque part, dit Zeke.

– Mirović s'apprêtait à repartir en Thaïlande. Il ne nous a peut-être pas tout dit ? suggère Conny Nygren.

– Il n'a aucune raison de nous cacher des informations. On est son seul espoir.

– Vous pensez qu'on devrait lancer un avis de recherche international ? demande Conny Nygren.

– Oui, répond Malin. Les chances sont infimes, mais on ne sait jamais.

– Josef Kurtzon et Josefina Marlöw sont en danger ? s'enquiert Conny Nygren.

– Je ne crois pas, les frères n'auraient aucun intérêt à les liquider tout de suite, estime Malin. Et maintenant que Mirović est derrière les barreaux, ils sont privés de leur exécuteur des basses œuvres.

– Alors que doit-on faire, d'après toi ? » demande Zeke.

Même Conny Nygren regarde Malin. Comme s'ils s'attendaient tous les deux à un trait de génie de sa part.

« On ne pourrait pas commencer par perquisitionner leurs appartements de Strandvägen ? Ça devrait tout de même pouvoir se faire ?

– Je m'entends bien avec le procureur, dit Conny Nygren. Je me charge du mandat de perquisition. »

Sur ce, il sort son téléphone de la poche de son pantalon et appelle. Malin se dit qu'elle aime bien ce type, qu'il va droit au but. Une minute plus tard, Conny Nygren raccroche.

« C'est bon, c'est réglé.

– Bravo, le félicite Malin, tandis que Zeke glisse un :

– *Fucking good.* »

Malin se lève.

« Il est temps d'accélérer le mouvement », dit-elle, le corps chargé d'adrénaline. Elle jette un œil à l'horloge murale. Celle-ci indique vingt heures quinze et, dehors, la nuit a déjà commencé à tomber.

« Vous avez vos pistolets sur vous ? » demande Conny Nygren.

Malin et Zeke écartent leurs vestes et exhibent leurs holsters.

« Il se pourrait que vous en ayez besoin. Je m'occupe des vestes pare-balles. »

Conny Nygren sourit à nouveau, un sourire en coin qui rappelle à Malin celui de Waldemar Ekenberg.

Toi aussi, tu aimes la bagarre ? pense-t-elle en réalisant aussitôt qu'elle transformerait volontiers les frères Kurtzon en passoires.

Malin appuie sa tête contre la vitre de sa portière, ferme les yeux, pense à son frère. Elle aimerait tant le rencontrer, il fait déjà partie intégrante de sa vie, il est dans son cœur comme une raison de plus pour ne pas baisser les bras.

Peu importe qu'il ne comprenne jamais vraiment qui je suis.

Ni même qu'il me reconnaisse.

Conny Nygren est au volant.

« Dis, Malin, tu sais que je me souviens de toi, à l'époque où tu étais à l'école de police ? Mais ça m'étonnerait que tu te souviennes de moi, je me trompe ? »

Malin sursaute, ouvre les yeux au moment où ils passent devant la façade vitrée de la Maison de la Culture.

« Désolée, répond Malin. Où est-on censés s'être rencontrés ?

– C'était moi qui dirigeais les exercices de tir en milieu réel. Vous deviez jouer les vrais flics et pénétrer dans une maison où des suspects s'étaient retranchés avec des otages.

– Je n'ai pas souvenir que tu étais là. Mais, oui, je me rappelle cet exercice. »

Peut-être vais-je bientôt mettre en pratique ce que j'ai appris ce jour-là ? pense Malin. Ce ne sera pas la première fois.

À nouveau la voix de Conny Nygren, sur un ton légèrement amusé.

« Je me souviens de toi parce que tu m'avais impressionné. Je ne crois pas avoir eu une élève aussi forte à la fois physiquement et mentalement. Tu faisais preuve d'une telle agressivité et d'un tel sang-froid en même temps.

– Tu exagères, c'était juste un exercice.

– Tu peux rigoler, c'est pourtant la vérité. »

Une minute plus tard, Conny gare la voiture vue Strandvägen, devant la résidence des frères Kurtzon. En sortant, il fait un signe aux policiers en planque dans leurs véhicules.

Ses collègues le saluent à leur tour, comme pour leur souhaiter bonne chance.

Malin crochète les trois serrures.

La cage d'escalier empeste la naphtaline et la mort aux rats.

Ils se tiennent devant la porte de Henry Kurtzon, dans le noir.

Le premier verrou, ordinaire, ne résiste pas plus de trois secondes à Malin, mais avec les deux autres verrous sept points, c'est une autre paire de manches, et elle vient à bout du deuxième en une demi-heure. L'appartement est silencieux et il n'y avait pas de lumière aux fenêtres.

Il n'y a probablement personne, ici.

Mais on ne peut jamais savoir, alors Zeke et Conny Nygren se placent de part et d'autre de la porte, arme au poing, tandis que Malin s'efforce tant bien que mal de rester à couvert, sans y parvenir totalement.

Les enfants sont-ils là ?

Ce sont des gémissements que j'entends ? Elena et Marko ? Non, c'est seulement la rumeur de la rue, n'est-ce pas ?

Enfin, la troisième serrure cède et Malin pousse la porte. Zeke et Conny Nygren se ruent à l'intérieur, dans le noir, brandissant leurs armes.

Des salons vides, une cuisine aménagée, rien dans les placards, rien sur les murs, pas de lampe, pas âme qui vive. À moins qu'il y ait quand même quelqu'un ? Des enfants ?

Malin s'enfonce dans l'appartement en direction des chambres, côté cour. D'abord, une chambre à coucher, vide, puis une salle de bains, et, en face, encore une porte.

Elle entend gratter. J'arrive, pense-t-elle en tournant la clé dans la serrure.

Quelqu'un arrive.

Papa, c'est toi ? Dépêche-toi, les messieurs arrivent. Je prends petit frère par le bras et l'entraîne dans le coin où, peut-être, ils ne nous trouveront pas.

Arrêtez.

Je ne veux pas.

Non.
J'ai peur.
Qu'est-ce qu'ils vont nous faire ?
J'ai faim et petit frère pleure. Il faut que tu viennes, papa.
Est-ce toi qui arrives ?
La porte s'ouvre, pourvu que ce ne soient pas les messieurs. Pourvu qu'ils ne soient pas en colère. Surtout pas. Ils vont nous donner à manger aux varans, maintenant ?
Nous poussons des hurlements.
Nous crions pour ne pas penser à quel point nous sommes terrorisés.

55

Vide.
Une penderie vide.
Merde.
Ce bruit ?
Une petite souris grise se faufile entre les jambes de Malin qui la suit du regard, la voit fuir dans l'appartement. Elle aperçoit Zeke et Conny Nygren, debout devant une fenêtre, en train de contempler la baie de Nybro, leurs armes baissées, trop lourdes pour leurs bras.
Il y a une épaisse couche de poussière sur le rebord en marbre de la fenêtre.
Malin passe le doigt dessus et repense à l'époque où elle s'occupait de l'appartement de ses parents, dans Barnhemsgatan, quand ils étaient à Ténérife.

Au début, elle était pleine d'enthousiasme, entretenait les fleurs, dépoussiérait, enlevait les toiles d'araignées, mais quand elle avait compris que ses parents n'avaient pas l'intention de revenir, elle l'avait complètement laissé à l'abandon.

Avait laissé mourir les fleurs.

La poussière s'était accumulée.

À la mort de sa mère, juste avant le retour de son père, elle s'était mise à faire le ménage dans l'appartement avec une telle frénésie qu'elle s'était elle-même surprise. Comme à un entraînement, elle avait transpiré, totalement obsédée par la poussière, par le fait que l'appartement devait être impeccable pour l'arrivée de son père.

Mais ce n'était pas pour papa que je faisais le ménage, au début.

C'était pour toi, maman.

Cependant, tu n'es jamais rentrée. Alors je jure que plus jamais je ne ferai le ménage pour toi. Tu ne peux pas continuer à me suivre partout en m'accablant de remarques désobligeantes, comme quand j'étais petite, dans notre maison de Sturefors, et que je voulais essayer de passer l'aspirateur.

J'avais cinq ans, maman.

Et tu ne faisais rien d'autre que m'engueuler parce que l'aspirateur heurtait les meubles, abîmait la peinture, comme si ce petit pavillon avait été un putain de palais royal.

Tu nous as trahis, mon petit frère et moi. Tu t'es dérobée, mais n'en as jamais eu conscience, n'est-ce pas ? Te rends-tu compte à quel point tu m'as blessée, à quel point j'ai dû lutter pour me faire une place dans la vie de Tove ? En as-tu conscience ?

J'ai dû me battre pour offrir à Tove la mère que je n'ai jamais eue, que j'ai désirée pendant toute ma vie. Et j'ai malgré tout échoué.

Je ne ressens aucun vide depuis ta mort, maman. Aucun chagrin. Je me réjouis que tu ne sois plus là. Savoir que je vais peut-être enfin pouvoir vivre ma propre vie, une vie sans secrets, ni mensonges.

Tu es morte, maman.

Je peux me nourrir de la haine que j'éprouve pour toi.

Cela fait-il de moi une mauvaise personne ?

Soudain, Malin entend parler Zeke et Conny Nygren, elle n'a pas le courage d'essayer de comprendre ce qu'ils disent, elle est lasse de tout cela, mais elle ne veut pas, ne doit pas renoncer.

« Viens, Malin, l'appelle Zeke. Il n'y a rien, ici. On va passer voir à côté, dans l'appartement de Leopold Kurtzon. »

Au moment où elle ouvre le dernier verrou retentit une sonnerie désagréable.

Une sonnerie aiguë.

Une alarme ?

Ou bien la porte était-elle piégée ? Est-elle en train d'exploser ?

Elle voit alors Conny Nyberg se précipiter dans l'appartement, puis ouvrir une porte de placard dans le vestibule.

Il semble avoir trouvé ce qu'il cherchait.

Le bruit cesse.

« L'alarme, dit Conny Nyberg. Les sociétés de sécurité ont l'habitude d'installer le panneau de contrôle dans la penderie la plus proche. »

Malin visite les lieux en tenant son pistolet devant elle.

L'adrénaline jaillit à nouveau dans ses veines, sa fatigue a disparu, toutes ses pensées également.

Cette fois, l'appartement est meublé.

Dans le style pompeux du dix-neuvième. Les murs sont recouverts de bibliothèques pleines de livres reliés en cuir.

La même poussière.

Cependant, il est clair que quelqu'un a habité ici.

« On fouille, lance Conny Nygren une fois qu'ils se sont rassemblés dans la cuisine. Il faut qu'on trouve un indice sur le lieu où ils se cachent. »

Ils allument toutes les lampes.

Un Zornkulla sur un mur.

Un Carl Larsson.

De l'art pour ceux qui désirent se faire remarquer.

Montrer qu'ils sont cultivés. Malin trouve que l'appartement manque de goût, de caractère.

Ils visitent chaque pièce l'une après l'autre. Sortent tout. Fouillent parmi les factures et autres papiers, vident les placards à vêtements.

Il faut qu'on trouve quelque chose, pense Malin en entrant dans ce qui ressemble à un bureau.

Une table, mais pas d'ordinateur. Ici, rien sur les murs, à part deux immenses portraits à l'huile, dont l'un représente Josef Kurtzon jeune.

À côté, le portrait d'une femme aux lèvres fines, aux yeux bleus perçants et à la coiffure impeccable. Une robe Chanel bleue.

Elle pose devant une fenêtre à carreaux. De l'eau en arrière-plan.

Sans doute Selda Kurtzon.
La femme. La mère.
Malin contemple le portrait. Que t'ont fait ces gens, Josefina ? Qu'ont-ils fait de toi ?
Puis elle détourne son regard du portrait, saisit une chemise qui traîne sur le bureau et l'ouvre. Elle est vide.
Elle vérifie dans les tiroirs.
Vides.
Rien.
Dernier tiroir.
Une photo.
Une photo aérienne de ce qui ressemble à un îlot de l'archipel de Stockholm. Une grande maison blanche, comme encastrée dans la roche. La bâtisse semble moderne et un pont relie l'îlot à la terre ferme. Au bord de l'eau, quelques dépendances, également blanches.
Pourquoi cette photo ici ? Cette île appartient-elle aux frères Kurtzon ? Est-ce là-bas qu'ils se terrent ?
Malin reprend son souffle.
Retourne la photo.
Rien. Cet endroit pourrait se trouver n'importe où.
Elle appelle Zeke et Conny Nygren.
Leur montre la photo.
« Qu'est-ce que vous pensez de ça ?
– C'est une de leurs maisons ? »
Conny Nygren est surexcité, revigoré malgré l'heure tardive.
« Les enfants sont peut-être là-bas, suggère Malin.
– C'est la photo d'une propriété, d'une île bien plus septentrionale que la Thaïlande, constate Zeke. Or, les enfants de Mirović sont censés avoir été enlevés à

Phuket. Alors, que feraient-ils en Suède, sur un îlot, à supposer que cette propriété se trouve effectivement en Suède ?

– Ils peuvent les avoir ramenés en prenant un vol régulier, suggère Conny Nygren, ou bien en affrétant un avion.

– Le problème, c'est qu'on n'a pas la moindre idée d'où cette photo a été prise, fait remarquer Zeke. On n'a pas trouvé la moindre trace d'un quelconque domicile dans tous les registres qu'on a vérifiés. »

Au moment même où Zeke finit sa phrase, le téléphone de Malin sonne.

Le numéro de Johan Jakobsson s'affiche sur l'écran.

Il n'avait pas pu rentrer chez lui.

Comment aurait-il pu retrouver ses enfants en sachant que d'autres étaient en danger et qu'il pouvait peut-être contribuer à les sauver ? Alors, bien qu'épuisé après une journée passée à régler la paperasse, Johan Jakobsson s'était remis devant son ordinateur, au commissariat.

Il s'était replongé dans les registres fonciers, avait épluché les transactions, vérifié aux noms de toutes les sociétés des frères Kurtzon, et même de celles qui portaient des noms proches.

Mais rien.

On aurait dit que la famille Kurtzon, les frères, n'étaient rien d'autre que des spectres, des fantômes.

Soudain, il s'était souvenu avoir lu, dans un portrait de Josef Kurtzon paru dans le *Svenska Dagbladet*, que l'homme était excentrique et qu'il avait des varans comme animaux de compagnie. Or, dans *C'est arrivé cette semaine,* il se rappelait également avoir vu une photo de Selda Kurtzon promenant un varan en laisse dans son jardin.

Ils ont bien eu besoin d'une autorisation pour pouvoir importer leurs varans ? avait pensé Johan, à supposer qu'ils aient été importés légalement.

C'était leur dernière chance.

Alors que les caractères commençaient à se confondre sur son écran d'ordinateur, et que sa femme lui avait déjà laissé trois messages, sûrement pour lui demander s'il comptait bientôt rentrer à la maison, il s'était rendu sur le site de l'administration douanière et avait constaté que l'unique licence d'importation accordée pour des varans avait été établie au nom d'une société, Exotic Animals, dix ans plus tôt.

La société des frères Kurtzon.

Exotic Animals avait cessé son activité en 2003. Mais, dans ce registre, la société était déclarée à une adresse sur laquelle il n'était encore jamais tombé, jusque-là.

37, rue Lundviksvägen.

Où ça se trouve ?

Il avait jeté un œil sur Google maps.

Commune de Norrhammar, à cent soixante kilomètres au nord de Norrtälje, et à presque deux cent cinquante d'où Malin se trouve actuellement, au nord de Stockholm.

Aucune réponse pour le numéro 37. Mais sur la photo satellite, on pouvait voir que la route menait à un îlot avec un grand bâtiment blanc en son centre et d'autres plus petits sur le rivage. Cet îlot devait correspondre au numéro 37, le 35 se situant à deux kilomètres environ, plus au sud, dans la forêt.

Qui est le propriétaire de cette résidence, en ce moment ? Johan était retourné vérifier sur le site du registre foncier, mais aucune résidence n'était déclarée au numéro 37 de la rue Lundviksvägen, comme si cette adresse avait cessé d'exister, ou n'avait jamais existé.

Il y avait pourtant bien une maison, sur la photo satellite.

Est-il possible qu'une résidence disparaisse comme ça de tous les registres ? De la réalité ? Peut-être, si ses propriétaires désirent vraiment être tranquilles, et s'ils graissent la patte du bon fonctionnaire.

La photo de Leopold Kurtzon, dans le *Wall Street Journal.* Elle paraissait avoir été prise sous d'autres cieux, sous un autre climat. Johan était retourné voir l'article et avait cliqué sur la photo.

L'avait observée minutieusement. Bien sûr, ça ressemblait aux Caraïbes, mais elle aurait pu être prise n'importe où. Il suffisait de la retoucher un peu.

Pourquoi pas dans un archipel suédois ? Sous une lumière douce. Le nom du photographe, un Suédois: Stefan Björck.

Un tour sur le site hitta.se.

Une minute plus tard, il était au téléphone avec le photographe. Un type particulièrement charmant qui lui avait dit : « Je m'en souviens très bien. J'avais pris des photos sur une île, au nord de Norrtälje. Ils les avaient retouchées. Il m'avait semblé que l'endroit leur appartenait. À Leopold Kurtzon et son frère. Ils m'ont traité comme si j'avais été transparent. Et il y avait un truc vraiment bizarre. Ils avaient des putains de varans de toutes sortes sur leur île. »

Johan avait raccroché, puis avait pensé à Jokso Mirović, aux frères Kurtzon qui retenaient probablement ses enfants. À la manière dont Jokso Mirović avait assassiné deux enfants pour sauver les siens.

J'aurais fait la même chose, s'était dit Johan, si mes enfants avaient été en danger.

La photo de Leopold Kurtzon. Son frère.

Il faut sauver ces gamins. Peu importe si on doit vous buter pour y arriver.

Sur ce, il avait passé un coup de fil à Malin. L'horloge du bureau indiquait déjà vingt-trois heures.

« C'est tout ce que j'ai pu trouver, dit Johan Jakobsson. Cette propriété qui n'existe que sur des photos et dans le récit du photographe appartient très certainement aux frères. Il se peut qu'ils retiennent les enfants là-bas. »

Zeke et Conny Nygren se tiennent près de Malin, silencieux.

Johan lui indique comment se rendre sur l'îlot, et Malin se dit que les frères ont pu ramener les enfants en Suède et les retenir dans une maison qui existe sans exister.

Le varan, dans la chambre de Josef Kurtzon.

La licence d'importation.

D'autres varans.

La logique caractéristique du Mal.

Y a-t-il des varans sur cette île, en ce moment ?

« On file là-bas, conclut Malin. C'est notre seul espoir, n'est-ce pas ? »

À l'autre bout de la ligne, Johan acquiesce d'un : « Hum.

– Bon boulot, le félicite Malin. Tu as vraiment fait de l'excellent travail.

– Je rentre retrouver mes enfants », annonce Johan avant de raccrocher.

56

Leopold Kurtzon a un choc en découvrant la photo de Jokso Mirović en première page du quotidien en ligne dn.se. À l'heure qu'il est, la police est probablement au courant de tout.

« Un tueur à gages interpelé à Arlanda. Il est suspecté d'être l'auteur de l'attentat de Linköping », annonce le titre.

Il lit la suite.

« De source non confirmée, Jokso Mirović aurait agi sous les ordres de deux frères appartenant au monde de la finance… »

Leopold Kurtzon a désormais la certitude que tout a foiré, que Jokso Mirović a déballé son histoire aux flics, que ce n'est plus qu'une question de temps avant qu'on vienne les arrêter.

Et on prendra perpète. Même s'ils finissent par nous relâcher un jour, je serai un vieillard.

Une fois le choc passé, il reprend courage, grimace, refait le plein d'énergie et de détermination.

Comment pourraient-ils nous retrouver ici ?

Personne ne sait que cet îlot nous appartient.

En versant de l'argent dans les bonnes poches, tout peut s'arranger. Un bout de terrain ? Une maison ?

Aucun problème. C'est comme ça qu'avait fait papa pour se procurer cette propriété.

Puis, il nous en avait fait cadeau, en nous demandant juste, en contrepartie, de faire venir des varans d'Asie et de les élever sur l'île. « Peut-être réussirez-vous au moins ça, après avoir raté tout le reste ? »

Leopold sort prendre l'air sur l'une des terrasses de leur villa.

Jette un œil en contrebas aux bâtiments qui abritent leurs animaux.

Il déteste s'y rendre, même quand les varans sont rassasiés et apathiques et qu'ils se reposent dans leurs cages sous des lampes chauffantes, en rongeant le grillage de leur porte dans l'espoir illusoire de s'échapper.

Ils les avaient achetés en Thaïlande et en Indonésie et avaient même créé une société spécialement dans le but d'obtenir les licences d'importation. Après quoi ils avaient fermé leur entreprise en prétendant que les bêtes étaient mortes. Personne ne leur avait posé de questions !

Ils les nourrissent à tour de rôle. Depuis longtemps, maintenant, car aucun d'eux n'apprécie de rendre visite aux varans, ni le spectacle de leurs mâchoires déchirant la viande.

Quant à l'homme qui s'occupe des animaux en leur absence, il ne dira jamais rien. Il est trop bien payé pour parler et il semble les craindre. Ils l'ont informé qu'il ne devait pas revenir jusqu'à nouvel ordre. Qu'ils l'appelleraient quand ils auraient à nouveau besoin de lui.

Soudain, Leopold est pris d'un doute.

Qui sait de quoi les flics sont capables ? Qui sait ce qu'ils peuvent découvrir, s'ils s'en donnent vraiment les moyens ?

Nous avons commandité quatre assassinats.

Nous sommes des parias.

L'argent ne sera jamais à nous. Nous ne pourrons plus jamais nous montrer au grand jour.

Et les flics sont certainement au courant pour les gamins. Or, la recherche d'enfants kidnappés est une de leurs priorités absolues.

Tout comme les assassinats.

Ils sont condamnés.

Tout est foutu. Qu'allons-nous faire, maintenant ? Putain, qu'allons-nous faire ?

Leopold refuse d'y penser, mais sait qu'il n'a pas le choix.

Pense avec logique, Leopold.

Sois rationnel.

Un vent froid souffle en provenance de la mer, sans réellement parvenir à s'imposer, comme d'habitude. Il fait plus chaud ici qu'ailleurs. Cet endroit bénéficie d'un étrange microclimat.

Il contemple les bâtiments où vivent les varans et éprouve tout à coup du réconfort en pensant à ces bêtes, à l'idée que leur père sache qu'elles sont ici, qu'ils ont réussi à les élever, même les petits que la femelle avait mis bas après quelques semaines, seulement.

Leopold entend les varans siffler, cogner contre les barreaux de leurs cages.

Il est saisi de terreur.

Sont-ils sur le point de s'échapper ? De se disperser dans la forêt ? De grimper sur les terrasses de la maison pour passer à l'attaque ?

Ils ne peuvent pas sortir.

N'est-ce pas ?

Leopold évacue les varans de son esprit, se tourne vers son frère Henry, allongé sur le canapé, un verre de Coca-Cola dans la main. Il lui fait signe de le rejoindre.

Son frère se lève de mauvaise grâce.

Ils se rendent dans la cuisine et, devant la plaque de cuisson Gaggenau, Leopold raconte à Henry ce qu'il vient de voir sur Internet.

« On les tue et on se barre d'ici », conclut-il.

Sur le coup, Henry est effrayé par la froideur de son frère, mais comprend ensuite qu'il a raison, que son plan est logique. Tuer les enfants, les enterrer, ou les livrer en pâture aux varans, laisser ces charognards accomplir leur vile besogne. Il n'y a rien de plus facile que de faire disparaître deux jeunes enfants, ici. Ou encore les faire sauter, les atomiser, c'est simple, tellement simple.

Ils étaient terrorisés, la dernière fois qu'il était descendu les voir.

Ils avaient hurlé.

Comme pour exorciser leur peur.

Plusieurs fois, Leopold et lui avaient senti la colère monter en eux. Pour qui se prennent ces mioches ? Ils s'imaginent qu'ils peuvent faire plier les frères Kurtzon, les attendrir ? Hein ? Qu'est-ce qui leur permet de croire une telle chose ? Doutent-ils de notre férocité, de notre détermination ?

Il faut qu'on se débarrasse d'eux.

Cependant, Henry dit :

« On est vraiment obligés de les tuer ? »

Le visage de Leopold se fend d'une grimace, ses yeux prennent l'expression décidée qu'ils ont chaque fois qu'il est persuadé d'avoir raison, ce qui est souvent le cas, plus souvent que Henry, qui a tendance à douter de lui.

« Tu as une meilleure idée ? demande Leopold. Bien sûr, ils pourraient nous servir d'otages, mais, si on les laisse en vie, ils risquent de nous gêner plus qu'autre chose.

– Mais il faut vraiment que les gosses meurent ? Tout est probablement déjà perdu, de toute façon.

– On est obligés d'aller jusqu'au bout, persiste Leopold. Tu as envie de passer les trente prochaines années derrière les barreaux ?

– Non, bien sûr que non. C'était un plan stupide depuis le début, lance Henry qui voit alors les yeux de son frère bouillir de rage et de frustration.

– On savait ce qu'on faisait, quand on les a kidnappés, à Phuket, et ramenés ici à bord d'un avion affrété. Pas vrai ? crie-t-il. Ce n'était pas un plan stupide ! Aurait-on simplement dû renoncer à notre héritage sans rien faire ? Tu savais exactement ce que tu faisais, quand tu les as endormis avant de monter dans l'avion et convaincu le pilote de les prendre à bord sans faire d'histoire. »

Henry demeure muet.

Puis il finit par dire :

« Et maintenant, on n'aura rien du tout.

– Mais on a l'occasion de prouver à papa de quoi on est capables. »

Alors qu'ils devrait être paniqué, Leopold est serein, un peu comme dans ces histoires qu'il avait entendues sur le naufrage du *Titanic*, sur les passagers qui avaient attendu tranquillement la mort, sans céder à l'affolement, pendant que l'immense paquebot s'enfonçait dans les flots.

Ou encore lors du naufrage de l'*Estonia*.

Les mêmes histoires.

« On peut les laisser vivre, insiste Henry. On les relâche. On s'enfuit et on s'arrange pour qu'ils soient retrouvés. Ils n'ont que trois et six ans, on ne peut tout de même pas les tuer !

– Si, il le faut !

– Pourquoi ?

– Pour démontrer notre force. Notre puissance. Au monde entier ! »

Henry constate l'inflexibilité de son frère et reconnaît que son raisonnement est d'une logique implacable.

Personne ne s'échappe jamais de la petite pièce obscure.

Ceux qui y pénètrent n'ont plus jamais l'occasion de contempler le ciel.

« Qu'est-ce qu'on fera, ensuite ? s'enquiert Henry.

– On file. On déclenche le minuteur. On détruit toute preuve de notre passage ici.

– Où on va filer ?

– En Estonie, avec le bateau. C'est juste en face, sur l'autre rive de la Baltique, on peut largement faire le voyage avec un seul plein. Ensuite, on s'arrangera pour trouver un avion et on filera en Amérique du Sud. Ou en Asie. Le monde est vaste. On a suffisamment d'argent dans ces mallettes pour tenir un bon bout de temps.

– OK. On fait comme tu dis.

– Parfait. Mais il faut d'abord qu'on liquide les mômes, siffle Leopold.

– On ne pourrait pas tout simplement les faire sauter avec la maison ?

– Non, il faut qu'on le fasse nous-mêmes, il faut que tu le fasses, qu'on s'assure qu'ils sont bien morts. Les gamins doivent disparaître et c'est à nous de nous en charger. »

Henry finit par acquiescer.

Il lève la tête, puis la baisse, encore et encore.

Ensuite, ils montent un escalier, entrent dans une chambre, ouvrent l'armoire et s'emparent de mitraillettes.

Ils restent un instant face à face, dans la lumière trouble de la pièce, immobiles, les armes à la main.

Se regardent.

Ne peuvent compter que sur eux-mêmes.

Ne forment qu'un.

Ils se serrent dans les bras.

Puis descendent jusqu'à l'étage inférieur de la maison, à moitié enfoui sous terre, encastré dans la roche.

Ils franchissent une série de portes qui mènent à la pièce où sont enfermés les enfants.

Ils entendent le tic-tac.

Les premiers jours, les gamins avaient fait du raffut. Malgré les craies qu'ils leur avaient fournies.

Mais on a fini par les faire taire, pense Leopold. En tout cas, presque. On savait comment s'y prendre. On leur a montré qu'on ne plaisantait pas.

La pièce est silencieuse. Les enfants ne crient pas. Peut-être n'éprouvent-ils plus qu'une terreur muette ?

Les frères retirent le cran de sûreté de leurs armes.

Ouvrent la dernière porte.

Celle qui donne sur les ténèbres.

Celle derrière laquelle les enfants sont enfermés.

57

Dimanche 13, lundi 14 mai

Le moteur de la voiture émet un ronflement léger, presque un ronronnement.

Ils ont passé Norrtälje et s'enfoncent maintenant dans l'épaisse forêt qui borde la route de part et d'autre. Dans l'obscurité, les arbres se muent en spectres qui semblent se moquer de Malin, sans qu'elle puisse distinguer leurs visages.

Zeke est au volant.

Déterminé.

Conny Nygren était rentré chez lui. Elle n'avait pas voulu qu'il les accompagne. Il avait d'abord protesté, mais avait fini par céder. Il était peu probable que les frères et les enfants se trouvent dans la propriété du nord de Norrtälje. Le fait que cette résidence ne figure dans aucun registre était vraisemblablement dû à une simple erreur administrative.

Je veux m'en charger moi-même, pense Malin. Il le faut. Et s'il s'avère que les frères se terrent effectivement là-bas avec les enfants, leurs chances de s'introduire furtivement dans la maison de nuit seront plus grandes à deux. N'est-ce pas ?

Zeke a l'air de partager son avis.

Malin ferme les yeux.

Qu'est-ce qui nous attend ? Les frères sont-ils là-bas, au moins ? Les enfants ?

En tout cas, elle est convaincue que Jokso Mirović leur a dit la vérité au sujet de ses enfants.

Le désespoir qu'elle avait lu dans ses yeux ne pouvait être feint. Quant à la vidéo, elle était incontestablement authentique.

« Papa… papa… »

Mais, en réalité, Elena et Marko peuvent être n'importe où sur terre. Peut-être en Thaïlande ? Toujours sur place, quelque part. Ou morts, morts depuis des jours, déjà.

Dans ce court laps de temps, ils n'avaient pas découvert la moindre trace des frères. Aucun mail, aucun appel, aucune carte bancaire à leur nom n'avait été utilisée.

Rien.

Essaie de dormir, Malin. Accorde-toi une petite heure de sieste avant d'arriver. Tu vas avoir besoin de toutes tes forces.

Les mains de Zeke serrent toujours le volant.

Le silence règne dans la voiture. Ils devraient arriver juste avant minuit.

Elle ne tarde pas à s'endormir sur le siège rabattu en arrière.

Les visages des filles Vigerö, pâles, innocents, s'adressent à elle dans son rêve.

Est-il déjà trop tard, Malin, est-il déjà trop tard ? Nous savons, mais n'osons pas le dire.

« Il n'est pas trop tard », dit Malin, mais la voix n'est pas la sienne, c'est celle de Tove.

« Il n'est pas trop tard. » Les fillettes éclatent de rire avant de disparaître, remplacées par deux silhouettes blanches qui lui tendent les bras, dans une pièce obscure.

« Où es-tu, où es-tu ? » Elle voit alors Josefina, dans son refuge souterrain, se jeter dans les bras de son père et de sa mère qui semblent vouloir l'accueillir tendrement, mais leurs bras sont en fait couverts d'épines métalliques, acérées comme des dents de reptile.

Elena et Marko sont-ils en vie ?

Hanna Vigerö est là aussi, au côté d'un homme qui doit être son mari, et elle dit : Ils sont vivants, mais où sont-ils ? Nous n'avons pas vu les filles, nous avons tellement envie de les retrouver.

N'est-ce pas ce qu'est censée être la mort ? Un lieu où règne l'amour ?

Tout à coup, son sommeil s'assombrit, elle se met à crier dans son rêve, il faut qu'elle arrive avant qu'il soit trop tard :

« Et mon frère ? Comment va-t-il ? »

Alors, les fillettes et les enfants sans visage chuchotent :

Il va bien, mais il est seul, il attend que tu viennes le voir.

Börje Svärd fait les cent pas dans sa cuisine.

Johan Jakobsson l'a appelé, il y a une demi-heure, pour le prévenir que Malin et Zeke étaient en route pour une île de l'archipel de Stockholm où les frères se cachaient sûrement avec les enfants de Jokso Mirović.

Il avait informé le reste de l'équipe et avait le pressentiment que leur enquête touchait à sa fin.

En définitive, les islamistes, les activistes et les gangs de motards n'avaient rien à voir dans cette affaire.

Sa première réaction, en apprenant l'expédition nocturne de Malin et Zeke, avait été de penser qu'ils avaient commis une imprudence en se rendant sur place tout seuls. Puis, il avait relativisé en se disant que, de toute façon, il était peu probable que les frères et les enfants se trouvent là-bas et que, même si c'était le cas, deux policiers agissant en silence et discrètement avaient peut-être plus de chances de mener à bien cette mission.

En outre, il connaissait Malin. Suffisamment pour savoir qu'elle préférait s'en charger elle-même, avec son fichu caractère indépendant. Or, Sven Sjöman avait tendance à lui lâcher la bride, dans ce genre de situation. Lui aussi estimait qu'ils avaient bien fait de s'y rendre sans attendre.

Mais quand même.

Il ne peut s'empêcher d'être inquiet. Après tout, il est possible que Malin ait raison, ils sont peut-être en danger.

La maison lui paraît vide sans Anna.

Soudain, son téléphone sonne.

Le numéro de Waldemar Ekenberg s'affiche sur l'écran.

Waldemar Ekenberg fume une clope dans sa cuisine, sous la hotte de cuisson. Les paroles rassurantes de Börje Svärd ne parviennent pas à l'apaiser.

« Tu crois qu'on devrait sauter en bagnole les rejoindre ?

– C'est un peu tard, non ? En plus, ça ne va certainement rien donner.

– Ces Kurtzon sont décidément des enfoirés, lance Waldemar avant de tirer une dernière bouffée sur sa cigarette. Dès qu'ils flairent l'odeur du fric, ou pire, s'ils craignent d'en perdre, ces types-là sont capables de tout, tu le sais aussi bien que moi.

– Ne t'en fais pas pour eux, ils vont très bien se débrouiller, dit Börje sur un ton exagérément enthousiaste, comme s'il cherchait à se convaincre lui-même. Zeke est un dur à cuire.

– J'espère juste qu'ils les buteront, s'ils les trouvent, lance Waldemar en espérant que Börje le contredise.

– Oui, surtout qu'il n'y aura probablement pas de témoins, renchérit-il au contraire.

– Je te trouve sévère, là, plaisante Waldemar.

– Contrairement à toi, je suis sévère uniquement quand j'ai des raisons de l'être, rétorque Börje. Sinon, je suis plutôt tolérant, comme type.

– Philosophe avec ça.

– Prends-toi un whisky. »

Waldemar pouffe de rire.

« Elle est bonne, celle-là, j'ai toujours pas décuité depuis la nuit dernière. »

Malin est réveillée par la sonnerie de son téléphone.

Elle a peut-être dormi une heure et, avant de décrocher, se dit qu'ils ne doivent plus être très loin.

La voix de Tove.

« Maman. T'es où ? J'ai essayé de t'appeler. »

Malin lui explique où elle est, que son enquête l'a menée loin dans le nord, dans l'archipel de Stockholm, mais lui promet qu'elle sera de retour le lendemain.

« Tu me manques, dit Tove. Et quand tu reviendras, on ira dans le Hälsingland ? Voir mon oncle ?

– C'est ce qu'on fera, répond Malin.

– Tu me laisseras t'accompagner, hein ? »

Malin perçoit un manque de confiance dans la voix de Tove et prend soudain conscience qu'elle va peut-être risquer sa vie, cette nuit, que sa fille pourrait se retrouver orpheline de mère si cela tournait mal. Mais Tove n'est plus une enfant, elle sera bientôt plus mature et débrouillarde que moi.

« Bien sûr que tu pourras m'accompagner, la rassure Malin. Jamais je n'irais là-bas sans toi. »

Tove raccroche.

Malin appréhende de rendre visite à son frère, dans le Hälsingland.

Tove semble se moquer d'où je suis, de ce que je fais. Mais elle doit bien entendu vivre sa vie. Elle n'a certainement pas envie de se laisser submerger par ses émotions, ni de montrer son inquiétude à sa mère. Apparemment, elle ne s'était pas demandé si cette mission pouvait être dangereuse.

Une voiture arrive en sens inverse.

Le conducteur ne prend même pas la peine de passer en feux de croisement et Malin voit Zeke plisser les yeux tout en restant concentré sur la route.

Une lumière.

Une lumière plus forte, aveuglante.

Puis une obscurité épaisse.

Malin le sent, elle sait qu'ils sont sur le bon chemin, qu'ils vont sauver les enfants.

Qu'ils n'arriveront pas trop tard.

La peur est-elle à ton service ?

Josef Kurtzon sait que tout est en train de se jouer en ce moment même, que la vie est un jeu sans fin.

La faiblesse, à quoi peut-elle bien servir ? L'insécurité ?

Je joue avec elles, pense-t-il, et ses poumons le lancent, tout son corps est secoué par une quinte de toux si violente qu'elle menace de faire éclater ses parois pulmonaires.

Je n'ai jamais cessé de jouer. J'ai toujours pris du plaisir, exactement comme maintenant, alors que cette histoire est sur le point de connaître son épilogue tragique.

Le varan empaillé siffle, à côté de lui. Il rêve qu'il caresse son dos froid, en contemplant les ténèbres.

Sa cécité est une cécité blanche.

Il ne craint pas le noir. Il l'a cherché toute sa vie durant, l'a apprivoisé.

Josefina.

Leopold.

Henry.

Les jumelles Tuva et Mira.

Les autres enfants.

Dites-moi, a-t-on jamais imaginé un jeu plus grandiose ?

Il ferme ses yeux aveugles. Essaie de s'imaginer ce qui va se passer. Se réjouit que ce monument de perversité soit le grand chef-d'œuvre de sa vie.

58

Ça ne s'était pas passé comme prévu.

Quand ils avaient allumé la lumière, les gosses s'étaient caché les yeux en poussant des cris de terreur et jetés dans les bras l'un de l'autre. Les frères avaient alors pointé leurs armes sur eux, mais n'avaient pas pu tirer.

Une dispute avait éclaté entre Henry et Leopold Kurtzon.

« Fais-le !

– Tire !

– C'est ton boulot !

– Tue-les, tire, putain ! » mais aucun d'eux n'avait eu le cran de presser la détente.

Louer les services d'un tueur pour commettre un assassinat était une chose, abattre soi-même des gamins sans défense en était une autre. Il y avait un côté fictif à tuer des gens à distance. Dans la réalité, cela n'avait rien à voir.

Les gosses, seuls dans la pièce. Muets. Comme aveugles.

Leopold et Henry avaient considéré les petits êtres tapis dans le noir pendant quelques instants, puis s'étaient remis à crier :

« Tu dois tirer ! »

Et soudain, Henry avait changé de ton :

« On ne peut pas les tuer.

– Si, il faut qu'on les bute ! avait hurlé Leopold.

– Je ne peux pas. Fais-le toi-même.

– Si on ne les tue pas, ils les retrouveront.

– Regarde comme ils sont effrayés.

– Alors je vais devoir te tuer.

– Tu en es incapable. Tu le sais très bien. On les laisse là. On est inséparables, toi et moi. »

Leopold avait alors regardé son frère et compris que celui-ci avait raison, puis il avait acquiescé, oui, on laisse les mômes ici, comment aurait-il pu en être autrement ? Je flanche encore maintenant, comme je l'ai toujours fait, je ne suis rien.

Les frères avaient refermé la porte, abandonnant les enfants seuls dans la pièce, puis s'étaient précipités dans les escaliers. Une fois sur la terrasse, ils avaient laissé tomber leurs armes sur le sol et s'étaient mis à contempler le jardin et la mer paisible. Le désespoir avait commencé à s'emparer d'eux, mais leur instinct de survie reprit peu à peu le dessus.

Que fait-on maintenant, est-ce qu'on file, en les laissant là ? Où pourrions-nous aller, est-ce qu'on doit se tirer une balle dans la tête, laisser les gamins vivre, ou bien les descendre d'abord et se suicider ensuite ?

Les questions tournaient en rond dans leurs têtes.

Toutes les certitudes qu'ils avaient cru avoir, un instant plus tôt, revinrent les tourmenter comme autant de questions auxquelles ils ne savaient répondre.

Ils avaient beau s'efforcer de chasser ce sentiment de compassion qu'ils éprouvaient à l'égard des enfants, les doutes finissaient toujours par resurgir.

Nous ne sommes pas comme ça.

Nous sommes des esprits mathématiques.

Rationnels.

Et cette bombe dont le minuteur fait tic-tac, à l'extérieur de la pièce. Celles qu'ils avaient confectionnée à Bangkok, juste avant l'enlèvement des gosses, et qui était suffisamment puissante pour pulvériser toute la maison. Le pilote de l'avion n'avait rien su du contenu de leurs mallettes. Les gosses kidnappés, il pouvait encore s'en accommoder. Mais une bombe ?

Et maintenant ?

Devaient-ils la laisser exploser ? Ils n'avaient plus que quelques heures devant eux, s'ils désiraient désactiver le minuteur.

« Allez, on se casse ! s'était écrié Leopold.

– Sans libérer les gamins ? avait demandé Henry.

– Il faut qu'on se débarrasse d'eux.

– C'est ce que papa aurait fait, tu crois ? »

Sur ce, ils étaient redescendus, avaient ouvert toutes les portes, s'étaient saisis des enfants et les avaient remontés avec eux dans la salle de séjour.

Dans un premier temps, ils avaient vérifié le minuteur de la bombe, l'avaient retardé légèrement. Maintenant que la mer était calme, ils pourraient certainement traverser la Baltique jusqu'en Estonie.

Les enfants étaient restés muets.

Même le petit bonhomme de trois ans n'avait pas émis le moindre son. Peut-être avaient-ils déjà dépassé l'état de terreur, l'état d'être vivant, avant même de mourir ?

Ils puaient. Leurs corps étaient couverts d'excréments séchés et ils ressemblaient plus à des animaux qu'à des humains.

« On ne ferait pas mieux de les emmener avec nous ? avait demandé Henry. Ils pourraient nous servir d'otages ?

– Ils vont juste nous gêner, et si les flics nous chopent, on sera bons pour passer le restant de nos jours en taule », avait répondu Leopold.

Henry savait que son frère avait raison. Ils n'avaient pas le choix.

Les frères s'étaient assis, chacun un enfant sur les genoux, les avaient cajolés pour les calmer, avant d'appuyer les canons de leurs pistolets contre leurs tempes.

59

Ils bifurquent à droite, en direction de la mer, qui devrait se trouver à quelques kilomètres à l'est.

Des chalets de vacances au milieu des arbres. Un panneau indiquant une ancienne colonie de vacances, à quinze kilomètres.

Le GPS leur commande d'aller toujours tout droit.

Malin peut suivre leur progression à travers les ténèbres sur l'écran aux couleurs éclatantes qui illumine l'habitacle.

« Qu'en penses-tu ? demande Zeke. Tu crois qu'ils seront là ?

– Je ne sais pas, répond Malin, mais je le sens. »

Ils passent devant ce qui est censé être la dernière maison avant le numéro 37, la propriété qui n'existe pas.

À la lueur des phares, Malin remarque que la végétation s'épaissit, prend des allures presque tropicales. Il n'y a quand même pas de palmiers, par ici ?

Non, juste des sapins, des pins, des fougères noires comme du jais. Elle a l'impression qu'ils se trouvent à l'orée d'une forêt vierge. Au bout de quelques kilomètres, la route finit par déboucher sur la mer. Il fait moins noir, ici, et Zeke coupe les phares pour ne pas trahir leur arrivée, au cas où on les attendrait.

Ils font le tour d'un vaste promontoire, accèdent à une petite baie et s'engagent sur un chemin cahoteux. Enfin, l'île apparaît devant eux et, au milieu des sapins, ils aperçoivent la villa.

De la lumière aux fenêtres.

Il y a quelqu'un.

Les frères ?

Les enfants ?

L'endroit a quelque chose d'effrayant. L'île semble émettre des vibrations négatives.

Malin et Zeke se sont garés à environ deux cents mètres du pont qui donne accès à l'île. Ils se sont glissés furtivement jusqu'aux grilles hautes de deux mètres surmontées de barbelés.

Malin scrute l'obscurité à la recherche de caméras de surveillance, mais il n'y en a pas.

Pas d'écriteau. Pas de boîte aux lettres. Rien qui puisse indiquer qui se cache sur cette île.

« Putain ! s'exclame Zeke. Cet endroit me fout la chair de poule. On dirait que même la mer pue le soufre. Pas le sel et l'iode, non, le soufre.

– Il fait humide, aussi, chuchote Malin. Et étrangement chaud, tu ne trouves pas ? »

L'horloge du tableau de bord de la voiture indiquait une heure moins le quart quand ils avaient abandonné leur véhicule en lisière de la forêt.

Personne en vue sur l'île.

Personne.

Mon pistolet.

Vais-je être amenée à l'utiliser ? se demande Malin.

Peut-être. Les enfants sont ici. Je le sens.

Ils n'ont pas décidé de quelle manière ils allaient s'y prendre. Pourtant, sans dire un mot, Zeke retire sa veste, la jette sur les barbelés.

« Tu crois que le tissu va résister aux barbelés ? »

Malin secoue la tête et prend conscience qu'ils ne peuvent pas s'attarder devant les grilles. Ils doivent continuer.

« En tout cas, on ne peut pas crocheter la serrure du portail.

– Fait chier ! » peste Zeke avant de se lancer à l'assaut des grilles en s'aidant de sa veste. Heureusement pour lui, il n'y a pas de barbelés à l'endroit où il pose les doigts. Il se hisse au sommet.

Malin l'imite.

Une fois la grille franchie, ils reprennent leur progression en direction du pont et de l'imposante demeure qui domine l'île. De loin, la bâtisse ressemble à un morceau de sucre géant que quelqu'un aurait enfoncé dans une falaise.

Amarré à un ponton, un gros bateau à moteur se balance doucement sur les eaux noires.

Les dépendances, sur la rive. L'une des portes est ouverte. Ce sont des rongeurs qui font ce bruit, à l'intérieur ?

Ils s'élancent sur le pont et passent sur l'île. Cette fois, Zeke a sorti son pistolet. Malin le suit à pas de loup. Elle se dissimule derrière un tronc d'arbre et voit quelque chose s'approcher, un corps massif qui émet un sifflement. Elle a envie de crier. Zeke allume sa lampe de poche.

Les yeux rouges de l'animal flamboient dans la nuit.

Ses dents jaunes scintillent.

Elle se précipite derrière Zeke et remarque qu'il est aussi effrayé qu'elle.

Un varan.

Un énorme varan au corps noir et jaunâtre, une peau qui semble impénétrable.

Soudain, ils aperçoivent un second animal qui s'approche d'eux en sifflant. Des monstres affamés tout droit sortis de la préhistoire. Les frères sont là, Malin en est maintenant convaincue, et les bêtes s'apprêtent à les attaquer. Zeke braque le faisceau de la lampe droit sur les yeux du plus gros animal. Malin a envie de hurler, de fuir, mais elle ne bouge pas, ne fait pas un bruit. Puis Zeke agite la lampe et, alors, une chose extraordinaire se produit.

Les bêtes sont prises de tremblements.

Font volte-face.

Courent se réfugier dans les ténèbres. Se tapissent dans les fourrés, en attendant qu'une nouvelle occasion de tailler quelqu'un ou quelque chose en pièces se présente.

Zeke éteint sa lampe de poche.

Les deux collègues échangent un regard dans le noir.

Secouent la tête. Puis Zeke lui indique la maison et ils se remettent en marche.

Les frères sont assis dans le canapé du grand salon. Épuisés.

Ils ont rassemblé leurs affaires et profitent de leurs derniers instants dans la villa avant de descendre au bateau amarré au ponton.

Il est temps de filer.

La bombe.

Elle est censée exploser au moment où ils monteront à bord. C'est-à-dire dans une dizaine de minutes.

Not with a bang, but a whimper, pense Leopold Kurtzon.

Ils ont tiré les rideaux, éteint toutes les lumières, si bien que la pièce est plongée dans le noir.

Leurs pistolets sont posés sur la table du salon.

Ils ne se parlent pas.

Il y a du mouvement dans le jardin, non ? Les varans seraient-ils parvenus à s'échapper de leurs cages ? Ce ne serait pas faute d'avoir essayé.

Ils viennent d'avoir une conversation au sujet de leur père. Ils se demandaient s'ils devaient l'appeler, tout lui avouer, mais est-il encore vivant ? Son cancer a-t-il fini par l'emporter ?

Qu'avons-nous fait ?

Quel genre d'hommes sommes-nous ?

Sommes-nous des êtres humains ?

Ils n'avaient pas pu tirer, finalement. Incapables d'accomplir eux-mêmes ce qu'ils avaient obligé un autre à faire.

Une fois de plus, leur détermination n'avait pas tardé à céder la place à l'indécision, puis à un immense sentiment de honte.

Ils avaient alors redescendu les gosses. Ils exploseraient avec la maison. Leurs restes seraient ensevelis sous les décombres.

Tout à coup, les frères perçoivent un bruit sourd sur la terrasse. Ils se précipitent vers la porte-fenêtre et écartent le rideau.

Un varan de presque deux mètres de long, du museau à la queue, avance en se tortillant sur les pierres blanches de la terrasse. Il a dû se hisser jusqu'ici en grimpant le long de la paroi rocheuse.

L'animal les aperçoit à travers la vitre de la porte-fenêtre. Il se fige, tourne la tête dans leur direction, puis ouvre sa gueule en grand, et les frères ont l'impression de sentir la puanteur que dégage son estomac vide, d'entendre ses griffes rayer la pierre.

La bête reste immobile.

Les considère de son regard inexpressif et, l'espace d'un instant, les frères croient revoir le varan de leur père, cette bête qui grattait à la porte du placard, à Lidingö. Mais ils savent que cet animal est mort, empaillé depuis longtemps, que sa gueule béante est inoffensive, qu'elle ne peut plus les menacer, ni les effrayer.

Ces bêtes répugnantes dans leurs cages. S'ils voulaient la maison, ils devaient les prendre avec eux. Mais elles ne sont pas censées se promener autour de la maison.

« Déguerpis ! crie Leopold.

– Ouste ! » chuchote Henry.

Soudain, l'animal s'éloigne, grimpe sur le rebord de la terrasse, puis disparaît dans le jardin en contrebas.

Au même moment, Leopold Kurtzon aperçoit une ombre.

On dirait bien qu'il y a quelqu'un sur la terrasse.

Pourtant, il ne voit personne.

Leur père est-il finalement décédé et son fantôme revient-il les hanter ? Est-il déjà trop tard ? Trop tard pour fuir ? Et la bombe ? Il ne doit plus rester qu'une poignée de minutes avant qu'elle explose. Il faut absolument qu'on se taille d'ici.

Emporte-les.

Tue-les.

Elimine nos oncles répugnants et tout le mal qu'ils portent en eux de la surface de la terre.

Venge-nous, Malin Fors, maintenant que tu as retrouvé ces erreurs de la nature.

Le cœur du Mal.

Le Mal absolu.

Mais ne t'en contente pas.

Une fois que tu les auras anéantis, enterre-les et déterre la vérité.

Déterre les enfants, ce qu'il y a de bon en toi.

Mais tue les frères de notre vraie mère, Malin. Tue-les, ils sont le Mal, tue-les pour nous, pour maman, pour papa.

Bien sûr, on peut penser que c'est dommage pour eux, mais chacun a des responsabilités vis-à-vis des enfants, vis-à-vis de toute l'espèce humaine.

Surtout, fais vite, Malin.

Car, même si nous sommes envieuses du petit garçon et de la petite fille séquestrés ici, nous voulons qu'ils vivent.

Le compte à rebours est lancé. Tu n'as plus beaucoup de temps. Dépêche-toi, Malin, dépêche-toi.

« Ils sont là, chuchote Leopold Kurtzon à son frère. Ils arrivent. C'est certainement les flics.

– Qu'est-ce qu'on fait ? » s'inquiète Henry Kurtzon, qui sait que même la personne qui s'occupe de leurs animaux n'a pas le droit de pénétrer sur leur propriété sans s'être annoncée. En outre, le portail est fermé.

Il ne peut s'agir que de la police...

Leopold dit tout bas :

« On fait comme on avait prévu. On sort d'ici, puis on fonce jusqu'au bateau. »

Sur ce, ils retournent chercher leurs mitraillettes, retirent la sécurité, se barricadent derrière leur grand canapé et attendent.

L'ombre dessine bientôt une silhouette noire, sur le rideau blanc, puis une seconde. Les frères braquent leurs armes dans leur direction.

Mais n'appuient pas sur la détente.

Ils n'arrivent pas à presser la détente. Finalement, les silhouettes passent et disparaissent. Puis, la première fait demi-tour, à moins que ce soit la seconde, et, cette fois, Leopold appuie sur la gâchette. Un bruit assourdissant retentit alors dans la pièce et la vitre de la porte-fenêtre vole en éclats.

Malin et Zeke s'étaient faufilés à travers la propriété, d'arbre en arbre, vers la terrasse éclairée, tout en se tenant sur leurs gardes, après leur rencontre cauchemardesque avec les reptiles.

En s'approchant de la villa, ils furent frappés par le luxe de la demeure.

Du béton, du cèdre du Liban et du marbre en abondance, plusieurs étages, dont certains encastrés dans la roche.

Sans compter les dépendances de plain-pied, au bord de l'eau.

Était-ce là que logeaient les varans ?

Ils s'étaient glissés jusqu'à la porte du rez-de-chaussée. Fermée à clé. Pas de caméra, là non plus.

Ils avaient escaladé la pente et, de là, avaient accédé à la terrasse du haut.

Vous êtes là ? s'était demandé Malin en posant les pieds aussi discrètement que possible sur les pierres blanches de la terrasse.

Marko et Elena ? Vous êtes là ? Ou bien est-ce que tout cela n'est qu'un rêve ? Sous l'effet conjugué de l'effort physique et de la fatigue, elle avait soudain été prise de vertiges, son cerveau refusait de lui obéir plus longtemps, et, à côté d'elle, Zeke était à bout de souffle.

Cette villa doit faire au moins cinq cents mètres carrés de surface, avait-elle pensé.

« Comment on va s'y prendre ? » avait demandé Zeke, alors qu'elle reprenait sa respiration.

Ils s'étaient avancés sur la terrasse, pistolet à la main, et avaient jeté un œil à l'intérieur de la maison, par une porte vitrée. Une cuisine déserte. La porte étant verrouillée, ils n'avaient pas voulu prendre le risque de se faire repérer en essayant de la forcer ou en cassant le carreau. Ils étaient ensuite passés devant une baie vitrée derrière laquelle d'épais rideaux blancs étaient tirés.

Puis ils avaient emprunté un escalier en béton qui menait à une seconde terrasse, en contrebas.

Encore des baies vitrées, des rideaux. Une dizaine de mètres plus bas, un parterre de fleurs.

Qu'y a-t-il derrière ces baies vitrées ? Cette maison est-elle réellement vide ? Puis, après avoir échangé leurs doutes à voix basse, ils avaient rebroussé chemin et étaient remontés sur la première terrasse, bien décidés à s'introduire à l'intérieur.

Au moment où ils passèrent devant les rideaux blancs pour la seconde fois, ce fut l'explosion. Malin sentit des balles lui frôler la pommette, puis entendit Zeke pousser un cri.

Zeke est étendu sur les pierres blanches de la terrasse, du sang jaillit de son corps, mais Malin n'arrive pas à distinguer où il a été touché exactement. Elle se jette aussitôt à terre et rampe pour se mettre à l'abri, tandis que les balles fusent au-dessus de sa tête. Elle jette rapidement un œil à travers le rideau en lambeaux, là où, un instant plus tôt, il y avait une vitre, et aperçoit une table et un canapé blanc, au fond de la pièce.

C'est de là qu'ils nous arrosent.

Ce sont probablement les frères Kurtzon.

Elle vide alors son chargeur en direction du canapé et recharge son arme, tandis que Zeke se tient le bras.

Est-ce que l'aorte est rompue ?

Si c'est le cas, il va mourir ici.

C'est une question de minutes.

Malin tire deux nouveaux coups de feu, puis, avec une rapidité foudroyante, elle se lève et se rue sur le canapé. Elle voit alors deux silhouettes s'enfuir en direction d'un escalier et se lance à leur poursuite, passe devant une mallette remplie de dollars et d'autres devises qu'elle ne reconnaît pas. Elle descend les escaliers prudemment, ce n'est pas le moment qu'elle prenne une balle à son tour. Finalement, elle arrive sur la terrasse du bas, où les frères s'apprêtent à descendre une échelle pour accéder au jardin. Elle leur crie :

« Arrêtez ou je tire ! »

Alors, l'un des frères se retourne et pointe sur elle sa mitraillette. Sans hésiter, Malin presse la détente de son arme, espérant qu'il ne soit pas déjà trop tard, aussi bien pour elle que pour Zeke et les enfants.

Mon Dieu, faites que les enfants soient encore en vie.

Tandis qu'il essaie de se relever en se tenant le bras, Zeke entend une rafale de mitraillette, en dessous de lui, sur la terrasse.

J'ai aussi entendu un coup de pistolet ?

Malin.

Est-ce qu'ils t'ont eue ?

Je dois te sauver.

Putain, qu'est-ce que je saigne.

Les cimes des sapins se balancent dans le noir. Il appuie encore plus fort sur son bras. Vais-je arriver à stopper l'hémorragie ?

J'ai pris une balle dans l'aorte, je suis foutu, mais il faut pourtant que je sauve Malin.

Il saisit son pistolet.

Se relève.

Se traîne jusqu'à l'autre bout de la terrasse, se dirige vers l'endroit d'où semblaient venir les coups de feu.

Il s'était écroulé et avait tiré vers le ciel, quand elle l'avait touché à la jambe. Maintenant, il gît sur la terrasse et se tient le genou en silence, tandis que, sous son corps, le marbre blanc se teinte de rouge.

À son tour, l'autre frère pointe lentement son arme sur elle. Malin n'arrive pas à distinguer son visage, à le reconnaître. Qui est celui qui va me descendre ou que je vais descendre ?

Elle hésite.

Puis presse la détente, mais son pistolet, au lieu d'une détonation, émet un simple clic. Cette fois, elle voit parfaitement le visage de l'homme. Il sourit. Je vais maintenant mourir, pense Malin. Elle entend alors un coup de feu et voit l'homme basculer par-dessus le parapet.

« Tu es là, Malin, tu vas bien ? lui crie Zeke.

– Oui, je vais bien. »

Puis, elle se précipite sur l'homme à terre qui a lâché son genou et tente maintenant de ramper jusqu'à sa mitraillette qui repose sur le sol de la terrasse, à quelques mètres de lui.

L'un des frères Kurtzon.

Nez pointu. Ce doit être Leopold.

Après avoir donné un coup de pied dans l'arme, elle se penche prudemment par-dessus le muret et voit, dix mètres plus bas, l'autre frère, Henry, le corps gisant au milieu d'un parterre de fleurs.

Ses yeux sont ouverts.

Sans vie.

L'un des reptiles est déjà en train de lui dévorer la jambe, de lui déchiqueter le corps, en silence, avec une frénésie qui ne ressemble à rien de ce que Malin a pu voir jusque-là.

D'autres reptiles surgissent.

Leurs gueules s'ouvrent. Leurs corps se tortillent. Ils déchirent le cadavre en morceaux, en sifflant de plaisir et de malfaisance.

Malin se détourne du spectacle.

« Ça va ? lui demande Zeke.

– Oui. Et toi ?

– Sur le coup, j'ai cru que mon aorte était rompue, mais ce n'est pas le cas. J'arrive à stopper l'hémorragie simplement en appuyant sur mon bras.

– Surveille celui-là, dit Malin en envoyant un coup dans les côtes de l'homme étendu à ses pieds. Pendant que je fouille la maison. »

L'homme lève les yeux vers elle.

Il arbore un sourire étrange qui, dans le noir, ressemble à une grimace.

Comme s'il savait quelque chose qu'elle ignorait.

« Qui êtes-vous ? Henry ou Leopold ? » murmure Malin d'une voix glaciale. Elle veut en avoir la certitude, bien qu'elle ait reconnu Leopold Kurtzon.

« Leopold. Mais est-ce que ça a vraiment de l'importance ?

– Je m'occupe de lui. Retrouve les enfants, dit Zeke, retrouve-les. »

60

Malin parcourt la maison, vérifie chaque recoin, chaque étage.

Zeke a appelé du renfort et une ambulance.

Les minutes défilent.

Je dois retrouver Elena et Marko.

Les libérer de leur peur.

Elle redescend.

Le rez-de-chaussée de la maison, sombre et sinistre.

Encore une petite terrasse où deux pelles ont été négligemment jetées.

Viennent-elles d'être utilisées ?

Impossible à dire. De toute façon, elle se refuse à croire au pire, sent que les enfants sont là, quelque part.

Morts, enterrés près de la terrasse ? Ou vivants, derrière cette porte qui semble mener au sous-sol ?

Elle ouvre la porte.

Derrière, elle découvre une série de pièces, le long d'un couloir humide. Elle se dit qu'elle doit se trouver au cœur de la falaise, maintenant.

Elle ouvre les portes les unes après les autres. Rien. Des pièces et des débarras vides, dépourvus de fenêtre.

Elle allume toutes les lumières à mesure qu'elle s'enfonce dans les entrailles de la maison, son pistolet à la main.

Tout est silencieux. Elle tend l'oreille. Perçoit un tic-tac.

D'où vient ce bruit ?

Elle franchit une porte blanche et pénètre dans une remise. Malin allume la lumière.

Tout au bout de la remise, il y a encore une autre porte qui donne sur une pièce humide et étonnamment chaude.

Elle allume.

Et puis encore une porte. Elle perçoit un bruit. Un souffle ? De la vie ?

C'est vous ? S'il vous plaît, dites-moi que vous êtes là.

Le tic-tac.

Des voix, de l'autre côté de la porte, elle les entend, maintenant, faibles et effrayées :

« Papa... viens... viens... j'ai peur... papa... »

Mais ce tic-tac. Elle le perçoit plus distinctement, ici. Qu'est-ce que ça signifie ?

C'est vous ? Vous êtes là ?

De la lumière filtre sous la porte.

Quelqu'un vient.

Non, pas encore eux.

C'est toi, papa ?

« Papa... viens... viens. » Est-ce qu'ils vont nous tuer, cette fois ? Il faut que tu nous sauves, papa, que tu nous expliques ce qui se passe, que tu nous emmènes loin d'ici. Tu n'as pas le droit de nous abandonner, dis que c'est toi qui viens.

Ils nous ont sortis de la pièce, ont pointé des pistolets sur nous, sur nos têtes, puis ils ont crié et se sont disputés, avant de nous ramener ici en disant que personne ne nous retrouverait jamais.

Ces paroles, ces événements demeureront gravés en nous pour toujours, même si, pour l'instant, nous ne pouvons pas mettre de mots dessus.

De la lumière.

Les ténèbres tentent de résister.

Puis, soudain, une lumière aveuglante, au moment où quelqu'un ouvre la porte de la pièce où nous sommes enfermés.

Les enfants.

Nus.

Sales. Puants.

Mais ce sont bien eux. Marko et Elena.

Ils sont maigres et clignent des yeux, recroquevillés sur le sol dans leurs excréments et leur urine. Ils ne me voient pas, mais ils sont bien là.

Malin s'agenouille.

Ignore la saleté et la puanteur. Elles n'existent pas. Seuls les enfants existent.

S'approche à quatre pattes des deux petits êtres face à elle.

« C'est toi Marko ? Et toi, tu dois être Elena ? »

Des dessins sur les murs. Étranges, tracés à la craie. Ils représentent des personnages.

« Tout va bien se passer, maintenant, murmure-t-elle aux enfants en les prenant dans ses bras. C'est fini, Marko et Elena. Vous n'avez plus à avoir peur. »

Elle perçoit alors une voix, sent battre quatre petites ailes blanches au-dessus de sa tête.

« Nous n'avons plus peur », chuchotent les oiseaux, et Malin serre les enfants contre elle.

Tout à coup, le tic-tac en provenance de la pièce voisine est couvert par un bruit strident, par une sorte de sonnerie. Malin serre les enfants encore plus fort contre elle, pour tenter de les rassurer, de leur communiquer son amour, mais elle doit savoir précisément d'où vient cette sonnerie.

Elle soulève les enfants, les emporte hors de la pièce. Ne peut plus les lâcher.

Elle aperçoit une grosse boîte blanche, dans un coin, et repose par terre les enfants qui hurlent aussitôt. Elle s'agenouille, s'approche de la boîte en rampant, puis l'ouvre.

Cinquante-cinq.

Cinquante-quatre.

Des fils électriques et des tubes métalliques. Un compteur digital qui affiche des chiffres, un haut-parleur qui émet une sonnerie. Derrière Malin, les enfants ont cessé de crier.

Du plastic.

Au moins dix kilos. Un détonateur.

Cinquante.

Pas de bouton d'arrêt.

Quel fil dois-je arracher ? Ce fil-ci ou celui-là ? Le noir ou le blanc ?

Le rouge ?

Le vert ?

Des gouttes de sueur perlent sur son front.

Quarante-cinq.

Si je touche à cette bombe, je risque de tout faire sauter. Et cette saloperie de sonnerie.

Quarante.

Malin se retourne, prend un enfant sous chaque bras et s'élance vers la sortie, traverse l'enfilade de pièces en courant, puis le couloir, et finit par remonter dans la lumière, sur la terrasse du rez-de-chaussée, en comptant dans sa tête.

Trente-cinq.

Trente-quatre.

Les enfants hurlent. Malin s'empresse de rejoindre Zeke, qui l'attend à l'étage, sur la terrasse.

Il l'accueille avec un sourire. Il est seul. Où est Leopold Kurtzon ? D'un signe de tête, il lui indique un coin de la terrasse et dit :

« Il a basculé dans le vide quand j'ai voulu l'aider à se relever. »

Malin sait ce qui s'est réellement passé, Zeke a osé. Elle entend les varans grogner et siffler, tandis qu'ils taillent en pièces Leopold Kurtzon.

Vingt-deux.

« Une bombe ! » s'écrie-t-elle en lui tendant la fillette, Elena. Malgré sa blessure, elle sait que Zeke est capable de la porter.

« Elle ne va pas tarder à exploser, on se tire d'ici.

– C'est pour ça qu'il se marrait, cet enfoiré de... », hurle Zeke en la suivant dans la maison.

Ils se précipitent dans les escaliers et remontent vers l'entrée.

Dix.

Neuf.

Franchissent la porte, s'élancent dans le jardin. Les varans ne les suivent pas, déjà occupés ailleurs.

Huit.

Sept.

Quelle est la puissance de cette bombe ? Jusqu'où devons-nous courir pour ne pas être réduits en cendres ?

Six.

Cinq.

Quatre.

La villa est maintenant à cinquante mètres derrière eux. Ils courent sur l'herbe détrempée en direction du ponton. La fin du monde est-elle pour maintenant ?

Trois.

Deux.

Malin et Zeke s'immobilisent, hors d'haleine, serrent les enfants contre eux.

Un.

Est-ce qu'on est assez loin ?

Zéro.

61

Un vacarme assourdissant.

L'île se met à vibrer, la maison à trembler, le ponton se balance d'un côté à l'autre et menace de s'effondrer.

L'air se densifie et tout le corps de Malin est comme aspiré par un immense bloc de ouate.

Ils se tiennent au milieu du ponton et s'efforcent de garder l'équilibre en serrant les enfants contre eux. Quand ils se retournent, ils voient la villa des frères vaciller sur ses fondations, son toit élégant onduler et une force invisible pulvériser les arbres et les taillis. Le ponton se balance de plus belle.

Soudain, le toit est projeté dans le ciel nocturne.

Un nuage de fumée gris sombre fond sur eux et ils sont enveloppés par une nuée de cendres, de fumée et de poussière.

Malin s'agenouille, plaque une main sur la bouche du garçonnet pour le protéger et l'aider à respirer.

D'infimes particules toxiques se mêlent à la poussière.

Où est Zeke ? Disparu. Avec la fillette dans ses bras.

Puis la fumée se dissipe légèrement.

Suffisamment pour lui permettre de les distinguer.

ÉPILOGUE

Hälsingland, juin

MAMAN *est là.*

Papa aussi.

Nous formons de nouveau une famille.

Nos souffrances ont pris fin, Malin. Nous ne désirons plus rien.

Être ensemble nous suffit.

Qui était notre véritable père, Malin ? Notre père biologique ?

Il n'est pas ici, bien qu'il le devrait. Mais qui est-il ? Une ombre qui viole les jeunes femmes ?

Notre vraie mère se trouve toujours dans son monde souterrain. Son père et ses frères sont encore plus loin sous terre, en un lieu dont nous ne préférons pas parler.

Dans une cellule de prison, près du parc de Kronoberg, Jokso Mirović joue avec ses enfants. Il a été autorisé à les voir et ils recevront tout l'amour dont ils ont besoin auprès de leur tante maternelle, chez qui ils vivront et grandiront pendant les années que leur père passera derrière les barreaux.

Nous les voyons s'amuser, rire aux éclats, se réjouir, ils débordent de vie, et nous comprenons leur père. Nous voyons également leur mère, en ce moment, elle est près d'eux, dans le même espace que nous.

Ta mère est passée nous voir, une fois, Malin, et nous a demandé si tu allais bien. Tu vas bien, n'est-ce pas ? Tu es enfin heureuse, maintenant ?

Ta mère ne voulait, ne pouvait, ou n'osait pas s'approcher de toi, ni d'aucun de vous.

Cette fois, nous partons, Malin Fors.

Le moment est venu.

C'est la dernière fois que nous te voyons, Malin.

Merci pour tout.

Tu t'approches d'un lit.

Et dans ce lit est couché ton frère.

Malin tient Tove par la main.

La pièce où elles se trouvent est décorée comme une chambre d'ado. Un bureau, une bibliothèque chargée de bibelots et de cassettes vidéo.

Des films pour enfants, à ce que voit Malin.

Un ours en cristal Swarovski, des affiches de groupes de hard rock des années quatre-vingt sur les murs, la plupart du groupe finlandais Lordi.

L'été s'invite dans la pièce par la fenêtre ouverte.

La clinique de Norrgården.

Une ancienne maison bourgeoise à l'entrée du village de Sjöplogen, en plein cœur de la forêt du Hälsingland.

Britta Ekholm leur avait indiqué où se trouvait la chambre. Elle était ravie de leur visite :

« Il fait sa sieste du midi, mais sera certainement content de vous voir à son réveil. »

Malin avait tellement de questions à poser.

À quoi dois-je m'attendre ?

Comment est-il ?

Mais elle s'était abstenue.

Au lieu de cela, Tove et elle étaient entrées dans la chambre en se tenant par la main.

Dans un coin de la pièce, près de la fenêtre ensoleillée, il y a une chaise roulante et un lit d'hôpital. Et dans ce lit, un homme est endormi.

Elles s'approchent et Malin découvre le profil de son petit frère. Son menton est fuyant, son nez long. Elle pose une main sur sa joue, le caresse délicatement. Elle a attendu cet instant si longtemps.

Tu as mes pommettes, mes cheveux fins, mon nez autoritaire. Le joli front de Tove. Tu es moi, se dit-elle en lui caressant la joue.

Elle avait vu Peter Hamse, à son retour de Stockholm.

Ils étaient sortis manger au restaurant Aphrodite, avaient discuté de manière extraordinairement naturelle, après quoi il l'avait raccompagnée chez elle.

Il l'avait prise tendrement, puis elle lui avait demandé de rester. Ils avaient alors passé la nuit à parler et, le lendemain matin, il avait attendu que Tove revienne de chez Jan, car il souhaitait faire sa connaissance le plus tôt possible.

Depuis, il dormait chez elle presque toutes les nuits.

Elle avait revu Jan et Daniel Högfeldt en compagnie de leurs nouvelles copines et approuvait désormais leurs choix, leurs amours.

Tove était en vacances. En août, elle partirait s'installer à Lundsberg.

Comment vais-je le vivre, s'était souvent demandé Malin. Mais ça ira. Il le faut. Je n'aurai qu'à me blottir dans les bras de Peter quand je sentirai l'angoisse me ronger de l'intérieur.

La blessure de Zeke s'était avérée superficielle. La plaie avait maintenant cicatrisé et il couchait toujours avec Karin Johannison, d'après ce que Malin savait.

Mais Karin désirait un enfant. Or, ce n'était pas Zeke qui allait lui en donner un. Il ne quitterait jamais sa femme. Quant à Kalle, son mari, il était trop attaché à sa « liberté ».

Zeke ne lui avait jamais avoué qu'il avait poussé Leopold Kurtzon par-dessus le parapet de la terrasse. Pourtant, Malin le savait et elle l'admirait pour cela. Les assassins d'enfants n'ont pas leur place parmi nous. Pas plus que les pédophiles qui passent à l'acte.

Johan Ludvigsson avait écopé de trois mois de prison pour détention illégale d'armes. Le Front de Libération de l'Économie, qu'il avait imaginé, n'avait jamais été jugé. Cette affaire compliquée avait été classée de façon magistrale par le procureur, cette carriériste à laquelle un Karim Akbar bien trop arrogant et sûr de lui s'était fiancé. Une enquête avait été ouverte sur Sten Dicksson, mais elle aussi avait finalement été classée.

« Il dort bien, dit Tove.

– Il dort comme un enfant », ajoute Malin.

Puis elle s'abandonne tout entière aux sentiments que lui procure cet instant, n'a pas envie de laisser sa mère s'immiscer, ne veut plus la laisser s'immiscer dans quoi que ce soit. Elle a disparu définitivement de sa vie.

Quant à son père, il était retourné vivre à Ténérife.

Comme elle ne répondait pas à ses appels, il avait fini par renoncer.

Un jour, il était parti, après avoir déposé dans sa boîte aux lettres un mot expliquant qu'il retournait vivre à Ténérife, qu'il avait retiré l'appartement de la vente et confié l'entretien de celui de Barnhemsgatan à des amis. Il avait l'intention de disperser les cendres de sa mère sur l'un des terrains de golf de l'île : « C'est là qu'elle était la plus heureuse. »

Plus heureuse.

Tove caresse à son tour la joue de son oncle et Malin a la sensation qu'une ancienne onde de choc est en train de s'évanouir.

« Je suis là, maintenant, chuchote Malin. On est là. Je suis là, maintenant. »

Un vent chaud pénètre par la fenêtre et elle sent couler ses larmes.

Je suis là, maintenant.

Pardonne-moi d'avoir mis si longtemps.

Pardon.

Déjà parus
dans la collection « Serpent noir »

Christian MØRK, *Darling Jim*, 2009.
Abraham RODRIGUEZ, *South Bronx*, 2009.
Mons KALLENTOFT, *Hiver*, 2009.
Florent COUAO-ZOTTI, *Si la cour du mouton est sale, ce n'est pas au porc de le dire*, 2010.
Giampaolo SIMI, *La Fille électrique*, 2010.
Mons KALLENTOFT, *Été*, 2010.
Camilla GREBE & Åsa TRAFF, *Ça aurait pu être le paradis*, 2010.
Anne HOLT, *Haine*, 2010.
Mari JUNGSTEDT, *Le Cercle intérieur*, 2011.
Mons KALLENTOFT, *Automne*, 2011.
Sissel-Jo GAZAN, *Les Plumes du dinosaure*, 2011.

Mise en pages par
Compo 66
Perpignan

Éditions du Rocher
28, rue Comte-Félix-Gastaldi
Monaco

Imprimé en Italie par L.E.G.O. S.p.A

Dépôt légal : septembre 2011